中国文库
文 学 类

东北作家群小说选

王培元 编选

中国出版集团
人民文学出版社

图书在版编目(CIP)数据

东北作家群小说选/王培元编选. －北京：人民文学出版社，2011
(中国文库)
ISBN 978－7－02－008501－9

Ⅰ.①东… Ⅱ.①王… Ⅲ.①现代小说:短篇小说－小说集－中国②现代小说:中篇小说－小说集－中国 Ⅳ.①I246.5

中国版本图书馆CIP数据核字(2011)第032172号

责任编辑：王培元
责任校对：王玉川
整体设计：翁 涌 李 梅
责任印制：王铁生

东北作家群小说选
Dongbei Zuojia Qun Xiaoshuo Xuan
王培元 编选

人民文学出版社 出版
http://www.rw－cn.com
北京市朝内大街166号 邮编：100705
北京瑞古冠中印刷厂印刷 新华书店经销
2011年9月第1版 2011年9月第1次印刷
开本：880毫米×1230毫米 1/32 印张：13
字数：328千字 印数：1－4500
ISBN 978－7－02－008501－9
定价:29.00元

“中国文库”出版前言

“中国文库”主要收选20世纪以来我国出版的哲学社会科学研究、文学艺术创作、科学文化普及等方面的优秀著作。这些著作，对我国百余年来的政治、经济、文化和社会的发展产生过重大积极的影响，至今仍具有重要价值，是中国读者必读、必备的经典性、工具性名著。

大凡名著，均是每一时代震撼智慧的学论、启迪民智的典籍、打动心灵的作品，是时代和民族文化的瑰宝，均应功在当时、利在千秋、传之久远。“中国文库”收集百余年来的名著分类出版，便是以新世纪的历史视野和现实视角，对20世纪出版业绩的宏观回顾，对未来出版事业的积极开拓，为中国先进文化的建设，为实现中华民族伟大复兴做出贡献。

大凡名著，总是生命不老，且历久弥新、常温常新的好书。中国人有“万卷藏书宜子弟”的优良传统，更有当前建设学习型社会的时代要求，中华大地读书热潮空前高涨。“中国文库”选辑名著奉献广大读者，便是以新世纪出版人的社会责任心和历史使命感，帮助更多读者坐拥百城，与睿智的专家学者对话，以此获得丰富学养，实现人的全面发展。

为此，我们坚持以邓小平理论和“三个代表”重要思想为指导，深入贯彻落实科学发展观，坚持贯彻“百花齐放、百家争鸣”的方针，坚持按照“贴近实际、贴近生活、贴近群众”的要求，以登高望远、海纳百川的广阔视野，披沙拣金、露钞雪纂的刻苦精神，精益求精、探赜索隐的严谨态度，投入到这项规模宏大的出版工作中来。

“中国文库”所收书籍分列于6个类别，即：(1)哲学社会科学类

（哲学社会科学各门类学术著作）；(2)史学类（通史及专史）；(3)文学类（文学作品及文学理论著作）；(4)艺术类（艺术作品及艺术理论著作）；(5)科技文化类（科技史、科技人物传记、科普读物等）；(6)综合·普及类（教育、大众文化、少儿读物和工具书等）。计划出版约1000种，分辑出版。自2004年以来，已先后出版四辑，每辑约100种，分精平装两类。2011年时值辛亥革命100周年，特将“中国文库”第五辑作为“纪念辛亥革命100周年”特辑推出，主要收选民国时期原创性人文社科类名著。

“中国文库”所收书籍，有少量品种因技术原因需要重新排版，版式有所调整，大多数品种则保留了原有版式。一套文库，千种书籍，庄谐雅俗有异，版式整齐划一未必合适。况且，版式设计也是书籍形态的审美对象之一，读者在摄取知识、欣赏作品的同时，还能看到各个出版机构不同时期版式设计的风格特色，也是留给读者们的一点乐趣。

“中国文库”由中国出版集团发起并组织实施。收选书目以中国出版集团所属出版机构出版的书籍为基础，并邀约其他数十家出版机构参与，共襄盛举。书目由“中国文库”编辑委员会审定，中国出版集团与各有关出版机构按照集约化的原则集中出版经营。编辑委员会特别邀请了我国出版界德高望重的老专家、领导同志担任顾问，以确保我们的事业继往开来，高质量地进行下去。

“中国文库”，顾名思义，所收书籍应当是能够代表中国出版业水平的精品。我们希望将所有可以代表中国出版业水平的精品尽收其中，但这需要全国出版业同行们的鼎立支持和编辑委员会自身的努力。这是中国出版人的一项共同事业。我们相信，只要我们志存高远且持之以恒，这项事业就一定能持续地进行下去，并将不断地发扬光大。

“中国文库”编辑委员会

中国文库

（第五辑）

【哲学社科类】

孙中山著作选编　　陈铮选编 ………………………… 中华书局
黄兴集　　湖南省社会科学院编 …………………… 中华书局
宋教仁集　　陈旭麓主编 ………………………………… 中华书局
廖仲恺集　　广东省社会科学院历史研究所编 ……… 中华书局
朱执信集　　广东省哲学社会科学研究所历史研究室编 … 中华书局
中国政治思想史　　陶希圣著 ……………… 中国大百科全书出版社
民国政制史　　钱端升等著 ………………………… 上海人民出版社
民国政党史　　谢彬撰　章伯锋整理 ……………………… 中华书局
经学历史　　皮锡瑞著　周予同注释 …………………… 中华书局
清代学术概论　　梁启超著　朱维铮校订 ……………… 中华书局
新唯识论　　熊十力著 ……………………………… 上海书店出版社
逻辑　　金岳霖著 ………………………………… 中国人民大学出版社
科学与玄学　　罗家伦著 …………………………………… 商务印书馆
中国古代经济史稿　　李剑农著 …………………… 武汉大学出版社
中国近代经济史　　汪敬虞主编 ……………………………… 人民出版社
中国交通史　　白寿彝著 …………………………………… 团结出版社
中国经济原论　　王亚南著 ……………………… 中国大百科全书出版社
中国经济思想史　　唐庆增著 ………………………………… 商务印书馆
财政学　　何廉、李锐著 ……………………………………… 商务印书馆
货币与银行　　杨端六著 ………………………………… 武汉大学出版社
刑法学　　蔡枢衡著 ……………………………… 中国民主法制出版社
乡土中国　　费孝通著 …………………………………………… 人民出版社
文化人类学　　林惠祥著 ………………………………………… 商务印书馆
优生概论　　潘光旦著 ……………………………………… 北京大学出版社
西洋文化史纲要
　　雷海宗撰　王敦书整理导读 ……………………… 上海古籍出版社
西学东渐记　　容闳著　徐凤石　恽铁樵等译
　　钟叔河导读、标点　……………… 生活·读书·新知三联书店
中国现代语法　　王力著 ………………………………………… 商务印书馆
语言学史概要　　岑麟祥编著　岑运强评注 …… 世界图书出版公司

蔡元培教育论著选　　高平叔编 …………………… 人民教育出版社
陶行知教育论著选　　董宝良主编 ………………… 人民教育出版社
中国报学史　　戈公振著 ……………… 生活·读书·新知三联书店
陆费逵文选　　陆费逵著 …………………………………… 中华书局
张元济论出版　　张元济著　张人凤　宋丽荣选编 …… 商务印书馆
韬奋文录新编　　邹韬奋著 …………… 生活·读书·新知三联书店

【史学类】

国故论衡　　章太炎撰　庞俊　郭诚永疏证 ……………… 中华书局
国史大纲　　钱穆著 ……………………………………… 商务印书馆
通史新义　　何炳松著 …………………………………… 商务印书馆
台湾通史　　连横著 ……………… 生活·读书·新知三联书店
武昌革命史　　曹亚伯著 ………………… 中国大百科全书出版社
辛亥革命与袁世凯　　黎澍著 …………… 中国大百科全书出版社
北洋军阀史　　来新夏等著 ………………………… 东方出版中心
中国国民党史稿　　邹鲁编著 ……………………… 东方出版中心
中华民国外交史　　张忠绂编著 ……………………… 华文出版社
西洋史　　陈衡哲著 ……………………… 中国大百科全书出版社
欧化东渐史　　张星烺著 ………………………………… 商务印书馆
清末立宪史　　高放著 …………………………………… 华文出版社

【文学类】

秋瑾诗文选注　　郭延礼　郭蓁编选 ……………… 人民文学出版社
邹容集　　张梅编注 ………………………………… 人民文学出版社
陈天华集　　刘晴波　彭国兴编　饶怀民补订 …… 湖南人民出版社
于右任诗词选　　杨中州选注 ……………………… 河南文艺出版社
南社诗选　　林东海　宋红选注 …………………… 人民文学出版社
鸳鸯蝴蝶派作品选　　范伯群编选 ………………… 人民文学出版社
文学研究会小说选　　李葆琰编选 ………………… 人民文学出版社
创造社作品选　　刘纳编选 ………………………… 人民文学出版社
太阳社小说选　　李松睿　吴晓东编选 …………… 人民文学出版社
湖畔派诗选　　刘纳编选 …………………………… 人民文学出版社
浅草－沉钟社作品选　　张铁荣编选 ……………… 人民文学出版社
《语丝》作品选　　张梁编选 ……………………… 人民文学出版社
未名社作品选　　黄开发编选 ……………………… 人民文学出版社
新月派诗选　　蓝棣之编选 ………………………… 人民文学出版社

象征派诗选　孙玉石编选 …………………………… 人民文学出版社
新感觉派小说选　严家炎编选 ………………………… 人民文学出版社
现代派诗选　蓝棣之编选 ……………………………… 人民文学出版社
论语派作品选　庄钟庆编选 …………………………… 人民文学出版社
京派小说选　吴福辉编选 ……………………………… 人民文学出版社
东北作家群小说选　王培元编选 ……………………… 人民文学出版社
七月派作品选　吴子敏编选 …………………………… 人民文学出版社
西南联大文学作品选　李光荣编选 …………………… 人民文学出版社
九叶派诗选　蓝棣之编选 ……………………………… 人民文学出版社
荷花淀派小说选　冯健男编选 ………………………… 人民文学出版社
山药蛋派作品选　高捷编选 …………………………… 人民文学出版社
红楼梦辨　俞平伯著 ………………………………………… 商务印书馆
中国诗史　陆侃如、冯沅君著 ………………………… 百花文艺出版社
中国文学发展史　刘大杰著 …………………………… 复旦大学出版社

【艺术类】

万木草堂论艺　康有为著 ………………………………… 荣宝斋出版社
中国绘画史　潘天寿著 …………………………………… 团结出版社
中国绘画理论　傅抱石著 ……………………………… 江苏教育出版社
中国雕塑艺术史　王子云著 …………………………… 人民美术出版社
中国陶瓷史　吴仁敬　辛安潮著 ………………………… 团结出版社
中国戏剧史　徐慕云著 ………………………………… 东方出版中心
洪深戏剧论文集　洪深著 ……………………………… 东方出版中心
焦菊隐戏剧论文集　焦菊隐著 …………………………… 华文出版社
中国古代乐论选辑　吴钊　伊鸿书　赵宽仁　古宗智
　吉联杭编 ………………………………………………… 人民音乐出版社
素月楼联语　张伯驹编著 ………………………………… 华文出版社
中国书法理论体系　熊秉明著 ………………………… 人民美术出版社
夏衍电影论文集　夏衍著 ……………………………… 东方出版中心
银幕形象塑造　赵丹著　赵青整理 …………………… 东方出版中心

【科技文化类】

自然辩证法在中国　龚育之著 ………………………… 北京大学出版社
科学家谈21世纪　李四光等著 ………… 中国大百科全书出版社
继承与叛逆——现代科学为何出现于西方
　陈方正著 ……………………………… 生活·读书·新知三联书店

中国医学史　陈邦贤著……………………………团结出版社
化学史通考　丁绪贤著…………………中国大百科全书出版社
科学概论　王星拱著…………………………武汉大学出版社
竺可桢科普创作选集　竺可桢著…………中国大百科全书出版社

【综合普及类】

书林清话　叶德辉著……………………………华文出版社
文坛五十年　曹聚仁著………………生活·读书·新知三联书店
张菊生先生七十生日纪念论文集
　　胡适　蔡元培　王云五等编……………………商务印书馆
佛教常识问答　赵朴初著…………………………华文出版社
词心笺评　邵祖平著…………………………复旦大学出版社
西潮与新潮　蒋梦麟著……………………………东方出版社

目　录

前言

王培元

一

祖国的东北是一块“神奇的土地”。三十年代,这块经过血与火的洗礼的土地,养育了她的优秀儿女的文学代表:“东北作家群”,其成员有萧军、萧红、端木蕻良、骆宾基、李辉英、舒群、罗烽和白朗等。

东北作家群的诞生,是一个特定历史时期的文学现象。准确地说,这个作家群体形成于抗日战争爆发前夕的上海文坛。茅盾说过,“在三十年代的上海文坛很出了一批有才华的东北作家”,他提到了萧军、萧红、端木蕻良和骆宾基等人。① 李何林先生也曾指出:“‘九·一八’后,出现了一批东北作家,如萧军、萧红、舒群、罗烽、端木蕻良、李辉英……”②王瑶先生在上个世纪五十年代初出版的《中国新文学史稿》一书中,专设了“东北作家群”一节;这大约是学术界对东北作家群最早的概念界定与专门研究。

需要指出的是,三十年代,甚至更早,一些东北籍作家已经在北京、上海等地崭露头角,他们中有著名的沉钟社社员杨晦和创造社元老、中国诗歌会的中坚穆木天,还有齐同、陈辛劳、师田手、白

---

① 茅盾《抗战前夕的文学活动》,《新文学史料》1983 年第 3 期。

② 李何林《左联成立前后十年的新文学》,《中国新文学研究》,新建设杂志社 1951 年出版。

晓光（马加）、李满红等人，但是，他们不属于东北作家群。

东北作家群由孕育到诞生，经历了一个历史过程。可以说，三十年代初的哈尔滨，是培育东北作家群的文学"摇篮"，除少数人之外，大部分作家都是由这里开始走上文坛的；后来，他们陆续汇聚上海，逐渐形成了一个作家群体的格局。

萧军和萧红一九三二年在哈尔滨结为伴侣，第二年秋天他们合作出版了小说散文集《跋涉》，受到东北文坛的重视。一九三四年六月，萧军、萧红被迫别离"荆天棘地"的哈尔滨，由大连乘船到青岛，与先期到达的舒群会合。在那里，他们分别完成了开手于哈尔滨的长篇小说《八月的乡村》和中篇小说《生死场》。同年十一月初，他们抵达上海，得到鲁迅先生的关怀和帮助。一九三五年，《八月的乡村》和《生死场》，以鲁迅主编的"奴隶丛书"的名义在上海出版。"作为东北人民向征服者抗议的里程碑的作品"，这两部小说"给上海文坛一个不小的新奇与惊动"。①

曾与两萧一同在哈尔滨从事进步文艺活动的舒群、罗烽和白朗，也于这一年和下一年先后流亡上海，全力投入抗日文学创作。他们的作品，如舒群的短篇小说《没有祖国的孩子》等，在当时都曾发生过一定影响。

李辉英一九二七年从故乡吉林到上海就学，一九三一年一月在丁玲主编的左联刊物《北斗》上，他发表了以反日爱国为主题的短篇小说《最后一课》，这是出现于上海文坛的第一篇东北作家表现抗日主题的小说。一九三三年三月，李辉英又在丁玲的帮助下，出版了长篇小说《万宝山》，茅盾曾经撰文予以评介。

端木蕻良一九二八年告别家乡辽宁昌图到天津读书，一九三二年曾回乡参加抗日武装斗争，不久又前往北平，加入北平"左联"。次年在与鲁迅先生的通信中受到激励，着手创作长篇小说

---

① 景宋《追忆萧红》，1946 年 7 月 1 日《文艺复兴》第 1 卷第 6 期。

《科尔沁旗草原》。书成后,受到郑振铎的嘉许。一九三六年初他到了上海,并完成了第二部长篇小说《大地的海》。他的短篇小说《鸶鹭湖的忧郁》,由郑振铎推荐给《文学》杂志刊载,另一个短篇小说《爷爷为什么不吃高粱米粥》,经鲁迅转到《作家》杂志发表,茅盾也热心帮助他联系印行《科尔沁旗草原》。

骆宾基是东北作家群中最年轻的作家。"九一八"事变后,他辗转于山东、北平、哈尔滨等地求学、谋生。《八月的乡村》在沪出版的消息使他受到莫大鼓舞,一九三六年五月,他从哈尔滨来到上海,开始创作长篇小说《边陲线上》,当作品写到一半时,他曾向鲁迅先生写信求助,但重病中的先生已不能为他看稿,小说完稿之后,茅盾和王统照都很赞赏,并积极协助出版。

一九三五年,东北作家在上海文坛的迅速崛起,虽然引起了广泛的注意,但尚未呈现出一种群体的面目,除两萧发表了《八月的乡村》和《生死场》等作品外,还有李辉英在继续发表一些作品,罗烽则刚刚开始发表少量作品。东北作家作为一个群体步入文坛,是一九三六年。这一年,上海的文学期刊《作家》、《中流》、《文学》、《光明》、《海燕》和《文学界》等,比较集中地刊载了两萧、端木、舒群、罗烽和白朗的作品。萧军出版了短篇小说集《羊》、《江上》,以及散文集《绿叶的故事》,萧红出版了散文集《桥》,舒群出版了短篇小说集《没有祖国的孩子》,上海生活书店还专门出版了收有李辉英、舒群、罗烽和白朗等人的作品的《东北作家近作集》。上述事实充分表明,东北作家群于本年正式形成。

"七七"事变之后,东北作家相继离沪,经过一段流离颠沛的动荡岁月,他们大体分布在两个不同的地区,萧军、舒群、罗烽和白朗陆续到了延安,萧红、端木、骆宾基则辗转漂泊于重庆、桂林、香港等地。漂泊不定的战时生活环境,使他们的创作发生了某些变化,几乎每个人都或多或少地写出了反映内地的生活和斗争的作品,如萧红的长篇小说《马伯乐》、端木的长篇小说《新都花絮》、李辉英的长篇小说《雾都》和舒群的中篇小说《莫云与韩尔谟少尉》等，同时，他们仍继续创作了一批反映东北地区社会生活的作品，如萧红的长篇小说《呼兰河传》、萧军的长篇小说《第三代》和骆宾基的长篇小说《幼年》等，这些作品更鲜明地表现着东北作家的创作特色。这一时期，他们在各自的文学创作道路上进行了艰辛的艺术探索，采摘了丰硕的文学果实。令人痛惜的是，这个群体最有才华的女作家萧红，于一九四二年不幸病逝于香港。四十年代中后期，东北作家群逐渐解体。

在生活经历、创作题材和艺术特色等方面，东北作家群的成员存在着大致相同的特点，具备了一个文学流派的基本规模和主要特征。但是，由于他们并不是自觉联合起来的，没有统一的艺术准则和创作纲领，相互间缺乏紧密的组织联系，缺少在思想、艺术方面的彼此切磋和共同追求，也没有公认的代表性作家的创作或理论作为群体的艺术楷模与美学规范，抗战爆发后他们各自的生活道路又不尽相同，创作实践也发生了新的变化，所以，东北作家群是一个在思想上、艺术上未能获得充分发展的不够成熟的文学流派①。

二

东北作家群的文学创作是多方面的，涉及各种体裁，但能够真正代表其文学成就的是小说创作。

他们的作品以色彩浓重的笔墨，粗犷雄健的力度和热烈激愤的情感描绘东北人民的生活和斗争，在现代文学史上第一次集中、鲜明、强烈地揭示出抗日救国的时代主题。这是东北作家群小说

① 严家炎称之为“准流派”，参见《〈中国现代各流派小说选〉前言》，北京大学出版社 1986 年出版。

创作的突出特征。他们都是东北籍的作家，日本帝国主义的野蛮侵略，首先在他们的生活中和心灵里引起了巨大的震动，国恨、家仇和个人遭际，在他们身上最早得到了比较高度的统一，因而在民族矛盾成为现代中国的主要矛盾的紧要历史关头，他们的小说创作较之国内其他作家，都更为敏感、更为及时和更加真实地反映了历史时代的这一急剧变化。他们带着自己的刻骨铭心的切身感受，以更真挚强烈的爱国热情，真实、具体地反映了东北人民在日寇铁蹄蹂躏下的血泪和苦难，描写了东北人民为保家卫国而进行的悲壮斗争和英勇反抗，突出表现了他们身上所蕴藏的巨大的不可征服的民族伟力。

侵略者的大炮和刺刀，首先给东北人民造成了巨大的灾难，从神奇的白山黑水到辽阔的草原牧场，从莽莽的林海到三江平原的黑土地，到处流淌着血和泪，到处弥漫着硝烟与炮火，悲愤的东北作家群的成员用他们的文学镜头，真实地摄下了侵略者的残暴和人民的苦难。在萧红眼里，这片失去的土地是东北人民的“生死场”，敌寇的掳掠烧杀，使田园荒芜、尸横郊野(《生死场》)。舒群的小说《孤儿》表现了妻离子散、家破人亡的悲剧，选入本书的《没有祖国的孩子》和另外一篇小说《邻家》，则真切地抒写着亡国的痛苦和悲伤。罗烽更是“常常悲愤的描写敌人的残酷”①，他曾把笔伸向日伪统治的最黑暗的角落(《狱》)，还愤懑地控诉了侵略者洗劫村庄、残害平民的兽行(《荒村》)，在收入本书的《呼兰河边》里，日军灭绝人性的暴行简直令人发指！

鲁迅一九三四年十月九日写信回答萧军的提问时指出：“现在需要的是斗争的文学。”可以说，萧军的《八月的乡村》便是真正的“斗争的文学”。描写东北人民在侵略者制造的灾难和痛苦中

---

① 周立波《一九三六年的小说创作——丰饶的一年间》，1936 年 12 月 25 日《光明》第 2 卷第 2 号。

的民族觉醒和奋起抗争，是东北作家群小说创作的十分突出的内容。最早出现于上海文坛的东北作家群的第一部长篇小说《万宝山》，取材于当时震惊中外的万宝山事件，作品反映了伊通河畔的农民举行的反对日本人强行垦荒掘沟，保卫田园的武装暴动。萧红描写了哈尔滨附近乡村农民沦陷前后的苦难生活和觉醒斗争（《生死场》）。萧军则正面表现"中华人民革命军第九支队"，在磐石地区同日伪军队进行的艰苦卓绝的浴血苦战（《八月的乡村》）。骆宾基的长篇小说《边陲线上》，反映了活跃在中朝边境线上的一支抗日游击队的艰难曲折的战斗历程。端木蕻良在《大地的海》里，描绘了莲花泡农民自发开展的反对日军修筑公路的悲壮斗争。他的《浑河的急流》，勾画了浑河岸边的猎户对伪满当局的勇敢反抗。而出现在舒群的《萧苓》中的，是奋勇展开不屈斗争的爱国学生的形象。

抗战的最后胜利"不能不从抖去阻害民族的活力的死的渣滓，启发蕴藏在民众里面的伟大力量而得到"，①端木蕻良十分赞成胡风提出的这个观点。并非所有作者都能具备这种清醒而深刻的眼光。有了这种眼光，在表现民族的政治对抗和军事斗争的时候，大概是不会忽视中国人民抗日战争的社会历史基础和思想文化背景的。而这恐怕是影响其作品思想艺术成就的一个重要因素。读者可能已经注意到，《八月的乡村》、《生死场》、《大地的海》、《边陲线上》，以及收入本书的《丰年》（李辉英著），《鳏夫》、《马的故事》（萧军著）等作品，都程度不同地反映了封建传统观念与小农思想意识，阻滞着农民及小有产者走向民族觉醒和反抗斗争的现实，分别刻画了二里半（《生死场》）、金合（《鳏夫》）、孙家父子（《八月的乡村》）、杨德（《马的故事》）、艾老爹（《大地的

① 参见端木蕻良《寄在战争中成长的文艺火枪手们》，1937 年 11 月 16 日《七月》半月刊第 1 集第 3 期。

海》)、刘房东(《边陲线上》)和孙三(《丰年》)等背负着沉重的精神负担,艰难地挣扎奋起的老中国儿女的形象。如何准确把握和深刻描写民族的政治独立与精神解放的关系,东北作家群给人们留下了值得进一步深入思考的课题。在我看来,曾在当时发生过很大影响的《八月的乡村》,由于作者把艺术重心主要放在截击、攻袭、撤退、扩军等军事斗争的外部场景的描绘上,未能更充分、更有力地着墨于作品内部思想空间的拓展和发掘,因而便不能不对作品的艺术生命力造成某种程度的损害。《生死场》直接描写抗日的后七章,艺术上明显逊于前十章,而且这两部分之间缺乏有机的内在的精神联系,农民对于生的坚强与对于死的挣扎的生命力,向抵抗侵略的民族力量的转化,显得缺少合乎生活逻辑的必要历史过程。后来萧红大约觉察到了这些问题,当聂绀弩谈到《生死场》表现了"不自觉的个体到英雄的集体这一从量到质的改变"时,并没有得到她的明确首肯。① 类似的问题还见于《万宝山》和《边陲线上》等作品。

在中国文学史上,反帝爱国文学是伴随着中国逐步沦为半殖民地半封建社会的历史进程而产生的。中国近代文学的一个基本主题,就是反帝。当时的许多文学作品,如小说《官场现形记》、《罂粟花》和《狮子吼》等,或揭露帝国主义侵略者的虎狼之心,或讴歌中国人民抗击外侮的正义行动,或描写华侨饱受帝国主义欺凌的悲惨遭遇,或抒发对于清王朝丧权辱国的悲愤情绪与渴望救国济民的强烈激情,都反映出了反帝爱国的鲜明思想倾向。但是,由于时代历史的局限,近代文学的作者们既不可能深刻认识帝国主义的反动本质,也不可能清醒看到人民群众是反帝的真正强大力量。

现代文学以近代文学所不可能有的一种新的姿态,表现出彻

① 参见聂绀弩《〈萧红选集〉序》,人民文学出版社 1981 年出版。

底的反帝反封建的革命精神。但是，一个无法回避的事实是，五四时期反帝题材的作品不但为数很少，而且较为缺乏深厚的思想内涵和广阔的社会历史意义。在有的小说中，对帝国主义的揭露尚停留在表层的生活现象上，未能从深切的生活经验和独特的心灵感受出发加以表现。反封建文学，在五四时期获得了长足的发展，这主要取决于中国的社会现实和作家主体的艺术选择。因此，中国现代文学的反帝爱国思想的外部形态往往面目迥异、各有不同。从根本上说，中国人民的一切斗争与反帝的民族解放运动都是息息相关的，这就决定了现代中国文学与中国人民的民族解放运动内在的深层的而不是外在的表面的联系。有的研究者注意到，“五四”新文学的主将鲁迅并没有创作过反帝题材的小说，这一方面是因为鲁迅认识到，向帝国主义的哀求不能换得一掬同情之泪，向帝国主义的抗议也不会赢得他们的丝毫让步，“要中华民族自立于世界民族之林，首先要以坚韧不拔的意志图谋自己的生存，首先要咬紧牙关战取自己的进步。正是因为如此，他才把对帝国主义侵略的满腔愤懑全部地倾入到对中国封建势力的怨怒的攻击、愤怒的鞭挞中”。① 另一方面是因为当时的时代要求和鲁迅的自觉追求，都导向了作为新民主主义政治革命发端的反封建的文化启蒙运动。尽管如此，人们仍然会感到鲁迅小说中最深挚、最基本的因素，便是无法阻遏的浓烈而深沉的反帝爱国激情。恰如周扬所说，“封建势力和帝国主义在中国保有不可分离互相依附的关系，因此反封建的文学常常包含了反帝的意义”。②

“五卅”运动以后，反帝题材的作品逐渐增多，但依然缺少佳作。“九一八”事变和上海“一·二八”抗战之后，终于出现了一个“反帝文学的高潮”③。当时，抗日救亡成为每个中国人必须首先

---

① 王富仁《透视整个社会现实的最佳角度》，《中国现代文学研究丛刊》1984 年第 2 辑。

②③ 周扬《现阶段的文学》，1936 年 6 月 25 日《光明》第 1 卷第 2 号。

回答的时代课题，广大作家以强烈的爱国热情，纷纷投入抗日文学的创作，写出了大量的反映抗日图存的作品。但总体来看，比较成功的是那些及时反映前线军民战斗生活的通讯报告作品，而小说在艺术上大都比较粗糙，普遍存在"'新闻记事'小说化"的倾向，[①]长篇小说《义勇军》（林箐著）和《齿轮》（铁翰池著）便是如此。还有的作者本来不了解东北沦陷区，也写了反映东北人民抗日斗争的小说，如艾芜就写出了《咆哮的许家屯》。正像胡风当年曾经指出的那样，"如果作者不熟悉他所要描写的题材——人物和抚育这人物的环境，那他的描写本领即令很大也无从施展，他的'热情'即令很高也会成为浮在纸面上的东西，《咆哮的许家屯》就是例子"。[②] 历史急切地呼唤着真实、生动、有力的抗日文学。在这种情势下，时代把流亡关内的东北作家群迅速推上文坛。

人们在东北作家群的作品中，"第一次看到了东北穷苦人民的悲惨生活和英勇斗争"，"当时在民族危机下面的全国人民苦闷愤恨的心情，这才通过文学形象大大地吐了一口气"。[③] 东北作家群最早描写了东北沦陷区人民的苦难和斗争，把我国反帝爱国文学创作推向一个新阶段，改变了现代文学创作中正面表现反帝斗争，特别是武装抵抗帝国主义侵略的作品比较贫乏的局面，开辟了现代文学题材的新领域。人们从东北作家群的小说中获得的特殊的审美认识和艺术感受，是其他抗日小说所不能够提供的。他们不像巴金那样热烈歌颂人民群众的高涨的爱国情绪（《火》三部曲），又不像老舍那样由衷赞美普通市民的坚贞的民族气节（《四世同堂》），也不像马烽、西戎那样着力描写农民组织起来开展游击战争（《吕梁英雄传》），而是突出表现东北人民的雄强、犷悍、勇武的精神气概，火山爆发般的不可遏抑的反抗斗争，摧枯拉朽的滚

① 茅盾《"一·二八"的小说》，1934 年 4 月 1 日《文学》第 2 卷第 4 期。

② 胡风《南国之夜》，《胡风评论集》（上），人民文学出版社 1984 年出版。

③ 胡风《我与萧军》，1984 年 4 月 25 日《北京晚报》。

滚抗日洪流。在抗战文学的宏大合唱中，你可以清晰地听到东北作家群的独特声音。唯其如此，东北作家群才会以一个卓然特立的文学群体的面貌，令人瞩目地登上现代中国文坛。

三

清人姚鼐曾经谈到文章有所谓“阴阳刚柔”之别，他说：“其得于阳与刚之美者，则其文如霆，如电，如长风之出谷，如崇山峻崖，如决大川，如奔骐骥；其光也如杲日，如火，如金镠铁；其于人也，如凭高视远，如君而朝万众，如鼓万勇士而战之。其得于阴与柔之美者，则其文如升初日，如清风，如云，如霞，如烟，如幽林曲涧，如沦，如漾，如珠玉之辉，如鸿鹄之鸣而入寥阔；其于人也漻乎其如叹，邈乎其如有思，暖乎其如喜，愀乎其如悲。”①西方美学家对于美的类型，也有“崇高”(sublime)与“优美”(grace)的划分。学术界有人把东北作家群小说创作的群体风格概括为崇高和阳刚，而我认为，对于东北作家群来说，这只能是一种大体一致的美学风格而已。说它大体一致，是因为这风格并不能涵盖所有作家作品，在有的作家那里比较明显、突出，如萧军和端木蕻良，在有的作家的少数作品里有某种程度的体现，而在另外一些作家作品里则表现得不那么集中和鲜明。本来东北作家群就不是某种美学风格的自觉组合，不像有的自觉结成的文学流派那样能够形成集中、统一的艺术倾向。即便如此，对他们的雄健、刚劲的风格进行艺术分析，仍然是很有必要的。

独特的人文历史地理环境，使东北具有不同于内地的特殊地域文化风貌，这不仅在于寂寥荒漠的土地、苍莽雄浑的原始森林、蜿蜒起伏的山川和飞雪飘飘的漫长寒冬，而且更在于粗犷、剽悍、

① 转引自郭绍虞《中国文学批评史》第652页，上海古籍出版社1979年出版。

刚直、豪爽、沉实的人民。这些因素必然给生于斯、长于斯的东北作家的艺术气质以潜在影响，他们的作品洋溢着这块寥廓广漠的土地的浓郁气息，读者从中感到的，正是那种雄劲、粗犷的阳刚之美。东北作家群不像致力于表现中原宗法制乡村社会的田园风味的废名，常常以翠绿为基色着意描绘竹林茅舍、菜园菱荡的恬静秀丽的景致；也不似擅长描画湘西边地朴野的民情风习的沈从文，喜欢用水一样明亮碧透柔和的色调涂染画面。一般说来，他们往往以苍劲浑茫、粗犷奔放的格调，浓墨重彩地勾勒东北地区雄阔的草原、广漠的土地、奔腾的河流和苍莽的山林，从而呈现出一种特有的强劲粗犷、雄健有力的美感。

端木蕻良曾说："我写的都是一些关于土壤的故事"，①"土地是我的母亲……我是土地的族系"，②"我活着好像是专门为了写出土地的历史而来的"③。恐怕没有第二个现代小说家像端木蕻良这样狂热地诗意地描绘土地，他的作品展示了一幅幅充溢着雄深伟力的大地的图画：《科尔沁旗草原》铺开了绿浪无际的原野，《大地的海》绘出了黑色的浩瀚沃土，《大江》更把大地的幅员从东北山林扩展到长城内外、大河上下。萧军在《〈绿叶的故事〉序》中说过，"我是在北满洲生长大的，我爱那白得没有限际的雪原，我爱那高得没有限度的蓝天；我爱那墨似的松柏林，那插天的银子铸成似的桦树和白杨标直的躯干；我爱涛沫似的牛羊群……"出现于他的笔下的，是"具有坚强的性格的自然"，④宁静的田野、丛密的桦木林、茂盛绊人的狭叶草、野蒿和野藤，以及在谷底纡曲伸展的小溪（《八月的乡村》），散发出东北大地特有的原始的"野味和

---

①②③　《〈大地的海〉后记》，《土地的誓言》（1941 年 11 月 1 日《时代文学》第 5、6 期合刊），《我的创作经验》（1944 年 11 月《万象》第 4 卷第 5 期）。

④　刘西渭《〈八月的乡村〉——萧军先生作》，《咀华集》，文化生活出版社 1936 年 12 月版。

生味”①。骆宾基的作品则展示了边陲线上一派宏伟壮阔的北疆风光(《边陲线上》),入选本书的《乡亲——康天刚》更是出色地勾画出遗留着冬季白雪的重叠的高峰峻岭、一色是草原的峡地宽谷、流溢着木材的芬芳的房屋、飞驰的雪车和奔跳的狍子群,色彩浓烈而又气势恢宏。

东北虽然很早就有满汉等民族的人民在那里生息繁衍,但是居民人数一直很少,直到清朝末年,才有大批山东、河北移民迁入。正如端木蕻良所说,东北人民“有过一个时候用他们的耐苦和勤劳挖掘出他们发光的日子,活得像一盆火似的。很像美国西部的人们和死亡迫害奋斗,开发了现在的加州一样,所以有许多人都说东北的祖先是 Pioneer(拓荒者——引者)”。② 与沈从文笔下的那隅未蒙教化的边地湘西相比,东北是一块未经开发的处女地。闯关东的冒险性经历,筚路蓝缕的垦荒创业生涯,使他们面对的社会和文化约束相对薄弱,精神相对自由,个人选择的天地较为广阔,自然环境所形成的挑战也更加严峻,由此而熔铸了东北人那种特有的精神气质。端木蕻良从故乡农民的身上,“感悟到人类最强烈的求生意志”,他在《〈科尔沁旗草原〉后记》中写道:“我每当看到那戴着貉绒大风帽的车老板子,两眼喷射出马贼的光焰,在三尺厚的大雪地里,赶起车,吆喝吆喝地走,我觉得我自己立刻的健康了。我觉得人类无边的宏大,我觉出人类的无可形容的美丽。”萧军也说过,“我家乡那地方,地属山区,民风是很闭塞、慓悍的。一般并不崇尚读书。当军官或‘红胡子’(土匪别称)是一般怀有野心的青年所向往的理想”。③ 出现在东北作家群某些作品中的人物,正是端木蕻良和萧军所说的这种雄强犷悍、蛮野豪侠的东北人

① 萧军《〈八月的乡村〉再版感言》。

② 《科尔沁前史》,1940 年 12 月 1 日《时代批评》第 65 期。

③ 《萧军近作》第 280 页,四川人民出版社 1981 年出版。

的群像。他们身上蕴藏着“原始的野生的力”，他们是真正的大地之子和大地巨人！你还可以由被抗日队伍收编的土匪“煤黑子”（《遥远的风砂》）和猎户的女儿水芹子（《浑河的急流》）的身上，强烈地感受到这种原始的强力和野性的美。萧军热衷刻画的人物也是那种雄强有力的大勇者，勇猛的铁鹰队长、坚毅的陈柱司令、刚烈的李七嫂（《八月的乡村》）和倔强的翠屏（《第三代》），都是如此。萧红的《生死场》，得到了鲁迅“北方人民对于生的坚强，对于死的挣扎，却往往已经力透纸背”[①]的赞誉。骆宾基的小说更是出色地描绘了具有“闯关东”冒险经历的人物：“康天刚是那样一个愉快活泼的汉子，只要一见他就象从他身上得到生命力似的”；孙把头“是个背胸相当宽厚的汉子”，“满脸红红的，仿佛刚从热水浴盆里走出来的人”。《乡亲——康天刚》）即便是萧红的《小城三月》，在对主人公翠姨的爱情悲剧和人生悲剧的平静记述与淡淡伤悼中，也会偶尔有如下粗犷、豪迈的文字：“在外边飞着满天的大雪，我和翠姨坐着马车去买绒绳鞋。我们身上围着皮褥子，赶车的车夫高高的坐在车夫台上，摇晃着身子唱着沙哑的山歌：‘喝咧咧……’耳边的风呜呜的啸着，从天上倾下来的大雪迷乱了我们的眼睛，远远的天隐在云雾里……”

民族矛盾、政治对抗、军事冲突、敌我斗争，构成了东北作家群小说创作的重要题材，这些内容本身就具有“崇高”的美质，激荡着雄健的阳刚之气。正如刘西渭在评析萧军的《八月的乡村》时所指出的，“阶级斗争，还有民族抗战，是萧军先生作品的两棵柱石”，因此他的小说“孕育未来和力量”。[②] 因为亲身经历过那种离乡背井、被迫流亡的人生磨难和情感体验，东北作家群才会在表现上述内容时，总是同时喷发着强烈的爱憎、难以抑制的激情、深

---

① 《且介亭杂文二集·萧红作〈生死场〉序》。

② 《〈八月的乡村〉——萧军先生作》。

重的苦痛和忧伤、绵绵不绝的思念与浓郁的主观情绪。端木蕻良“对着关东草原,比拜伦对着熄灭的希腊和荒淫的西班牙更灼热着沉挚的悲痛和爱”,①他“抒情似的抒写着土地”②。鲁迅在为《八月的乡村》作序时说,“作者的心血和失去的天空,土地,受难的人民,以至失去的茂草,高粱,蝈蝈,蚊子,搅成一团,鲜红的在读者眼前展开”。他们的这种创作心态,大约属于尼采所说的那种酒神狄奥尼索斯状态,是“整个情绪系统的激动亢奋”,是“情绪的总激发和总释放”。③

四

近、现代中国的爱国主义,是在中国进入屡遭帝国主义列强的侵略和欺侮的近、现代历史进程中产生的。在十九世纪四十年代以后中国人民抗敌御侮的一系列正义战争中,反侵略者的中国与侵略者的东西方列强之间,几乎横亘着整整一个历史时代的巨大鸿沟。正是这种巨大的文化历史落差,导致了近、现代中华民族的悲剧性命运,它仍在影响着当代中国的历史发展。因此,中英鸦片战争、中法战争、中日甲午战争,以及抗日战争,便不仅具有单纯的反侵略战争的意义,而且内含着中外文化冲突、融汇的深远历史意义。近、现代中国置身于世界文化体系之后的基本历史文化处境,决定了中国的爱国主义文学,不但具有反对帝国主义侵略的民族独立和民族解放的鲜明倾向,而且更包蕴着文化批判与思想启蒙的民主主义的深邃内容。中国皇权专制制度的愚昧和残酷,悠久、停滞的民族历史,大一统的旧文化传统的日趋僵化和衰落,新生力

① 端木蕻良《我控诉,为了三千万被侮辱和损害的人民》,1946年4月25日《新华日报》。

② 端木蕻良《我的创作经验》,1944年11月《万象》第4卷第5期。

③ 尼采《悲剧的诞生》第320—321页,三联书店1986年出版。

量的缓慢生成和微弱发展，以及广大群众的落后的不觉悟状态，是每一个中国爱国者不能不正视的严峻的社会现实和文化背景。这就要求爱国主义文学，必须把反帝与反封建、民族解放与民主革命的双重历史任务统一起来，在追求民族的政治独立和政治解放的同时，更要执着于民族的精神解放和思想启蒙，在启发民族意识和政治意识的同时，尤其要唤醒全民族的现代意识和文化自觉。

著名文艺理论家冯雪峰，曾经深刻地阐述了抗日战争中民族解放和民主革命之间的密切关系，他指出，抗日战争“并不是单纯的反抗外族，却是在反对日本帝国主义的行动里面也同时反映着民族内部的革命”，其“最高目标和意义是反对帝国主义，而同时又非实行着反对封建的任务不可”。[①] 这种历史特征在东北作家群的小说创作中，得到了程度不同的反映，并且愈到后来便愈突出。收入本书的中篇小说《鳏夫》、短篇小说《马的故事》、《鸶鹭湖的忧郁》（端木蕻良著），以及长篇小说《生死场》和《科尔沁旗草原》等作品，都或朦胧或清晰地体现出把封建主义统治和帝国主义压迫，作为一个连续的历史逻辑过程来把握的意图，从而反映出东北人民的痛苦和灾难不仅是帝国主义强权侵略的结果，而且也是封建主义的长期奴役所造成的，东北人民不但是帝国主义的有力抵抗者，而且是封建主义的真正掘墓人。

抗战爆发之后，东北作家群由主要描写东北人民抗日斗争的现实，转入集中表现东北地区社会生活的历史。《呼兰河传》、《第三代》、《幼年》，以及一九三九年出版的《科尔沁旗草原》都代表着这一趋向。《呼兰河传》主要描绘呼兰河人卑琐平凡的日常生活，及其愚昧麻木、保守落后的精神状态，显示出对封建传统生活和礼教习俗的痛切批判。《第三代》侧重表现辽西山区人民在封建势力统治下的命运和抗争，力图追溯东北人民反抗精神的渊源。

① 《谈“根底”》，《雪峰文集》第3卷，人民文学出版社1983年出版。

《幼年》和《科尔沁旗草原》则分别以一个城镇小商人家庭和一个草原大地主家族为中心，展示东北的社会历史生活，前者于人生的浮沉中刻画人物心理和精神的嬗变，后者着力剖析不同社会力量的消长起伏和斗争较量。这些作品表明，东北作家群的作者对反帝与反封建、民族解放与民主革命的关系的认识和理解，较之以前更加深化了，他们更加注重中国人民自身的生存状况和文化环境对于民族解放的决定性意义。透过茫茫的历史烟云，他们发掘人民的原始的蓬勃的生命力，批判蚕食人民的生机和活力的种种社会文化痼疾，从而表达出对民主革命和思想启蒙的热切期待。

较之东北作家群的其他作者，萧红对东北农民在封建主义的政治压迫和精神奴役下的痛苦人生与悲惨命运，具有格外深切、格外强烈的感受和体验，她对反帝与反封建的内在联系也有着自己的独特理解。《生死场》便隐含着由封建主义压迫下的农民的生存状况和精神形态中，思索中华民族遭受异族欺凌的自身的历史和文化原因的潜在倾向。作品的主要人物之一，是"对于国亡，他似乎没有什么伤心"的农民二里半。这一形象表明，农民对政治的冷漠态度和民族意识的极度匮乏，既是封建愚民文化长期渗透的后果，也是封建主义压迫和帝国主义统治的"强有力的支柱"①。在那样一个"做奴隶而不得的时代"（鲁迅语），连人的自我意识和个性意识都没有，遑论政治意识与民族意识！萧红在《生死场》里还写道：

> 乡间，日本人的毒手努力毒化农民，就说要恢复"大清国"，要做"忠臣"，"孝子"，"节妇"。

帝国主义殖民文化必然要同封建主义愚民文化相结合，基于这种深刻认识，萧红在《呼兰河传》以及收入本书的《小城三月》、《牛车

---

① 参见《马克思恩格斯选集》第4卷第295页，人民出版社1972年版。

上》和《后花园》等后期作品里，在对封建传统观念和文化心态的解剖中，深切地呼唤民主精神、人道意识和个性的觉醒。

从抗战爆发到四十年代，经过各自的艰辛的艺术探索，东北作家群作者们的艺术个性有了更充分的发展，艺术风格更臻成熟，有的甚至取得了长足的进步。萧红是一位勇于进行大胆的艺术探索的小说家，她不赞成“小说有一定的写法”，“一定要写得像巴尔扎克或契诃甫的作品那样”，认为应该“有各式各样的小说”。① 选入本书的三篇小说，无疑属于萧红最优秀的作品。《牛车上》于缓慢行驶的牛车上，诉说五云嫂身世的哀痛，《后花园》在花园的热烈氛围里描写磨倌的孤寂，《小城三月》由时节的自然转换中表现翠姨的悲剧，结构散漫自然，文字稚气清新，浮荡着忧伤而悲凉的情绪。

> 花开了，就像花睡醒了似的。鸟飞了，就像鸟上天了似的。虫子叫了，就像虫子在说话似的。一切都活了。都有无限的本领，要做什么，就做什么。要怎么样，就怎么样。都是自由的。倭瓜愿意爬上架就爬上架，愿意爬上房就爬上房。黄瓜愿意开一个谎花，就开一个谎花，愿意结一个黄瓜，就结一个黄瓜。若都不愿意，就是一个黄瓜也不结，一朵花也不开，也没有人问它。玉米愿意长多高就长多高，它若愿意长上天去，也没有人管。蝴蝶随意的飞，一会从墙头上飞来一对黄蝴蝶，一会又从墙头上飞走了一个白蝴蝶。它们是从谁家来的，又飞到谁家去？太阳也不知道这个。（《呼兰河传》第三章）

大概只有萧红才能写出这样充盈着无限的生命力和勃勃生机的自然，如此富于诗意的自由的自然吧。

---

① 聂绀弩《〈萧红选集〉序》。

端木蕻良的气质和才华是属于诗的,四十年代曾有人称他为“拜伦式的诗人”①。巴人(王任叔)在评论他的小说时,写下这样一个著名的“公式”:“莎士比亚的华丽+拜伦的奔放+道斯托以夫斯基的颤鸣=直立起来的《科尔沁旗草原》。”②这个特点也见于他的收入本书的几篇作品。翻开端木蕻良的小说,那充满自然力的奔放的情感和浓郁而充沛的滚滚而来的激情,简直使你透不过气来。自然这也由于他的语言。在传达东北方言的风骨和力度方面,端木蕻良在东北作家群里边是没有人能够与其匹敌的。他的语言文字相当富有表现力。大地在他的笔下仿佛飞动起来:“无边的大地显现出一种单纯的颜色,在窗口外面流泻过去”(《大地的海》)。他能把无生命的森林写得虎虎有生气:“不知是那一朝代,山上卷来一阵风,或是什么过往神灵,路经此地,为了好玩在袖里洒出一捧雪松子来,到第二天这漫山漫谷穿起了巍巍的甲胄,发出虎的啸声,雕的飞鸣”(《柳条边外》)。这些散发着大草原的晨露和泥土的馨香的语言,十分契合地展现了东北大地的特有的气象和雄姿。从收入本书的《初吻》里,你还可以看到端木蕻良的另一副笔墨,温馨的、柔婉的而又伤感的。

萧军的艺术世界是刚健而质朴、遒劲而深厚的。他本人是一条铁骨铮铮的东北汉子,他写小说“行文犹如作人,他要的只是本色”③。本书里的中篇小说《鳏夫》,便颇能反映萧军的人格本色。而他最有艺术气魄的作品,是长达八卷的长篇小说《第三代》。这部近八十万字的作品把读者带进了本世纪初偏僻的凌河村和繁华的长春城,波澜壮阔地展示了东北城乡生活的各个方面:从凌河村的农民,到羊角山的“胡子”,从豪华的地主庄园,到阴森的官府监狱,从达官贵人的府第官邸,到穷苦百姓的街头酒店。众多繁杂纷

①② 巴人《直立起来的〈科尔沁旗草原〉》,《窄门集》,香港海燕书店1941年5月初版。

③ 刘西渭《〈八月的乡村〉——萧军先生作》。

纭的场景，在作者的纵横开阖、跳荡腾跃的结构方式的处理下，显得气势雄浑、境界开阔，充分显示出萧军概括生活的磅礴气势和宏大魄力。

骆宾基被视为东北作家群里的“怪杰”。当他四十年代在大后方接连拿出了若干篇给人以异样的感觉的小说的时候，读者一定不免于吃惊：这还是曾写下了《边陲线上》的那个骆宾基吗？他能够把在一般人看来是最枯燥、最少戏剧性的题材，写得韵味无穷、耐人品咂，如本书中的《北望园的春天》；他不像端木蕻良和萧军那样，在表现对象世界时把自己也“烧”在里面，而是冷静地与对象世界保持着“距离”，就像你在收入本书里的《红玻璃的故事》所看到的。他的长篇小说《幼年》以儿童的心灵视角来感受生活，创造出一个童趣盎然的艺术世界。骆宾基凭借这份思索生活和探寻人性的独特艺术才能，赢得了读者。

舒群善于写“故事”，注重谋篇命意，对于小说的结构有细密的筹划经营。罗烽则刻意渲染气氛，他的作品蒸腾着悲愤、沉痛的情愫。白朗有女性的细腻和表现的别致。李辉英却是质朴而晓畅。

最后需要向读者说明的是，本书选收作品，主要着眼于作家群体的一致性特征，也适当考虑每位作者的个性特点，以及艺术风格的发展嬗变。由于篇幅的关系，本书只能适量选收中、短篇小说，而那些代表了这个群体最高文学成就的长篇小说，就不能编入了。因为必须体现东北作家群小说创作的地域文化特色，有些描写内地生活的优秀小说，也没有入选。只有骆宾基的《北望园的春天》是个例外，不仅因为它是作者的代表性作品，而且也与东北生活具有密切关系。

作品的排列以作者为单元，而作者的先后顺序则按所选首篇作品的发表时间为准编排。入选作品基本保持原貌，选文采用初次发表的版本,并于篇末注明出处。

本书的编选难免存在缺点和不足,敬祈专家和读者指教。

一九九〇年秋冬之交于三源里

二〇一〇年十二月十六日略改

李辉英

丰　年

一

七月末的过午太阳，像火一般热，热得人有些喘不上气。孙三在田里巡查了一圈，满脸满身都冒出来热腾腾的汗，但他的心里连一句埋怨天气的话都没有，因为这以后的天气，愈是炎热，愈能够把子粒晒黄，晒得结实。眼看那地里头黄黄的一片庄稼，再过半月天就好收割，他一肚子尽是说不出口的愉快，因而在枯皱的老脸上，不自主地浮现出一副笑容。但是，当他第二次再用两只昏花的眼睛，向自己耕种的八垧地看过后，看不到有结着红粒子的高粱时，心里的愉快和脸上的笑容，一下子就都消散了。高粱米，不独是他们每个农家的主要食料，粮食之外，剩下的长茎秫秸，还可以作主要的烧柴呢。那，为什么不种呢，是他不愿意种吗？不，这就是他为什么在内心里有了一点不痛快的地方以及轻易地消失了笑脸的原因。是被命令着不准种的，不但他孙三一家，全个王家屯都是这样。立春，官家就派人四乡贴告示，下令说日本人有命令，火车道两旁五里地之内，不准播种高粱，怕将来庄稼长出来后，潜藏胡匪。孙三虽然不认字，和他同样不认字的人在屯里正有好多，可是谁都知道了这道命令。王家屯恰好在火车道旁，他们就趁着未到播种时，把原存的高粱种都碾成米吃了。不准种就不种罢。

不，那其实也可以说是意外的事，孙三记得杨玉全就没有听官家的命令,偷偷地种了两垧高粱,离火车道还不过二里地。别人问他是怎么回事,他会笑着说,"高粱不种,上秋哪来的烧柴。又要掏出钱往里买米,庄稼人除了小米、高粱米还有什么吃的。不种可不上算,种到地里,官家当真能拔扔了么。"不错,他的话像有点道理,可是,他想错了,官家对这事太认真啦,一点不让步;后来到小苗冒头时,专门派人到四乡巡查,就查到了他的高粱地,那些人,比平日下乡来催大租的样子还厉害,硬叫玉全在半天内翻了田,还罚了他五千吊,说是他不听从官家命令。临走临走,还负气似地说:

"想讨便宜么,这不是咱自家事,可以随便点,这是日本人的命令呀,谁敢不听,不听就别想活!"

玉全哭着喊着跑半天才凑上五千吊,孝敬了官家,把长出二寸多长的小苗,绿油油的,都翻了,另种上了晚黄豆。算一算,罚钱、高粱种、种地人工、开销,两垧地空掏出一万多吊;……想到这,孙三实在有些生气,生气日本人比官衙门人还不讲理,更因此想到官衙门里的人,平日对庄稼人能作威作福,为什么见到日本人自己就像三孙子似的一个扁屁也不敢放,低三下四的,就只听日本人的命令!火车道,现在想起来也是怪讨厌的,没有它,哪能受到限制;不,恨火车道那可真不对,要是没有火车,能够当天上吉林打回头么。应该说自己人不争气,自己人要是好的,哪能让些日本鬼闯进来!……

任便想到什么地方,孙三究竟为眼前黄澄澄的庄稼勾引得乐到忘去了一切憎恨与厌恶,看到那些由雨水调和才生长得这么适度的庄稼,全个身心为之松快了,畅适了,竟然深深地出了一口长气,一面自语着:"唉,真是天年,兵荒马乱年头,倒难得这样好收成。"

真是,一年以来,哪一月在左近地方没有过战争!日本兵打胡子,胡子自己说是义勇军,看起来又都是真牌庄稼人,说要打日本,他们为什么不种地，干那样事情！每次打，总有些人死；每次，总有些房屋烧毁了，庄稼糟蹋完了；这不是兵荒马乱的年头么。就说火车道，也还不是时常就让人扒断了，好几天好几天不能通火车！荒乱年头，想不到是个丰年。

这么一想，带着一颗从困境中解放出来的心情，孙三伸出青筋毕现的右手，擦一擦脸上的汗，随后再解开小汗衫的扣子，透透身上的热汗，欢笑着，慢慢地向着归家的路上走去。

“孙三哥，上哪去？”

听到有人喊，向四外看，孙三看到谷地边站着杨玉全，刚刚还想到他，不想他倒串出来，笑了一笑，就说：

“你倒不禁想，刚刚我想完你，你就来啦，你干甚么呀？”

“三哥又卖好，谁要你天天想我，”变了话头，“我看看谷子，有谷花呢。”

“多多少少都有点，今年年头还不是难得，靠得住十分收。”

答着，又告诉了自己原是来查看地的，此刻是往家走，孙三说完就想起玉全的晚豆地，想问问豆子结得怎样，又怕因此引起人家的不高兴，像故意说别人的短处似的，就把话头压下去了。

玉全离开谷地边，走到他的跟前。

“三哥，多收点又能怎样，这几年，年年收成都不错，可是哪年粮食卖过大价钱！忘了么，不是年年都挨到年根底下才能卖么，人急得霍乱钻天似的！”

听这话，有些对，宛如说到心坎上，惟其如此，才像是有个不解的扣，引起孙三要讨询一下究竟的心思。沉思一会，终于对着面前的汉子，另一方面是经常上街赶集见闻较广的人，慢吞吞地冒出来一句：

“那，那倒是真的，那可是怎么回事呢？”

“谁知道，我就听说这里头有日本子捣鬼。那年跟大鼻子开仗，听说一山一山豆子运不出，没人买，后来日本子买了便宜。这两年都这样,日本子早看透这步棋,不到年底不吐口,老百姓哪受得了,家里尽是待还的债,恨不一下子就卖了粮好回家还债,到年底,贵贱也要卖呀。……"

"这就卖不上大价钱啦。"

孙三一面用手扯着汗衫的前襟,扇动着汗湿的胸脯,一面替玉全作了如此的结论。

不过,玉全仍然依照自己的性子,又说了一大段话,不管孙三怎样替他作着结论。

"要不我说收成好并不值得怎样可贺,就是这种道理,你说对不对? 粮收得多,硬不给你收买,到终归还不是要卖小价钱! 这年头,说来说去还不是老百姓吃苦! 可是,收成好总比收成坏好一些,听说前一月松花江涨大水,哈尔滨江下水成千成万垧地都淹完了,那不是更没有法子么,更苦么!"

"管怎样,种地人总要靠老天爷吃饭哪。"

忽然吹起一阵风,树梢,庄稼吹得呼啦呼啦地响。树梢里藏匿的鸟雀们,像是从闷热的沉睡中醒过来似的,懒懒地唱着歌儿,有的悄悄地飞去了。只是一阵平常的风,屯子里就显得生动不少。

"到时候了,天头热,风可凉,是秋风啦。"

这么说着,玉全一连打了好几个呵欠,懒得身上有些痒溜溜的,一面抬手擦脸上冒出来的汗珠。

"可不是,再过半个月就割地了,该是中秋啦,还不该刮秋风么?"

二

拐一个弯,过一片粳地就该可以望到家门,孙三在田里慢慢地走,他走得那样的慢,因为想玉全说的话来的。这时,空中叫起"呜——"的声音,由远及近,由小而大,使他停住了脚步。二年来，经历使他知道这是什么声音。他本能地抬头往天空上一望，正是，一架灰色的飞机。冲出一些雀鸟，乱飞着，乱叫着。孙三现在看飞机知道看国旗了，看到那大红圈子，知道又是日本的。不，可以说，从他看到飞机起，全是日本的，吉林省，还没有过飞机飞呢。飞机从头上飞过去了，飞向东北去了，渐渐地像一只老鹰似地消失在远方天空中了。

"该不会又有什么事罢？"这样想着，孙三把原来抬着的头低下来，每次每次的，从飞机身上，都给予他以或多或少不好的传说：飞机盘旋的地方，将要变成战场的。他想，也许在远处又有什么战争了吧？

把身子转向路旁的山神庙，老头儿，也不知怎的，忽然跪在庙前，一连磕了三个响头；他有事情呢，要求神灵保佑屯里不要发生变故；再过半月就可以完成的一个丰收，是不容有别样意外的。站起身，仿佛还以未上三炷香为憾，可是，他自己立即宽了心，觉得单为这一项怕神爷见怪，那是用不着的，神爷有灵，该记得每年每节他孙三都比别人供品上得多，净烧上好的高香，再说，连这座神龛，还都是他雇人制成的呢。

略喘一喘气，身上立时出了一身汗，老人家，就是有些地方比不得年轻人，然而孙三此时没有觉到这两点，只顾带着快乐的心情，急急地往家走。

拐过粳地，孙三看到了自己的家门，今天的门口，为什么没有孩子们玩耍呢，他们不是成天都在那闹着么？狗也不守在那块，难道说都因为天热躲起来了？天是热，孙三走到这，用手擦脖子，手全让汗水沾湿了。又知道汗衫扣子没有扣，当公公的不能这样大意的，站住脚扣得好好的，才往大门口走，走进大门了。

院里有点和平日不同，马槽头多出三匹吃草的马，院心摆着一辆车，车上还载着未卸的东西，像是搬家车，地上平添出很多马粪。孙三正在奇怪着，房门口玩耍着的二孙子就向他说明了：

“爷,二姑来啦。”

是他的二姑娘,出嫁倒有十多年了,住在距王家屯不上八十里的小城子。

“还有谁?”

问一句,但又并不等待回答,就走进屋,在三间正房的西间,孙三看到了自己的姑娘,女婿和他们的三个孩子。

“爹回来啦。”

两口子站起身问好,然后又坐到炕沿上。

孙三也坐下了,从炕上抓起一把破蒲扇,呼呼地扇。

“这热天,爹怎还不歇歇,该放心让哥哥作点啦。”

没有回答姑娘的话,孙三反过话头问:

“挂锄就来啦,怎不等过几天去接呢?拉些东西干什么?”

“要打仗啦。”

大儿子在旁边代为回答,然后把两口子拉东西来此的原由说明了。他说小城子前几天让义勇军占了去,打死了十六个日本兵,断了火车道,日本兵调来大队,两边快开火了,两口子听老爷子的话,就把东西搬了来。意思是要暂时躲躲。过几天消停一点再拉回去。这回妹妹来倒不是为的住娘家。儿子还说出五个人在路中多亏有义勇军保护通行,没有受到抢劫的话。别人都没有出声,全在听一个人说话。这事情之对于孙三,可以说是晴天中的一声霹雳,是他所想像不到的。

七岁的小外孙,在屋地上跳着,用手比仿飞机怎样在天上飞,用嘴学着枪怎样“突——”地响,在他的短短的生之历程中,可说是第一次发现了奇迹。究竟还是个孩子,只知道怪有趣的,把一些杀人的武器,比作一般的玩具。

没有说别的话,一下子,孙三就想起来了,“可不是,好几天没有过火车了。”同时他又猜到在粳地边上看到的飞机,是飞到什么地方作什么事去了。

"爹,听义勇军说这一回一定要干干的,他们从桦甸开过来,上一千人,打胜仗不要紧,打败仗说不定一点一点退,退到咱这块呀,可怎办呢?"

"真么?"

孙三急声地叫出来,他是说,真那样,丰年看来没有了,他因此不免有些痛恨义勇军:要没有他们,哪会打仗呢?不管怎样,千万不要打到王家屯,只求能过去半个月,就好了。孙三想起山神庙平常许些小愿,差不多是灵验的,想到自己磕响头时没有上香,赶忙对大儿子说:

"去,快到山神庙上香去,神能保佑咱们哪。"

儿子去了,像是放了一点心,暗地里仍在频频地向天祈求着,"老天爷睁睁眼睛罢,快割地了,打仗也该割过地呀。"

片刻的沉静。搧扇子"呼呼"的响声,显得很大,再有的响声,那就是旱烟杆铜锅里抽出来的"吃啦吃啦"的烟啸声。喷出来的烟,先是散在屋内,然后在梁栋间打着旋,到后经过半开着的窗户,飘到屋外头去。一只猫懒懒地躺在炕上,紧闭着两眼半睡不睡地打着鼾声,也来点缀屋中的沉静,那样的静,由于每人都闭着嘴想着事情。远方传来牧童们唱的山歌,高一声低一声的,简直不成个调子,从那不庄重的音调中,可以猜出他们原是唱着嬉戏的。

太阳藏了头,让一块浮云遮住了,大地上,屋子里,立时地伏上一重黑影。风,随之惊醒了,吐出它胸中的闷气,"呼呼"地叫着。屋中破窗的窟窿,伴奏起"呜——"的回响。人们的闷热,到这时感到一种过分的松快。太阳再挣出浮云堆,屋中亮光晃一眼,孙三的视线一闪,闪得他想起来还没有问女婿走道的事,赶忙放下扇子,就问:

"那么,义勇军愿意你们搬么?"

"不愿意呢,可是也不强拦。"

"他们为什么要占小城子?到底有多少人?"

“听说小城子地方打仗方便，有山、有树、又有水、又是火车站。义勇军顶少也有一两千，屯里屯外尽是他们人，他们说日本是帝国主义，发传单，演说，人看那样都不坏呢，我就是怕打仗，要不一定跟着看一看。他们让小城子人帮他们干，说打日本一定要大家伙一齐来才行。有钱的大粮户都跑净啦，庄稼地人真有干的呢。”

又是这一套。刚才听大儿子说的话，就把义勇军说得像个样子似的，现在女婿又来这一套，孙三没有想到大儿子说的话，原是自己的女婿说过的，他因此就不自主地想：义勇军真不坏么，又一转，官衙里，日本兵都说义勇军是胡子，胡子不是乱七八糟什么不是的杂牌队么，那又怎能打日本呢？

想着想着，就又问起来，希望能得到个满意的答复。

“那么义勇军军装齐不齐？人人有枪么？抢不抢东西？也不绑票么？”

“衣服可不齐，大杂碎，长衫短褂都有。都有枪。东西么，不说不抢，他们还把大粮户家里存的粮搬出来分散给大家伙吃呢。也不绑票，有几个票那是南荒里的大财主，听说他们勾结日本兵打义勇军，义勇军就绑了他们预备上一些枪。义勇军说有钱人没有真心打日本的，他们处处愿意让日本人保护的，真正打日本的依义勇军说还是老百姓。”

说这么一大套，又奇了，孙三想，既然衣装不齐，怎能有威风呢，怎能跟日本人打呢！可是，不抢不绑，又分明不是胡子，那么，胡子是胡子，义勇军是仁义队了。不多想了，总之孙三希望王家屯不要受到战祸才好，所以，当大儿子从山神庙上完香回来时，他的心里像放下了一副重担似的，宽松了不少，一面对屋里人连声地说：

“看罢，看这回怎么样，山神爷一定能保佑的。”

可是，孙三忽然想起那件事，忙忙又问女婿：

“小城子紧靠火车道，火车道旁五里地内不是不准种高粱么。义勇军打仗可往哪里藏？”

“谷地，豆地都能藏人打枪啊。”

女婿答的话，孙三抓了一把汗，心里面添上一块病，——没有高粱地也能打仗啊？

三

近傍晚时分，天气凉了一些。太阳压上西山，临别作着媚眼，时隐时现地抖动着它那最后一线的光芒。古树低声长吟，沉沉的。关帝庙的晚钟，一声声地有节奏地传出来，悠扬而又带有清新的意味。河里面流动着的浅水，水面上浮出一层雾气，黑森森地向下水流去。三五成群的麻雀，绕着屋檐，洞口“吱吱”地叫，“噗啦噗啦”地飞，像一面跳着傍晚的舞蹈，像又奏着睡前的清曲。牛马进到厩栏里，猪回到圈栅里，鸡鸭回到窝架里，……呈显在村中的傍晚，除去唏嘘的秋虫作着最后的挣扎的低吟外，只是一抹浓重的沉静。

一会，太阳落山了，重重的黑幕笼罩着。一弯新月，射出微弱而又不失清明的光辉，把河面上搅乱了。把茅屋上映成一片白光。从摇摆着的树梢透到地面上的光波，那就有些模糊糊的。

沉静只管沉静，不管夜色与月光怎样美妙，在屯子里面人们的深心中，却都伏有着过分的不安，他们为一种意外传来的消息扰乱了。下半天，他们看到屯里大道上络绎不绝地过了许多搬家的大车，谁都知道割地前不是搬家的时候，就问起来是什么缘故，问来问去都是那么一回事：是从小城子逃过来的，为的躲避躲避战争。由此，他们听到了一点义勇军与日本兵两方面对垒的情形。

谁不觉得这是意外呢，一年来虽说附近地方常常打，王家屯可总没有打进来过，难道说现在真要摊上了！人人都想着这件事，人人都放不下心。别人奔逃，搬东西，对他们说没有什么大不了的关系，惟有这眼前的战争，果真要打过来（自然这是可能的，几十里地的距离），不单好好的一个丰收无法指望，就是个人的生亡，谁又能保到那一步，枪子不是没有眼睛么。

从恐慌，他们又变忧愁了，恐慌是听到了意外消息所受的打击，忧愁则是由消息本身上着想个人应取的预防方法。逃么，逃到什么地方去呢？逃到什么地方去能担保不打仗呢？现在的东北，明知道，何曾有半片干净土；而且，搬起来东西，那才不是一件容易的事情呢。但是，不逃么，倘然真遭到了灾害，那不是都完了么？左想右想，没有人想出个妥善办法，弄到后来，自自然然地形成了一种“互相观望”的收结；横竖你们既然没有搬，我又忙什么，怕什么！都这样了。此外，他们还有一种共同的退步猜度，也可以说是一种期望，那就是，——也许战争不会真打到的，隔有七、八十里路呢。

再说，眼看黄澄澄一片的庄稼，半月后就好收割了，谁又能忍心抛掉了它们，那是他们从一开春就把血汗注入培植出来的生命呀。庄稼人一年到头的盼望，还不是一个收成，何况今年更要是一个丰收！

孙三一家人，这时候全在两间屋里，屋子黑着，没有点灯，因而可以看到从窗前丁香树枝夹隙中爬过的月光，投在窗里，影在梁栋上。风吹树动，影在梁栋上跳动，两只老猫，瞪着亮灼灼的四只眼睛，向着梁上的月影，时时在探出前爪，想去猎取点什么东西。他们在乱七八糟地谈论着一件事情，一件怎样预防战争来临的事情。

可是他们并没有谈出来一个相当归结，就因为谁也想不出好主意，虽说已经谈了好多时候。谈话停顿了。在片刻的沉默中，孙三没有好主意想出来，就发了一套牢骚。他以“世代不行，人心大变”八个字为主题说起来。先说世道不好，一年不如一年，从前，既没有胡匪，也没有日本人。官家，都是为民作事的，是人都不想发外财，平平静静个人作个人的事。近年来，任什么事都不那样了，以庄稼人本身来说，拿捐拿租一年比一年重，胡子到处有，日夜睡不安觉，东西也一年比一年贵，租粮卖不上大价钱。人心也没有从前好。日本人打进来，把东三省硬占着，说也怪，偏占东三省，不开拔，冒出这帮黑煞神，无恶不作，欺压良民连大气都有点不敢出。还常常打仗，打起仗不管不顾，烧房子，毁庄稼，炸死人，……

别人都听他说话，没有人插嘴，孙三发了一回气，说的满口都是唾沫，胸脯还不住地喘。但这些话只能说说发点牢骚罢了，究竟对于正事没有什么借重的地方，似乎自己也觉察到这一点，孙三一下子就把话语又落到原先大家商谈而未经解决的事情上。他是发着定论了：

"逃么，不上算哪，挺着看！"

女婿附和着：

"再逃么，可真有些干不来，大热天，车载着东西，跑到哪算是头！依我说也不逃，先看看，将来没有事情更好，有事情临头再打算！"

说的话，怪认真的，虽然看不出他的脸上有何种表情，因为屋子黑，但可以猜想是很郑重而又稍有些愤激的。其实，他有着他的苦衷，而那苦衷恰是从实地经历中亲身尝到的。从小城子逃到王家屯来，他真知道有着怎样的麻烦，太阳晒得人全身冒热汗，还要提防遇到胡子行劫。此外，他存有那么一回心事：反正义勇军并不抢劫老百姓，他们单是打日本，何必躲呢？再说，到处人多着，枪子未必长了眼睛单单找准自己的身子。不逃。

那个大儿子比别人乐观些，不住地重复着那几句话：

"怕什么，山神庙上了香，神灵爷会保佑咱们的，百家长今晚上不也发下命令，教明天晌午都到关帝庙许一回愿么！就算不信山神爷，可不能不信关老爷，爹，你不是说过，跑逃勇那年，关老爷显过圣么，逃勇看王家屯到处是兵，没有敢进屯子抢劫么，这事情屯里谁不知道！"

重复了三遍，到第四遍，他的二兄弟就同他拌起嘴来，二十几岁的青年，说话、作事、心里想的事，向来是和一般年纪大的人不一样。他不信神，单为这一点，十几年来孙三用一句老话不知骂过他多少回：

"孽根！不信神谁保佑你吃饱饭！"

但他有他的道理，他说了：

"你说神爷有灵，东三省到处有关帝庙，关老爷怎就让日本兵打进来，不好显一显圣，迷迷日本兵的眼睛么！"

说到这，狠狠地结了一句：

"没听说半个日本兵让雷殛死过！"

话怎样也说不到一起。孙三最恨他这个二儿子，平常一言一动都看不惯，就觉得这年轻人总有点怪那个的，那样天不信地不怕的，一遇到有个什么缘分，说不定会闯下天大的祸！常常地为他在夜里睡不着觉，祈求过神爷饶他愚昧，度化他改善，那时，自己就叹息了：

"唉，这是当爹赚的累！"

这时候，听二儿子的话，正好又上来气：

"你又说，哪都少不下你！孽根，净是你们一般人弄坏了世界！"

孙三的话：因为说得太激愤了，话音说得很大，竟至震醒了北炕上睡着了的二孙子，"哇哇"地哭起来。一肚子气没处消放，孙三恐吓起孩子来：

"不准哭！你哭！你哭！剥下你的皮！"

孩子真不哭了，在妈妈的拍抚下又重行返入睡乡。

那个二儿子，到这时并不心服，倒举出例子给他的爹听：

"爹，你别骂，听我来说。妈，有病，你在山神庙前许过一口猪的愿，灵了么？人好了么？——死了。你许愿粮食多卖几吊钱，都应验了么？——没有呀！"

这话,像针一般刺入孙三的心,他不因儿子的话说到他的短处生气,因为他想起五年前死去了的老伴。不错,二儿子说的两回事倒是对的,白天给山神爷磕头时就忘了这回事。可是,不,不那么的,那是犯罪呀,一个庄稼人,不信神灵,神会降灾的。转过话头,口吃地对儿子说:

"那——那是命——命定呀,——命——命里该当。"

"该当,早晚再给你们些厉害尝尝,就知道神爷不灵了。张家屯的关帝庙,上年不是让日本兵大炮打完了么。关老爷怎不显圣,管日本兵讨庙呢!"

愤愤地辩驳着,然而另一方面觉着再说也没有什么用处,就站起身从黑暗中走向东屋去了。

月影映在房棚上,不跳动了,是外面停了风。丁香树站在窗前静静的。两只猫早在不留意中睡过去,此时打着"呼隆,呼隆"有节奏的鼾声。

"孽根!不是好东西!"

孙三骂着,仍然不同意二儿子的话。

"爹,咱们一商量事情,就商量不出头。"

大儿子插入一句,孙三随即借题对二儿子发探出他老头儿的牢骚:

"怎能有头,净捣乱!世代真变了,从前年轻的人像这样么!我们年轻时,净是听别人说话,自己总不敢插嘴说些不三不四的话!说些什么话,自己觉着不错么,你爹才不听呢!神爷有眼,他真该让日本兵不在王家屯打仗,让不信神的人看看!"

"不是明天大许愿么,我说等等看,人多心思多,还不想出个办法。"

还是女婿说的话,平息了孙三的火气。没有人再说话,谈话的结果在不经意中止住了,也就是同意了等许愿后再看结果。

孙三带着无可奈何的心情,摸着黑往东屋走,自言自语地冒出一句痛心的话：

“日子真难过呀！”

四

一夜，平静地过去了，太阳冒上了东山头。

正有些人，在夜里，确确实实地揣了一肚子的恐怖，但白天既然来了，心里面就随之亮了不少，松泛了不少。

关帝庙两扇大红门，开得大大的，然而在平日却又是关得紧紧的。两个小和尚正在弯着身子，打扫从庙门到大殿甬道上的土，尘土迷漫在空中，污浊了清新的朝气，连大殿里正对殿门长年静坐的关老爷塑像，都遮迷地看不清楚。

香上好了，庙里庙外，不一会工夫就有一片香烟突破迷漫的尘土，飘到半天空散失了。木鱼声击磬声两相映合，老和尚高声地念起经文。今天，他穿了一身整齐洁净的僧衣。

是个特别的日子呢。

甬道扫完了。尘土消沉了，太阳透过浮烟，把殿里殿外照得亮亮的，亮亮的，就像是反映着一种光明。

四个年轻人抬来一口宰过的猪，一直到把它放在大殿门口，才恭恭敬敬地向着念完了经转回头来的老和尚打着招呼，老和尚走出大殿，头一句话就是：

“你们来这样早。”

“这是件大事呢，能不上心办办么。”

一个人回答着，说那话既是诚恳的又是认真的。

这是一口祭猪，给关老爷上供的，为的许愿祈求关老爷护卫屯中不要遭到战祸。是百家长命令四个年轻人抬来的。

“百家长呢？”

“他么？他可真忙呵，这样，那样，可有点不容易。他一会就来。”

仍然是同一个年轻人回答。然后，四个人一齐走进大殿，给关老爷磕了一顿头，跟和尚道别，匆匆地走了。

七月末的早晨，虽然有些冷，路上并不缺乏露水，这时在太阳光下，闪出遍地的珠光。黄的庄稼，看起来像黄金一般可爱。远处的山峦，为一重灰雾遮掩着，只露出下半身的浅蓝色，随着朝阳部位的移动，它们跟着不时地变动；一会显得清朗朗的，一会又很模糊了。

早饭在屯子里都吃过了。

孙三比任何许愿的人都早，到了庙上。本来依女婿的主意，等过一会再去，连他的大儿子一块就走了；但他等不得，心急得像火烧一般忍耐不住。临行前，他再三地吩咐大儿子不要忘记到山神庙再上一遍香。他没有忘记这事情。他带着一颗充满了希望，快乐的心，一颗诚诚恳恳的愿心，离开家门。

进庙门后，一直奔上大殿，像捣蒜一般磕了好多串的头，老和尚为他念经，烧香，等到实在没有力气再多磕上几个头的时候，他才暗地里向殿里各位神爷告个饶立起身来，身上出了一身汗。各处痒溜溜的，嘴又喘个不休，停了好长一个时候，才恢复到原来状态，向老和尚说着话：

“你好呀，悟空师傅？”

“挂心，挂心，三爷，这一把年纪还吃得苦，神爷一定能保佑的。看你只顾磕头，怕耽误事，我就没有跟你说话。”

“哪有的话，给神爷磕头说不上苦啊。”

百家长来了，一个和孙三年纪相仿的庄稼老头，见面后，谈些话，孙三知道今天来求神许愿的人，不只是王家屯一屯，而是包有百家长治下的苏家店、万家屯一些屯子。预料得出，将要是个盛会的，好一好能有四月十八或是五月十三庙会日子热闹。可是当他听到百家长说一切许愿的开销，要按家分摊的话，他就知道自己又要化钱了；化钱，总是有点不大愿意，——钱太难赚了。好在，那是为神爷，又为的许愿保卫自己，化点钱似乎也是应分的，绝对不应该在这事情上打着算盘，他因此把怕化钱的心情压下去了。

“年头所逼，真是没有办法，官家既不管人民，人民就不能不自己想法，人力能有多大，就不能不求求神力了。神爷能睁睁眼睛，肯可怜肯保佑，就不会有差错的。什么义勇军，什么日本兵，都还是斗不过神爷法力。”

悟空和尚说这话时，态度那样的随便，俨如没有把战争打到的事情看成会成为事实。

“没有法子，这年头再不靠神爷保佑保佑，简直就别想活了。”

百家长说完这句话，孙三本打算再说一句什么话来的，忽然话到唇边忘记了，想半天也想不起来，就在这时，又进来好几个人，彼此招呼着，孙三把说话的事压下了。

见面后都谈那一件事，那件事真不知会到了什么地步。人人都希望在许愿上能得到个好结果。他们怕战争，愿意和平，但战争偏来照顾他们。他们原是不管官家也好，日本兵也好，义勇军也好，胡子也好，只求能让庄稼人家太太平平过日子就行，但这点愿望也希求不到，偏有战争，偏又离他们的屯子很近。他们想把自己脱出圈子以外偏又不能；因为他们究竟是世界上人类中的一分子，所住的地方又是地球上的一个小的部分，无论如何，不能不与外界接触，任其独自生存的。地方与地方，人与人之间，是彼此都有着密切的关连性，那关连性任便到哪里到哪一时都分散不开的。

不错，就是因为现在的世界变了，像孙三所发过的牢骚似的，所以他们的独处苟安的思想，是不被容许的了。然而，他们都没有想到这一层，仅以为世道的坏，因为人心不古，由此，一切奸诈、虚假、欺骗、抢劫、强占（日本兵应列入这里面的）、战争，……都有了，人世因此乱了起来。他们历年所受的苦痛，尽管怎样层出不穷，让苟安退让的心情，把偶然冲动的反抗气势，全压下去了，而最后的归结是“信凭命运”。生在闭塞的乡村，他们死到脑后也不能知道外面的世界是变成怎样的了，所以使他们只能有大清时代的种种思想与期望。

天渐近傍午时，庙里的人差不多快满了。天热起来。孙三在人群中找到了大儿子和女婿，欢快地说：

“不坏呀，来这多人。”

说完，看到二儿子没有来，觉得事情有点不对，这样大的举动，家家男人都该来才行呀。又一转念头，不来就不来罢，那孽根真来，也许会冲撞到神爷的。宽心了。

接着，三个人把眼睛都溜转到许多信士的身上，这也可以说是浏览着嚣然的人市风光。

最特别的人物，应该是些老头儿，他们在人群中的行动，向来是和年轻人不同的。他们，从进庙门，就向着大殿上的关老爷磕头，一步一头，一直磕到关老爷的座下，累得“呼呼吃吃”的，出了满身的大汗，要不是体力不济，他们更会磕个来回趟的头呢。然后，分散或一堆一伙地谈些闲话，一面玩着手里的老胡桃“卡登卡登”地响，间或有人抬手捺着嘴巴上的胡子。他们谈话的范围，全不出行将来临的战祸，而所以能造成战争的主因，又多是由于世道不古了。

他们是屯子里的乡绅，有名的人物，他们的行动，他们的言论，都必然的要引起别人的注意。

庙里庙外浮荡着“嗡……”的说话声，不，是嘈杂声。

在百家长的命令下，两个小和尚撞着钟，钟声庞乱地响着。照惯例，左近屯的人如果听到，就会推想庙里头一定有什么紧急的集会，就必然会有些人不约而同地奔到庙上。此时的王家屯，一反沉静的状态，立时呈显了一个紧张的局面了。

香，更多地烧起来，满院满空尽是烟。院里院外，人们穿梭似地进出，热闹的情形，实在可以比一比庙会的日子，不同的地方，就是没有摊贩,再就是找不到一个女人。

供猪抬到大殿里关老爷的座前,供席也摆上了,酒肉面饭一大桌,红的,白的,绿的好多种颜色。爆竹预备齐全了,只待午时三刻一到,放爆竹,就实行开祭,——求神,许愿。

热的汗气,在人群中大量地发散着,尽是些农人,平素就不常洗衣、洗身,工作太苦,时间不允许,这是没有办法的。幸好他们都是从汗酸中生长出来的人,不管是种地,铲地或是割地,成年到头全少不下汗的发散,所以他们的嗅觉,至少对于汗味的刺激与感触,小到了不能再小的地步。虽然,汗的气味可以闻不出多少,汗水把衣服沾湿的地方,却掩不住每人的眼睛,有些人,因此就时时地重复着:

"太热了。"

或者是:

"天气怎这么热!"

热,他们也不怕,还是等着主祭的时辰。

太阳笔直地射到地面,时候当真到了正午。该开祭了。不约而同地,每个人都在殿外院心中跪下了自己的身子,瞪着眼睛望着殿里百家长的主祭。还有些人,因为在院心找不到下跪的地方,就跪到庙门外去了,跪成长长的一列。

等着,等着,等着。庙里庙外静悄悄的,一阵风吹过来,吹响了钟鼓楼上的铁马"叮当""叮当"的,人们就觉得比打锣还响得大。

孙三跪在殿台的面前,看殿里看得真切,原意是要看关老爷的眼睛怎样睁,人家都说一遇到大祭时,就睁眼睛的。这时,他巡视着殿上,只有和尚呆呆地站在那里像等待着什么似的,而看不到百家长的影子。他有点纳闷:这是怎么一回事呢,百家长从来不误事的,刚才还在着呢。

别人等得有点着急,觉得像有点怪,怀疑着甚而是怨恨着百家长,不过,没有人出声,还是静静地跪着,等着。

忽然,庙门外骚乱了,跑来一队警察马队,正在驱逐庙门外跪着的人群，随后闯到庙里，解散许愿的群众，他们认为许愿求神是闹事，危害治安的开端。

这真是意想不到的变故，孙三就想，怎么官家打日本，找也找不到，庄稼人自己来求神许愿，就会来干涉呢！

庄稼人究竟是庄稼人，胆小，怕事情，乡绅也罢，人物也罢，没有一个人出来质问，更谈不到辩护一回事了。他们慌张地站起身，散开了。队长向众人说明了缘故，他说这多人聚在一块是不该当的，老百姓不该多事，应该在家里好好地待着。到后说出来百家长在一刻前请到队部里商量事情去了。

老和尚吓得什么似的，连声卸除着责任：

“这不怨我，是百家长的主意呀。”

敢怒而不敢言的人群，由散开而走开了，一些老头儿，走得远远的，才敢低声地回敬几句：

“这真不是好东西，不许庄稼人求神许愿！”

“求神许愿也犯法！”

“关老爷会显圣，会帮助老百姓。”

“关老爷会把日本兵挡走的，你们怎不让许愿！”

说话时，还怕那警官听到，眼睛往四外溜着。

孙三的溜走，和别人一个样子，他没有忘记拉着女婿和儿子。一面走着，一面想着那供猪，供席，那警察官威武样子，不由不怒上心田，但两手握空拳又不能把警察怎么样，只是不住地重念着：

“坏了，坏了，神爷一定会见怪的。”

而在他昏花的眼前，随即浮现出一片战争发作了的惨景，王家屯，到底摊上了。

五

一个大大的盛会，无形中散场了，人人都带着一身急出来的热汗和一肚子气愤，回到自己的家中，人人都觉得战争的来临实在无法脱除了；立时的，像大祸临头似的，人人都又恐惧到不知怎样处置自己才好。

搬家的车，又在屯里络绎不绝地走着了，仍然是小城子一带地方的。小城子已经在昨天打了半天仗，日本兵到底没有打进去。房子，让飞机炸了好些。多么惊人的消息！人们从搬家车上的人口中听到后，赶忙往自己家里奔跑着，宛如一回到家里就能够商量出个头绪来。极度紧张的情绪，使得他们虽在庙上待了一个上午，肚子里没有吃晌饭，偏是不知道饥饿。

领着儿子同女婿，孙三加足了脚步，一直地往家里跑，人虽然上了年纪，倒有年轻人的气力。太阳火热地晒着，身上的汗水，像水洗过的一样。跑到家，看到女婿的兄弟正坐在屋里哭着呢。知道有了不妙的事情，就头一个急急地问：

“老二，多久来的，说甚么？”

十七、八岁的庄稼孩子，说起话是没有层次的，何况现在急得什么似的。颤声回答着：

“完啦，……家完啦，……烧啦，房子……”

“爹妈呢？”

作哥哥的听到这，不待兄弟说完就插进了这么一句。

“就剩我一个活人啦。”

大声地哭起来，还不时地喊着爹和妈。

愣了。孙三的眼前，那惨景像一片阴影似地又映现出来，那阴影又会是一张画，画上清清楚楚地摆出来，小城子烧着什么样的火，人怎样死的，东西、庄稼、牲畜、一片灰、一片红堂堂的大火。……

“听说义勇军再不退，日本兵就抛炸弹。”

孙三看到女婿躺在炕上哭起来，（姑娘早就哭红了两只眼睛，）觉到事情有点紧急了。小城子真打起来，打得那样厉害，仗打大了，说不定会打到王家屯，说不定呀！没有心思听话，吩咐大儿子快把车套，一应东西都收拾好，又告诉儿媳收拾东西，预备紧急时逃走。忙呀，急呀，猛然间看到二儿子坐在北炕沿上，一言不发，不慌张，不恐惧，像没有听到坏消息般镇静，不由他生起气来，狠狠地嚷：

“净是像你一样人弄坏了天下！”

没有出声，二儿子这一下，实在出于孙三的意外，到这会，心也就不自主地平伏下了，想起来该拿把扇子搧搧身上，就把炕边上的一把蒲扇拿到手中，“呼呼呼”地搧着风，汗湿的衣裳，实实地贴在身子上。北炕饭桌上摆有一盘黄面团子，本是儿媳放在那块预备吃午饭的，不幸他们进屋以后，让坏消息把视线蒙蔽住了，没有看到饭食，就只顾想事情。这时，孙三用筷子夹起一个团子就往口里塞，看那情景像吃了这一口后，还不知哪天才能吃第二口。可是，咬了一口，不知怎地又放下了，连咬在嘴里的也吐到屋地上，那样子老实带有一点滑稽的成分。

“热热闹闹干一场罢。”

二儿子笑着说出这句话，孙三大大地不以为然，他认为二儿子不帮忙作点事，已经就不对了，还在说风凉话，死不知愁，多么少有！撞回去：

“关系人命呢，干一场！你倒会说话！”

二儿子依然没有作正面的反驳，但二儿子有二儿子的心思，他以为与其逃跑，莫如干一干！跑到什么地方都说不定会摊上的，干一下能干好，断了根，或者还能有个好日子过。日本子就像将要钻进心窝里的一条蛆，要是不赶快拔出去，性命是难得保住的，人虽说年轻，倒有个与众不同的愿望。他是明白的，看穿了的，像爹那样劳苦一辈子，还是得不到什么，尽是受苦，受欺负，那样日子过得真受罪。

往哪里逃呢，单生气能行么？那是没有用的，孙三想这件事，放下扇子更加细地想。要逃，就要先拉点走，拉哪些东西呢？哪样都是应用的，哪样都是用钱买来的，哪样都值不到多少钱，但哪样又都缺少不得，正为如此，才不知怎样检选着应拉应弃的物品。这还不算，倘然路上遇到了差错，牲口当然要被劫去的，东西自然要遭受损失，这年头，出门一里身都保不定太平，逃避当真是个好办法？不是的。

“爹，逃可一块逃呀，我们没有家了。”

姑娘半晌没有说句话，尽在想些乱事来的，听到自己的爹有逃的话语，急急插入这一句。

“逃不逃还没有一定呢，逃也扔不了你们哪。”

似乎，姑娘觉着当爹的能解救她似的，其实，孙三自己还不知怎样解救自己，他反到觉得无法脱离困难的境地。

他反回来想，不逃，逃什么，天塌有大汉，不怕！凭命由老天！正好，女婿停止了抽泣，从炕上坐起身，决然地说：

“逃什么，不逃了，左右人活一世不过那一回！”

大家伙只顾想心事，说话，不提防两只黑猫把饭桌子上的一盘黄面团子都撕破了，豆馅子淌得桌上，炕上都是，因为黄面太黏了，黏住他们的牙，不住用前爪抓着嘴，歪着头儿往下撕。

这事情，一让孙三看到后，火气更大了，比之日本兵打仗打过来还厉害多少倍，跑过去，一连打了好几拳，把两个老鼠的仇家都打跑了。可是孙三并不因此就泄了气，自言自语地说着：

“你们也欺负我，这可真不是个世界了。人变了，猫也变了，敢上桌子上吃东西，从前的猫可没有这样的。”

几个孩子，本来都在院心玩着来的，看到大人收拾车套，翻整东西，不知道是怎回事，惊奇地问着：

“妈，干什么？”

“爷爷，啥事呀？”

“串门去么？”

所有孩子们的问话，都让孙三在盛怒之下吓住了：

“去，管你们什么事！”

现在，他简直变成了易怒的老头儿，任便一点小事，就可以引他发着大大的脾气。任便一件不希奇的事，他就觉得太不如从前的了。他生气，生一个老头儿所不该有的气，全由于想不出适当的方法应付眼前的危机。

大儿子本是在院里整理车套的，这时领进屋杨玉全，孙三一见到他，心里像稍微宽解了一点，不等让客人坐坐，就先问那件事：

“玉全，你怎么样？”

“别提了，家人七言八嘴，弄不到一块，索性硬挨罢。”

不图玉全的打算竟然吻合了自己的决定，孙三的心中，由宽解而生出一线的快活，至少，在王家屯还能有玉全一家不逃啊，这就好一点。他觉得自己的想法是对了。让来客坐下之后，孙三也陪着坐下，从进屋到现在，他的屁股还是第一回挨到炕沿。

“昨天咱两个还在谷地边闲扯一会子，看看收成，不想今天屯子里就乱得这样，事情真是想不到。如今的日子，太难过了，没好法子，只有硬挨，挨不过，随大帮干它一下，人活一世左右不过一死！”

随大帮干，这件事，孙三可不同意，那不就是造反么。无论如何，逃的想法取消了，立即告诉儿子同儿媳不要再收拾东西。事情一经有了决定，心随之平静下去，空着的肚子，就想起要填一点东西，要吃饭。把来客同女婿让上饭桌旁坐好，他陪着坐下了，告诉二儿子喊嫂子拾黄面团子。

在不留意中，太阳悄悄地歪了一大段头，屋子里显得阴了一点，两只逃走的老猫，不知从什么地方回到饭桌底下，在打起来它们一向打惯的鼾声。

六

夜到了什么时候,孙三可有点猜不出,只看出窗上的月影比较淡些,他为一种巨大的响声惊醒过来。

"通! 通! 通! ……"

是炮声? 猜着。虽说自己没有听过放炮的响声,但在他单纯的理想中,怕只有炮声才有这么大。

傍晚时,坏消息频频地传到王家屯,什么小城子炸完了,义勇军退到二道关;什么逃难车在屯南二里地小岗子遭了劫;什么日本兵诬杀老百姓;什么什么的一大堆,每样消息都使孙三加倍地焦急。还有,日落前从王家屯的半天空又有五架日本飞机飞向东北的小城子一带地方,想来战事不只是很厉害,还一定扩大了范围。

声响愈响愈密,孙三一忽身从炕上坐起身,唤醒身旁的女婿,摸黑穿好衣裳,急忙爬下炕沿,喊北炕的二儿子:

"庆祥,快起来,听是什么声?"

他这时,忘记了自己原是和二儿子不对头的。他是爹,总不忘关心自己儿子那一件事。

"我听到好一会了,是放大炮。"

孙三相信是炮声了,二儿子去年进城,在双河镇火车站听到过日本兵打仗放大炮。声音真大,他忽然想,不是打近了? 慌了心,赶忙又问:

"炮声能听多少里?"

二儿子虽然听过炮声,声音他能辨得出,声音能听出多少里远他可不知道。去年他听炮声在十五里外,就以十五里为标准,顺口说:

"好么能听一、二十里。"

吓愣了孙三,一、二十里,那不是离王家屯不远么。怎好呢。

不再说什么，开开门就往西屋跑，碰到门，门关着，想起西屋有儿子媳妇，自己是公公，不能在夜间闯进屋子的，就大声地喊：

"起来，炮响啦！"

喊着，一面挥手敲着门。人醒了，儿子、儿媳、姑娘，小孩子有的吓哭了，喊着妈。

一会，人都聚到东屋。庆祥要去点灯，让孙三止住了：

"点灯干什么，有亮！"

说那话，像是知道打仗的人已经有些藏在屯子里来，只要看到哪里有亮光，就会往哪里奔着似的。

摸着黑，人人怀着一颗恐惧的心倾听着，像大难临到了头上。夜很静，炮声之外，连枪声都一阵速一阵听得一清二白。

"坏啦，枪声都能听到。"

孙三是说听到了枪声，更离得近，刚好他说完女婿喊一声：

"着火啦。"

可不是，北窗上映出来淡淡的红光。好奇心使他们想再真切地看一看，于是，孙三领头，别人跟在后头，怯怯地开了两道门，走到院心里。伸着头，往东北角上看，天边正挂着一片红，是火光反上天空。

枪炮声继续吼叫着。

屯子里有狗叫，起先只不过叫一两声，到后叫乱了。人的吵叫声，车响声，马嘶声，马蹄奔跑声，闹成一片，他们是装车搬东西往别处逃跑，大概都为惊人的炮响与火光弄慌了神。

白天，孙三是决定死也不逃的，到这时，打仗的地方离得很近，屯里骚乱的奔逃紧缠上他的深心，又听说打过仗日本兵一到冤杀良民，不免有点寒胆，日本兵真打过来真没有办法。就有点活心，跟别人逃罢。然而稍一犹豫，又让白天的决定抓到了胜利，绝对不逃！日本兵能否打到，还没有一定，就算真打过来，未必然像传说的那样不分青红黑白地大杀一阵。孙三从前听别人说过，日本兵对待老百姓,倒另有一面高看。那,怕什么。不帮义勇军打仗,自己守在自己的家里,就不算犯罪,不犯罪,日本人能够让活的。还有一层,跑,人可以跑,房子能跑么?庄稼地能带走么?烧了房子,毁了庄稼跑到哪也要挨饿!

好在屯子里的骚乱状态,过一会就平息了,他们不安定的心绪,随着就平静了。对着天上的火光,女婿几个人就冒出几句惋惜的话。

“我的天,又不知哪些人家遭殃。”

“火可不小呢。”

“够庄稼人受。”

是怜惜别人家遭难,其实正是替自己未来的厄运声述的,说话时,内心中正像有利刃在刺着。

大儿子听别人再没有说话,加上一句:

“看这样,一定是义勇军败下来。”

“败下来?义勇军很得民心呢,老百姓愿意他们呢,老百姓都帮他们干,那样容易败!败了也要死些日本兵的!”

二儿子说的话,照例和别人不同,但又照例是不合老头子的脾胃的,正好孙三给撞回去:

“你知道什么,净混扯!”

枪炮声渐渐稀少了,小了,过一会,完全停止了。

月亮溜到西天边上去睡觉,四处黑沉沉的。风,吹破重重的黑暗,向各处播送着低的歌声。晓鸡开始了第一声的啼唤,天快亮了。

猛丁地,屯子里射起一声枪声,接着又是一连着三下。这可奇了,孙三和家人,把压下去的紧张又反上来。那么地想,莫不是日本兵闯后路进到王家屯?可是过了好一会子再没有听到什么动静,只有一阵狗叫,想的不对了。枪声确实是屯里打起的,但屯里人家前些年自卫的枪,一年前都让官家缴上去了,没有一家有,那又是哪里来的枪?

辨辨方向,沉思一会,孙三猜测着:

“是庙上呵。”

“是!”

“是庙上。”

大儿子同女婿附和着断定,猜测。一定是白天开来的一队警察队,不知闹了什么事情。可是也没有什么可闹的地方,他们不都是一伙人么。依孙三说三声枪声,八成是警察兵打死了三个和尚,这只能算是猜度罢了,说不出别的具体的理由。

再听一会,还是没有什么动静,雄鸡叫着第二遍,黑夜渐渐地薄了,天上的星光显得淡淡的。

“依我说,怕又是那件事。……”

二儿子说这话还没说完,让孙三截住了,问:

“你说,什么事?”

“拉出去啦,一定是那回事。天亮听信,是队长归了阴。”

“啊呀。”

孙三这一声怪叫,是相信了二儿子的话。二儿子这回的话,的的确确他觉得说得有道理。因此,耽心着二十几个警察兵会在屯子里乱干些坏事情,抢东西,伤人,……不大好,他推着别人赶忙往屋里走,好像这样一来就不会遇到意外的事情。

天渐渐地亮了,几天来静静的火车道上,从远处传来火车的汽笛声和轮转声。

七

天大亮了,但有一重浓重的朝雾,把全屯都紧紧地罩住了,谁也看不到早上的朝阳。火车道一带地方,不时有稀疏的步枪放射着,像镇压什么,威吓什么似的。人们猜想,一定是火车载来了官兵，再不就是日本兵，由于雾气太浓，他们不敢立时就往屯里开。不然是候着雾退再往前开。现在，火车道上毫无问题是停着一些兵的，就只在等着那厌人的雾。又是一重新的恐怖，人人都担惊受怕的。逃既然不能，不逃，真怕雾退后会摊上什么不幸的事情，他们想，这回也许是大祸临头的日子了，可是，别没有法子，就算能逃，又不知在重重浓雾中又会遇到别种意外的变故，只有任时间往前走着，能挨过一刻，就挨一刻。

一夜里，孙三没有睡好觉，人老了，身上不免就有些疲倦，原打算好好睡上一会子，这一来，新的恐怖驱散了他的疲倦与睡意，人是倒添出来无限的精神，然而，他不能把自己平平静静地坐在那块，或是站在那里，反到坐不稳站不安地不知怎样处置自己的身子。他的脸色，像一张白纸那样白，眼睛挂出一重红丝，两只手不住地揉搓着。别人也全没有办法，面面相觑地不发一语，有如那样沉静着，可以减少恐怖分成的加大和包围。

稀疏的枪声，仍然从火车道上不停地放射着，每响一声，孙三就觉得他的身刺上了一针，不，透过皮肤一直刺到他的内心，等枪声放完，也许就是针伤刺遍的时候。他无法推知那将要陷入怎样的境地中，只能比拟出来。那就像是一个被抛弃的婴儿，不识时务的眼睛，看到了奔来的一只大狗，吓得他都要哭叫，小身子的一部分已经作了狗的猎食品。他的心绪，乱到极点。平日，对所有大大小小的琐事，不管怎样复杂，怎样棘手，他都能有条不紊地安置下去，惟有现在摆在眼前的危难，他怎样也应付不好，处置不了，凭他的记忆来想想，他这些年从来没有感受到应付事务有如此的困难。想不出完善的解决方法。无论怎样，在他忙乱的情况里，他切实憎恶着战争，也可以说盘旋在他的脑海中的只有这两个清晰的大字，战争，是他最大的仇敌！战争将要夺去他的生命，将要夺去他一家人的生命，是残害人类生命的恶魔！他还可以这么地想：没有拿枪杀人的良民，不应该受战争的祸害的，他不自主地就喊了一声：

“干吗要打仗!”

喊的声音那样有力量,全屋的人都有点惊奇,觉到老头儿有点异样,近乎疯癫似的。而在他自己喊着的时候,是愤激而又觉到些须的痛快,完全在短时期中忘去了恐怖恶劣的处境。

但是他的二儿子,是不以他的话为然的,紧跟着他爹说了一大套相反的话,给他的爹解释着:

“爹,你别急,干吗怕打仗!这年头,要吃饭,要想好,非打仗不行!你越怕打仗,仗越找上你,越受苦!”

孙三的头脑,本来是乱糟糟的,听二儿子的话,像一盆冷水浇一遍,顿时清醒了不少,脸色恢复了一层黄颜色,不像适才那样纸一般白得难看。他加细地想了一番,不错,庆祥的话有点道理,打仗本是不应该的,但为了要吃饭,要活,不打仗听凭别人宰治又怎能弄得好!不,可不能这样想,这是犯罪,是反叛,造反,可不是安分良民应该干的。他这回再说话,不是恶意的回撞,而是用着柔和的口吻的:

“不对呀,那样不行呀。”

“爹,那可怎样办?”

大儿子问一句,像对于他们的话有了异议。一方面是指着火车道上那方面的事情。

爹还是没有办法,没办法可不能不回答,随即又重念到从前的那一句老话:

“凭命由老天罢。”

从老天身上,孙三想到神的保佑,想到关帝庙许愿的事,他以为现在火车道上之所以开来一些兵,正是白天冒犯了神爷,神爷们给与的一种报复。那,大祸临头是毫无疑问的。不过,在这样的情势下,为了自身求解脱,还只有照刚才那想头,凭命由老天,他相信,当真神爷们要报应,也未必人人一律都要遭到报应的,那平素行善的人,一定会被赦免,而他确定他自己就该是被赦免的一个,他承认自己从来是不作恶的一个善人。

雾渐渐地稀了，薄了，太阳的光芒渐渐地显露着，扩大着。枪声停止了。待到雾气全消之后，太阳就托出它圆盘似的一朵金光。日本兵，“满洲国”兵，穿黄军衣的，穿灰军衣的，端着枪以极快的速度往屯子里冲。

样子虽然很紧张，没有放出一枪。

人们躲在屋檐下偷偷地溜着，不敢用正眼看，只顾用眼睛溜着兵的动作，完全忘记了自身的危急情景，事情一经临头，到比事先平静些。

他们把住了各要路口，断绝行人。

然后，挨户检查。

一些兵，既然闯进屯子，没有抢劫，没有焚烧，人们的恐怖与紧张就去了一大半，而在孙三的心里，尤其像开开了一扇亮门。检查，他倒不怕，他自己深知自己是一个良民，所以当两个日本兵领着十几个满洲兵闯进他的屋里搜查时，他并没有怎样的恐慌，他认为这不过和警察清乡时查户口一样，没有什么。他放心了，但还是尽可能地偷偷地出了一口长气。他觉得身上轻快了些，平心静气地等待着搜查。不过，他究竟是有些不大明白，那就是这些日本兵要搜些什么，或是，闹着什么玩意儿……

搜一会搜不到什么，一个满洲军官问他话：

“你姓啥？”

孙三照实回答了一个“孙”字，随后，笑着脸把自己的名字也告诉给那个官了。

“住多少年？”

再问。

“三十多年啦。”

依旧是笑着回答。

“种多少地？”

“八垧。”

“几口人?”

“八口。”

“不对,多呀。”

“那五口是姑爷家串门的。”

“义勇军红胡子哪去了?”

“没有什么义勇军红胡子呀。”

“我问你,昨天你们开会干什么?”

孙三明白是指什么事情,就照实地一五一十地把求神许愿的事告诉了。

“警察队长怎么死的?警察兵到什么地方去了?”

是怪事,呆了一会答不出,但是他想起昨夜破晓时关帝庙上的枪声,猜到二儿子说的话应验了,警察兵打死官长,反叛了,拉出去当义勇军。可是他这些话不能说,装作不明白地换了话头回答着:

“这个,老总,我就不知道啦,一晚上家人没有出门。”

“看你还是个好人,”说到这,官笑了,“可别谋反哪,胡子坏良心,老百姓一上当就别想活,国法可不容!现在国家比从前多么好,总派兵下乡打胡子!说完啦,你以后要好好种地,别想花花道,懂不懂?”

说完话,一伙人走出去了。说国家比从前好,孙三知道那是撒谎,不过这回的官儿,老实比从前的和气,不装凶,是不能埋灭的事实。平平安安地把检查度过,孙三忽然认为也许是那天在山神庙磕响头诚心感动神爷暗助的结果,于是,一天多不知怎样安置的恐怖,到这时他觉得是太太平平地过去了,他的内心,宽敞了,身上松快了不少。

但庙上的警察队,为什么又反叛了,使他实在解说不出。既然反叛,为什么不趁黑天在屯里抢劫,像一般的叛兵那样?那,一定是当义勇军去,义勇军就不抢老百姓的东西的。

真的，孙三放了心，他想战祸不会有了。丰收也快到手了。屯里一住上兵，义勇军，胡子都不敢来，那就该过太平的日子。如果想想这些兵要是往小城子打义勇军兜后路，那就纵然有仗打，也定然在王家屯以外的地方。

虽然，他却有着个不能自圆其说的难题，就是：日本兵既然没有什么不好，为什么义勇军还要出来作对？义勇军既然为民除害，为什么日本兵"满洲国"兵要拚命打？是什么道理呢？……

家人都平下心，孙三不再想什么，得闲把眼睛往大门外看一眼，看到门外金黄一片的庄稼，一下子就又想起过几天以后的一个丰收，他乐了，随即出了一口长气。

八

过午，远处响起来枪声，愈响愈密，而且，不像昨晚上只是东北一角，西边，南边，东边都同样地响着。远处天边上，浮现着浓重的烟雾；战争扩大了范围，可以想到的是烧，杀，轰炸。……王家屯的人们又慌了神。孙三呆呆的。战争既然扩大到四面八方都是，像是又都距离屯子不大远，谁都不敢担保王家屯是福地。孙三确是觉得没有多少把握。

屯里的日本兵，满洲兵，住在关帝庙同王家大院，一批一批地到屯边岭顶上掘好的防御地方去把守，去增厚实力，仿佛战争就要打起来，就在王家屯。从火车道到关帝庙，踩出一条新的大道，庄稼踩得东倒西歪的。

四、五架日本飞机，不时在空中飞翔着，过会子又飞到别的地方去，那种忙碌的样子，又可以证明出战争着的前线很紧急的。

屯里倒还安静。有日本兵住着，不许人们出入，没有人敢乱动的。检查，已经告了终结，当真搜到了两名义勇军的探子，说是要枪毙的，但要去游街之后才能动刑。

孙三看到这勾当了，在他的房西。

他看到两个庄稼汉打扮的年轻人，手反绑着，垂头丧气的。胸前摆出一个木牌，知道那上面写的字一定是人名和罪案。兵之外，一伙人打锣，吹喇叭，类似一点过新年唱秧歌一套玩意儿，然而后面没有一个人跟着看，即或连一个小孩子都没有，这是和平日一般要玩意的不同的。听有的兵说，是义勇军，究竟证据在什么地方，他没有看到，他不知道。人不认识，两个都是生人，空手的人就说是义勇军，他为两个人报冤。他觉得兵这样干有点不近情理。

他还为两个人惋惜，同时惋叹人命的没有把稳。

这事情有点叫人不平。到傍晚时分，他就没有心思吃晚饭了，对着西沉的太阳，他想上杨玉全那去一趟，顺便打听一些事情，但当他想到路上散布的岗兵，禁止行人，他自认晦气地取消了原议。

远方的枪炮声，随着傍晚终止了。

白天毕竟还好过，一到夜里，人们真有些怕，一定说怕什么，倒说不出，只觉得黑夜里是容易发生一些什么事情似的。全屯的人，表面上很平静，实际上每人的内部全充实着极度的紧张和不安。天阴起来，月光掩没了，星光消失了，到处是重重的黑暗，漆一般黑的黑暗。狗不时地叫着，多半是咬那巡行着的兵，特别是日本兵，皮鞋声响得怪大的。有时，严厉地喝问着口令，也可以引起一阵狗的狂吠。

孙三根本不知道，为什么这些兵要开进屯子里，这里没有义勇军，没有胡子，用不着派兵镇压。现在，躺在炕上睡不着，他一反白天所想的有了兵驻扎就不会受到战祸的想法，他倒以为惟其因为有兵，住在这块，战争才容易找上这块的。他所以能够这样矛盾地思索，是因为记得一件有关联的事情：义勇军出没无常，常向有兵驻的地方攻，——他所以认为当前的王家屯，简直就是一个火药库，只要从什么地方投来一个火头，就可以很容易地爆炸起来。

听身旁女婿睡得鼾声很大，北炕的二儿子虽然没有打着鼾声，没有什么动静，定然也睡得熟熟的，他一方面羡慕年轻人容易睡，一方面又憎恶他们太不把紧要的事情看重，想上一想。

院里大青狗，有时跟别处的狗叫那么一两声，叫得懒懒的。

起了夜风，风吹房前房后老柳树“呼呼”地响，愈响愈大，愈大风愈急。大概，一场暴风雨就要到来。这么黑沉沉的夜里，如其能下一场暴雨，在孙三未始不觉得痛快一些，可以解除胸中的闷气，可以抑下去内心的思虑。

但是，可不那样，让孙三不想神，甚至要他忘记了神爷保佑的事，那都可以的，惟有让他忘去了庄稼，那比什么都难。他想起门外的庄稼，十分注定会是个丰收，如其真来一场暴风雨，可就没有一点指望。丰收，丰年自然谈不到，倒一定是个歉收与荒年。那后事不堪设想了，日子不能好过。

庄稼人就是这样难，年年都要把全身的精力，大量的钱，先花费在田地里，到秋天能否有个好收成，谁也无法推算。今年，分明可以有一个丰收，却又横添出许多变故，事情料不到呢。

他祈求风雨不要发作，切不要发作，诚心诚意地祈求着，暗祷着。

睡不着，怎样也不能睡，头昏昏的，尽在不停地想些事，越不要想，越在脑中盘旋得很厉害，孙三觉着自己从来没有过这样的长夜不眠。

没有办法，他把两眼紧紧地闭着，意思要快点睡，结果还是白想，闭得紧紧的眼睛，居然会看得出好多东西，什么战争，什么火烧，死亡，收割，……一些一些，后来像活动画片似地，一片一片地在他的眼前浮现着。

雨点“滴达”地响，打在窗纸上，打在院心地面上，这雨声，把孙三沉重的头，本来自己也无法压制乱想着的，这时给惊歇住了，什么也不想了，眼前浮现的活动画片也消失了，他的全般精神，都注在静听淅沥的落雨声。然而，又怪，雨像怕他似的让他听跑了，风也止息了，剩给他的又是无限的寂静和黑暗。静得太厉害了，女婿的鼾声也在这时收束了吐放，使他不由地想到了一种“死”，——只有死，才是静得连一点声息都没有。

“要死了吧？”

暗暗地说着，以为大难当真要走过来，死亡也要来了，过一会，坍塌了一块天都是可能的。

不下雨，总是好的，庄稼不至于栽倒。

一会子，孙三看到了窗上的红光，他猛丁地记起来，原来自己的眼睛闭了好多时。知道，那红光又是远处的民房烧起来了，而在同时他听到了稀零的枪炮声。

其实枪炮声的响起，远在雨止前，窗上的红光也映上了好一会了，只是他眼睛失了官能，耳朵没有帮他听枪声，只顾听雨点与寂静，所以在那一瞬间他就能感受到夜的沉静，所以是，他可以听到雨声而听不到枪叫声，可以听到像死水一般的寂静，而听不到炮吼声。

“打死日本鬼！”

忽然，北炕的二儿子，喊一声，吓他一跳，就赶忙着呼：

“庆祥，你说什么？”

他怕庆祥的话，让屯里的日本兵听去，那可了不得。

儿子原是说梦话，没有醒，翻过身，咬了几下嘴唇与牙齿，又照旧地睡。

这年轻人，有这心思！孙三早就觉得他不把稳，听他说的梦话，有多么危险。越发不好办，愁上加愁，孽根，不但自己不看重自己的性命，将来闹出事，说不定会连累全家的。

平空里多添出一块病，又有如身上生疮的人，正愁着不知怎样把疮口治好，不提防别处又长出一块新的疮口，调理上比从前更加困难。那就是，如今的他，除了无办法的恐怖之外，又添上了一件使他无时可忘的悲哀，——悲哀自己的儿子，除了名分上管他叫声爹,以外,全个身子,血统,都不是属于作父亲的,而他将来闯出来滔天的大祸,作爹的偏要受连累,无法脱除教养的责任。

于是,在无办法中,孙三不自主地微微地叹了一声,同时,两只老眼睛,在黑暗中,毫不吝惜地淌出来酸辛的热泪。

夜,太黑了,孙三觉得一家人现在正坠在夜一般黑的深渊里,凭你想怎样突破围障,终是没有用处。窗上的红光,由于战争,焚烧衬托出来的,可说是黑夜里唯一的光明,他望着这光亮呆住了。

他的眼泪继续往外流着。

耳膜里一声"呼隆"地响,孙三什么都不知道了,疲惫得实在无法支持的身心,这时就自自然然地把自己止息在睡乡的深处。

九

……孙三为一种什么声音惊醒了。

是什么声音呢,那么小,那么轻?不是雨声,不是风声,也不是枪炮声?

"花刺花刺"地响着。

"爹,你听。"

二儿子低声喊。

"是呀,有动静。"

以同样的低声,孙三回答,那样子,像是怕高声说话,让响声听到不大方便。

"呵,知道啦。"

这么说完,庆祥爬起来,摸黑穿上衣服,轻脚轻步地走到南炕边,以更低的声音向他的爹说:

"房后秫秸墙那块有人。"

孙三也觉得是那响声,随即爬起身,他知道要有什么事发生了,盗匪?不能,这里很多兵驻着,不准人们走路,盗匪长翅膀也不易飞进来。那可是怎回事?……

“花刺”——一大声,那定然是秫秸墙破了一个窟窿,有一种脚步声,前院大青狗奔到房后咬着。

孙三着急,顾不得招呼女婿,(女婿也醒过来,不过没有动,)在黑屋中牵着二儿子的手,本能的在门后摸起两根棍子,递给儿子一根,屏着气息守在门两旁的黑暗中。

怎样对待这奇遇呢,一个孤家,叫喊时没有邻家能听到!

听,是人的脚步声,而且不是一个人,吓着狗往房前奔,脚步乱。狗像是让什么东西重重地打了一下,“汪汪汪”地叫了三声,躲到别处黑暗的角落里。不容孙三再静听那动静,他的房门“兹卡”一声扯开,里层板门被猛烈地撞着,捶开了,接着就又来捶他守候的东屋板门。踢着,是两个人。

他同儿子,两个人一句话不说,但只急促地喘着气,想镇静也办不到,心烧着,脑袋像要裂两半。棍子全扬起来,只待门踢破后,有东西闯进屋,迎头就是一下。

西屋的孩子惊醒了,大声地哭着。

门在这时被踢开了,第一个闯进来的黑东西,让二儿子照下半截就是一棍,“哎哟”一声,跌倒在屋地上。第二个东西发觉到埋伏,想往后退,止不住脚,在同样的“哎哟”声音下也倒在地上。两棍子都是儿子打的,孙三手迟眼钝,打出手中的棍子时,早没有用处了,从门上撞到地下。炕上的女婿跳下炕,三个人在黑暗中按住了两个黑东西,按着,压着,一边唤西屋人起来点灯。

是两个人,在地下挣扎着,骂着,话听不大懂。酒气很大,是两个醉鬼。庆祥在急迫中明白了是怎么一回事,就冲着那骂话个别的人乱捶着;“劈拍”直响。

灯点起来,西屋人跑来看热闹,大家都明白了:两个醉兵,一个满洲兵,那一个是日本兵,特别是日本兵的脸,让庆祥打得满是血,还流上一些泥土。

一看这样子,孙三发了呆,赶忙起身松开人,然后吓着二儿子:

"你还打,还不松手!"

儿子和女婿都松了手,全家的人都觉得闯下了弥天大祸,呆了。

两个徒手兵乘势爬起身,那满洲兵,军衣撕碎了好几条,帽子滚在地角上,光着灰土沾满的头,装腔作势地摆起威风来:

"好,你们敢殴打军人!"

没有人敢出声,听着。

"你们是红胡子,明天就抓到司令部去!"

孙三听这话,脑袋上冒了凉风,拿出庄稼人的习性央求着,口吃地说:

"老总,——我——我们——不知道——……"

他的话不待说完就碰了钉子:

"不知道你们敢私通胡匪!"

那个日本兵,站在地中间,不住地用手擦着脸上的血,连声地嘟噜着:

"这个的不行的,报告司令部的。"

阴沉的一幕夜剧展开了,然而这幕剧是不知怎样收场的。孙三一家人都明白,两个兵往屋闯,不是要吃饭,不是为抢钱,而是要作那件说不出口的丑事。真的,两个兵正是为着那件事来的,一般人认为犯法的那一件事。但现在,主犯反倒摆出无上的威严,受难的人倒变成了犯罪的。

面对面地相持了一会子,静静地像想什么心事。

过一会,那满洲兵用劲地说:

"明天见!"

拾起地角上的军帽,要往外走,他要结束这幕夜剧。没有走成,庆祥拦住他:

"慢慢走,有话说。"

他说话的语气，绝对不是庄稼人对官兵的神气，而是理直气壮地诘问，吓止。

“哈，老爷子听你说！”

把庆祥推一下，再走，然而庆祥完全变了样子，像疯了似的。他什么都不管了，他慌恐的心情也没有了，有的只是一股“反抗暴力”的力量！他一把抓住那个兵的肩膀，用劲地捏、捏、捏着，一直到被捏的人“唉哟”了一声，弯下身，才松了手。就在这时，他的威风才大着，气势汹汹地追问：

“说！半夜三更干甚么来！”

那神气，俨如一个官长斥责着一个犯军法的弟兄。

孙三急坏了，吓坏了，想止住二儿子的行动，手、脚、嘴都像失了常态，不知道怎样运用，身上出了一身汗，打着冷战。

“干什么，来强奸，你能怎样！”

那松开了的兵，又神气起来，他总认为他自己是一个兵，庄稼人是不敢把一个兵怎样的，就照直说了，还理直气壮地挺一挺胸脯。可是他想错了，此时的庆祥，变成个天不怕地不怕的莽汉，不管什么叫兵，什么叫庄稼人，不管自己的后事怎样，日后，性命可以断送，眼前却不甘心受辱，凶凶地吓着：

“强奸？强奸就打！”

话说完，手随即跟上去，照着仇人的脸上又是一顿打；一个兵，是难以敌抗一个庄稼汉的，何况身上还醉着酒。孩子吓得哭起来，孙三给老天爷作着揖。庆祥在这一瞬间简直成了个顶天立地的武士。他，又照着日本兵的脸上打，一面狠狠地说：

“不行的，不行的偏叫你行！报告司令部的，报告司令部也要我打完你再说！”

两个人合一块也不是真抗拒不了，酒有点醒了，逃不出，就只有屈尊着哀求：

“不敢啦，再也不敢啦。”

"还敢欺负庄稼人不?"

服了软,庆祥还要问。

"也不敢啦。"

"就寻思庄稼人好欺负,屁都不敢放,算你错想!"

孙三一下子觉得脚能动转,就轻悄悄地走到门旁,拉住二儿子的手,脸对着脸,要说话,话到舌边说不出,头上汗珠子一滴滴地往外冒。好一会,才能颤颤地说:

"祥,放——放——放了罢。……"

话像是没有说完,但再也说不出口。等着、等着、等着儿子的发落。

鸡叫了。

豆油灯剩不多的油,灯光抖动着。

"爹,咱们为甚么要受欺负!"

说这话,庆祥眼睛淌出来眼泪,是伤心又是气愤,又接着说下去:

"咱们也是人,为甚么要怕臭大兵!不管谁,欺负上来就打,打这帮忘八蛋!咱们要干干!"

又是一声颤颤的话:

"祥,放——放——放了罢。"

听了作爹的话,庆祥忍痛地一挥手,两个动物像遇赦的狗,急急地逃了出去。

灯灭了,屋中充满了杂乱的低泣声,淅沥的雨点,在这时出来悄悄地陪伴着。

十

好生生地作老百姓,不帮义勇军打仗,横竖日本兵不能说你怎么样,孙三在一天前这样想过的事是不对了,连家门一步没有出,就已经成了罪犯，如其有义勇军，再真帮他们一点忙，那更不知应该怎么样。哭着，想着，天就亮了。

闯的祸怎样办？跑么？不要说屯子里走不通，就算能行，家又往哪里安放！不跑，眼前的大祸可不是容易抗的。

此时的孙三，出乎寻常地没有报怨二儿子的鲁莽，他也觉得到醉鬼打得痛快。他忘记了自己的平民身分，而平民的和官兵作对，正相等于用鸡蛋往石头上摔一样，将要得到个不堪设想的下场。

屋子里死气沉沉的，人呆着，像些傻子，眼泪顺着旧道往外淌着，鼻涕紧跟着眼泪凑着热闹，一会，“啪达”一下子，让一个人摔在地下叫。孩子们有的把两只小眼睛死盯着别人，有的就不自主地帮同着淌些泪，他们为这莫明其妙的变故弄呆了，呆呆地不说一句话。

雨声在他们不留意中停止住，但天还是阴着，太阳挡得露不出头。远方枪炮声，比夜里更真切地响，从听到枪炮声算起，这是最厉害的一次，因此可以推知距离王家屯比每一回都要近了一些。

“坏啦。”

不经意地，孙三冒出了这么两个字，两个字，是有着它的来源的，他困于处境的险恶，又感受到战争的逼迫，话随着就脱出口外。

院里的大黄狗，一连叫了好几声，孙三看到闯进院三名日本兵和五名满洲兵，人人平端着枪，凶纠纠地一直闯到屋子里。八个人中有一个头上包着绷布的满洲兵，正是让二儿子释去的哀求者。用手指着，“这个、那个、那个。”他和二儿子、大儿子、女婿几个男人都被绑上了。那个在夜里受窘的满洲兵，显出来英勇，尽在“劈啪”地往二儿子脸上打，每一下，每一声，孙三都觉得心痛，就口吃地央求着：

“老总——你——你打我——打我罢。”

乡村的路，刮风天到处飞尘土，一到落雨天则又到处是泥水，虽只是一总不过落两阵小雨，路上倒很有相当的滑，如果不小心，可以很容易地就跌上一交,孙三有两次,亏得有人架着才没有变成泥人。但他不感谢架他的人;没有他们,他不会在落雨的早晨走闲路,反之,架他的人不是出于本心要那样作,而是监视他的。二儿子的脸上,还是不住地挨着巴掌。

细雨又下了,一丝丝的一丝丝的,正好比孙三心中理不好的心绪,搅着、搅着、和细雨一样又是断断续续的。痛恨之余,不知怎的就那么在心里祈求起来。

"仗快打过来罢,痛痛快快地打过来罢。"

泥湿的路上没有一个行人,有的就是灰衣的岗兵。草,绿油油的,但庄稼有好些倒卧在田地里,一夜的狂风,就是它们倒卧的主因。小河流下来浑浑的水,燕子们怕污脏了它们净洁的羽翅,不愿在水面上嬉戏。炊烟,在几家的烟筒上飘荡着,静悄悄的,又是懒洋洋的。在平日,一亮天,猪呀、狗呀、鸭子呀,路旁边从不缺乏的,今天一样看不到。太冷清了,孙三觉得自己到了别一个世界上。

二儿子的脸,染满了模糊的血,雨丝浇着,一滴一滴往下流。头倒垂着,人已经昏过去了,孙三几番向那手染血迹的行凶人求饶,得不到一点理会,而且后来竟遭受到喝骂:

"老混种,再说就打你。"

孙三这时只知可惜自己的儿子,一点不像平日,儿子作错了事,要大骂他一顿,他竟至于想到能把自己身上的皮,剥下去包在儿子的脸上、身上,替他挨打才好。他想昏了,那怎会呢,但是这正是一个父亲疼爱儿子的傻地方,惟其这点傻地方,才是人世间真正的伟大的"爱"的表现!到后来他后悔不让儿子把那狗东西打死,怨自己失了算计。

犯的罪,除了"殴打军人"那一条他承认,余外硬给他们安上的"私通胡匪",他至死也不认可。他自己想躲避胡匪还怕不及,还能去私通!如果真私通胡匪,义勇军,也不至于恐惧了一两天,恐惧得恨不得有个地缝都想钻进去躲上几天。

没有办法，兵是不讲理的，兵是有权力的，孙三怎样也不能怎样。

解到关帝庙司令部时，细雨停住了，可是他们四个人身上的单衣裳都浇得透透的，黏黏地贴在皮肤上，湿气时时向皮肤里侵蚀着。

想起走过庙前“乱尸岗”那一会，孙三想到坟边上用草席盖着的一个未掩埋的死尸，从露在席外的裤子，鞋上面看，知道是警察队的队长。虽在雨天，那腐烂的味道，却很浓重地冲出来，苍蝇“嗡嗡”地叫着、飞着、啃着。坟上高树梢中的几只乌鸦，它们原在攫食那死者来的，看到有人来，才纷纷地退到树上。一个警察官的死是这样。

他又为什么死的？是殴打了军人，还是私通了胡匪同义勇军？

知道他是怎样死的，不过，由此而引起的“人太容易死”的问题，他倒为自己悲伤，捏了一把冷汗，他想他将要和那队长一样被打死，想着，一直到进了庙门后，他那时都担着一颗放不下的心，不知怎样好。

他很烦乱的。

既经到了院子里，他们四个人被关在大殿里。孙三用昏花的两只老眼，看看阴沉沉的殿房，殿里已经有了好些个人，横着竖着倒了一地。但殿里太暗了，又没有人说话，他就看不出究竟是哪些人。

“呵，这里怎么关起一大帮人？”

想着，轻脚地走着，把昏迷迷的二儿子放在关老爷宝座旁边的柱脚下坐着，他转过身刚要摇手招呼大儿子同女婿，听到像有人喊他，声音低低地：

“三哥，是你？”

回过头，在黑角上黑脸周仓宝像的脚跟下，看到杨玉全坐在那里。

“呵,玉全你也来啦。”

像得到一个亲人似地扑过去,当他把自己的身子坐好在玉全的对面时,就看到周仓身旁笑面判官的宝像,手里的“勾魂取命,你可来了”的勾魂牌,正像对着他招摇着,他就把舌头猛丁地缩了一缩,忘记该说些什么话。

“三哥,我想去看你,就是去不了,昨晚上弄到这块来。”

小声地说,生怕殿外的看守兵听见。

孙三听玉全的话,想到自己本也想去看他,一样因为道上通不过,看不成,不料想在想不到的场面下倒聚到一块儿,就小声地对玉全说:

“我也要去看你来的,走不成。”

然后是彼此小声地问着事变的缘故,彼此说出来的话没有大的差别,发生事故又全在昨天晚上。有几家当真遭了抢劫。

屋里亮了些,是孙三习惯了黑暗。他仔细地把殿里人看上一遍,看到都是些屯里熟识的人。有些人因为辣椒水灌得太多,不肯招认私通义勇军,弄得这时候昏昏沉沉地睡,还不时打着喷嚏,或是呼出几声痛。有的人脸上尽是伤痕,倒在地上一动不动地像一条死狗。听玉全说他们都是昨夜后半夜中弄了来上的毒刑。他想自己快该受到那毒刑,他怕,又想到求神保佑,转身向关老爷就磕了好几个响头,祈求保佑他们四个人的安全。他想再给别的神爷磕头,却让玉全抓住他,吓他:

“你疯了!”

“不疯,不是疯,我怕死!”

“三哥,我跟你说话!”

“这可不是日子啦,这可叫作什么天下,我,我怕死,我要活,我不死呀……”

“谁?皮紧了?妈的,真少打!”

孙三碰了钉子,殿外看守兵骂起来,他老实了,才明白刚才自己是发了疯。

然后,玉全告诉他王寡妇让三个日本兵轮奸归了西,张家的豆子,让满洲兵翻出来喂马,杨家十二口猪只杀剩一个小猪仔,又告诉他……又告诉他……

突的,炮声又震天动地地响起来,枪响声像爆豆,这,呆了他们一群受难人。

仗打大了,打近了。

孙三心一动,觉到湿衣裳凉到深心,伸出手按在胸前,肚子上,躲避湿气往心里侵袭。

枪炮声更猛烈地响起来。

十一

究竟不知道是打的什么仗,到底是谁打谁,但枪炮声尽在不停地响,所有他们大殿里被困的人,连神志不清的都听到了。

院心中不住地有人跑进跑出,枪刺响、皮鞋声,喊号令、拔队、吹号,东西配房和后院这么闹了一阵,平静了。

"是小城子义勇军败下来?"

孙三心想着,就低声地对玉全说,手在胸脯上一动,觉出来身上衣服已经干了。

"不像,东西南北方都像打。"

"里面的兵一定开出去了。"

"你听刚才那一阵乱,八成开出去,那你们就可以晚受一点罪。"

"打罢,越打越好,快点打上来把咱们都打死就得啦,谁甘心受这样罪!"

机关枪"突……"

人们的身子被重重地绑着,却没有绑着他们的心,心里面,这时就想到家,家里人,更不知怎样慌张。

孙三不再说话,在忙乱与气愤中,从太平想到慌乱,从安居想到战争,从丰收想到残年,从神灵想到罪恶,从困苦想到死亡,他想来想去想到单是希冀着别人的救助,那是不易实现的,就是神爷,他一向所最信赖的,也觉悟到没有半点用处!关老爷有灵,该不容许日本兵强住他的庙宇!叛神的决心一经揭起,像怒潮的涌上决堤似地不能制止,他用两只老眼,以最短的工夫,把全殿的泥像扫了一遍,看他们实在只是一些"泥人"而已。然而从前为什么那样笃信呢?是自己太过于昏庸!而他明确地断定着,现在自己的能够这样,是由于他从实际的经历中得来的结果。

看一眼二儿子,他的眼睛睁开了,喃喃地自语着:

"爹,咱们要干,不能受这种气。"

他吓了一跳。生怕让门外的看守兵听见。幸好没有人,不,连皮鞋走路脚步声都没有,是人不在近前,二儿子又说话,像是有些后悔:

"爹,你怎不让我打死他!不打死他,他就要祸害死咱们,咱们要想活,非打死他们不行!"

这是惊人而又奇特的话,屋里的人,都把视线集中到二儿子那里。

"通!——花!"

一个炮弹,大概落在庙路的"乱尸岗"上炸裂了,全殿的人,耳朵震得"嗡"地叫了一阵,还有人吓得叫着"妈"。

"炸弹!"

叫这一声,很大,是忘记了外面的看守兵。外面,一点动静也没有。

"乱尸岗那地方。"

"打上来啦。"

"怎办哪。"

“家里可怎好。”

叫着，喊着，有人甚至于哭起来，殿里面乱糟糟的。

“突……”

机关枪声愈发加大，他们猜到是战争迫近了屯边，不，他们竟然听到了一声巨大的呼喊：

“杀！——”

接着又是：

“杀！——”

“杀！——”

坐着躺着的人，这时都慢慢地爬起来，虽然手都被反绑着，他们却想活动活动，他们困囚的身心，正想趁此舒展舒展，战争刺激了他们，使他们兴奋。

“爹，打起来啦，干！我去！”

孙三听到二儿子又喊，抛下玉全奔过去，偎依着。可怜的年轻人，空有满腔的热血想反抗暴力干干，一当他打算击拳时，绑着的两只手就回给他以无限的疼痛。他脸上的伤口，本来密接在一处的，这时又裂出来好多的纹路，从那上面冒出来一条条的血丝。愤激地喊：

“什么时候才能解除身上的绑绳！”

眼睛完全睁开，精神焕发，这使孙三意外地乐，枪炮声逸出他的脑后，他全副精神都注在儿子的身上，想法说着好话，安慰着儿子的激愤：

“庆祥，别上火，你好啦？听爹话，绑绳总有一天能去掉，千万别着急。”

然而儿子并没有听他的话，反而又继续问着：

“到底谁打谁？”

谁打谁？不错，这是一回事，这回事是他们全殿人都要知道的，纵然知道了并不一定对他们有多大的关系，偏是他们都那么地关心。他们急切地要知道,究竟是怎么一回事。

在极度紧张的情势下,他们看看作了半天多的伙伴的神爷们,不期然地觉得有些好笑。平常日,大殿里除了初一、十五香火日外,再没有人有福分能进来观观光,尤其是阴森森的气概,一进来就觉得有点毛骨竦然的,便生出神爷所在的地方,毕竟与常人不同,毕竟有他的威力的心情。但从今以后,西洋镜拆穿了,人们都知道了所谓神爷们,不过是一些泥像而已,实在没有什么了不起的地方。他们没有什么神力,他们不能保佑别人,炮声剧烈的响声,还是可以震破他们的头皮或是衣铠。这样的神,神与人之间,究竟有什么不同的地方?

板窗上像有人敲击似的,那声响乱而颤,简直无从分别是用什么敲着的。继而加大了,到后来像敲小鼓似的。微弱的话语声,伴着敲板窗传入人们的耳膜里:

"他们……他们……都走啦……走半天啦……"

"是谁?"

玉全头一个喊,别人也跟着同样地问:

"是谁?"

他们知道不是看守兵,想到事情有了变化,胆子大了,但又托不住底,更显得紧张。

有的人想往窗外看看,但那窗洞比人高出有二、三尺。一个人凭怎样努力也不行,而他们的手全被反绑着,不能解开绑绳攀着一点东西往外看看。

"他们……走半天啦……"

又是那声音。

人人的心,急得像要发火。

庆祥的两眼,炯炯地发光像两只猫眼睛,精神又增了不少。他爬起身,以半晌的挣扎,还有别人的帮助,到底让他站上了关老爷的宝座上,望院心清清楚楚的。

“庆祥,……你……你……”

“你”了半天说不出话,孙三一面为儿子的精神归复快乐,一面又为他类近癫狂的行动着急,就在这情节中,才使他嘴里说不出话。

“一个人没有啦。”

这是一句多么难得而又想不到的话!

“告诉你们……都走啦……我是悟空……”

“悟空,悟空,开开门!”

“开开门,悟空师父!”

这才知道外面说话的人是谁,知道敲门的声音是出自谁的手上,知道院里的兵都没有了。该是他们有盼望的时候,作梦都作不到。

枪声、炮声、人喊声,更凶地发作起来,不过他们此时的听觉,只给他们听那板窗外的颤抖话语声,而听不到震天的巨响。他们急于要冲出殿外,赶快恢复个人的自由。

可是,突然的,巨大的声音都没有了,不管枪声、炮声、人喊声。代替着的是一片凌乱的哄哄声与跑步声。

“门锁着……”

悟空像还要说什么话,不待说完,“呀”地一声叫,退到旁面去。然后,庙外面揭出来一声宏大的呼喊:

“冲!——”

接着又是凌乱的奔跑声,接着,冲进庙门,可以听出有很多的人,接着由甬路冲上大殿,恰当这时,悟空喊了一声“救命!”

殿里人人捏了一把汗,完了,一定是日本兵冲回来,来消灭他们,他们不自主地缩作一团,屏着气息不敢出着大气,紧闭着眼睛等着死。孙三觉得腿上一阵凉,是吓出了尿,尿湿了裤子。

这些,只有孤立在关老爷宝座上的庆祥看得真切,他有如惊奇一般地叫了一声“啊——”。

但冲到殿前的人，没有再往殿里闯，像是又分着奔向东西配房，后院干什么去。不，来到了，哄的一声，又是一批人拥到殿前，“嗙嗙”两脚，一扇门踢开了。从破门中，人们立时看到一队衣服不齐的武士，有拿枪的还有拿大刀的。

没有往屋里闯，像等着什么。他们不知道该怎样好，等着罢。可是，在他们的静待事情前进中，听到了那一句有力的呼喊时，他们的眼前就像托出来一轮晴天里的太阳，亮光光的。

“我们是义勇军！”

然后又是：

“我们是义勇军，我们也是老百姓，我们专打欺负老百姓的敌人！我们替老百姓解除痛苦！老百姓是我们的助手，我们是老百姓的军队！我们打跑了日本兵！”

“我，我也是一个！”

庆祥在殿里惊人地喊。殿外的人从破门中钻进来，他们在义勇军手下脱除了身上的绑绳，恢复了个人的自由！

天晴了，太阳就在这一刻从重重的阴云中冒出头，咧开嘴不住地欢笑着，好像给他们恢复自由的人们祝贺，又好像欢迎义勇军的光临，和他们的伟大的功绩。

十二

近处的喊杀声没有了，枪炮声停止了叫吼，日本兵和满洲兵，除了战死或是受伤的以外，都逃光了。屯里屯外尽是些义勇军。不是胡子，胡子要抢东西，要绑票，他们都没有作。他们的打仗家伙，太不整齐了，什么扎枪，什么大刀，什么火枪，什么洋枪都有。衣服穿得也乱七八糟的。他们不禁止人们通行，对人们非常的和善，劲儿十足。

孙三和儿子，女婿，在解围后，脱去了绑绳的束缚，就一直地往家里跑，跑过“乱尸岗”，看到陷出一个大坑，坑里坑外翻出些烂棺材板。路上异常地滑，走一步就要退上半步，好在天上不再浇着雨，还算好走一些。

路上尽是些乱奔乱窜的人，还有往里续开的义勇军。庄稼一片一片地倒在稀泥里，让些败兵奔逃时践踏得生气全无。孙三他们四个人顾不得这些，尽在往家里跑，跑到家里，家人正在号啕地哭喊着，吓得不知道怎样才好。头半天，家里的猪、鸭、鸡、粳米、白面全让日本兵弄去了，东西也翻得乱糟糟的。

可是，这样也好，家人既然能够团聚，家园还有法整理，在孙三未尝不觉得宽宽心。雨后的秋阳，高高地照着，热辣辣的，一天来还没有这样热过。孙三仿佛重见了光明一样，涌起无限的勇气与快活，预备秋收；从太阳的光明中，他宛如看出庄稼更熟了一些，更黄了一些。二儿子比别人更兴奋，脸上，身上的创伤，觉不到有什么疼痛地方，在屋里打了一转，像想到了某种遗忘的事情，转回身，一句话不说，急急地跑出家门，他脸上洋溢的喜气，助长着他向前奔跑的脚力，他那行动，又有些近于疯狂的成分。

屯里响起冲天的嘈乱声，到处都显着新鲜生动的活气，日本兵施给他们的压迫与苦痛，正好由现在的义勇军反衬出来，两方是绝然不同的，——一方面是坏的，一方面是好的。人们清楚了，义勇军是老百姓的军队，是保护老百姓打日本的，是和老百姓一样受苦的人。人们争先恐后地看这些新样的为民除害的军队。孙三在家里待过一会子，安置安置东西，好奇心使他要看个究竟，他离开家门，又往关帝庙走去。

在关帝庙，正有一个由义勇军召集的大会要开了，孙三加足了脚步，掺在争先恐后的人里面走，走到了。

庙里的人，挤得满满的，和一天前请愿时同是盛会，但这回的情形可两样，男人、女人、大人、抱孩子的、小孩都有，叫、闹、跳、笑，是破天荒的气象。他们充满着全副快活，兴奋的精神，抱有“探求”的心情，看看开着怎样的会。

会在大家喧闹中开场。

第一个跳上殿台的是个小队长，人们一看他那副样子，全有些失望起来，破碎的衣服，蓬蓬的长发，脸上积满污垢，恰像一个监禁了好几年的罪犯。说他是一个队长，是一个领队打日本的武士，就算是四岁孩子都不大相信。他说话的声音不大，可是说得很清楚，一口流利的吉林土白，终至打动了失望的人们，他们厌弃卑视的心，渐渐又活动了，不一会工夫，台下不满意的乱哄哄的声音就都止息住，一个大院子，静悄悄的，只有他演说的声响荡动着。小孩子们抱在妈妈的怀里，为他那指手划脚的姿势忽地伸出两只小手往前扑奔。话音大起来，拳头挥动得越发厉害，如果人们的眼睛，能够看见空气，那一定可以看到让他的拳头把空气打出多少个窟窿。

热极了，但人们忘记了头上火热的太阳。人人出了满身的汗，但谁都忘记了动手去揩，让汗珠不停地由头上淌到身上，淌到地上；他们全副的精神，都注在演说人的嘴上、身上、手上，一直到台上人说完话，他们才想起哄的一声出口大气，才发觉到汗水湿遍了全身。

“小伙子，真行。”

“怪不得当队长，人家是行。”

“人不可貌相，海水不可斗量。”

“他说打日本帝国主义咱们老百姓人人都该干，这回不干将来永没有抬头的日子，这话说得不错。”

人们私下里赞扬，评论着演说的人，承认说的话是对的。他们的心有些动了，他们觉得需有一种热狂的动作来表现一下才好，意思是报答演说人的盛情，可是他们不懂得拍手那一回事，不懂得欢呼那一回事，只好让心里痒着罢了。但他们是快乐的。等到别的义勇军出来领头鼓掌，欢呼，他们像发现到新的奇迹似的，尽情地拍着巴掌，发狂般地喊叫着。

孙三在狂潮中，觉得无论作什么事，倒是人多气力大，有劲儿，一个人在人群里非常的渺小。然而他这时的内部，正有着矛盾的心思。当他上半天被困在大殿里，那时他自己以为有过前此未有的过激思想，就是，倘然能脱去身上的束缚，无论如何一定要想法同日本鬼干一干的。现在，经小队长一阵沉重的演说，随即激起一身的热血与勇气，但是，忽然一反想，他立时觉得那要干干的事是危险的，是孟浪的，他就不同意小队长的言论了。他以为，一个庄稼人，管他受多少苦，那只能说是命运不济，不能有非分的行动。一个庄稼人他一生的职分就该是种地，种地是他应尽的义务，应负的责任，而对于官府，只是绝对服从。庄稼人应该把希求放在“每年能得一个丰收”，此外，什么事都不应该参与。他又记起祖辈流传的格言：多事不如少事，少事不如无事。——老人的话是对的，决定了他的行动，他接受了后者的意见，他仍然要在乱世之下作一个顺民。

接着又是好几个人上台，作着激烈的演说，但孙三的兴致减消了，不像刚才那样注上全神听，他把视线溜到旁边，看满院尽是数不清的人头，向前仰视着，一个挤着一个怪好看的。他听，台上人说话声压伏了一切，一切都是静静的。但在极度沉静中，让他听到了一种低沉的声音，究竟是什么声音，他还分不清，仔细再听，是站在他身后不远的悟空和尚念着“阿弥陀佛”。他诚恳地念着，但又不敢念大了声音。眼睛闭得紧紧的，没有托木鱼的两手，握在一处，像给上天作着揖。孙三受了感动，那“阿弥陀佛”的字眼就像告诉他说不能“轻举妄动”，“多事不如少事”，“庄稼人应该绝对服从官府”。他刚想到自己没有卷入那“干干”的浪潮中是很难能可贵的，忽然一应一合的喊叫声扬起来。

台上人先喊：

“我们要自动地武装起来！”

“我们要打倒日本帝国主义!”

“我们要联成一片同心合力干!”

“我们要取消满洲国!”

“我们要……”

后来的喊声,孙三觉得有点刺耳,就不听了,他单只听着“我们我们”的字。喊声太大了,一起初震得他的耳朵“呼隆”地响了一阵。

然后是报告战况。人们才知道小城子方面的战争,现在仍在继续着。占王家屯的是义勇军左翼纵队。他们扩大了战线,四处发动,在这吉海铁路沿线作战。人们又听到些日本兵怎样惨杀老百姓的情形,听到当地老百姓怎样同义勇军联成一气抵御日本兵,义勇军怎样死亡,还有冒牌义勇军怎样打劫人民,怎样为日本人利用,……他们后来听到某一次同日本兵打仗,两个义勇军空着两手冲进日本兵一小队的阵地中夺到一挺机关枪,接着就来个反扫射,日本兵跪地求饶,都为那事情的奇特而又好笑地乐起来。

最使人们不易忘记而又最受感动,感动到热血沸腾,流出来酸辛之泪的,莫过于散会前一个义勇军演说中最后一段:

“……可是,父老兄弟姊妹们,你们万不要想我们现在就好过太平日子了,不是那样,我再说一遍,不是那样!日本兵一定不甘心,败出去,就会又打过来!一定要反攻的!所以我们不应迷惑于眼前胜利而快活,忘记了后事,我们的后事就是要预防即来的大战!一定要大战一场!我们的生死存亡,全看我们能否联成一片,是否有毅力,是否有决心!我们能联成一片,就有打不完的广大老百姓!有毅力,就可以一直干到底!有决心,就任什么牺牲都不怕!这样,一同站在被压迫民族立场上次殖民地的地位上,誓死抵御日本帝国主义的进攻,那我们的战线一定能稳如泰山!我们枪械子弹虽然不好,我们可有数不清的人,数不清的拳头,加上最大的,坚固的决心,枪子也打它不透!一直到把日本帝国主义同傀儡政府消灭后,我们才谈到有安然生活的一日,那才是真正过太平日子的时候！父老们,兄弟们,姊妹们,不分男女,不分老幼,都不要再袖手旁观,我们该立时起来干!”

会在紧张中停闭了。

在愤慨与同情之下,当场有些人争到预备好的参加义勇军报名处报了名,那写字的人,忙碌得没有一点空。

“写我,我叫王三。”

“我叫王海山。”

“我叫赵长林。”

“快写,写张宝金。”

那种争抢的情形,比从天上落下来一些碎金子,好多人上去抢还踊跃。可是报名的人,差不多都是年轻人,年纪稍大的人们,就算他们受到了感动(自然也还有些人不能完全听懂了演说),知道该怎样作,终因为顾虑多,不大好动,都离开报名处很远很远的。

庆祥挤了半天,才报上名,欢天喜地地随着涌潮一般的人群,涌到庙外,庙外的路全晒干了。

岭岗上,路口上,好多地方全挂出来义勇军的旗帜,随着微风荡动着。

十 三

一连两天,平静地过去了,到了八月初一日。

两天里,屯子里真热闹,成天是军民在一起赶筑防御工事,计划怎样收割,存储粮食。又训练操典,演习战阵。捷报一次一次传来:小城子防守得手,张家店攻下了,又是什么地方占领了,这一次大举进攻,使日本兵惊奇义勇军出动的迅速和不怕死的精神。关帝庙作了纵队司令部,晚上有满满的人,在里面听战士们讲述接战情形,怎样夜袭,怎样佯败,怎样冲锋,还讲些“满洲国”就是高丽第二以及好多别样的话，每每在听过之后，就有些人吐出几口长气，仿佛从前积存在他们内心里的不能解说的疑难，都由别人的口中，解释出来。他们快活，有着说不出口的快活。

人们明白了义勇军，认识了义勇军，知道两下实在是一家人，谁也离不开谁。因此，他们自愿把家中储藏着尚未被日本兵翻到的吃食像老酒、粳米、干菜，拿出来送给义勇军喝着，吃着；把些东西搬出来给义勇军使用，他们那种大方的施舍，还是破天荒的创举。他们觉得这些战士真文明，文明，才引起他们的亲切，爱护。

就是有一样，人们觉得义勇军的服装太不齐了，枪弹太缺乏了，可想而知他们同器械精良，服装整齐的日本兵交仗是怎样的困难。不过像他们这样让人家看起来觉得好笑，想起来觉得头痛的农民军队，偏能和官家的军队两样，不退，单找日本兵打，还能打败日本兵，不能不说难得。大家伙一条心，不怕死，怕是致胜的主因。那东三省的老百姓都能这样干，日本人的飞机大炮，未必能有多大用处。人们每一想到这地方，就加倍地敬佩那些战士们，就乐得不知怎样好。

然而孙三的思虑毕竟太多了，居在这样情形下，快乐固然是免不了的，可是紧跟着出现的忧伤也够缠得他无法排布。他虽说承认眼前的遭遇，对老百姓是有利的，他可仍不免认为有点过火，尤其是想到老百姓们这样地反抗官府同日本兵，不但不应该，斗不过，还免不掉自取灭亡的一日，大祸是快要跟来的。奇怪的他还是常常到庙上去听讲，回来又必然地带给他一半欢喜，一半忧伤。但，他却乐于把自己认为好一点的吃喝，送给义勇军们吃，送点零用的东西给他们用，又全是自己送去的，觉得这样作过了，就像安了心。再像他此时出尔反尔的矛盾心情，怕在他过去的一生中找不到一回能比得过。

同时，他看着二儿子每天扛着一枝枪跟别人操演，守卡子，破坏铁道，就为他担心。

他找过玉全,他想玉全或能解说开他内心的不平衡状态,那他也就觉得好些个,想不到,奔去了,给他的希求以大大的失望。平日里,他看玉全是个老实人,比别人知道事故多一点,作事有分寸,现在完全变了个样子,他竟然混在大队里干起来。当了个工程队副队长,领着十几个人掘战壕,修土垒,像有许多工作作不够似的,那样忙忙碌碌的。跟他说几句,他说:

"三哥,这年头,这一回,正是自己干的时候啦,不干个一高二低,日本人将来像对待高丽人那样子,咱一辈子也别想抬头！忘记我春天种高粱,有多受气!"

他还说些别的话,和义勇军人们说的话一个样,孙三觉得不需要他重述,就带一颗不平衡的心别了玉全,让它再争斗着;这就使得他的精神乱了。挂念着儿子,担心日本兵,爱护义勇军,最后是又想到快把一个丰收弄到家门。

两天来,别人欢天喜地的,而他是忧郁多思的。

两天来屯里完全和从前不一样。

但一到第三天,情形就有点紧张,一清早,六架飞机在天空飞,旋了好一会才走,人们猜到日本兵快要攻上来。

没有人怕,要干干。

小城子、张家店、王家屯左近一百多里地的新占地,义勇军虽在围攻下占领了两三天,毕竟防线太长,处处都要顾到,提防着敌人;而且有的地方的当地居民,为的惧怕战争毁坏他们的家屋,庄稼,就听信了日本人暗地里的反宣传。所以在第三天,小城子一带地方再打起来时,人们先还帮同义勇军作些防守工作,后来是旁观了,更进一步地受了日本人的诱惑,竟然在后方阵地捣起乱。义勇军既然失掉百姓们的拥戴,事实上丧失了多半的实力,又添上了捣乱的行动,外面日本兵猛烈地攻击,就有点没法抵御了,在半天中,就败出了小城子,败出了张家店,最后败到王家屯。

各地败下的义勇军,除了因为战略关系,冲到预定地点外,其余的人都退到王家屯的附近。这小屯子有一条间路可以通到桦甸，守住可以进取，败退也还有一条生路。这里的老百姓都抱有必死的决心，就更助长了他们死守的勇气。

王家屯这时当真变了样，像多年酣睡的狮子，突地醒过来，咆哮着，怒吼着，人民们发了疯，帮同义勇军准备大战。近午，屯外到了日本兵的尖兵，停下了，两方在相当地点对峙着。退下来的义勇军，不辞劳苦地又派到各要路上去防守。

八月初的太阳，和七月末原没有什么不同的地方，一样地在正午射出热辣辣的光芒，但人们在酷热下，感不到苦处，只在一心一意地作着事情。他们不慌张，秩序不紊乱，使屯中在将要变成战场之下，还平平静静的。过些时，路上就不见了行人，作完了工事，都把身子藏在指定的田地里，树林里。

大的战争果然要到来，孙三慌了，坐不稳站不安地屋里屋外不住地跑着，大儿子和女婿说不住他，他们也正有同样的恐惧。只有二儿子，和他们全家人正相反，平心静气地守着火车道那边的防线。他快活极了，为的他居然有这样一天，有机会同日本兵对抗。

过午，六架日本飞机又出现在王家屯的上空侦察，然后，向房屋所在的地方抛下了无数的炸弹，于是，焚烧呀，炸毁呀，不一会工夫，有些房子烧着了，有些房子炸塌了。关帝庙全部炸毁了，被炸断了一只肩膀的悟空和尚，压在零碎的瓦砾中，还不住地念着“阿弥陀佛”，随后，又一颗炸弹炸上他的身子，全身分了家，他才把灵魂游上了天国，不在人世上念那句大典了。这样的攻战，让义勇军硬没有办法，他们没有打飞机的高射炮，只好躲在田地里树林里藏着，不能冲，不能杀。他们情愿打血肉横飞的冲锋仗，不愿在无法抵抗的飞机轰炸下作了囚徒。

屯子里掀起了很乱的哭号声，再想镇静也止不住。一些看守家门没有被炸死的人们，逃出险，躲到可以掩饰住自己的地方，眼看到家屋没有了，孩子炸死了，什么东西，什么吃食，什么牲畜，所有一个农家日用东西和全部财产，都烧成了火炬，化成了灰片。

爆炸继续着，火继续烧，房屋继续毁坏，到后来，看看房屋全烧起来，全毁坏了，炸弹又往可以藏人的树林里，田地里抛，这回死伤的人，可就有数不清的数目，全屯里，火烧连成一片，庄稼、树林、草地、和房屋。烟像迷雾般直冲到天空。

未炸死而炸伤的人，不能逃避，也全让火烧僵了。

孙三的家，也都烧光了，炸完了，一家人，除了在屯边守屯的二儿子，生死莫卜，只有他抱着六岁的二孙子逃到田地里，其余的人，连他女婿家几个人，全炸死了。他眼看着自己住了好些年的茅房，变成了废墟，化成了灰片，他的心里像尖刀剜心那样痛。他叫着，跳着，哭着，呼天喊地，没有一点用，而他就在这一时，眼睛一花，耳朵一聋，抱着孙子像超脱了人世似的，觉得一阵轻飘飘地倒到田地里，就任什么都不知道了。

屯边的防守工事，紧跟着都炸坏了，然后，飞机飞到别的地方去。日本兵在远地向屯子里发炮，接着是冲锋。

看一看，任什么都烧得光光的，屯里的人，不论男人，女人，越发坚定起抵抗的决心。他们更深一层，更彻底地明白只有干才能有出路，不然就要等着死！收成无望了，就算能逃出了炮火，还逃不掉饥饿！这眼前无人道的帝国主义轰炸，愈坚实起他们的信念，他们要和义勇军同死，要打日本帝国主义残暴的军队！

火继续烧着，全屯一片大火。烘人，热人，烤人，但人们忘记了忧愁，只顾各处躲避着。红红的血，牲畜的血，人的血，流出无数的血河，但为热火燎过又都窒塞在地面上。

实在没法防守了，火车道也由日本兵修复了，开过来铁甲车，向屯子里放枪发炮，全个屯子只是红红的火，浓浓的烟和震天震地的炮响。守是再也难守了，留下了少数队伍在后面断后路，其余的义勇军，老百姓，一大群看去像难民的人，从一条小径冲出屯外，冲向桦甸去了。

十 四

黑了天，凉了，王家屯变成了瓦砾场，静悄悄的连一声狗叫都听不到。火早止熄了。许是让凉气侵蚀了的缘故，孙三的精神清醒过来，舔一舔嘴，伸伸腰，像作了一场大梦才醒过来，他开始想睡前的事，不是睡，他记起来，那是他昏倒的。他想起来白天所有的遭遇，他想起来昏倒前的一刻，他觉得寂无声息的屯子，简直是一块野地。忽然间，想起来他的身旁原有个二孙子来的，急急地伸出手在黑暗的田地中摸，什么东西也没有摸到，想喊，又不知此刻的屯里是否有日本兵盘据着，有就难免被听见的。孩子许是不在身旁了，不然，绝对不会连一声呼吸都听不到。刮起来凉凉的夜风，吹起些烧焦的气味。

其实日本兵根本没有开进屯中，因为没有什么值得占领搜查的，全屯是一片焦土，哪能藏住人呢。孙三仍然惦记着他的孙子，只有一个孙子，是他亲手从死亡中抱出来的，如果能把他抚养大，孙门还许能有个后嗣，二儿子，凶多吉少是不能指望的。他须得寻觅一下。喊喊罢怕人听到，也不能不喊，小声喊，一连喊了好几声二孙子的名字，总没有人回答。凭他张大了两只耳朵听，除了给他一片寂静外，什么声息也听不到。

不一会，月亮从云幕中冒出头，地面上亮了一些，想到借月亮一线微光，也许可以寻到二孙子，他站起身，踉跄地在田里走起来。全屯中，怕只有他躺的一块田地没有烧净，没有烧到他跟前，为此他还得以保有着一条生命，其余的地方，尽他走，走来走去是一模一样的焦土。走着走着，有时为焦尸绊了一交，就以为是二孙子睡在那块，待到弯下身仔细看一会，不是，就再走。什么鬼怪出现，什么荒村怕人那类事情，他全然想不到。他忘记了防备屯里有日本兵那事情，不，他因为走了好久也碰不到一个人，就断定不会有日本兵，他就大着胆子在各处寻找着。走到山神庙前，那木龛烧完了，山神爷不知逃到什么地方去。跑回自己家院，在瓦砾堆上走了好几个来回，也是看不到什么东西。他乱走起来了，意志完全不能支配他自己，走到杨玉全家那地方，到张六家，到好些地方，都没有一间房子存在，让他看见的只有模糊的烧焦了的人畜的尸身，和炸弹炸毁的深坑。后来不知怎样他又走到了关帝庙，也是一场空，神爷们大概都躲到天上去了。他走着，走着，不怕凉，不知饥饿地各处走着，伴他活动的只有天上的疏星和月亮。

一直到最后，他仍然走回他的焚毁的家院，他倚着一块土堆坐下，哭了出来，他哭他失去了一个很好的丰收，他哭他房屋没有了，家人全完了，他觉得自己太孤单了，活着倒不如死去的好。

究竟为了什么缘故，使得他，他们全屯，或是更多的人，遭到如此的劫数？哭一会，几经细想之后，他明白了，那全是由于战争！战争，这可恶的战争，是多么惨无人道啊！然而孙三再想到战争的来源，想到日本兵的恶狠，想到义勇军的和善，想到后来，明白了目前这战争是必要的！为的反抗日本强权压迫，流着血拼着命，牺牲家屋去战争是应该的，只有那么战争一下子，才能明白以后的事情。

这么的，他一反从前的态度，变本加厉地痛恨着日本兵，同情二儿子的加入义勇军，确认义勇军的反抗是对的！从几年来所受的压迫与苦痛中，他更确凿地觉得该有个抬头的一天，而义勇军正是给老百姓们争取抬头日子的军队！什么听天由命，什么神灵保佑，什么作顺民，都不应该再干了。他觉得自己的事情，只有自己起来干，才能求出一条像样的生路！

他想了又想，想的头都有点昏沉沉的，后来他心有所悟般地自语着：

“也跟庆祥去干干罢。”

可是，紧接着他为自己的年纪伤心了，失望了，觉得身子怕不允许他作一个冲锋陷阵的战士。他昏乱的心头，立时就出来一重悲哀，他难过。

他觉得他的前途完全无望了，只是一条绝路。

不，他猛地从土堆旁站起身，心里像闪出一条亮，他给自己开了一条新路，是清清楚楚的那样一回事：

“你不能到前方打仗，难道也不能在后方作些零碎事么？”

这在他，实在是一个意外的罕有的丰收。他乐极了，甚至于要发狂，望着天上的月光欢笑着，恨不一时就天亮才好。

（原载一九三四年二月二十五日、七月十日《新中华》第二卷
四至六期，选自一九三五年一月中华书局初版《丰年》）

萧　军

鳏　夫

一

山羊，绵羊，田牛，驴子……象一些斑驳的彩点，散散落落随便点染在每个山岈顶，每处山坡有裸岩或是有草色的地方。它们是时时蠕动着的。从那蠕动里，可以察知哪些是不安定的山羊，乳牛；哪些是属于温顺一类的绵羊。山羊和乳牛的颜色多数是黑的，红的，浓灰色的……绵羊呢？则一律是白的了，白得象初绽的棉花团。

牧羊的孩子们，有的站在山岩顶上甩抽着长鞭子，那爆响的声音和着山谷的回应，隔了河流飘向村庄里来。

河流宁静开阔，沿了村庄南端山角下树林的北端，描绘着柔和舒畅的曲屈线向东流过。

炊烟从人家屋顶的烟囱里，纷纷绞起了烟柱，标直地超过了所有的树梢才悠闲地打着回旋飘散。

随处：gu—gu—ga—ga……女人们唤鸡和唤猪的错综的声音，清冷而悠远地充满金属味地响着……

天空没有一点云丝，澄蓝深湛，燕子游荡着；山岩，田野，河流，树林，村庄……全似静止了样！一齐消溶在这要沉落的太阳底浸镀里！

看林人金合从自己的小屋子里出来，踱到去林外的第一段石阶。他使一只手遮在额头上,沿着树叶的间隙望着。从树叶间隙穿过来的阳光,洒满他的整脸和周身。

“还得一会吧!”他是在自言自语,坐在他站着的那段石磴上,开始吸烟。

远远近近,牧羊的孩子们唱着山歌,骂着,响亮着鞭子,各自集合着自己的牛羊群。

金合的眼睛凝视着一棵树,那上面有一只山鸟在歌唱。那是一只什么鸟呢?他并不注意它。

小屋是造在林中靠南面山脚下,一处近似断崖的一半地方,那平坦完全是用人工开凿和堆砌而成的。在小屋的四周用树条编织一带短短的篱墙,沿着篱墙的内面和外面栽满着凤仙,牵牛,向日葵以及各种各样的山花。早晨的时候牵牛花便装满了篱墙,伸展着苗条的蔓须。

整个的院落和屋顶,几乎全是隐埋在崖上的树叶,和崖下树叶交搭的荫蔽里。

一只狗从什么地方转出来,秃秃的尾巴,一只眼睛是瞎了的。它开始用爪子来搔扒主人。

“你做什么呀?没追着一个兔子吗?跑饱了吧?流氓!”

他笑着打着狗的鼻子;狗便舐他的手掌:

“滚开——尽吃什么来?弄脏我的手!”

立起来,样子象寻找什么,结果他只寻到了一根树的细枝条,举起来放粗了声音:

“我打你——瞅我干吗?再跑……我锁起了你……还跑吧?”

狗的两只前爪陷下着,用眼睛盯着主人,显现着一个孩子要被责罚时候的神情。当金合将树条抛开还没有坐下来,它的秃尾巴摇动了,爪子又开始搔扒到他的身上。

“坏蛋……早晚我是要丢开你的!”

他走了两转,狗也跟他走了两转,重新又坐在原先的石磴上;

狗就趴在人的旁边。他反复抚摩着狗的那一只已经瞎了的眼睛和头顶上那片白色的毛皮。他想起他把“秃尾鹰”——狗的名字——从主人家抱来，那时候，它还是一只小狗仔。一只眼睛被主人家的孩子们弄瞎了，尾巴也剁了一段去——这样据说看家更厉害一些——结果还是被抛掉。他就从那群被抛掉的小狗仔的中间，挑选了这个最不幸的小东西。

“你这坏蛋……看吧！早晚……我是要丢开你。”

狗明白什么呢？它一刻是安详地把嘴巴搁置在金合的腿上，舌头拖在嘴外，假睡着了。

暑天的闷热挟带着土味和草腥味的气息，开始在树群里蒸腾凝结起来。草丛里的蛙子和虾蟆咯咯……咯咯……试着准备唱晚歌的音阶。每棵树，每一枚树叶也全宁静着……睡着了整个的树群。

从小屋子的门和两个窗的孔口望进去，里面已经分辨不出什么东西的位置了。只是三个不同大小的孔洞，象一只长方形的鼻子搭配着两只正方形的眼睛，从清明转到阴沉。

牛羊们鸣叫着，排挤着，一片踏动碎石的声音，掩没了谷底溪水的流动，形成一条杂色的长锁带，引向了村庄。

腾散着的羊骚气和着搅起的浮尘，迂缓地在空中游动。每只羊的背脊上全撮染着各种颜色的标记，相同各色的缨穗，花朵……田牛蹒跚地摇摆着自己的尾巴……

“大老金，吃晚饭啦！”

一个牧羊的孩子打着鞭子笑着，拾了一块小石头抛向金合站着的地方，同时他唱着：

大老金——光棍光——不出家——当和尚。

“嘟……‘半拉黑’王八羔子下的，你……？”

孩子发见羊群的前头一只半边头脸生着黑毛片的公羊，正在追赶着一只母羊，响着带颤的声音，母羊串乱了羊群的秩序：

"老'养汉精'！引逗完了，你又跑什么啊？"

孩子跑到近边，公正的每个羊狠狠地打抽了一鞭子。接着他又唱了：

大老金呀，吹笛子；没有老婆呀，搂席子！

每个牧羊的孩子经过金合的近边，他们有的不同他说话，但，全要唱着，笑着，打着鞭子……不大必要地喊骂着每个羊的绰号。

金合的脖子挺长着，他不笑，也不怒恼。眉毛双垂下着，两只暗小的眼睛，看不见光彩地开开动动。"秃尾鹰"舌头拖留在嘴外，摆转着头，有时也把秃尾巴动着，望着经过的羊群和牛群。

在山上新生下来的小羊仔，被抱在牧羊人的怀里。生产过的母羊困惫地跟在后面，重浊地鸣叫着。

在一切经过了以后，虽然羊骚和浮尘还在游荡，但，溪水流动的声音，又开始了存在。

金合望着，望着这杂色的牧群渡过了村前那条河流，村中的林木遮没了它们以后，还是望着——西山的太阳，已经很亲切安妥地搁置在一个山峰上。一片暗云转过来，就这样把今天的太阳和这个人间隔开。

空旷填满了所有的山坡和谷底。村中唤猪，唤鸡的声音也零落下来。清冷的，只有几处人家的炊烟还在显着孤直地打着浓色的烟柱，余的已经低矮下去了。

山谷的尽头，两个石峭壁突出地对立，更是在这时候看来，相同两只要在这黄昏里准备决斗的困兽，不相让地蹲踞着。颜色青苍。树林西缘的这条溪水，就是那样小心委屈地经从它们的脚下沁流出来。

"今天怎么这样晚啊？"

他并不把烟袋从嘴边取下，逆着小溪的流向走着；“秃尾鹰”也走着，它是不规则地，跳到这又跳到那，踏翻着石块作响，有时也许滚向水里去。

“你老实点不好吗？”

“秃尾鹰”跑开去，象追逐着什么，一刻它又用与跑去时相同的姿势跑回来。又要直起耳朵倾听：——在山的后面震响着一种近乎歌唱的声音。

金合停止了步子，嘴边烟袋也停止了吸动。他很不安宁地转掉了身子，向来的方向转了回来；这次脚步是迅急的，没有去时那样安详。

一条孤独的鼻子蹲踞在他那幅员过小的脸上，急迫的颤动，现在看起来是更不相称！象生了一具过长嘴角的灰色的鹭鸶。

几多年了，他常常是坐在这林西缘的一块石头上，送着每年每个春夏的黄昏；送着每晚从山坡被牧者们驱回村去的牧群……牧羊的孩子们有的当他流浪到这村子的时候，他们的母亲还没有出嫁。现在孩子们已经能骂他，用石子投打他，嘲笑他，编起侮辱他的小调儿……但他不恼怒也不忧愁，他只是干枯地笑着。

当他到这林中来的时候，他的老东家曾指点给他这林子的边缘说：

“看见了吧？你不要闲着，你每天至少应该栽一棵树啊。向北栽，向东栽，那里是有空余地方。看见吧？那条河，”他指点的是那村南的河，“水头转向北了。我们这边只要多栽树，水头就不会转回来了。慢慢还会淤积出很好的田地来哪……好好地看着吧……将来也娶个妻子，生儿养女，比到处跑不是强得多吗？”

老东家当时的缎马褂和瓜皮帽上血色的珊瑚帽顶结……在初春太阳的下面闪过光；蓝篷轿车等待在林缘。驾车的骡子周身毛片也是乌黑地油润地闪着光。

金合从那天起，每天他把树条们安心地栽下去，经过春天和夏天……看守着乳树们发芽，长叶，结成了群，排成了行列高大起来……河身的流向更投向北岸了。他看着北岸属于别人的田地，像被蚯蚓吞食了，堤岸每年枯瘦深黑下去；每年河流会把这泥土眼不见地载向别的地方。

金合只记着："……将来也娶个妻子……生儿养女比到处跑不是强得多吗？"

他盼望着树林的面积增大起来，也盼望着树林的身干丰隆高大起来，老东家会不教他一个人活在这林中。这世上会给他一个老婆，一群儿女……和可以足够耕种的庄田。

那个时候他是快乐的，希望和着他青春的血流，充涨着，横溢着，贯通着他的全身！贯锁着他整个的灵魂。

老东家死得太早了啊！

现在是少东家来管理这树林。在老东家临死时也曾把为金合娶一个老婆的话遗嘱给少东家。金合也还是按季节为少东家们增植着，看着树林，看着每年的乳树抽芽和长叶……

"金合，你现在还不是娶老婆的时候哪，看……那空地方不全是应该栽好了树么？把那空地方全栽满了，东家那时一定要弄个老婆给你。"

"随东家的愿意多咱……就是多咱吧！反正——老东家临终是有过话的……有过话的……"

金合来到这村庄，他还是一个壮年。头上没有一根白发，鼻子也不如现在这样孤独的突出，身材也许比现在要高些……

他有一只狗，还有一只笛子。每当有着月亮的夏夜，人可以听到那悠远而又高亮的笛声，凉凉地飘起，悠悠地飘落……从林中飘向远近的村庄。在笛声歇落的间中，"秃尾鹰"就要打起几声点染似的空吠。这空吠在笛声空断的时候，当笛声再起来的时候，它的空吠便终止了。同时被它所引起邻近村庄狗们的空吠，也远远跟着断落下去。

这样人们全叫金合作“金笛子”;或者是“管林子老金”。而孩子们却叫他“光棍大老金”。

“不哭吧！听‘金笛子’来了。”

村中的母亲们为了孩子夜间啼哭,她们就拿“金笛子”来安慰他。一直到孩子们睡熟了,母亲们也睡熟了,而常常金合的笛声也还是响亮着,响着,也许一直响彻到黎明。

早晨太阳还未爬上了东方的山头,牧羊的孩子们便赶着牛羊群到山上去吃草。在经过这林子西端的谷口时,他们常常可以看到金合早就在那里了。“秃尾鹰”也随伴在他的身边。他们又唱着了:

大老金呀！吹笛子;没有老婆呀……搂席子……

这歌声这时好象使他激怒了！如果他正在来回走着时,他会停止住,用一条臂指画着,细细的长脖子从勾曲的姿势,变成标直。人只能看到他的下颚掀掀动动,嘴唇开合,可是从来谁也没听清他是正式说些什么,或是当真在咒诅！如果近一些,可以看出他为了过度的不眠,眼睛是那样干红。

于是牧羊孩子们把鞭子盘旋在空中,纵着笑声,经过着他。

如果临近黄昏,他却又很安宁地吸着烟,牧羊孩子们经过他的近边,虽然还是唱着那同一个嘲笑的歌……他的脖子却并不完全挺直起来了。他笑着,好象期待着什么幸福般地笑着,目送着那连接走去的牛群,羊群……顽皮的牧羊的孩子们。

从近一年来金合的笛声,几乎每夜要由林中飘散着,增加着,从深夜到黎明。并且听起来也更悲凉！村中的人们相互地说:“这疯子的笛子真是金的了啊！多么动人呀!”

“栽的树应该弄些水浇一浇啊!”

金合近一年来对于少东家的这样吩咐,总是沉默着。当然他也并不违背他的命令。现在他只有工作,而没了声音。

跟随少东家的炮手秋平是明白的,他知道金合爱上了那个已经死掉了的炮手于五的老婆。

“老金,你看上这个了吧?”他张起一只手,使五个指头接连地搔动着,“向东家说呀,他们不是答应过给你娶个老婆吗?这些年积存的工钱还不够么?”

少东家不在近旁,炮手秋平闪动着他年轻的金色的有点猛鸷意味的眼睛向他说;习惯地,摸索着肩上的那枝步枪和两袋子弹。

“你,你瞎说什么呢?人家是寡妇呀!这话传出去……他们——”金合的眼睛转向少东家站着的地方——一个炮手随着他正在一棵可以做栋梁标直的树下,脑袋一俯一仰左左右右地察看着。他也许要用它来建筑什么,还伸出一只白色充满着脂肪的手,把树干的周身拍打着。——“会杀死我,卖掉她。”

“她妈的……管那些呢!要是我……”秋平把肩上的步枪摘下来了,扭开枪栓看了看睡在弹仓以内的子弹,他又把它关好了。他不是在有意要这样做,只是习惯地使他这样爱着他的步枪。于五死了,他便是这村中第一个有名的射击手。

“他妈的,管那些呢……‘横’的怕‘愣’的,‘愣’的怕‘不要命’的……一条命……什么全够了。‘拚出一身剐敢把皇帝打’……别说……哼!别说人……阎王爷也不过只要命……”

金合也知道,秋平和少东家的三太太,有些不清楚。他说:

“你,你小心点吧!咬人的狗是不露牙齿的呀!”

他们的眼睛偶然地遇到了,金合他不能和那双金色的眼睛相抵抗,他躲避开。

现在他是在这里等待着于五嫂。她每天到山里去割荆柴,总要从这条谷口来去,也总要经过这里的林缘。

当金合看着远山,远处的村庄,树林……一刻较一刻显着模糊的时候,他想着:“今天是这样晚吗?她遇到了什么吗?山里也许会藏着狼!”

现在当他听到那石崖后面的歌声,他停止住,却转回了原坐过的那个石头上。

“秃尾鹰”更快地跑在主人的前面……

把烟袋开始咬在嘴里,装着什么目的也没有的样子在吸烟,在看落日,看远山,听着大河和小溪的流水声……

但一切在他的感觉里却全是生疏的,隔离着,茫然一片。小烟袋的锅子里已经没有烟末了,他还用火柴点燃着。一根一根的火柴浪费了……

歌声终止了,遥遥的系连的三个灰色的影子游动着,人的脚步踏翻石块滚落向涧底的声音,已经听得分明。

从村中腾浮过来孩子们的喧嚣,大人们的高笑……

“秃尾鹰”疲乏了吧?慵懒地伏下自己的头,睡着了。金合一颗荡动的心,拐带眼睛全起了朦胧。真切的于五嫂已经把柴担停放在小溪的那面,坐在一块石头上了,用手中的草帽扇着风:“金大哥。这里凉快吗?”

“嗯!”

除开“嗯”了一声以外,他好象失掉了发音的机能。勉强使自己安定着,在颧骨上已经感到了重重的燃烧!

“今天回来这样晚啊?”

“荆柴不好割了!官山太多了。”

“割一点野蒿也成吧?”金合的血流微微安静一些。

“野蒿……附近也没有了……荆柴还是这样嫩哪!”

“太嫩的荆柴……不易晒干……又不耐烧……”

“一天了,只割了这一些,多了又担不动……”

“老五若不死……”

金合知道这话是不应该说的,感到一点慌乱。及到他看出小溪对面的于五嫂并没什么变动,依然用草帽扇打着,才安心了一些。

“你五弟要不死……还说什么呢？我不知道这是老天爷的意思呢？还是人造的孽！——要回去了，你有什么要缝补的；尽管拿来，我带回去。你五弟死活也是一样啊！不要客气，你是个孤独的人！”

“不用了！我自己什么全会，全会……针线我是早就预备着的……天不早了，回去吗？”

“是啊，不早了——”

于五嫂把荆柴担重新压在一只肩头上，颤动了两颤动，走了。

金合湿润着自己的眼睛，送着这两捆荆柴和一个人的黑影……

村中人家的灯火，从树叶的间隙透露着。他茫然地随在五嫂的后面走着。当他来到河边的时候，那黑影已经渡过了河，被村中的树木所掩没。“秃尾鹰”试验着把自己的两只前脚探向水里去，他回头看着主人——他是直直地立在河边，遥远看过去，像一棵没有枝叶的树干直立在那里。“秃尾鹰”又把自己的前脚缩回来，用舌头舐干着毛皮上的水湿。

河流平静而开阔，湛清得可以看出水底的沙石，水面褶动着小而匀细的纹波。

随处的鱼儿在水面起着掠动，跃起来消泯下去……树中有枭鸟残酷地高笑，激起一阵山雀的噪鸣，一刻也安静下去。

隔岸的田地，被河水浸湿得悬虚的部分，常常要有颓落下来的土块，投回水中，这使金合又联想到老东家的话：

“……看见吧？那条河……水头转向北了……我们这边只要多栽树……水头就不会转回来……好好地干吧！将来也要娶个妻子呀……”

无论怎样这话在金合的记忆中总是清明，更是那最后的一句：“将来也要娶个妻子……”

老东家把“老婆”总是很文绉地说成“妻子”。他信任他，老东

家是读书人,读书人从来不欺骗人的。娶一个老婆的花费,在老东家只是从九条牛的身上拔一根毛吧!老东家常说:

“人总得凭良心,凭运命……发财,作官……全得良心好;还得运气来……比方我,”他说到“我”的时候,总喜欢把他的有珊瑚顶结的瓜皮帽取下来托在手上,把自己的光亮,仅存不多的头发盘成小辫的头额轻轻拍一拍。虽然年老,而血色却是不差,新鲜,红润。“我是从来就凭良心的,比方我下‘考场’,”他常喜欢提到他的下考场,“要不是良心好,祖上有阴功,怎能中了‘举’呢?你们年青青的,更应该讲良心……拿东家的事应该当自己的才对啦……东家虽然有时看不见,天老爷总是有眼睛的……你们应该凭信老天爷……”

是的,二老爷——老东家的尊称——是喜欢孝子节妇的……更喜欢的是“贫而不乱”的正人君子。二老爷见人总是笑着的,讲话也总是笑着的……多肉的圆鼻头常常为了这笑而拱起,而踊动着。所以村中全称二老爷是佛爷的化身。

现在二老爷的儿子们却不同了,再不那样和气了。他们吃“鸦片”,骑马,雇炮手……在肩头上自己也挂起手枪来了……年头转了,没良心的人们已经开始结成了强盗。

金合对于老东家怀念着,对于少东家们却莫名地起了憎恨。

“呸!”

他投了一块石头在河里,转身折回了林中。

沿着林中小路的每棵树,全是他亲手栽植的。他记得当他将这些幼树苗栽下去的时候,它们还是那样幼弱,那样苗细得可怜!如果天不落雨,他还要一担一担从河里担水浇它们……现在它们已经高过他的身子几多倍了,有的已经作了主人家的栋梁。

从草丛中一只虾蟆跳出来拦在路上,他跨过它,而后他听到它咯咯了两声。

小屋的窗洞和墙壁已经有点分辨不清了。那只是一个长长立方形规整的泥土块，还可以听到老鼠们在里面响动着。

他并不马上就进到屋子去，重复又坐在那第一段的石阶上。“秃尾鹰”又来搔扒他，哽哽地叫：

“饿了吧？浑蛋！”

他把一些残剩的食物，摸索地从房子里取出来，倾倒在一个盆子里：

“看什么？吃啊——还想要吃点肉？——滚——”他推开“秃尾鹰”的脖子，狗开始去吃自己的晚餐。

清凉地听到从林外透进来了水流的声音。天上的每颗星看起来几乎全是真切！像新磨过的白铜属的尖脚钉，装璜钉满在这暗昧的半球形的大殿堂的屋顶。整个的夜如同极柔软又看不见的绒毛，随处充塞，随处堆集着。

他极力想要从这粘结的夜的水流声，林中夜枭拍打翅膀和草丛里虫子，蛙……的声音缠结里面，挣出了自己。唯一他是想要从村中的方向谛听出一些什么来……

只有那里才是人间啊！我这里只是一个洞！一个连老鼠也不能常住下去的洞啊！

他已经生活在这里十个年头过去了。一年前他才感觉到他是与人间隔绝，生活在坟墓一样的洞窟里。

“再不能住下去了！怎么能呢？四十年了，总是这样孤独着，怎么能呢？人生只是为孤独才生活着吗？”

他一向曾是“孤独”的探险者，他爬到过孤独的最高峰，住过古庙，住过整年月的岩窟，孤独地流浪着……他不愿意人间的烦难压在自己的肩背上，也不愿使人间的苦痛分减了自己的力量，羁绊了自己自由的漂流的脚……现在他立脚在“孤独”的高峰上，开始向远方打着遥视。第一，他注意到了峰脚下的乡村，人家……以及他从来所厌恶的人群那样搅在一起的生活。

三年前他认识了炮手于五，老东家同他所说“娶妻生儿子的事……”的话，才由憎恶转到了希望。并且这希望被眼不见的力燃烧着，沸腾着……他是想不到老东家在允许了他的希望，而没有现实了他的希望以前，就埋到土坑里去。在他每次怀念到老东家，他总是这样两极端充满着憎恶和悲悼地想着：

“老东家才是真正的正人君子啊！少东家是什么东西呢？痞子，流氓，什么也不懂！什么也不懂！只知道横！为了报老东家的恩，看老东家的面上，我又怎能丢下这树林呢？啊！这树林，是我亲手所造的啊！看那河，不已经一直向北了吗？林外面已经有了富余的淤土地……再待三年，那里不独可以栽树……种真正的豆子也是相宜的哪……老东家为什么死得这样早呢？多么和善，多么正直的一个人！到阴间像这样的人也会有官职的……呸！少东家是什么东西呢？痞子，流氓！我全知道他们的底细，不是么？他是一个姨太太生的……姨太太是个……”

他不想从姨太太的身上接连想开去了。他怕从姨太太身上追想出来的侮辱，会玷污了那已死的老东家的骸骨和灵魂的圣洁。

树叶悠悠地动荡着，“秃尾鹰”向远空打起几声长吠。他想：

“她也许睡着了吧？今天……我没有看清……啊！那厚厚嘴唇，是多么好心肠的人！命运为什么这样不济呢？年纪这样青青，丈大就死了……什么家产也没有……还不能改嫁……对了，改嫁是不中的啊……狼一般的族中的人们……”

于五在生前和金合是很好的。他们常常也找在一起，于五喝着高粱酒，金合吹笛子给他听。他是喜欢听金合吹的笛子，他常常有闲空就来到林中。喝过了酒，于五爱惜地摸抚着自己挂着的步枪，一同坐在院子里。金合静静地吹着各种各样的曲子，常常一直到夜深，于五才回家。

那时在于五嫂的脸上，总是泛溢着春天一般的欢乐，狭长的眉毛下面，深藏着一双有点斜长的眼睛。睫毛也是长的。虽然在那紫铜色饱满的额上，颊上，鼻梁上疏疏落落有一些小小的黑痣和天花斑痕,但这总阻碍不了那可爱的柱一般的鼻子,花苞一般厚嘴唇的美好。

金合在这个家里,才开始感到了人间还有爱,还有温情,还有春天……一次他说:

“老五,你们这才算活着的人哪!我呢……”

他还记得当时于五以及于五嫂全笑了,还说:

“金大哥,想个大嫂了吧?我们应该替张罗张罗……只要东家……”

提到东家,人们的谈话被截断了。好象平安自在流动着的春天活泼的溪流,遭遇到了不爽快的狭隘的堤闸或冰岩。每人全用了一杯酒企图把这在人的心湖上盘结的冰岩消溶了它。但,这是不能够的,喘息一般的于五这样说了:

“少东家为什么还不说痛快话呢?老东家不是有过嘱咐吗?”

“反正……老东家是有过嘱咐的……嘱咐是真正有的……”

金合好象完全没有表示,只是附和地这样重复地说着。饮过了酒,他的眼圈和鼻头便有了红润。于五嫂不明白这些,她只是酣酣地发笑:

“东家……还不许娶老婆吗?”

“你懂得什么啊?娶老婆要钱啊!没有钱,你家里……肯把你给我作老婆吗?”

“滚你的蛋吧——”

“嘻嘻……”

金合每当到这样的时候,他总是要走了。

“没事,到我那里去玩吧!那里就是肃静……没有别的……”

于五夫妻常常在夜深,才将这个标长的影子送走。直到他们睡了一觉,听到那林中的笛声还在高亮地响着的时候,于是他们又要开始计划怎样为金合娶老婆。

“金合应该弄个老婆了!”

“是啊,一个光棍……总是不成样子的。”于五嫂好像更关心一些,她每次总是同意着丈夫的。

“可是……没老婆也不错——”于五故意把这句的声音拖长着。

“扯你的蛋! 那为什么……你还要老婆?”

“人家全有个老婆么……一个还不足,还要三个四个……”

“我们少东家,不就是三个吗?”

“就是说这样……金大也应该娶个老婆哪——”

一次于五准备押着一批粮车到城里去送堆栈,夜间他到林中来,摇着金合的肩头说:

“明天我要出门了。”

“到哪里去?”

“进城啊——五车豆子,一车高粱。”

“就是你自己押着去?”

“还有陈七……这是一个饭桶啊! 小舅子的材料!”

金合使自己的鼻子拱了两下,接着说:

“路上……很麻烦哪! 子弹怎样呢?”

“真他妈,说起来气死人! 只给了一百粒……如果要真的碰到一伙不讲交情面子的‘生帮’,两边 KR① 起来,这够干屌毛? 我平常背的那枝好枪还不叫带去……真他妈……这些东西真不通情理……照人岔股道……”

从那次,于五就殉了他的职守。当于五的尸首被寻回来,已经模糊不清,只是那长大的身材,粗壮的臂膊还是他所熟识的。

他哭着,焚着纸钱,夜间在于五新埋下的坟墓边,为他的朋友吹了一支哀悼的曲子,相同在于五临行的前夜一样。就伴着“秃尾鹰”和那新坟一直坐到天明。

---

① KR,即打仗的意思。——作者原注

为了过度的森凉,他不能再坐下去想了。他每天,每夜常常是坐到夜深,不能再耐下去这林中森凉的时候,才肯回到屋子里。

“这简直是个有孔的坟墓啊！明天早晨我也许会再起不来?”

在墙角,耸立着一枝长管细颈的打鸟枪,上面组满着蛛丝和灰尘。那是用以轰击偷树木的贼们用的。可是金合从来没有用过它。虽然老东家把这枝东西交给他曾说过:

“人应该厉害的时候,总应该厉害的……尽老实是不行啊!如果他们夜间再偷砍我们的树,就开枪打……打……不要紧的,打坏了……不算什么……”

金合从来没见过老东家有过象那时那样严正和认真的眼色。最近少东家要把这打鸟枪掉换一枝真正射铅子的“毛瑟”步枪了。他说,这鸟枪不中用,没人怕;“毛瑟”枪比鸟枪厉害,铅子着在人身上,那伤痕是不容易好的。

于五常常用它到林中去打枭鸟。于五是最厌恶枭鸟的,而这林中枭鸟偏是很多。

“早晚我全把这些讨人厌的东西们打绝了种。我真不愿听它们那声音,也不愿看它的样子——一只乌鸦也比它好看。这象个什么东西呢?禽不象禽,兽又不象兽,看那短脖子,钩嘴,最烦人……就是那两只圆滚滚的鬼眼睛吧……别的鸟谁像它?头顶上还撑出两个耳朵来……”

他每次打了它们,他就把它喂“秃尾鹰”。那狗和于五,也是熟识的。自从于五死了以后,“秃尾鹰”就再没有枭鸟好吃了。夜间,在林中枭鸟的鸣叫,拍打翅膀,小鸟们串飞的声音,也繁多起来,常常一直扰乱到黎明。

“可恶的东西!”

每次这些声音烦得他不能入睡时,他要诅咒它们,也想到了于五。打鸟枪虽然就耸立在门边,但是他并不想动用它,一任那枪身上每个金属的机件被湿气侵蚀着,隆起着斑斑的锈花。

当于五生前，他从不敢有什么念头在五嫂的身上转。他会象锁一头不安定的猴子那样，残酷地锁紧着自己的心！于五嫂对于一个孤独者无条件的温爱，虽然使他那颗久久生活在岩窟里不透明的灰色的灵魂，从启示得到了复苏，或竟至生了羽翅有些要飞翔……但是于五是他的朋友，那正直，真诚，不可却的友情，常常使他陷到可怜悲痛自责的深渊里：

“这是什么想头啊？那是朋友的妻啊……‘任穿朋友衣，不沾朋友妻。’这是什么想头啊？她不是爱我的……她爱我什么呢？她的丈夫那样强壮，年轻，直爽……我是什么呢？单是这一只孤独粗鲁的鼻子吧……头发已经有白的了……她爱我什么呢？她只是可怜我这个无家的人……但是……”

他在每次完全绝望地下了结论以后，接着又会有一股新的源流，重新由轻而重地来冲激，来穿击侵蚀这建立起来不久的结论底堤坝。

“她是多么孤独啊？如今只有她一个人！她的对岸在哪里呢？她是这样的年轻啊，就在这广大而孤独的海洋里开始航行着！我去看一看她吧，拚着把什么全不要，拚着她一条生命，我的一条生命……满足了她的族人。那些没有尾巴，没有人性的豺狼。……她肯接待我吗？她不是爱我的呀！女人的心是怎样的呢？有谁能知道她们的钥锁孔是埋藏在什么地方？……”

“秃尾鹰”被惊醒了。它没有退让地紧跟着主人，下着每段石阶梯。

“你跟着做什么啊？干什么也不能丢开你吗？啊……”

狗的样子很平静，平平地抬着自己的头，好象什么对于它也没有关联。主人有点尖声带着破裂韵味的叱咤，它也是没有退缩和摇动。一只眼睛绿莹莹地开开闪闪正对着那勾曲着的长条黑影，默默地站着。

金合走下了两段阶磴，它也跟着走下了两段阶磴……

“你一定要跟着吗？走，到河里我会淹死你，你这孽障！”

照常，狗是平静地不理这些唠叨，跟着，一直出了林缘。

每个山峰山腰全接连起来了。没有远近，拖长地围起，只是如同连绵不断一带黑色的剪影！嵌贴在暗蓝颜色的软绸上那样，贴在远天之上，所有的村庄也全变成了大小不同黑色的团块。狗吠的声音空茫地震动着，这好象表示着村庄的脉搏一样。除开这声音以外，人也许不相信那里还有人家居住；人也许疑心整个的宇宙已经几千万年就沉浸在这梦一样的寂寞中。

星光在水面上流颤。金合的身边是“秃尾鹰”，从河的北岸看过来，两个淡淡的黑影，相同两个没有主宰的幽灵，阴惨而凄凉！

“这怎能做呢。全村会杀了我们吧？这怎能作呢？她还年轻，我怎能害了她呢？”他重重地走在河滨的石滩上，手捧着前额，“于五的尸首怕还在暖着……这怎能作呢？那是个正直而知音的朋友啊！”

一切想过了以后——这是含蕴着酸味想着的——最终一堵墙壁一样的东西，横截，斩断，填塞了他整个思索的源泉。周身寒冷了，头脑清醒了许多。为了要制止继起的痉挛，他狠狠地吐了一口：

“呸……鬼！鬼！”

“秃尾鹰”在河里用自己的舌头卷舐着喝水。同时他想起他把原来预备自己吃的，放了过多盐的菜，给了“秃尾鹰”。

村中的人们正好是睡过了一个眠站。他们听到了从南山脚下树林中飞散的笛声，各自地说：“这个妖魔还在吹啊！”

二

晨间，一切还全在半朦胧的灰色软壳里静止着，疏疏落落羊群和牛群的影子，已经开始从村的一端游动出来。山羊和绵羊们软软地悠长地鸣叫着。小羊仔们的叫声尖锐得有些好似提琴的第四条钢弦,被不熟练的提琴手的琴弓,急剧而无节奏地拉出来的声音。

每处全静止着薄薄的云雾,那像被水微微浸湿过,松软而摊开的棉绒。

河流上也覆掩着一层雾气……

于五嫂今天竟醒得迟了一些。如果不是街上牧羊的孩子们吆喝的声音过于粗暴了,也许会一直睡到太阳晒醒了她。

寻不出什么理由来,大约也许是贪听了昨夜的笛声……从林中发出来的笛声。那笛声为什么,昨夜会那样扰乱了她的心!虽然这笛声从丈夫死过以后每夜响起来时,总会使她不安宁,可是,为了日间的疲乏,这不安宁总不会维持怎样久,就要被不可抗的睡眠替代了。从来也没做过什么不规则的梦……昨夜呢……她轻轻一回味,自己的血流,特别是面颊的部分,感到了一种近似的烧燃:

"呸!这是遇了什么魔吗?"

她唾一口为要掩饰这羞辱的口涎在地上。她还是不能马上就起来,和平常一样毫无留恋的。她凝视着窗口外的远天,远天底下的南山头……渐渐向山崖停留消散的湿湿的云彩,淡淡地有些玫瑰掺和着湛金的颜色渲染着了。——街上再听不到杂碎的羊牛的脚步声,和牧羊孩子们那野蛮的刁巧的熟习的歌唱一般的叱咤声,骂詈声……

整个村庄的人们,为了自己的工作完全复苏了。带着潮味的高笑,互相问答的声音,无顾忌地随处响着。在往常这声音里,也许有她的丈夫在里面,他从地主家里守夜归来,那开阔而宏壮的嗓子,在人们一切声音里,对于她总是特殊地充满着蜜味。那时她除开工作和快乐以外,从不想到过别的;她的那黑而多的头发,还没有生过婴儿的少妇们特殊的嘴唇,总是发挥着慰快的光!

"你今天不上山了吗?"这是炕一端她的盲了眼睛的婆婆问。

"去的呀——"她的正在发展着无端绪的冥想被斩断了,她爬起来。

"我又梦见五儿了……"老太太摸索地在寻找自己枕旁的手巾,手指茫然畏缩地抖颤着。

"你是想念他……我从来没……"

她代替了老太太的手,把她的手巾从藏在枕角下面的地方寻到给了她。老太太拭着自己已经完全塌陷下去了的眼睛。

五嫂看着这个被失望和悲哀充实着的骨骼——一个失掉了自己光芒的萤虫——常常要这样叮咛着自己:

"你,你不应该丢掉她!你丢掉她,她会象一个瞎眼的泥鳅,死在没人注意的沙洲上!"

虽然她的青春不容许她不在烦恼里辗转,在这辗转里她还是常常提醒着自己:

"于五是爱过你的呀!"

"已经死了的人,就不必常想念他了。"她每次总是这样宽慰着老年人。老年人的咳嗽起来了,她捶着她的背脊;老太太每一次延长的咳嗽,全有永久断绝了自己呼吸的危险。她终于又能抽咽着说起话来:

"……他还是背着……枪哪……身上,头上流着血,他说东家不应该……不应该,给他的子弹太太太……他没钱花……"

老婆婆常常梦到儿子要钱花。每次五嫂总要去到于五的坟前烧一些纸箔。她的眼泪也只有到于五的坟前才能流个尽够。那时,那小小的山谷会被她一个人的哭声充塞着——在金合的小屋中,可以听得很真切。

"人穷鬼也瘦……我今天不去割柴了,还是弄一些纸箔给他烧烧吧!"

老婆婆暂时不言语,五嫂扶她重新睡下。她远瞩着南山疏疏落落的羊群。太阳已经升起距地平线有了三十几度的地方。

哭声起始轻轻地震荡着；配合着纸箔初点燃起来的烟气，袅袅地游走着。一刻纸箔的灰烬被风播送到天空，散乱飘飞，正被燃烧的纸箔也眼见的消没。于是五嫂的哭声，才形成了一股初决了堤的流水，开始驰向了低原和远空。

金合曾看着那每群过去的牛羊，牧羊的孩子们照旧和他玩笑，唱着，喧嚣地打着鞭子过去了……太阳从树林的后面，悠悠地伸长出光芒的长臂，抚摩着每个圆突突的山头，嵯岈的崖石和山峰。草间的露水，碎碎落落闪着金刚石一般的虹彩。林中叫着鸪鸪鸟……"秃尾鹰"在草原上驰骋着。

整个的清晨，他也一直艰苦而忍耐地守候在每日黄昏时候他守候着的地方，于五嫂从山上割柴归来要经过这里！当她每天早晨到山上去，也不能把这条谷口，这片树林的林缘，踱开去。只要他见到她，仅是说一句平常话，在他这整日是安宁，充实。如果在那每一句话中附带着一点的笑意，那应该是，在鲜美的牛乳里加上一些糖！他工作在林中，没有疲倦地修理每棵树不必要的丫枝；割倒了林中过高过茂的草。在割草中间即使遇到一只癞虾蟆，或是一条能伤人的"野鸡蛇"，他也不想伤害了它们。他看着那蛇身上红色，黑色，交错的斑驳的花纹，和那笨拙丑恶癞虾蟆的身形和面相……微笑着。这微笑是要收藏也收藏不起的。相反地，在黄昏时候他们相遇，却使他烦扰，对于什么全变成了敌意，即使他那最爱的"秃尾鹰"，也遭了噩运。他有时简直要杀死它，用石头打破它的脑袋，或是投到河水里淹死了它。

现在他在林中自己的小屋中，仰卧着似乎在察看从树叶间隙漏下来的天空……五嫂的哭声好象从空气中给他带来了芒刺，使他的呼吸意外的蒙到了刺痛……他坐起来，倾听着，走出了门外；"秃尾鹰"从自己卧着的地方也走出来，抖着身上皮毛沾惹的泥土和碎草，侧着头，动着秃秃的尾巴……瞧着这个长脖子的主人。

听着，听着……走在房前的小草坪上。不顾露水湿了自己的脚,篱墙上正是开着应开的花朵……随着晨风飘来的纸箔的灰烬,落到金合的衣襟上来。他捻碎着这纸灰,看着细腻的末末——时时有小小的山榆叶,飘下来,盘盘旋旋,轻软地毫没有声息地,落在了草坪上。他重又踱进了小屋子里,躺下在原来的地方。

"秃尾鹰"在门口等待了一刻,无聊地又自己走开去。

从屋顶上挂下来的蛛丝,轻轻地回荡……对面一株榆树上正有一只红屁股的"啄木鸟"围转着树身啄食着什么。

"哭,哭什么呢?死了的会哭活了吗?活着的呢?"

他想起今天少东家又要来察看他的树林;察看他的工作成绩了。可是现在他并不想就起来,他自己知道近来修下来的树枝,和割积起来的草太少了。东家来的时候会骂他,会减少给他每日吃的粮食。但他也还是躺着,看着屋对面一棵树边放着的镰刀和"树穿子",那原来放着光的刃部,现在已经薄薄地蒙上了一层红色的锈衣。

"呶!还哭咧!应该看看去啊!"

从小屋的后面,攀登着山脚的断崖,爬上一个臃肿的山脊望下去:在一个山谷的怀抱里,隐隐地从那长满着荆条和山榆的密茂丛中,还在升腾着纸箔未燃尽的蓝色的烟气。秃的,不甚光泽的乳形的土坟头,排列得很不匀整。

据说这原先是全村中最有风水的地方,于家的族人死了便全埋葬在这地方。自从于举人中了举人,举人家中的骨头便不肯再掺在这些平民的骨头中间了。于举人自己便又立了祖坟。

现在这地方只是埋葬一些穷困的族人。金合熟习这地方,他拨着刺人的荆条——

五嫂的头发飞蓬着,眼睑红肿地垂闭,嘴唇似乎也增加了浮肿,深深地睡在太阳的下面。坟前未燃尽的纸箔,已经没有多少余烟。

"哭死了吗?"

金合停止住,一只手握紧靠近身边的一丛荆条,看着这个被人间遗忘了的尸身。

荆条开着淡紫色的花串,锐角的,灰绿色的带着锯齿形的叶子,苗细的枝干,爱成丛丛地生着,时时发散着有点苦味的香气。这里的荆条,比山上野生着的高大得多了。这里不准人收割,它们是有自由地生长着。山上那些荆条,只是营养不足,如同低矮的每棵独立着的小松树,小小躯干为了防御抵抗意内和意外的灾害——不幸被牛羊们踏折了,不幸被暴戾的山风,性急而残忍的山水摧折,连根拔走……它们常常是生得意外地坚实,低近地面,还打着连环的突节,杂生在“苦叶”的中间。“苦叶”的颜色是那样湛绿!有点绿得发黑。那肥肥圆圆的心颗形的大叶有点近乎橡树叶子,闪光,坚实,也许谁用油漆涂染过了它们。只是它的味道是苦涩的!

过度的颤抖使他的眼睛晕花!他一直把手里握着的荆条,折成段段,残碎的叶子深深地落下来,终不知道自己应该怎样作?他的脚好象两株什么植物,生了须根,生长在这地上有了若干的年月。

从树林里发出一声爽朗的枪声,样子是向高空射击着。金合对于这枪声是熟习的。他知道这一定是跟随少东家来查看树林的秋平,射击枭鸟,或是什么。

“五嫂!五嫂!”

起始他有礼节的,站在相当距离以外颤抖地唤她。他没有得到回应——人还是照常的,更伸展一些平睡在地上。残余的纸箔完全熄灭了。

“五嫂!”他试验着用手指去触近她的鼻头,呼吸是存在的,只是微细得几乎等于一枝在风里燃动着的火柴。

使她的头枕在自己一只从来没有女人接触过的腿上,起始是陌生和不安,接着这不安很快被他遗忘了。代替这不安的却是一种焦急。凌乱地呼喊着，手无主张地拍着她的额头，也摸到她的胸……从渐渐粗鲁一些的呼吸里，听到了一种好似久久被扼制在什么狭窄缝隙里的气流，抽咽地吼出来。

“喂！五嫂！”他感觉到自己的内身被一种热，和顶空的太阳的环攻，浸浸的汗流已经不能分辨地漫湿了他们两个人。

女人仍是象任性一般地哭咽着，并不睁开眼睛。也好象这一生她也不再想睁开眼睛的样，似乎也没感觉到有什么在抚抱着她。

“喂！五嫂！醒醒吧，这样哭是不成的啊！”

这话好象一颗小小的石子，投在滚滚的江流里，连一些纹晕全没有激起来。女人的哭声却更见扩大了些。金合企图使自己一条麻痹了的腿，从五嫂的身下抽出，这却没能够。五嫂的身躯确是有着相当的重量的。同时他意识到等待在林中的东家，也许发了脾气——汗水更匆忙地在他的周身起着连络。

“好哇！老金！”

这声音使金合起了一个很大的痉挛的抖颤，当他抬起头的时候，秋平已经站在他的面前。头上扎包了一方蓝色的布帕，步枪筒口翻冲下挂在一面肩头上。那金色的一双率直的眼睛，在笑着，不转动地看着他和地上的五嫂。

“哈——”他伸出五个指头在面前一分张，指指地上的五嫂，又指指金合，而后眏了一下眼睛，向山西面的山梁上指了一下说：

“看见吧？东家在那里等你咧——她怎么了？嗯……”他粗鲁地蹲下身子挨近了五嫂的身边——那面山梁上一个不甚高大的胖团团的人影，手臂倒插着，脚尖宽宽地摆开着。

金合变得化石一般的沉默，直直地凝视着秋平。

“尽瞧我干吗？东家已经发脾气了，你这个长脖子骆驼！”

五嫂的哭声停止了，她很断然地从地上站起来，整理着自己的头发。

“发什么呆啊？”

秋平拖着，几乎是打着，推着……和金合一同走了去。在金合临行转着的脸上，五嫂看出他那变红湿着的眼睛，迟缓地，无所见地转着……又好象在询问，在叮咛着什么。

梦幻一样，她看着那个瘦长的身子，被牵引到山梁上去。一刻那山上的三个人影一齐都消灭下去了。

现在她清明，把坟前镇压着纸箔残烬的石头提起来，看一看是否还有余火可以燃烧。已经完全熄灭，只是石头还很炎热。

山下的河流在午间太阳下辉映着金属一般的光芒，在河的那岸田野的近边小路上，忙碌地走着孩子，女人，狗，提担着筐篮和水桶……这正是送午饭的时候。

田野尽处，有一条长长而不甚隆峻的山岭，象一条肥满的蚕虫，慵懒地睡卧在广大绿色用各样田苗织成的桑叶上。五嫂记得，在那条“蚕”的背脊上，他们曾有过一块自己开垦的田地，是她和于五每人用着铁镐，从一方尺到一方尺刨垦成的。那上面也可以种植一些不正式的谷物——绿豆和花粑豆之类——虽然有几次也试验着把一些大豆和高粱种植上去，如果遇到了有丰余雨水的年头，那也可以生出芽来。不过那是太不成器得可怜了！焦黄，苗细，无主宰地摆着那没有几粒籽实的穗头——对比着山下那些勇猛地生在土壤良好，肥料充足田地里的庄稼，无边无际地绿着，红着，黄着——这只是一个患肺病的母亲生出的一个先天贫薄，营养不足的婴孩……在秋收的时候，五嫂他们也还是笑着，满足，每人分担，把它们担拖回家。他们并不嫌恶自己的收获，而妒嫉着别人……

现在这山已经为族中举人家收买，把契约昭示过了全村，于是这山也就成了禁地，五嫂他们那块不成器的田地，又早变成了夏初的草场，走着“举人”家里的牛羊……

围近了这村庄的每块田地，每处山岭，河流，树林，道路……全是五嫂所熟悉的。眼底的河，对岸那边正在有着人行的田边的小道上，她几乎全熟悉那道旁每棵野草生长着的姿势。年幼的时候，赤着脚在光净的小路上跑来跑去……年长的时候嫁了丈夫，也是在那条路上跑来跑去……在她的记忆里所改变的，只是那条河身，它是过度地贴近道路了，道路下面的悬崖，更深，更严峻了一些。

自从那个蚕一般的山岭成了“举人”家的私产，成了别人家的禁地以后；自从常常为别人田地工作的，有时也抽出时间为自己山岭上那块田地工作的丈夫死了以后，那条道路显然地生疏了！变得更熟悉的却是这南面的山谷，树林，小溪，有多数野荆条，“苦叶”生着的还没有变成了禁地的地方。那条狭狭的明净的一直沿了河岸伸展在田陌和草丛中，呈着白色的小道，好象她失却的一条常用而心爱的绦带，使她追念，使她微微有些迷惘地想着……

一只兔子忙乱地从下面，带着烟尘，跑向坟丛中来。及到它看见了这里也有人存在，又飚急地折换了方向跑开……

树林中播传着枪声。前一声是尖锐的，趁着山谷的回应，如同划裂着什么样，破裂，悠长……后一声是迟钝混浊的，这不是正式步枪，只是“洋炮”或鸟枪才有这样的声音。

“他们在打什么呀？”

这枪声唤醒了她，她看一看蹲在自己这身旁边，这个不甚蛮大的已经生满了野草的土丘，还没有完全干透的眼睛又开始增加了湿润！

这土丘，多么沉默呀！多么……

沉默得如同一块石头，一块石头……

他是多么好的一个射手！

是的，在丈夫生前，也常常在这林中打枭鸟，猎兔子，从来是不落空的……他是这村中有名强健而大胆的农民，也是唯一的枪射手！

“一辈子这样干下去吗？妈的，奴才！”

冬天的深夜，于五常常是从城市里押着东家的几辆卖粮的大车归来，第二天鸡鸣的时候，又开始出发了。每次他也常常要把步枪沉重地向墙角一堆，暴厉地这样骂着。

靠近较温热的土炕的一端坐着于五的妈妈，她手里总是无间断地数摸着一串佛珠，祷告着：

“菩萨保佑……佛爷保佑……你平安回来……五啊，过来，妈妈摸摸你……”

她在儿子有着粗硬髭须的还没有温暖的脸上，四处摸索着：

“呀……你的鼻子又肿了哪……不要用手摸它呀……在冻极的时候……什么热东西……也不能——流鼻涕了……也不能挨……一挨就要肿……耳朵冻了……一碰就下来……你爸爸的脚趾头……就是这样掉的呀……”

儿子在被抚摩的时候，总是沉默的，而五嫂却是稚气地笑着。

“菩萨的香……不要忘了啊……媳妇。”

在屋角一个纸制的庙宇形小神龛——那里面供奉着“南海大士观世音”——五嫂要重新烧起报答的香来。

在那次于五出发之前，也是这样做着的。可是夜晚“菩萨”带给她们的却是一个冻僵了的人的尸身！

“菩萨！大慈大悲的菩萨……你怪了他尽打枭鸟吗？你要了他的命啊！命啊……”

丈夫死的时候瞎了自己的眼睛，不会再有两只眼睛为儿子哭瞎了！她只有使那眼盂每天深陷下去来替代。

“你，你要怎样啊？要滚蛋吗，还是要死？你这丑货？穷蛋……”

主人用手里的棍子捣着地。那棍子里面是藏着一只等于棍子的长短的矛形刺刀——骂着，声音震荡着全林。金合头勾下地静垂着，相同午间的树叶。

“……你着了疯？疯狗咬了你吗？不顾礼义？不顾廉耻……你和她……你们要败坏我族中的声名……我不能饶过……万不能

饶过……”

他也许是过于热心自己族中的声名了，愤怒得手中的棍子不再耐烦地捣动，他在金合的头上抛了一下。

“唔，东家……”秋平在后面无望地沉闷地叫着。他以为这一棍子也许会使金合栽倒下去。久久静静地停立在金合后的“秃尾鹰”，现在却发了疯狂，猛向于四东家撞扑过来：

“秋……秋……平……打打……”于四东家蹒跚狼狈地退跑着，手中的棍棒也抛留在地上。

当主人的棍棒打到金合的头上时，他感到一个不好的震动，眼前迸碎着杂色的泡沫，要旋晕下去，可是他没有这样作，只是头颅颠倒了一下；一只原来位置的脚，挪开了一些，很快地他又把它们规正复了原——脚站在原来的部位；头勾下着，使那黑白斑驳的头发，更分明地闪露在天光下！看起来好象还坚强了一些，样子在准备着第二棍的到来……

“打呀……打……死……它……”

“秃尾鹰”追逐着于四东家在林中旋走着……秋平用身子来维护着主人，他的步枪被遗忘地在肩头上杂乱地串串摆摆……

“秋，秋平……摘下你的枪来呀……打……打……打死它……”

于四东家的嗓子劈破着，原先红润的脸色，现在完全变白。两只短短的胳膊，左右忙乱地伸闪着，似乎是一个被追迫着鹌鹑的翅膀。原先在身后挂着的“匣枪”，现在已移到了胸前，成了逃跑的障害！

“老金……喊住它……它……我要用枪啦……”

秋平在摘着自己的步枪……

“秃尾鹰！”金合赤红着眼睛，他的脖子伸长地又相似一头鹭鸶。

“秃尾鹰”带着极度的喘息，回归到金合的身边。眼睛赤红着，头颈猛鸷地转动着，周身的毛梢起着抖颤和逆立。眼睛不放松地敌意地紧逼着于四东家和秋平，不甘愿地停止着。

于四东家远远地指示着秋平：

“把我的棍子捡回来呀……浑蛋……那不是吗？不，不……是那个粗树的近边哪……”

在秋平去寻找棍子的时候，“秃尾鹰”又准备来咬他。

“不准动……”金合命令着，同时他向秋平说：

“你……有工夫可来一趟……我有话向你说……”

秋平点着头；那边于四东家又喊了：

“秋平，告诉金合！老东西……赶紧把这混账的狗给我勒死……我要它的皮……再告诉他……赶紧把所有的树串好，草割倒了……限三天！”

三天？三天割倒了所有全林的草；串好了所有全林的树……在金合还年轻的时候，也许是可以。

这次他没有送着东家到林缘外，也没有听这样的嘱语：

“遇见偷树的，逮住他！跑，就用枪打……”

跳动的，火炙着似的炎痛贯串着金合的头颅，渐渐贯串着全身。他用手触摸那被打过的部分——隆起着，象似一带绵亘的小山岭。——轻轻有两条暗昧的泪流挂下着……他开始感到了一种衰颓！

现在每棵他曾亲手修串过的，亲手栽的树木，每棵草，每棵平常所爱的野百合……全使他憎恶，他把它们搅合在于四东家一起来憎恶着了。

在林深的地方，一半是埋在丛草中的一个人影缓慢地移动……他以为这是日间偷树木的人：

“啊……站住……”

他这样吃力地喊着，头上的棍伤被震动，刺痛得使他整个的心脏被浸在醋里样——人影并没有停止动荡……他认清了是于五嫂。一股新的,遗忘了一切的感觉复苏,不知是喜悦还是……什么,眼泪却模糊了自己的眼睛。

"是她吗？她到这里来作什么呢?"

当于五活着的时候,五嫂同丈夫也常是来过这里的。在那时是平常,现在却成了奇迹!

"她是个寡妇啊!"

遥远地金合好象戒备着会有什么恶兆发生。"秃尾鹰"熟识她,它很远地就摆荡着秃尾巴迎接过来。它吮舐她的手,用爪子搔她的衣裳,善意地吠叫着:

"金大哥!"五嫂的眼睑红肿得有点闪光,笑着。

"上面坐吧!"金合走在前面,"秃尾鹰"随伴着这罕来的客人,不规则地跳上每段石磴。

在两个"树墩"作成的座位上坐下,金合从屋内取出两条水浸过的黄瓜,每人分了一条。

五嫂的眼睛忽然睁大地,黑色的长眉毛开展着,张弛着发红的丰厚的嘴唇……注意到金合的头上来:

"咦！你跌倒过吗?"

"……"金合只是表示地使头摆动了一下,眼睛并不抬起来……把一只黄瓜断开,察看那嫩嫩的瓜瓤和种子……

五嫂站起来凑近他的身边,金合要想把自己这可耻的头藏避到什么地方,但是不能够,五嫂已认出那是棍伤——那上面除开一点要凝结的血渍以外,还象有些油脂沁出。

"这是棍伤啊！又是……啊,为什么呢?"

五嫂用指头轻颤地抚动了一下,她带着闪转的眼睛,停止住。

太阳过午了。树叶的荫影洒满着这光洁的院落和屋顶……轻轻筛荡着……

"坐下去——这有什么稀罕呢,反正……"

金合对于自己的伤痕,好象完全不经意,只是咬吃着手里的黄瓜。把剩余的黄瓜尾巴翻转地看了两次,而后爽快地抛开。黄瓜尾巴远远地滚开去;“秃尾鹰”也跟着滚开去。他发见“秃尾鹰”遭了欺骗蒙着失望的神情走回来,他满意地笑了:

“呆蛋!那是黄瓜尾巴呀!不是骨头!”

五嫂停止地拿着一只黄瓜,看着金合今天这完全有点两样的动作和神情,有点迷惘!

“他为什么打你?”五嫂把自己手中的黄瓜也截开,但她却不去看那瓜瓤和种子,只是漫然地在吃着。现在她感觉到她的喉咙有些疼胀,黏涩……过度需要一些水分来滋润。她吃尽了一条黄瓜,金合始终是沉默着。也不抬起眼睛来,只是用一只手叠折着狗的耳扇,或是拍拍它的鼻梁……

“为什么?为什么还不可以!反正——”他又把要说出来的话尾吞锁住,眼见的他头侧边那个小丘岭,为了不停地升涨,把一只左眼睛全拐带了近乎歪斜。本来眼睛就是小的,现在看起来更小了一点了。

“有人偷了树吗?还是……”

金合把眼睛向五嫂试验着探询了一下,又卑怯地抽撤回来。他觉得自己眼睛没有那样对抗的力量,光度不足,只有败退下来,他说:

“不是吗……你哭晕了……我扶着你……四东家看见了……他说……他说……我丢了你于氏族中的脸面……他……”

“就为的这个打了你?”

“打了,能算完吗?看吧!我知道……在这个地方住的也够年数了……该得挪动挪动……反正……一个人吧!反正……”

“他还说过什么话?说过我什么吗?”于五嫂的眼睛由扩大的睁开,变得眯起来,细长而倾斜;轻蔑地笑着。

“他说,他是一族之长……败坏门风的事……他是不肯马虎的……说你什么吗?我忘了……反正……”

于五嫂这次却真的笑了！她笑着这个愚蠢而可怜的人，较起自己的丈夫那是太不中用了！可是她始终象对一只流浪的狗那样，对他存着怜悯。在丈夫活着的时候，也是一样的，也曾同丈夫说过：

"金大哥是个可怜的人呢！我们应该多照顾他一些……"

丈夫也是同意的，每次他却这样说：

"人是好人哪！可惜……太老实了！太老实的马是要被人骑死的……骑死还不怜惜！"他说着，总是使自己粗黑的眉毛斗聚着，交扣地打着自己的手掌。接着说：

"……比方说……那林子……一个老婆……恐怕……十个老婆也值吧？那全是谁的力量呢？……由山脚一直开展到河边了……每年……出产……哼！老的用花言巧语笼络着；老的死了，少的呢……就用压力……反正老实人……怎么摆弄全有理吧！"

于五并不老实的，几次为了东家的不公，他要去"挂柱"，只是妈妈和妻子牵累了他。

"去，去挂个柱吧！我的哥哥在阳山，我给你写一封信……你就加入他们一伙吧……没枪他们也能要你……去吧……一个人多么利落呀！"现在她勉励着金合。

他却笑着，使自己的头摇动着；五嫂也笑着，她又叮咛一句：

"怎么？不吗？……怕什么呢？我是女人，还要去耍一下呢……"

五嫂立起身子来，抖一抖自己的肩膀，到篱墙边摘了一枝花，簪在自己的鬓上。那是一只绛红色的野芍药。

"你不是带孝吗？带花？人要诅骂你，说你有外心啊！"

他关心地警告着，同时他更留意些，在那棕黑色有一些疏落的论俏的天花斑痕的脸上，衬着这样一苞大大的充满着色感的花朵……金合感到了一种惶惑！心血腾沸着了！从那搁置在双膝上一向无变更反复纠绞着的手，显出了不安。

"你，你还是……依我说……摘下它去。这里万一有人来——不，不会有谁来的……不过……我说的是万一……万一……"

金合把两只手掌象敲着节拍一般，轻轻叩打着，伴合着吞吞咽咽几乎有些连不下去的语句。五嫂只是笑，她长久地注视着这个不甚大的，和身子的比例有点不相称的脑袋：没有颧骨，没有颊骨，下巴也不长大，只是鼻子更显得孤独地突出了的人。肉色也红得不正确，还有着麻麻的小坑窝。两只暗小的眼睛，深避在有些突起的眉骨下面，红湿着还时时显着退避和不安！对比地她又想起自己的丈夫——广阔的生满着绒毛的胸膛，直直的鼻子……当他每次搂抱或是和她亲昵的时候，骨节总是发着咯——咯的细响，在说明他的青春和力量！同时一股康强的带着甜味男人们特有的气息，会迷惑了她！特别是他的颊骨，完全是蒙古人的，伸展，突出……厚厚的嘴唇埋在短短的胡须的丛林中。

她从鬓边取下那枝花来，翻转地看了一刻，终于抛开了——这次"秃尾鹰"却没有追过去，只是感觉地看了一眼，又继着使自己的舌头拖长一点，喘着气，防御着狗蝇。

五嫂从林叶的间隙遥瞩着天光——一切是静静地，村庄的雄鸡高亮悠长啼着午鸣……

两个人的喉咙好象全蒙了锁闭。金合回到自己的小屋中去了一刻，再出来时，五嫂已经不再坐着，她正在轻轻地踱着步子，她停止住：

"我要回去了。婆婆会挂念！"

"嗳嗳！少待一刻吧……这里……"他手中出现了一个层层叠捆的小包裹。外面的纸皮被磨抚得已经生了灰色的绒毛。

"你，你把这拿回去吧！这是我积下的一点钱……我没用这个……老五不在……你们是艰难的呀……"

"不，不，这作什么呢？我们自己能够活……这不能！"她的眼睛凝定着严肃的光！她不来接取。

“嗳嗳！你还多我的心吗？反正……”他又把这小包裹轻轻置在自己的身边，坐下来，用手捧起自己的额头；五嫂静静地看着他。

“……还多我的心吗？你们……老五在着的时候……我不是你们自己家里人一样吗？现在……我要这钱有什么用呢？还多我的心吗？也许吧……老五死了……我呢……又是一个光棍腿！”

“这有什么屁关系？光棍腿，光棍腿……”好象“光棍腿”这三个字触到了五嫂更深的憎恶！接着说：“……谁不是人呢？我同你说过……有什么要缝要洗的东西，只管拿去呀，和老五在着一样……怕什么呢？你是个穷人；我们也是穷人……穷人和穷人交朋友，还犯天谴吗？我不懂……”

“不是呀……”

金合悲凉地挥摆着自己的手，眼尾堆聚着更多的纹皱，辛酸地低沉地颤着声音：“不……不……是……呀……他们造谣言！恶鬼们！我真怕他们的谣言……放羊的孩子们全不宽容人！全是小恶魔！谣言会害了你……我呢……反正……是个光棍腿，跳河也没有人管的……”

五嫂的笑声从鼻孔里爬出来，有点金属味。她重新又坐下，把两手绞抱着膝盖，好象极力在使自己的呼吸平衡。

金合的鼻头和前额有汗的颗粒出来。她用自己的秃袖子来揩。

从林外走进一个人，圆锥形的草帽挥摆在手里，肩上挂着步枪；一边走路一边嘴里吹着快愉的口哨，每行一步，从上面漏下的太阳光要在他的身上变换着——这是秋平。

金合慌忙地把手里的小包裹，又送回小屋里，安置着……

“秋平！”五嫂先叫他。

“啊！你也在这吗？——妈的，天真热！他呢？”

五嫂用脸指示着，她认得出秋平背的这枝步枪于五也背过，她叫得出名字：

“这不是那枝‘三八式’吗？这枪的膛口真好！”

“嗯……还不错！”秋平把步枪位置在妥当的地方，开始解脱汗浸渍了的衣裳。

金合从屋里出来也给了他一条水浸过的黄瓜。

“怎样，肿了吧？这个活王八，专能欺负老实人！妈的……”

还不到几口，一只黄瓜尽了。他望着金合：

“还有吧？”

“没有了。只结三条，早晨我取下来，是留吃饭的哪！它们还太嫩！”

秋平望一望五嫂；望一望金合，他无理由地纵声笑了。笑声几乎是震破了静穆的全林。

“坏蛋，你为什么作这样鬼笑？——把枪递给我……”五嫂从秋平的手里接过步枪，她并不显得吃力。

“小心哪，顶着子弹哩！”秋平拍着枪身说。

“嘘！我玩枪的时候，你还太小哩！哼！还不懂得这些吗？”

她反复地端详着枪身。把子弹一颗一颗投落下来，又一颗一颗平整地压进去。手指熟练而轻妙！枪的机件响着细碎有点破裂味的声音。她把枪身暂时横在膝头上，忽然在她垂下的脸，接连地有着泪滴滚落下来，有的溅碎在枪身……

秋平正在察看着金合头额的棍伤；五嫂的落泪还是金合发见的，他推着秋平说：

“这伤不要紧的，反正……几天就好了——五嫂在哭哪！”

三

两棵大榆树好似菌类的大伞盖，撑直着树身，使上面的枝叶交搭着，象一座人工扎结的牌楼。牌楼的后方从那敞开的大门，可以看到第二道门，第三道门遮隔着的雕花的影壁。……为了这影壁，里面的景物便再看不清，只是一些纵横屋子顶的瓦背脊显露着。后面也还是树……

门楼全悬着黑色的匾额，方尺大的金字湛着光！第一道匾额是“孝廉可风”，第二道匾额据道是“御”赐的了，平常总是蒙在黄缎子里，非有家族大典，是不轻易见人。

迎着前门不甚远的地方也建立着一个涂绘着朱红色“福”字的影壁墙。

围墙一向是高峻，光洁的，一半涂抹着石灰，一半是露着虎皮石的本颜色，用石灰勾画成不同形状的纹花。每个墙转角高耸地修筑着炮台，平常即是无事的时候，从炮台孔“洋抬枪”也是探伸着它细长的脖子。在颈口上还寂寞地有一条红布片飘摆着。红布为了风雨的侵蚀，快变成灰白。

墙头上遍树着有倒刺的铁叉；门两边拴马桩上几只膘肥的马打刨着蹄子，无聊地长鸣……正在上马石上一对赌“五道棋”的炮手吆喝着：

“安静点……妈拉屄的——该我先走——喂！没听见吗？——这盘算起来……你输五盘了……一斤肉——贱骨头……”吆喝着的炮手，用手中的“马棒”在那膘肥的马屁股上抽了两下。马撑直了脖子闪避着，神经质地浑身起着颤抖。

“你轻点打呀！二东家看见该骂你了！”那一个炮手一只脚踏着上马石的一个级磴警告着他的伙伴。

“他妈拉屄的，一个马养得这样膘肥，不打有什么用？”

“来……再来一盘吧？”

“不来了——他们快回来了……”

两个炮手静听了一刻，除开村子里平常固有的鸡鸣犬叫，孩子哭的声音以外……什么意外的骚动还没有。

“二东家……真好兴致哪！当那么大的官……还要亲自去看树林子。”

“哼！二东家性子不好……当军官……又打人骂人惯了……林子如果看不好,哼！老‘金笛子’该倒霉了……不用弄个笛子瞎鸡巴吹……还吊女人的膀子……”

“他和于五的老婆……不清楚么？就凭他……”

“别看人外貌不起眼,心里可有花朵呢！二东家最关心那片林子。将来分家也许要那林子……如果自己修宅子的话……”

村外有马声长长嘶鸣着了,也引起桩橛边吊着的马的鸣声。这次那个炮手却不再吆喝它。

“知会院子一声吧,他们回来了……”

一个炮手跑进了二门,一刻又转回来,在原位置准备着。

马蹄杂乱而响亮地,由远而近,荡起来的烟尘可以望到了。先头出现的是二东家自己的马弁们……马在门前空地上兜了一个圈子,跳下了马。过了一刻才是二东家和四东家,他们骑在马身上指指点点地走着。二东家赤红宽大的脸色更显得赤红:黄色的军服,金钮辉耀着,长长的骑马靴超过了膝盖。

马的鼻子打着唴啦唴啦的响,鬃毛纷披地抖擞着。

在后面静静地走着本家的炮手和二东家其余的马弁。村庄的人:孩子,老太太……争着跑到了临街,观看着,叹息着……

“看人家吧！文有文,武有武;财有财,势有势……这全是咱们屯子风水哪！”老年人们这样说,看着自己的儿孙:

“咱们的孩子……一辈子也不会出息到这样吧？看起来也还得德行吧……于举人是积了德了……”

德德……

嘞嘞……嘞……

德嘞嘞……德嘞嘞……

青年人们嘴里学着打小鼓的声音走过去了。他们发见金合同秋平在后面走过来;“秃尾鹰”也紧跟在后面。金合的头勾下着,他不向任何一个人说话打招呼,就连看他也不看一眼。脸上轻轻挂着一点血渍。

“金笛子怎么啦?”一个年轻的赤着背膊的青年汉子喊着他。

“金笛子,你这几天,怎么整夜吹起来啦?”

“吹的好听真是好听,象小寡妇上坟似的,叫人怪难受!”

“若不是白天要到田里去,我真是拚一整夜不睡,听他吹……”

村中的青年人全喜欢听金合的笛子的,他们随便在什么地方也喜欢唱歌,听笛子,打枪,唱山歌,掷骰子……这是这村中的青年农民们特有的爱好。他们不大爱女人,也不大爱饮酒或是什么更大的企图。他们喜欢复仇,受了欺侮,只是喜欢去当“胡子”,最厌恶是到官场去打官司。他们知道到官场去自己总是吃亏的。胜利总是在象于举人这样门户的一方面。

“只有呆子才和他们打官司呢!‘衙门口向南开,无钱有理也别来!’……干,就双手换,不干,就忍着……”这几乎成了全村的信念!他们爱惜强的,也并不欺凌老实的。

“养儿要强,栽树要梁;丫头要浪,小子要闯。”

老人们教训孩子们,也是根据着这样的教条。

金合是外乡人,所以人们全说:

“他是老实人,又是外乡人,要高看他一眼哪!”

金合每次到村子里来,孩子们总是绕着他;也许会骂他,他从来不生气,摇摇曳曳走着自己的路。有的时候孩子们过度围绕着他,他会说:

“闪开我……若不,我要用我的‘嚎天狗’咬你们了……”

孩子们很知道“秃尾鹰”的厉害,只要金合轻轻“咻”一声,手指一指谁,那狗就会奔过去。

“笛子怎么啦？膜子坏啦吗？响也不响啦！”

于举人门前广场上炮手们遛着马匹，踏足镫互碰着，响出叮当叮的声音……

炮手们看见了金合被带来，他们的心为他寒冷，小声地问着：

“为什么呢？惹二东家发脾气了吗？为什么惹他呢？当军官的人！”

金合苗长的身子摇曳地走进了大门……“秃尾鹰”起始被阻挡着，为了怕和东家院里的狗发生冲突。可是终于它还是跟定了自己的主人。

满院飞腾着肉类，菜类的香气。高笑声，尖锐的女人们有这淫浪的笑声，夹着鸦片烟，纸烟，烈性的酒类的气味，使内院外院游走着的炮手们，马弁们，全遭了迷惑！

“团长这位太太……是新娶的吗？”一个炮手显着乡土气谨慎地，低声地问着一个正在吸纸烟的马弁。

“就算新的吧！”他扬一扬眉毛，眼睛并不抬起来接着说：

“漂亮吧？”

炮手的脸有点发烧了，他没有回答。那个马弁并不在意这些，他贪婪地把一个半段的纸烟吸到了残末，远远抛开了它，把一口余烟吹向了天空：

“‘戏子’出身的，为了她……团长花了一万多……这家伙……一当了太太毛病就大了！原先……唱戏的时候！谁高兴……他妈的只要钱足些……”

炮手们对于马弁们敢这样侮辱太太，在他们很吃惊！

“你们怕她吗？”

“怕谁？谁怕谁呀？呸！看在钱的面上就是了……几天，团长把她玩够了……一甩，她一样还是向这些人们叫老爷……不要看现在狐假虎威……这是平常的事哪……”

一个老妈子把这个马弁叫到内院去了。

那是一连三夜，五嫂的眼睛几乎从深夜一直游动到天明！林中的笛声也是一直起落到天明。在最后的一夜她听得出这笛声简直是呈现了破裂，没了节拍也没了曲调，只是一些近乎惨厉的鸣响……没有到天明就终止了。今天她得知了金合遭了更甚的毒打！为了他不肯哀求。并且开始了理论，他又被二东家命令带回了村中来……将来，不，即是今夜他会怎样呢！她的心脏遭了猛烈的抨击，血管象破裂，所有的血液没有节制，开始狂乱地愚盲地流奔。愚盲中止了她的思想……每一只手指全麻木了。

日间和平常一样，她尾随着牧群，经过那林谷边的林缘，黄昏的景物一如往常，只是林端那块石头上不见了那个吸着烟袋的，古朴的苗长的人影，“秃尾鹰”也不见了。她把荆柴担停放在每日的地方，开始燥闷地擦着汗水等待。

整个的树林静着。所有的山羊，田野……也全是静着……草间唧嗞唧嗞叫着各样的虫声，被过去的牧群扰起遗留下来的浮尘，轻轻消落。盘结在村庄上头的蓝色的炊烟，安详地疏动，安详地摊展……几千年几百年这夏天的黄昏也许总是这样度过着，湛金的阳光浸镀着所有的山岈顶，树林的梢杪，田野和村庄……

一直到所有的汗渍被拭干爽，从什么地方飘过来一点风，身子的疲乏象减消些，断了希望的她才把荆柴担又安置在肩上。这次她感到了这柴担好象增加一倍的重量，走起来的脚步也意外地迟滞。

“他，今天不在呀！”

她从那次由林中归来，知道了四东家三日以内要他串好了所有的树，割倒了所有的林中的野草以后，每次她总是这样问着金合：

“你在串树吗？还是割草？”

他总是深红着眼睛，不必要地笑着，摆摆头。

“不是限你三天吗？今天……”

“是啊。三天……”

“来得及吗？我来帮助你……也许快一点？”

“你去帮助鬼吧！我为什么要帮助呢！反正……”

五嫂觉得金合的性格有了明显的改变，从他的眼睛里可以看得出，他似被什么不可见的火焰在燎烧，声音也变得生硬和粗暴！她有时曾想要不再和他接近，把柴担一直担回村庄去，或是到河那岸去休歇……可是她还是要停止在这地方，好象这地方的地下面埋结着磁石，她的脚是铁铸的，一到这里就软弱！不能再多走一步。

今天她到家将安置好了柴担，在这洞一般暗黑的小屋一个角落里，那个盲眼的老女人就向她说：

“金合被打了！还从林中带来了屯中。”

“听谁说的？”五嫂屏止着呼吸。

“秋平来过了……菩萨保佑他吧！这个可怜老实的人。”老女人说话的时候，并不停止她手中的佛珠的捻动。

她寻到了秋平！在寻秋平的途中，听到街头乘凉的人们谈讲着金合的名字，有时也夹杂着她的名字。在有点暗灰色苍白夏天的夜里，吸烟的人们的烟火，幽灵的磷光一样，随处存在着，闪动着……

孩子跑动着玩着各种游戏：“捉迷藏”，“闯鸡翎”，最普遍的还是“官兵”和“胡子”们的冲锋，或是恶霸抢女人，好汉营救……

飞飘着的山歌里面，夹杂地也可以听到这样的，半唱半笑的歌声：

大老金，光棍光；不出家，当和尚。……

五嫂她是急速地走过着，好象怕这歌声会遏留住她。

“为什么呢？打了，还带回来？”

“为什么？你说为什么？”秋平斜一斜眼睛，半开着玩笑接了说：“也许这家伙发了疯！记得吧！我们那一天同在林子里，劝过他，你走了我又劝过他……不要太执拗……不会有什么便宜。他却只是‘反正，反正’地来复地说……三天了，他一棵树也没串，一根草也没有割……树却被别人偷去了许多……”秋平使自己的手中的一块纸烟尾巴摔抛在地上，好象什么过错全应该金合承担。湛黄的瞳球猛鸷地转动着，头上的黄发是稀疏的，每次那蛙形的嘴唇一开合，一双特殊固大的板板的，象蝗虫牙齿似的牙齿，便湛着光。

“他们今夜……还要打他吗？”

“这应该看他们的兴致了。二东家酒喝得过多，醉了，也许忘了。至于四东家也许……不一定……他吊在马棚里，给他饭也不肯吃……他只是教人家不要饿着他的狗——啾……简直少见这样死脑瓜骨！”

秋平的义愤好象消平下去，他又点着了一支纸烟，也递一支给五嫂：

“吃一支吧！这是二东家赏的……从城里带来的，每人两盒……我得了四盒……听说很贵重……什么‘王’牌，什么的……我抽起来也不见得高妙在哪里……”

“我不——他们就是因为这缘故吗？打他，锁起他……”

“别的缘故……当然还有喽！”秋平收起那支纸烟。他怀着毒意地又向五嫂笑了一眼。他好象饮过了酒，一股酒气冲过来：“……讲别的缘故……第一……这是四东家的计策了……是要撵他滚蛋……十几年的工钱……借个理由可以省下……老东家有过话……不是要给金合一个老婆吗？……四东家也不想这样做了……这也得费钱。主要的缘故……还是金合老了……如果到不能干活的时候怎办呢？如果再给他弄个老婆……四东家是有心计，能治家，能守业的人，这一点早就算计到了。说到二东家……

那完全是个浑……”他好象触了什么忌讳,把自己的声音锁住,只是用力地吸了两口纸烟,为了用力竟引起了一阵咳嗽。

“二东家是好人……他不知道这些情由……他打他就是为了被人偷了树。问他他又是那样倔强……其余的理由我不想说了……”

五嫂当时还听秋平讲了一些关于二东家的新太太,怎样的装束,和是一个什么出身。

炕一边的婆婆在反复地翻着身,摸索着臭虫,诅咒着跳蚤和蚊虫……也时时夹杂着“佛爷”“菩萨”一类的语句。

“他们该怎样处置他呢? 恶鬼们!”

她的耳朵起着鸣叫,她疑心也许是金合被放回了林中,又在吹起笛子来吗? 她不信任自己的耳朵,坐起来靠近窗口。

整个的村庄,不,这是整个的空间被软腻轻松的黑色的绒毛填塞着。星群们在蓝色的天空陪衬下,更显出每个自己晶莹而坚实的小身子,是那样毫不相让地峻嶒地漾着愉快的光芒,针一般地尖锐着。空茫的犬吠声,从山谷折回来飘散着。连接起来的山群们,倨傲阴森而沉默……

那是胡琴声,从后街遥传过来。伴着琴声好象有人在歌唱。五嫂记起秋平说过:

“……这个新太太是戏子出身……唱‘花旦’……还带一个拉胡琴的来……今夜也许唱呢……”

这琴声激动了她,不能再安睡下去,就如每夜从林中发出来的笛声。这琴声激起她来的却是不能和解的愤怒。她摸索地穿好了自己的衣裳,用一块布片缠好了头髻,炕端的婆婆已经发着鼾声了;她又把一柄于五遗下的短刀袖在一只手里。门扇是用不到开的,从窗口可以迈出去,院墙那是更方便了,门扇根本就是没有的。

到什么地方去呢? 这样深夜。起始她为了胸膛内过度的闷涨,似遭了谁扼喉窒息的催迫,她要到街上,河滨,山头……无论什么地方走走就好。现在她又不想到这些地方去。后街的琴声在接引着她,她要去看看金合。

她如同一个黑色的幽灵!沿着人家的墙转角,走着……她的意念现在完全单纯。

琴声,歌声,更清楚响亮了,好象还掺杂地腾沸着一些粗鲁的笑声。

她还没有接近这宅院的外围墙,已经听到了有人在发问,声音是熟悉的:

“谁——呀?”

“于五嫂……秋平吗?”

“喳!这么晚……你还敢来听唱戏吗?”

“哦……你能开门放我进去吗?”

“这哪成?守夜并不是我一个……东家早就吩咐过了,夜间任是谁也不能开门……”

房顶上木铎的声音清冷地响着。

“怎样了,他们打过他?”五嫂低低地说。

“没,二东家将醒过酒来……大约是在吃烟,女人不是在唱吗?我听得简直要迷呢!”

五嫂停止着不动,手里的短刀,全有了汗渍。

“他还没有吃饭?”

“他不吃……”

“我不能看看他吗?”

“喂哟哟……你别闹笑话了,这不是在树林子里……回去吧……小心明天又要有生翅膀的谣言了。”

满院辉映着灯火,走动着人,这象一个什么节庆的日子,处处腾起着脱轨的笑声。尖锐的,破裂的,孩子们惊觉后的啼哭……

马房里的马也时时喧闹着，用蹄子搔打着地……相互咬着脖子。看管马的人也不再走来，大约是吃了过多残剩的酒菜睡去了。

金合依着墙壁，头勾着，坐在一只木凳上。旁边睡着“秃尾鹰”。从外面看进来那是模糊的，仅仅是借了一盏小煤油灯焦红的光亮闪动的中间，人还可以约略地辨别出那里还存在着一个人和一匹狗。

他是睡着了吗？他的喉咙也许是睡着了！人问他什么他总是沉默着，沉默得相同一个死尸。

每次有人走近金合，“秃尾鹰”总是敌意地翘起头，眨动着发了红的眼睛，准备着……

秋平走进来，嘴里闪动着纸烟的火光。换了班了，肩上不再挂着步枪。他在金合的旁边坐下来，起始他是愉快的，带着轻妙的情绪要想来宽解他的朋友。当他一看到他这个尸身一般石头一样的人，他的愉快而轻妙的情绪遭了熄灭，被镇上了重压，灰冷了。

“要吃点什么吧？厨房剩余的东西很多很多……要吃，拿一点来……事情是事情……脑袋掉了碗大疤……该吃该喝，还得吃喝……”

秋平用手摸一摸金合手上缚着的绳子说：

“我给你解开，松一松血脉好吧？浑蛋！谁缚的呢？弄得这样紧……”他开始在寻找绳子的纽结。

“滚开——”他终于说话了。头，直竖起来，象一只要决斗的雄鸡。

“解开，松松血脉好不好？心眼为什么这样死呢？脾气少执拗点，少吃多少亏呀！——五嫂来过了……”

秋平把嘴里的烟火故意吸得闪大一点，笑着，细着眼睛想在金合的脸上发见点什么不同的表示，可是他完全失败。

“她要来见见你……我没敢放她进来……你知道大门的钥匙也不在我的手里……咱们东家家里的规矩……你是知道的。”

金合的头早又勾垂下，他忽略秋平的存在，也似乎没有听到他的声音。

“那女人……对你真是很有意思，如果……”

“你滚开好吗？若不——”还不待秋平说完结了他的话语……金合的头又开始挺伸起来了。他斥骂着，这声音是破例的粗暴。“秃尾鹰”的头也跟着竖起。

“有脾气不要冲我发呀！有本事……你应该冲他们——”他指一指内边的院子，“我才佩服你——”

秋平响着鼻子走了。他遗掷下的烟尾，涩辣地交混着马房内粪尿草料等的气味，寞寂地燃烧。

整个长大的堂屋翻卷着鸦片烟，纸烟，烟叶……的烟氛；充满着女人们的脂粉香和男人们夹着牙污的酒臭……胡琴的声音已经断下来。作军官的二东家，胸膛裸露着，撑直了腰身，吃着雪茄烟，靠坐在地上一张檀木方桌的靠背椅子里，手里还在敲打着板眼，朦胧着眼睛，满意地睨视着对面躺床上一个娇小的女人——她是正在凝神地和一只小灯对面着，用饥渴的贪婪吸食着鸦片烟。直到那烟斗上的一个大颗粒煎烧殆尽，她的一只白瘦的小手才停止了拨动；从鼻孔中有两条富余的烟条喷散出，象鲇鱼的两条软须。

“团长，你还要听一段什么吗？《起解》还是《葬花》？”

她的眼睛笑着，细媚地向地上的人们瞟了一下，接着第二个“鸦片泡”，又有人给黏结好了。

“不听了吧？四弟要听吧？点一段……”

相形地，四东家是没有二东家熟习这些部门。他所熟习的是怎样向佃户们收租粮，管理炮手，长工……。他感到了窘迫样，红着脖子和脸：

“不吧！我不懂……”

他不敢正面看一看这个荡人魂魄的女人，也不敢正面看一看

他的长兄,可是在心里却是这样责备着:

"把钱全用在这样一个狐狸精的身上了!"

同时他也妒嫉着哥哥,从作军官那里能学到了这一切,享受到这一切。

"我也作作军官去吧?"

这个意念的魔手猛然地擒住了他。可是贪恋村庄,贪恋田园,贪恋一些佃户们的尊敬,村人们的尊敬以及祖先遗留下的住宅的心,把这意念的手分解了。看一看那边自己的两个新娶不久年轻的小老婆……也感到了几分的满足。

"左右是一样的啦! 只要有钱……知足常乐……"

"你年底……旅长能到手吗?"四东家似乎很关心着哥哥的官职。他搔一搔头发,眼睛细着。

"按理说……该轮到了! 我已经跟了他们这样多的年!"

"司令长官不是很欢喜你吗?"

"嗯? 大帅活着……也是喜欢咱们哪,可惜被炸死了……"

团长似乎被什么感动了,他把烟灰磕掉,认真地说:

"今年秋天……我还要用几千块钱……把收进来的租粮多卖几百石……"

四东家的头重下去了。

"不要怕花钱哪! 我的旅长如果到了手,几千块钱算什么呢?要想赚大钱,就得当大官……俗语说:'打大鱼撒大网'……把地卖点也没什么啊……只要司令长官在着……咱们的官还不是铁铸的吗? 你不要尽疼钱哪……"

"四边胡子太多……收地租不容易呢!"终于四东家羞答答地说了,这说话却引起团长连串的高笑:

"多雇三、二十个炮手就完了!"

"嗯! 一个炮手一枝枪,还要月钱! 吃……"

"你就是计算着钱!"

最后他们又争执到树林。女人们似乎对这没兴味了,各自走散开。那个躺床上的小女人已经睡过去,闪光红色缎子的衣裤,紧裹着她。小灯还在静静地点燃着。

最后为了这钱的争执,竟激起了弟兄们的互骂,在天还未明的时候,团长就气忿地带了他的小女人和马弁回归了城市。

早晨,金合被提在了四东家的面前,他是走步在平常和佃户们会面的屋子里。屋子静悄的,除开秋平以外没有别人,连那个尖嘴的管事也不在。

窗外面的人们正在打着狗,阻止着,把门关起来,可以听到狗在搔门扇的剥裂声。

"二东家嘱咐我……他没工夫来处置你……你想要怎样呢?你丢了那些树!倒霉的东西……还是那样倔强……按理是应该送你到衙门去——你愿意住衙门吗?"

他的话好象舞台上丑角在独白,空虚地笑着。金合的头始终是勾垂着,他好象决定了什么全用"沉默"来回答。他连要说话的意思也没有,从颊骨,从嘴唇……看不出一些征候。

"作东家的是知道你……人是好人……十几年了……在我们的家里!不过这是二东家的意思啊……他是作军官惯了……性子暴……不比我……不要看我也打过你……可是你对我的顶撞我一点也不记着……如今这样吧!已往不究……你还是好好去看管林子……丢的树呢……"提到树,他显得踌躇了。显着轻飘一点,他踱了两转:"丢的树照例是应该你全赔……这是二东家的意思……不能破规矩……我体恤你,就赔一半吧,那一半算我的……二东家将来知道再说。你今年的工钱……大约也能够的……带他去吧……"

在秋平他们还没有离开房门,他又叫住了他:

"这破规矩的事,你要记在心里……不能同外人说……再有……再有从今以后你不能再和于五的女人接近……你不能到她家里去。知道吗？她是个寡妇，是我们族中的寡妇……他的男人又跟过我……外人传说不好听……”

早晨的雾气，毫不宽容地用它那软软的不可捉摸的绒毛，把所有的空间填塞，把所有物体的形象也给了一件绒毛的衣裳。所有的声音也全是长了绒毛似地嗡鸣着：南山的牛羊，村中的雄鸡……人们早晨互相问候和戏谑愉快的笑声，驴子们过度的大叫。好象宇宙又要预备变造了，把一切又开始重新溶解起来。

五嫂如同平日，经过村南的河正用清湛的河水，洗着自己的脸，梳挽着自己的头发，准备到山上去。她听到从村中来的路上，有人脚步带起来河滩上小石块的碎响。接着一个稍长的起始完全象一个杆柱样的灰影，摇曳地缓慢地向河边移动过来。还有个团形的动物，低低追随在后面。

“乱跑什么啊？要准备叫那些恶棍们，咬掉你的鼻子吗？累赘的东西！早晚……你不用满不在意……瞅我干吗？……”

人在连续地用有点悲叹衰弱的声音空茫地在向什么说着。

长的杆柱一般的灰影和那个低矮的虫一般的灰影一齐停止在河岸边。雾的绒毛在他们的周遭缓缓游过样，温柔，轻松……同时在不安的水波上，也有了两条颤颤动动的模糊的灰影逆立着。

“是金大哥？”五嫂从对岸亢奋地叫着。可是没有得到回答，只听到了涉水的声音，人影在河面上显得低矮了一点。

“不是金大哥吗？”她更临近一点：“他们放了你？早晨的水怪凉哪！你……”

金合好象对一个陌生的人一样，向五嫂朦胧地望了一望竟走了过去。

五嫂的咽喉被侮辱封锁住，她象被推在梦幻的深渊里，不知道边际在哪里，她也寻不到能够爬出这深渊的绳索。她凝止住，手足麻痹，望着这个飘浮的人影……消溶在那贪婪的绒毛苍白的巨吻里。

“呸！见了鬼吗？他们打死了他，这是他的鬼魂吗？莫非他们也打死了那狗……”

她知道鬼走路是没有声响的，可是她听到了他走路石子的响动。也听到了他涉水……特别是他那数责“秃尾鹰”的声音，是那样真切清晰和熟悉啊……他是人，他一定还是活着的人。

“他们没有打死他！”

她自己找到了解答以后，觉得自己确是遭了这个顽固的鳏夫的侮辱。她的愤怒填塞催迫她，她不能忍受，把自己已经流出来的眼泪，用衣角拭净，节制着，不使再有继续的流出。她要追上金合；他为什么这样？她有什么损害了他的地方？

“这不能，我不能忍受，我应该问明白这个顽固的人……”

在于五那样固执的性格，蛮大粗鲁的身躯下，她也从来不肯为了暴力和侮辱忍受过，在他们那充沛着爱情的魂灵交融里面，也常常固凝着自己的灵魂——那是属于每人自己应有的一颗不为任何所强迫，所侮辱，所消灭，所吞并的自尊的灵魂，——为了保持这灵魂不可磨的棱角和硬度，也常是和于五斗争着。虽然她是爱他的，她可为了爱自动地粉碎了一切，但是她却不甘被别人所粉碎，所消没……

从地上拾起镰刀和扁担，她追着，为了脚步过急，常常要激起河岸边小石子的飘飞……

太阳肿涨着，没有光彩，呆头呆脑，好象一个棕红色的大铜球……白色的绒毛有了些稀薄。人影在前面照样是摇摇曳曳，相当一棵长杆柱，那样标直，越接近上端越显着模糊。

“喂！金大哥……等一等……我要同你说话呀……”那人影完全没有改变，照样是摇曳，照样是模糊；从什么地方呢，传出来一些高亮带着潮味的笑声，人们说话带着金属的无顾忌的韵味。

“等一等呀……为什么你不等一等……”

这次人影却停止住,“秃尾鹰”转着圆环。在临近的时候,五嫂的脚步反是变得迟滞。

“什么事?”金合的眼睛直直凝视她。从那眼睛里她感到一点惊悸——那好象有无量的焰火准备着要从那深深的瞳孔里迸发;同时牙齿也深藏起来,颊骨也显露了。

“没有什么事呀!问问你……我们一同走着……走着说好吗?……”

白色的绒毛变成了濛濛的细小的颗点,浸湿着每人的脸。其余的在他们肩并的中间和两边小心地游走着。太阳显出一点光芒,淡淡地辉映着。

金合的头又恢复了勾下……五嫂的头却有点过度的扬起。他在她那发棕色的广平的前额上投视了一下,他发见她的眼睛只是直直地看向前面。她的头顶却只能及到自己的肩头——很轻快地他又把投视出的眼光收藏回来,象一个鸟雀那样安息着,几乎为了一块较大的石块绊跌。

“当心啊!”五嫂一只手透力地抓住了他的一条臂膊。

“喔……”他象是才从睡梦里被惊醒,笑得很苍白。把臂膊摆开,同时还斜出一点步子,故意使他们中间的间隔增大些。

“扶着你走不好吗?”这好象又是一种侮辱,但这次却不如先前一次的那样激荡着五嫂的心。她接着说:

“扶着你走……你不是几顿没吃饭吗?……怕什么呢?……”她还要来扶着他,他却更斜出了一点,他们中间的开口便又宽大了一点:

“不,什么?我自己能走……不比你软弱哪……你……去割你的柴……反正我还得活下去……怎样也得活下去……一个人也是……打不死,饿不死……你……去……走你的……我要活下去呀……不,不能叫你们活埋了……不,一点也不……”

好象第一次五嫂才发见了金合的胡须,上面凝结着微小的水颗粒。她看着他歪斜着的步子,好象一只失掉了尾舵的船投向前面。"秃尾鹰"把头扭回用眼睛量一量她,也跟着颠着屁股跑开去。

她不再企图和他说话,她尾跟着,那人影是狼狈地,超出自己的力量以外跑起来了!

在他跑着的意念中,他看见一个坑……人们新掘好的一个坑,是那样深,那样深……人们已经把铁锹准备在新掘起的飞溢着浓烈气味的泥土上面等待着他。于四东家指挥着,他的不祥的嘴唇时时有破裂的可能,他会说出,一点也不费力地说出那个黑色的"埋"字来。他就会象一只不被怜惜的半死的耗子,被抛进去,永久在泥土里安息了。他经验过这样的埋人的故事,并且他还参加过这典礼,他记得清楚,当他们把那个耗子投下去时摔出败裂的重响,他们的铁锹是怎样疯狂地在翻扬着,一刻会将这坑填平,并且还要高凸出来,在这上面栽上一棵树。每个人全似参加一个光荣的,伟大的圣绩!接着他们是把那个破坏族声的女人,拖着,捆绑着……塞起她能哭能叫喊的嘴来,用席子卷着,象卷一条虫样,把她卖到千里外。晚上在庆功筵上,每人全喝了自己量数以外的烧酒,他们尊崇这个主宰的人……那个方面大耳说话总是笑着的于老东家。

"不啊……不啊……"他破裂地叫着,没入林中去。

所有的白色的绒毛,现在已经飘向了南山,在每个山岈顶,凝聚着,舒卷着,安详地浮向了天空。

"不啊……不啊……"这叫声一直是破裂着,响荡着山谷,响荡着林梢,消散在这开阔的河滩上的阳光里面。河流好象也蒙到了激动,不宽容地侵蚀着对岸的河堤。

和往常一样,每处山岈顶,散布着牛羊,牧羊的孩子们和着鞭子,清朗地唱着村歌,歌声空茫地起起落落……

"这是怎样了啊?他着了什么邪魔吗?他们用什么药毒害了

他吗?”

她不再想到一些不必要的节目,她觉得她必得去到林中问个究竟;她不甘心这样暗昧地摸索着忍受。

在她还没有达到林缘的进路口,蓦然是一种异常的,难忍受的山枭似的笑声,从林中破裂爆突到她的心;每个毛孔也好象被凝冻住。如果此时有什么可以吃掉她的恶兽,从林中奔出,她会完全不能逃跑。

她看一看天光,天光是爽朗的。村庄的树顶还盘结着朝烟,路上的行人,闪着光辉的河流,人声,身边的树林,谷底小溪唧唧嘹嘹地流动……她透力地把手里的镰刀抓紧用来恢复这过度的惊悸。

在第二次这样的笑声荡起,她觉得已经有点平凡了!连接地……这笑声好象接近了她!她立起,飕急地一个毛毛的条块从她的身边擦过,接着随伴着笑声出现的是一个人形。五嫂要吼叫起来了:那是使她过度的惊骇!她忘了逃跑,只是眼睛张大地对立着。这个人形向她发笑,掀着巨大的牙齿,身子赤裸,骨骼透露,手里正在碎裂着一些布片一类的东西,随裂随在使它们飘飞,向空吹嘘……

“你你你你……要吞没我……你你你……呀……鬼鬼!要吞我的工钱呀……给我的老婆呀……给我的……给呀!给我的……我向玉皇大帝去告状呀……我们手拉手去呀……”

象一只脱败了翎毛的鹫鸟,向五嫂这面直扑过来,“秃尾鹰”也驰跑着……

沙岸上飞翻着烟尘和小石,人在旋跑向村中。路上的,田地中的,村庄中的人们,全为了这奇迹,这嘶声,停止了自己。有的还在破裂地大笑!

五嫂的扁担丢开了,只是手中的镰刀还在疯狂地舞摆;刀身飕急地闪着银光……人的脚步渐渐缓慢下来,声音没有音韵了……

从林中,从田间,从道路上……象才觉醒了的狗子一样的人们开始向这面聚集了。炮手们提着步枪，青年的农民们，顺便就带着自己的工作用具——锄头、钉耙、扁担……嚷叫着：

“疯子……打疯子呀……”

五嫂跌倒下来，从鼻口，从嘴周轻轻挂着血沫。疯子高笑着，他并不伤害她。青年的女人们也赶到了，当她们从人的空隙中看见这个细颈的脱了翎毛完全赤露着身体的鹫鸟，她们站开了，彼此脸色红红地唾了一口表示丧气的唾沫。

“捆住他呀！上手捆住他呀……”

人们叫着，推拥着，但是却谁也不先来动手。他们看见那疯人手里闪着银光的镰刀警戒着自己。

“这不行啊，他疯了……”

“……到玉皇爷那里去呀……起来……到玉皇爷那里去，我和你拜天地呀！哈哈哈……我找玉皇爷去喽……”

镰刀向人们的一面盘旋过来了，人们开始闪开了路口。

笑着，跳着，挥舞着镰刀，向村中奔去了。

“他一定去寻四东家呀……”

炮手们开始着惊慌。

四

山脚下的河儿流得淙淙响，
树林中的笛声已经不是往常！
这里曾有一个孤独的奴隶者哟，
从夜深歌唱到天光！

田野上庄稼的穗头象初成熟的少女：饱满，鲜明……静静荡在中秋的晚风里，努力传播着表现自己成熟的带着乳香的气味，期待收割人们的脸上表现着安详；一种期待获得的欢欣……在随处泛溢着：

“要全是象今年这样吗……捐税再重一点……也将就啦!”

“是啊……要象这样的年头……东家的粮租……也不用背着枪炮来要了……我们早就送上门去……”

“……左不过全是年头赶的吧……”

平常不大说话的人们,现在也要相互地寻找一些不必要的语句来交谈。

从林端每日黄昏走过的牧群,每个牛,每个驴子的毛片,全有了缎子似的光泽!羊们在夏天剪断的毛梢,现在又在茸茂起来了。在每只羊的背脊上,染渍着一朵有颜色的缨穗,象一些大的不相同颜色的花朵,也显着鲜明了。有了身孕的母羊,不避羞耻地扭摆着自己的肚腹。

大老金,当啷啷,
于五的老婆遭了殃!
大老金好伤心!
没捞着老婆呀贴了金①。
唏唏唏……
哈哈哈……

一直到引起了林中狼一般的回骂,孩子们才满意地笑着,大家甩着鞭子,接着还是唱。及到他跛出了林中,孩子和牧群已经渡过了河流。隔着河流,也还是听到了孩子们满意的笑声。

他切动着牙齿,如果他可能,他要把他们全裂成碎碎的条片。不能了!现在他已经是一个跛子,腋下里多了一条拐杖。

晚风拂摆着他四垂的头发,常常迷他的眼睛。他的眼睛更显得赤红浊混,每一次嗥叫,每一次暴怒,模糊的时间总要更增加一些。

---

① 这是土匪隐语,即受枪。——作者原注

田野上植物的影子向他的身上倒过来；他的影子便更伸长地倒向了林中……人的身子一半渲染着近乎血色的阳光，在林缘小堤上，一只腿直立着……

除开增涨一些雨水，小溪的流声依稀照旧。天边的群山也照旧……金合曾在这样照旧的季节，照旧的黄昏，照旧在这晚风送着初熟庄稼的乳香里的迷惑中，悄悄地注销了他的一部分生命和力量。

五嫂每日放置过柴担的地方；他每日曾在那个平石上吸着烟管，等待着她；目送她荡过河流，影子没在村庄的树荫里。那幸福是藏着甜味的，快乐也是藏着甜味的！现在却倍增地变成了苦涩和焦烦！他移动到五嫂惯常驻留过的地方用手里拐杖打着，捣打得石子全飘飞了；他又到自己曾坐过的石头边，也用他的拐杖来捣打，一直到拐杖剥落着白色的细末，拐杖遭了摧折，他觉悟到离开拐杖自己再不能自由地回归林中，他哭了，他抽搐得象蝉一般地哑了声音。

“秃尾鹰”从村中踱回来了。它近来更瘦得骨骼透露！为了到村中寻些什么来吃，为了村中的群狗欢喜欺凌孤独的陌生者，对一个在企图分食的宾客，它们常要用牙齿来招待……为了这，它每次总要脱落着毛片，或者跛着腿脚，挂着斗争的血渍归来。在归来的时候，它安静地珍惜地把这血渍舐得干净，明天如果主人还是把它遗忘了，它还是悄默地走去悄默地转来，舔着新的血渍……

它嗅着金合的周身，用爪子轻轻搔扒着他的身体，叫着哽哽的声音。它的一只耳朵今天被裂开了，新红的血液还在忙乱着滴流……

滴落的血渍已经染着金合的脸，滴遍他的周身，他还是无停止地抽搐。“秃尾鹰”走了两转，它挨近地也伏在主人的身边。

远处的池塘，林中，溪谷近处的蛙们，起始是等待地，酬答地，似在彼此讲着礼仪似的叫着。后来便不再这样客气了，也不再拘着韵味，只是一片的哇……呜。

星河开始惨白，天空是那样地显出了增高和多星。只有它们才永是完全冷酷地临视着生物们的苦痛和灾难，无所动地眨着它们包藏着讥笑和灾害的眼睛。

远远在村中腾沸的人声，比较平时好似多了些。小孩子吵闹的嚣声却似减少下去。

河滩上石子击撞着石子，发着吃嚓吃嚓的碎响，是有人向这边走来了，“秃尾鹰”直起了脖子。

送情郎……送至在……大门西……
大西门呀……抬头看见一个卖梨的……
肚子软，身子虚……郎呀……你可吃不的……
德啦啦，德啦啦……
德啦啦……德啦啦……
……啦啦……啦……搭搭……

闪着小小的烟火的光亮，人唱着，合着声音没向林中去了。“秃尾鹰”表示着存在似的吠了两声。一刻代替那——德……啦……的声音，却是渐来渐扩大起来的喊叫，声音后来近乎有点撕裂：

“大老金，大老金……狼吞了你吗？……”

人向狗吠的方向走过来了。烟火一闪动，一闪动……看得出有点发红的颜色，这是秋平。

“秃尾鹰”勉强摇着欢迎的尾巴站立起来，它舔一舔他染着油味的手。

“你受罪的爷爷哪去啦？”他问着狗，狗却只能再摇摇勉强的尾巴。石块旁边又起了一阵猛烈抽搐的声音。

“老天爷！你怎么跑到这里来趴着！狼会嚼碎你的骨头呀……”

他试验着把他扣在地面上的脸翻转来，可是没能够。他划了一根火柴，发见了身边折碎的拐杖：

“呸！真是鬼钻入了你的鼻子……碎了它……你爬着活吗？”

他听一听他已经不再抽搐，他把肩上的步枪脱下来妥当地安置在石头上，重新燃了一支纸烟，坐在石头边。他思索该怎样把这执拗的废物，弄回林中。

“你还在记恨我？嗳！那时我真……浑迷了心……他命令我……我就开枪……就这样模糊糊把你的腿打……伤了，事情过后我也清醒了……你的腿也伤了……我后悔能怎样呢？……”

“滚开……我拿石头敲碎你的狗脑瓜骨……”

他的手如同两只蛙脚，身子遭了悬空样在寻找着，拨动着。

“咱们是老朋友了！今天你容我把几句话向你说完……明天我就不再来惹你了……你，你再想见我……恐怕也不容易啦吧……你知道！将军们全跑了——”

“……”

“……二东家也跟着将军们跑了……‘东洋人’已经占了省城——”

秋平努力使自己的烟火闪亮了两下，在月光下他看见金合的头扬起着，好似一条挺起胸膛的乌蛇，眼睛不动转，头发纷披……

“今天晚上……四东家特意杀了一只过节用的猪……把炮手和邻近地户们也全请了来。他大约听了风声……说有几伙‘柳子’①在惦念着他……他说二东家和将军们并不是跑……是到……什么地方搬救兵去了……他劝大家伙要同心合意保守这个村庄，不要叫胡子攻进来……他说……他是为了全个的屯子……并不是为了自己……最末尾他自己提出把今年的粮租减二成收……炮手们每月加一元五角钱……饮食也加料……他还说二东家和将

① 柳子，胡子的队伍。——作者原注

军们……不久就会回来哪……”

“你搀起我来——慢些啊……疼！嗳！好了……你说下去吧！”

他们并肩地倚靠着，秋平递一支纸烟给他，他拒绝了，他好象又触起了什么激怒：

“呸！这是鬼的东西……”

“哎，马马虎虎吧！什么神的，鬼的……这眼前……说不上还是谁的呢——我告诉你，我要走了——”秋平又把那一支纸烟点起来自己吸着。

“谁？你要走！干吗去呀？”

“不要喊叫——干的事情多着哪！我要去挂个‘柱’……”很平淡的，如果在日间可以看到他那蛙形的嘴唇是怎样裂开着……他的湛金色的瞳球是怎样转着……

“你，你不是和……那个娘们子很……很好吗？扔下她？”金合好象是过度费力，过度腼腆地说着。

“哼……哼……那样的货……还值得留恋？她对咱们也不是真心……无非看咱们身体壮，年纪青，于老四又顾不到她，拿咱们解解闷就是啦！象于五嫂那家伙世上能有几个！”

立刻是一个长眉斜眼，浓密密的头发，坚实的而不甚高大的身躯的女人向他们走来了。那装点在那有些天花斑痕棕黑色的脸上，嘴唇充血得象一朵初放的鸡冠花，无论是对于什么总是笑着的。对于一个乡邻，对于一个陌生的乞讨者，以至一只野狗……

“你到她的坟上去过吗？”秋平推了金合一下。

“我不能啊！我几回试验着想爬上那个山坡，但是我不能啊……疼楚和无力伤害了我……一次我是滚下来了……伤口跌破了……”

“我今夜和你去——我还给你带来了一点酒和肉……放在屋子里……走吧！我背着你，到林中……再砍一只新的拐杖。”

金合的头又勾垂下来了。夜风轻轻拂荡着他挂下来的乱发。

银灰色的夜！还未完全规整的月亮摆脱着所有的云围,冷冷地升起着,爬过了山,爬过了林梢……人影摇动在地上。

“秃尾鹰”吃了人们残余的饭菜,现在它显着过度的快愉和不安了。它跑出去,又跑回来,又静听一刻,又围着人跑着圈环,好象它发见了一只兔子,又象在扑捉月亮,捕捉地上的草影……一刻又向远空吠叫几声……

“安定点吧……流氓!”

吃过了酒,金合的身子好象感到轻快,他依仗着新的拐杖……时时要摆脱秋平的扶掖说:

“让我自己练习着走吧！不练习不行的啊!”

“呐！看你自己的……要小心……”

秋平在他的近边,他吃惊他是走得这样自由和轻快,他叫着:

“你简直是好了呀！行啊！我们可以一块去干了……你再安心养几天……”

金合停止在坟场的近旁,拭着脸际的汗渍。当一股荆条的苦味浸到他的鼻边时,随了这苦味带来了是一种贯穿全身的颤栗,带来了是一种新的疼楚和疲乏。他艰难地,勉励地好象是用尽了所有的力量,才把自己移到了五嫂的坟前。他顾不到草间的露水浸湿他的裤子,他瘫坐下来了。

秋平把带来的纸箔燃着,倾了所有的残剩下来的酒浆在正燃烧的纸箔上面。火焰立地显出碧绿色的扩大和升腾。

整个坟场,整个的人心……全被寂寞占据着,被这银色的夜占据着,被幽灵的阴影和死的气息占据着,充塞着……

坟场位置在一片接近山坡的谷底平地上,丛茂地生着蛮野的荆条。一些身枝不规整而又很瘦瘠的山榆树,在日间看来那叶子已经显得一半殷红了!

每个坟头高高低低逞露在丛草和荆条的中间,象一些脱了发的人们的头颅顶，显着贫瘠和衰颓。

五嫂的坟头，土色还没有变。也生起草的绒毛，与五嫂并列着的是于五的坟头。那上面的草正如同他生前自己的胡须一般繁茂。

人，只是默默地相对，全把眼睛投向那快燃尽了的纸箔堆；脸色从焦红转到了灰白，慢慢有阴影出现了——从林中的方向，有枭鸟笑着。金合的头从挂下轻轻抬起了一些：

“这些不祥的东西，总是死不尽啊！每夜，每年总是报丧似的笑……如果……”

“我不信这些……那么，它笑得我不耐烦了……我就打死它几只……如果我要是住在这树林子里——你不是有一枝打鸟枪吗？”

“我从来不想用它呢！”

“你试着用用看，打死几个就少几个……老——金！人真是‘兔死狐悲，物伤其类’哪！现在我看到了于老五的坟……哼！早晚……还不是一样……你知道……他是多么结实呀！象石头一样，他为东家那样尽过力……我呢……今晚我看到了这坟……”

秋平由依卧在坟上的姿势，坐直了，把步枪横在膝头上说：

“这枝枪，我真爱，我一定要带走它……不是吗？于老五也用过它……喂！你不要‘死乞白列’尽搭眼泪了，人死了就死了吧！活人不要为死人哭死了！按理五嫂这样女人……是值得一哭的……在临死的时候……还那样关心到你……嗳！”

秋平的头仰着望了一刻月亮，也勾垂下去了。

“秃尾鹰”搔刨着，嗅着，沿着所有的坟头。

“她临死的时候……还说过什么关于我的话吗？……你为什么不多说给我一点？”

“你这人！”秋平抽出两支纸烟又递给金合一支：“抽吧！冲冲寒气，这个烟是我自己钱买的……你这人……因为我开枪打了你，你就把我当成仇人了……其实……我们弟兄远日无仇,近日无怨……我就是打死了你……我有什么好处呢?第二天我要来向你说说我的不是……你骂我……要掷石头打我,那时候你还是疯得很厉害……为了这,我虽然来……也不敢提什么……那时候她……病得正厉害,不断地吐血……"

"我杀了她——"金合的声音过度的微弱,身子伏到坟脚下,拍打着:

"你还多么年轻啊!我杀了你……"他忽然纵起声音大哭着。

"你……你不能这样啊……村子里会听到……你赶快地给我止住……没听见吗?止住……"

金合的哭声是奔流开的水,冲洗着一切,淹没着一切,秋平这样小小的声音会中什么用呢?他只有退让地看着。

村中激起了狗叫,村端的山头上响了一声沉闷的鸟枪声。这是守望的炮手和佃户们,表示他们是在清醒着。

"……她被抬回去,血就没停止住,村子里在那时简直是被你们闹翻了……她死的时候还说:'金大哥怎样了啊?他疯吗?他们会象一只疯狗那样打死他吧?'接着浓浓地又吐了两口血,喘息了一刻又说:'打死也好!省得零受罪……人世上……好人总是受罪的……'她一直到死,也是清明。她只是向她的瞎婆婆说她很不该这样抛下她,有点不甘心……她还说必得把她埋在于五的坟边……最后她给你一句话……就是如果你要没有被打死……应该去寻她的哥哥。"

"叫我当胡子去吗?我不能……那不是正经人干的……我不能。"这次金合的头却挺得很直,坚强地摇动着,用手里的拐杖焦急地打了地皮一下。

秋平不看他,把纸烟闪亮的时间拖长一点,使肩头耸一点,身子微向前倾侧:

"对……我知道你是正经人……哪肯当胡子呢?那是多么不

体面的营生……还是在这里看林子吧……等死了就埋在那个小屋子里……呸！人家也许教你埋吧……”

出乎金合的意外，秋平把不能再吸下去的烟尾巴，用着大力如同抛着一颗弹子，闪着光线，远远地投开。接着站起来，抖一抖身上沾惹的碎草，一面顺理着枪背带，把步枪以一个随时可以射击的姿势安妥地挂在肩上说：

“怎样？回去吧……夜太深了……我还要摊一个岗班……告诉你的话……就是这样了，记住！不准同谁说，我走了以后，也不许说，一直到你死……如果我以后知道你说什么……随时……记住……随时我能来……”

秋平拍一拍步枪的托柄：“它是不懂交情的……”

他蔑视地向金合坐着的地方递下一只手来：

“起来……怎么不呢？你要在这里守到天明吗？还是想和死人并骨？知道吗？象你这样……哼！难为五嫂……怎么看中你哩！现在……不吗？好，我要自己走了……”

金合绝望地看着秋平没有留恋的背影，穿出了荆条丛群，低低爬向了对面的山梁。在山梁上微微一停留，便消灭了。

“秃尾鹰”也爬起来，来帮同金合张望着……

银色的夜！虫了们随处凄惘地呻叫，整个的宇宙好象永久被这银色所凝结所铸成。也好象永久要这样没有变更地安排下去，一切全适宜，全得当！

“秋平！秋平！”他明知这叫声是无望的，秋平走得是太远了；一条蛇响着草声爬近了他。他叫着，跳起来……“哦……”

蛇是轻快地无所见地爬过去，没向了草丛和荆条丛的深处。他眼看的那不甚长大象是涂了油漆发亮的轻灵的身体，昂着头，他的身上激起着憎恶的痉挛。他不想再在这里停留下去了！虽然他曾决心要一直守候到天明！

他现在疑心着每处的草丛里，每丛的荆条根下……全似有着许多大小不同的蛇隐藏着，盘聚着，电光般地伸展着它们的恶意的舌子。他的神经好象又要破裂，一闪间地好象又停止在林边，向五嫂笑着，追赶着她，一直到于四东家涨红着脸，跑着，指挥秋平开了枪把他射倒在地上……昏迷过去为止。

他拾起拐杖，连装过酒的那个瓶子他也不顾拾起来，还在喊着："秋平秋平，秋平……"跟踪着秋平踏过还不久的脚印，也爬上了对面的山梁，"秃尾鹰"跑在前面。

秋平走了，如他所说，是带了那枝他所爱的步枪走了。

当夜间可以听到有马蹄的响声，细碎的沿着山脚，沿着林缘响着……每夜的枪声也比从前增多，从四处空朗地起着鸣响。

平时在街上再看不到于四东家摇摆的身影。这林中他也不再来。老年人们脸上的皱纹加着深……在每人的心上好象全绷紧着多条敏感的筝弦，只要有一些风的骚动或什么震荡，它们就会烦乱地嗡鸣……这嗡鸣相互感染着，从一个村庄到又一个村庄……从嗡鸣到蠢动，如同林鸟们在遭到了鹰枭们的袭击：嘈杂，吵叫……不容易马上归复到安宁。相反地，一些青年们，以及穷得一无所有的汉子们……却显着不平常的高兴，在田上收割庄稼，镰刀挥摆着，讲着，响亮地，象有自己情人在听着那样无疲倦地唱着。……秋平的走，更是带去了步枪，这对于青年们好象带着倒刺的钩，诱惑着钩紧着每颗青年人们的心！他们现在对于村庄好象马上感到了隔离和陌生，脚下踏着的泥土，也不再有香味迷恋着他们。有的，那只是如同在挖掘到五嫂坟墓时候那样，嗅到死般的泥土的气息……

在中午，他们休息在地端上树荫下的草堤上，看见了金合向他们这面走过来：

"喂！那家伙来了，我们来和他玩笑一下吧？……看……越来越添彩……还驾了拐哪……"

"不要惹他……发了疯病……那是不好办哪……"

“瞧这家伙……疯得更不象孩子样了……大约……于四东家打不死他……自己也快了……”

“四东家……现在还顾得打人？哼……他和秋平很好……他一定知道那小子……去挂哪个‘柳子’……”

“喂,金大哥……坐下歇歇腿……”

“不啊!”在他过去以后,人们开始腾起了笑声,但他并没回头望一望。

在村中他遇到所有的人,他总是很快地走闪过去。“秃尾鹰”时时在顾盼着,似在防备着时时可以来袭击它的敌人们。它的耳扇不能再长合了。

“喂！什么事？老金……”

墙头上,屋顶上抱着枪的炮手们笑着盘问他。

“去说……我要见见东家……有话向他说……”他看着平常木造的门扇,现已完全钉好了铁叶和尖钉,……他曾用镰刀砍伤的门柱,那伤口已经不甚鲜明了。秋平就是从那个垛上把他射倒……

“这回带的是什么刀呀?”一个年轻的炮手嘲笑他……还是没有人来给他开门。熟识他的人们说:

“不成啊……过几天你再说吧！现在东家谁也不能见……知道吧？秋平……”

“好好,我不见他了。就请你们同他说一声吧……就说金合说了:他的十年工钱,和你们老子答应给娶的老婆……他全不要了,给你们子子孙孙留着享福吧！树林子的树也长大了,……你们留着盖楼盖阁吧……他走了。——你们照这样说吧,哥们,我们再见了!”

人们监视着这个幽灵似的人影,转过了街角,彼此地说:

“疯病又犯了啊!”

好象度过了悠久的岁月,今天金合又来到于五的家里。在他还没有走进来的时候,他曾经迟疑地走了两转,坐在门前的石块上休息着,思想着。他不相信他的朋友们已经死掉,他以为一刻于五会扯着粗鲁的笑声从外面走回来,或是五嫂从门内走出,正好看到他……他是应该那样不陌生地和他们说着家常话,一同走进吃午饭……

除开隔邻雄鸡宏亮的啼鸣以外,几只母鸡在随处搔刨着食粒以外,什么声音也没有了。人们全纷忙在田野里,往来于田野和村中的道路上,禾场上,菜圃中……

"妈妈!睡午觉吗?"他轻轻叩着窗台,从窗口可以完全控制地看遍这房中——一切还是很规整照旧,只是在屋角那个纸制的佛龛,被夏天雨水淋染得有些难看。于五从城市里照得的一幅照片,还是无变更地钉挂在墙壁上。

"妈妈……"金合又轻轻叫了一声。

"谁呀?"老太太摸索地从炕端的一个角落里现出。她那已经没了牙齿的嘴唇,蠕动着。

"我的声音……你老人家听不出么?"

"啊呀!孩子!还是你呀!……你在那里……在窗外站着?嗳嗳!我摸不到你呀!你进来呀!我长久不见你了……我现在简直是在井里活着呀……"

金合看着这个老年人忙乱地寻找着自己。那枯白的,只有皮肤、筋络连结着的手指,神经质地颤动伸屈着……同时在那已经绝了生机的眼槽里,泛着一些湿润:

"不用摸了哪!我就坐在这里,这里……"

金合用手拍一拍自己坐着的地方;"秃尾鹰"开始在院中作着巡行了。

"他们全说你疯了!你好了吗?为什么,怎样疯的呀?"她摸到他坐的地方,扯住他的一只手摇动着。另一只手在腕子上把捻珠取下来,捻转着说:

"阿弥陀佛!菩萨是有眼睛的呀!"

金合从怀中摸出了那个皮面已经擦破了的小包裹,反复地在手中凝视地颠转了一刻——他清明记得当把这东西给五嫂时，他是怎样地遭到了拒绝——而后扯过了老人的手说：

“妈妈，把这个……收起来……”

“什么？你有什么要缝补吗？嗳嗳！你的五弟妇，死了……我是没有眼睛的人……你可是求我转托别人吗？嗳呀！无家无业的人……菩萨总会保佑你的……”

“不，全不是……这只是一点钱！”他把老人的手掌推开，同时使他的手指捻握好了。他的心开始有点酸痛！

“钱？”老人冷凝住了，疑惑地说：

“做什么啊？钱！”

“随你老人家作什么吧！”他从窗台上移动下来，准备走了。

“你？”她遭了冲激，手指颤出不能克制的颤动。

“我没有用了……我要走了……离开这村子……逢年过节……把这点钱就算给死人们买些纸箔烧吧……也不枉朋友一场……”

提到了死人，死人是一条沉重的有刺的铁链索，绞着他们的心！绞出他们的泪，绞止了他们的声音！金合抽咽着摸索着拐杖，他不想再在这洞窟里停留下去，他也不想再用眼睛触一触这周遭的所有，他说：

“走了，天保佑……我也许再看到你……”他没有听见老人的回声，他也没有再回一次头。

重新经过来时地端的草堤上，人们开始到那边地端去收割了。他稍稍一停止，想要和他们话一声别，可是工作的人们并没有谁向他回头看一下，只看着他们的镰刀闪着光亮，纷纷地高粱的林群被横倒下来。

在他已经走得很远了，他才听到后面有人喧笑地喊叫着他，声音是从正割着高粱的人们中飘播过来：

“老金……老金回来呀……给我们吹一段笛子听听呀……老

金……”他停止地向他们望了一望，表示不愿再回去了，用手臂挥扬了一下。接着声音又起了。但他不再停止了，喧笑声激恼了他。

照常在黄昏的时候，牧群经过林缘，牧羊的孩子们还唱着使他气恼的歌，歌词又变换了：

大老金，泪涟涟，

过一年，又一年……

他一任这歌声带着喧笑在林外飘扬，今天他却不再气恼了。他在这林中每处巡寻着，似乎向每棵树告着别。也常常喃喃一些模糊的声音，抚摩着，拍打着每棵长成的树身，摇动着小树们苗细的脖颈，一直到昏黑……

他把那枝打鸟枪拿出来，试验着要打死一只枭鸟，作一个决心的纪念。鸟枪的膛腔，已经作了蜘蛛的窝巢，生满了红的鳞片。他叹息地抛开了它，自语着：

“不中用了！”

他看着那些寂寞，凋残着的花朵；小草坪上已经被红的、黄的树叶们睡卧着，他知道只要他一离开，这一切全会完结！这里会被牧羊的孩子们完全摧毁，山羊会吃尽了他所手植的花朵和草枝……牧牛们会翻倒这篱墙，滚落这阶石……为了风雨，他曾住过的小屋会变成一片灰色的泥堆……啊！这全是自己的辛苦和力量的积累，它们和他已经结了生命的默契！

当天东发白的时候，残破的月亮还挂在天西，他终于使他那十年前挂在肩上的，用两个U形的木头夹起来的行囊挂上了背。如今他微微感到一点沉重。

晨风清爽地飘吹着，他爬出了林缘望一望，停在土堤上立了一刻……便沿着出谷的小路向北又转向东——他的心是空索索的，像所有的脏腑全遭了洗劫，也许是全部遗落在这林中！他把谁全遗忘；把什么也全遗忘，也好象他昨天才来到这村庄。一个初来的流浪人,对谁全陌生,对什么全没有关系,住宿了一宵,早晨又来走自己的道儿。他十年前的记忆是清楚的,那时是从村庄的西端走进来的,那是一个春天的黄昏,一切正是闪镀着太阳的金光。他的影子也是那样拉长着……而这是一个秋天的早晨,没有光,也没有影子,只是一片灰……

行路的脚,起始是不准确了,过了一刻,试验着不再用拐杖来帮忙,也可以走了。不过当他爬上了山岗,投入了大路,汗水已经浸湿了他的前额和周身,投到一块石头上坐了下去。

“唔!你也来了吗?”他好像把“秃尾鹰”也遗忘了。它向他摆了摆尾巴,一点笑意掠过了他的眉端。

那蝙蝠一般趴伏着的村庄,河流的身子更投向北,相同一条水银流铸的蚯蚓,光洁曲折从对岸弯了过来,碰到了这岸的山脚,又开始去挣扎,它一直是在追寻着什么似的,固执地为自己的出路静静地斗争着。

道路苍白着,相同一些绵延不绝的宽狭不同的缘带,连结着每个远近的村庄,通过每个山……在道路上渐渐出现了活动的黑点,人们,驴子,从村庄涌泻出来泡沫似的牛羊群……

这一切他又重新观摩了一遍,好像这一切今天才存在,才在他的感觉里有了位置,才有了意义……但是他不再看一眼那山脚下郁茂的树林,和那山脚的牧场。

他好象没有什么改变,也没有什么增多和减少——除开增添了一只秃尾狗,一只拐杖,头上一些白发和脸上的纹沟加多加深了以外——一如十年前。

“走吧!流氓……”

他拍一拍狗的头顶,又重新站立起来……

一九三五,十,六。

(原载一九三五年十二月十六日《文学季刊》第三卷第四期,
选自一九三六年八月文化生活出版社初版《江上》)

马的故事

——在满洲

一

不错，村中谁全知道杨德曾有过两匹马，全是在将军们和将军们争雄打仗时被官家征发去了。——现在这应该是第三匹：

那是一匹栗色的，鼻额上生着一片角形的白色毛的牝马，——他就管这白毛叫作“星”。他常是诅咒这片不喜兆的“星”。——四肢很好，尾巴也好，长长的快拖到地，鼻子还有点拱起的样子，他就管它叫“鹰鼻姑娘”。他相信有鹰鼻的马有力气，但是他却厌恶那颗“星”。每次他一摸到那鹰鼻：

“噢，多么好的鼻子啊？”接连他看到那颗星，他会吐一口唾沫在马的前额上：

“呸！什么鬼！偏叫在这里生一片白毛……”

每次经过人多的地方，如果他要牵着他的马，他必定要停止下，好听取别人对于这畜生是不是还能说出更好，更新鲜，更特别的赞美言词。

“这真是一匹好家伙呀！”

人说着，同时会用自己的大手掌拍一拍它的背脊，这样是表示他们的人情，不，这应该说是村中人彼此的责任尽了。人为了使主人更欢喜一点，常常是笑着的。待到这畜生神经质的为了拍打而走开几步，别的人会说：

"看吧,它比一个姑娘还害羞咧!该生一个驹儿了?明年,不吗?"

"生驹儿吗?对了,一生了驹儿,它就不再这样壮实好看了……那时一定像人的老婆了……"

人们彼此的轰笑,会使这马吃惊,打着颤栗。

"怕什么呀?——你们应该再看看它的牙齿,真是地上难找的这口好牙齿!你们只管看……要有一颗磨光……我就把它整个送给你……真正是六岁口呀,就凭这年纪……"

人们只是彼此嗡嗡的谦逊的笑着,并没有谁想要来掀开马的嘴巴,看看它的牙齿。似乎人们早就抡着自己的指头把村中所有的人,所有的牲口,树木……的年纪计算过了,全知道这马已经是七岁口了。

"谁来看吧。"马,不甘愿的嘴被掀开,他说:"老实点,小姑娘……看吧!只要有一个牙……磨光了棱角……"

马的嘴里还残存着黄色的草渍,眼睛亮白着。

"算啦!你要扯掉它的下巴?谁来和你讲买卖吗?"

直到他发见人不再注意他的话和他的马,他才饶恕了这畜生,快慰的,好像从什么魔窟里独自获得了无量的珍宝那样,满意的走了。——人看着马尾巴飘飘的拂摆着,说:

"这狗,狗肚子总是不能盛四两油……马比他的老婆还亲……"

人这样交换的骂着,笑着,就不再提它。

"把刷子拿出来呀,水桶预备好呀……"

在他牵着马走进大门,他就要这样高亮的吼叫。他的老婆会一切全预备停当,两只胳臂分开着,尽可能把脖子伸向前去。拐着不灵活的脚问着:

"他们又说过我们的马吗?"

"为什么不应该说呢?他们不说这……还说什么……说你

吗？你不能耕地……也不能生驹……”

他用刷子剔净着残存的，准备着要脱落下来冬天的绒毛和街上带回来的尘土说：

“全说它应该生一个驹儿了，就相同几年前说你……说那些马一样……你还一直没给我生过一个好驹儿哪……看它吧……它会比你出色……”

她身子不动的眨合着有点红锁边的小眼睛。她好像新害过了眼病，眼毛和眉毛全是看不到的，也许是有，但是人们却谁也不想发见它们，好像即使把鼻子脱掉了，在她也似乎没什么注意的必要。

“她要生驹儿啦？谁说的呢？说这话的人准不准呢？要不准可不能信他……比方他是……”

“这是什么水呀，……你昏了？”

他把马身上的每根毛全注意过了，全梳顺过了，开始要为它饮水，他发见水桶里的水不是正经的颜色，他脚踢着水桶吆喝着：

“这是什么水呀！你要药死我的马？看……”

女人当真俯下自己的身子去看，她发见水桶里的泥土和死蚯蚓了，她说：

“不要这水吧，这是我从后面河塘里弄来的，马吃了蚯蚓能够肥哪……”

“狗屁的话！”

他在女人拱起的腰上拍了一掌，泼掉了所有的水，提起水桶，牵着马，到半里外的井沿去了。

这是午间，别人家的牲口也齐集到井周来饮水。向南，向西，向东……看过所有的田地：田地全是复活了，飘散着被犁拨起来的泥土香气……远山背阴的地方，在冬天遗存下的积雪，现在已经看不到了，只要再落一次春雨，所有的小草们，就不肯再在那冬的丧衣下面屈从的等待着了。他们要任着自己的意思渲染了所有的草原和山坡。——远远看去,空气像水波一般的流过着,看得出它那个旋律的,没有色的烟一般,急速的颤动。

“快一点呵!浑虫们!……”

杨德,他看着别的人总是接连的饮着自己的牲口。每个牲口又是那样贪恋着水桶,喝完了他们还是停止着,安详的,一种充足的闲适开合着眼睛。他拨一拨每个牲口的身子,挨近了井台:

“你不会快一点吗?你要把一个井饮得像一个干河沟吗?”

正据在井口的是一个青年人,他不理睬他,只是用嘴宛转的吹着呼哨,使那已经饮得够足了的一匹驴子,他还企图它再多饮一点:

“足啦吗!嘁!蝈蝈!”他管这个大肚的驴子叫蝈蝈。

“你是怎么啦?这里是你们说家常话的地方吗?老三。”他把水桶发着响声的放在了井台边的石板上。被叫做老三的向他睄过来了:

“慢点!好吗?我的牲口胆小,干吗这样响?”

“噢?胆小?……”杨德一只手抚摩着自己马的鼻子笑笑的接着说:“胆小……放在家里呀!它也不是一匹老鼠仔……”

“你的牲口是什么呢?”

老三的牲口们已经自动的离开了井台,陆续的向自己的家门走去了。但是他还并不离开井口,轻蔑的看一看杨德,也看了看他手里抚摩着的马:

“你这是一匹‘龙’呀?告诉你,不要觉得自己不错……‘龙’,在鼻子上是没有那块白毛呢……看吧,就冲那块白毛,白送给我……问问我要吗?它七岁口了……我记得它比你记你自己的脚趾头还清楚……”老三伸着自己的指头摇摆着:“不含糊……七岁……我比你清楚……我比你清楚……一点也不含糊……”

“狗种!我打到你井里去——”杨德的胡须开始竖动了,老三也走开了井口,他挑战似的咳嗽了一声,走近杨德的身边来,恶意的用手敲着马的背脊，马开始颤栗的闪开着，他说：

“这是龙呀！你的牲口是龙！别人的……是耗子呀……龙呀……”

“你再敢……”杨德如同一只要决斗的雄鸡，脖子开始挺直，眼睛充着血，“你碰掉它一根毛……”

“掉一根毛，也是马的毛呀……也不是龙鳞呀……”

接着他们扭打在一起了。水桶滚下了井台，马因了无人牵引，便自由自在的去游行……

一直到别的人赶来为牲口们饮水，大家看着这对扭在地上盘卷绞打的虫子，笑得够了，才由较忠厚一些的人把他们分开。他们还像两只疯狂的狗，时时要闯过人的遮拦……

“为什么呀？大家都是好邻居！”人们嘻嘻哈哈的笑着劝着；杨德的脸上涂满着唾沫和血渍，胡子零落着，暴躁的挥着拳头：

“狗养的儿子……你妈妈和我睡过觉呀……你不是人的种子……”

“你爸爸是和你的马睡过觉的……那马是你的亲生娘……你是马养的……”

老三的一只眼睛变小了，眼皮变厚了，他用手揉着自己的眼睛，脸上也是涂遍着唾沫和血渍。在他还骂的时候，他惨白的笑着，在牙齿上也是血色模糊。

“我杀了你，……”杨德切动着牙齿，跺着自己的脚，人们为他引得发笑。

“回家取刀吧！……”老三裸开自己的胸膛，响亮的拍打着，而后把手指勾卷回来，指点着，轻蔑的叫着：“看清楚呀，……这里有胸脯等着你呀！只要你有骨头……看清楚呀！……”

这村中彼此打仗是常有的事，像这样的打仗在人们是并不稀奇的。他们知道大家彼此并没有仇恨，大家彼此也不记在心里，所以人们虽是聚得很多，却只是轰笑，小孩子们从大人的两腿中间钻进来，也跟着轰笑……抽动着过多的鼻涕。

“拉鸡巴倒吧，……有这样能耐……去打‘东洋人’呀……”

这是这村中最聪明的人，他到过欧洲，在“欧洲大战”的时候他被招去掘过战壕，所以村中的人知道他是有见识的。他把村中的“秀才”，“举人”们不放在眼睛里，他也瞧不起候补在家里的县长先生。他走起路来眼睛总是看着远方；他也常常把从城市里得来的报纸上的消息，无论是重要的或是不重要的，不过时或是过时的，加着渲染描声描色的讲着，好像不这样讲他会生活不下去。

听到了他的声音，别人的声音就失了光彩。两个臭骂得正起劲的人，也好像把自己要预备骂得更漂亮更妥贴的语句遗忘了，下巴拖下着。

“你们看……你们是多么浑蛋……什么也不懂得……比方外国人……就不这样……”

“噢！我们不是外国人……我们是中国人呀……”

为了这个“圣人”在每次提到任是一件狗追猫的小事件，他也必须要拉到他曾去过的欧洲，去过的东洋……这次一个年轻的农民这样驳着他，他是一个已退了伍的兵。

“你懂得什么？你当过兵，是不是？中国兵还算兵吗？看人家欧洲的，……”

他又提到欧洲了，接着说：“无论法国的兵……德国的兵……人家尽吃什么，穿什么……看中国的兵吧……你是当过兵的啦……人家的兵全是打外国人哪！……中国的兵……只是打老百姓，杀老百姓……”

“那全是长官的命令……当兵第一就是服从命令……”

时才打仗的人，现在却似乎把什么全遗忘了，下巴更是拖坠下来，脸上的血渍在日光下起着爆纹，细碎的剥落着，好像时才打在一起的不是他们，围在这里的人好像也不是为了他们，而是为了这两个人。他们看着那位“圣人”，额头闪亮着汗颗，鼻子时时拱动

的表示倨傲的打着空音,粗露着颈子上每条脉管争辩着:

“你懂得什么呀……”圣人拍一拍自己的头说:“这头发全是跑白了的呀。……还有我不明白的事吗?……比方……法国为什么和德国打仗,‘东洋人’为什么非欺负中国人不可……这头发全是跑白了的呀……你不是还年轻吗?”

“你懂得一条牛身上有多少根毛……你懂得满天空有多少星星……又有什么用啊……你懂得?……”

为了晌午休息的时间过了,人们就不再能围在这里了。老年们开始吆喝的提醒着青年们该到工作的时候——杨德才想起了他的马。

二

春天,忙于耕种的人们,点染在每处的田野上,爬来爬去。……牲口们点动着耳朵,身子显低,撑直着犁索,迟滞的曳动着。在犁杖后面,人拖成了长队——掌犁人在空中张着声势,使手里的鞭子不停的在牲口们的身上盘旋;撒种子的人,肘间挂着柳条篓,像半个倒悬的东瓜。他匀整的几乎不使每颗种子浪费,有节奏的甩着他的手腕,迈着讨俏的步子;撒肥料的人,奔忙着,把就近的粪堆一堆一堆的撒向新翻起的犁沟里……培土的人就用他们的脚培平了它们。于是种子撒下了,肥料充足了,也就是把自己的希望埋在地下。从每个笑着的脸上,有形或无形的全刻划着春天和秋天对于他们的意义的雕纹。

“喂!杨德,你别那样偏心啊!为什么尽打我的牛?……”帮忙杨德培土的刘云,从前面他又看见杨德用鞭子在打他的牛了。于是圆着自己的眼睛说:“对哑巴的畜生……你不能这样偏心!……”

“这不是吗?……一样的打,……”杨德用鞭梢轻轻在马的背上担心的抽打了一下说:“看,这不是一样吗?……它们谁偷懒……不吃力……我就……”——他又用鞭子在牛的背上抽了一下。真切的牛皮的绒毛上又显现出了一条交织在别的尘土条痕上边的新条痕,“我就是一鞭子……你看我的马……那套索拉得该多么直呀……嗳!快把肚子里的小驹儿挤出来了!看你这牛……”

在最末他又在那颟顸的牛底背脊上扫了一鞭子。牛并不像马那样性急,它只是把眼睛睁大一些,使得眼白上全贯着血丝的网。

“我的牛也是有了犊的啦!你的马怕掉驹;我的牛不怕掉犊么?”

杨德的老婆撒着种子,除开她,别人们全是同意刘云的,大家伙一致的说:

“待哑巴牲口不能偏心……”

“是啊!待哑巴牲口不能偏心……”

“你的也是牲口,也并不是人……”

“牲口……不能一律而论……”

杨德无论什么时候,总是要把自己的东西提出来,不同于一般。比方他这块三等的田,他也总是说比一等田要好些;秋天打成的一样颜色的高粱粒,他也必要说他的高粱粒是不同的肥大,不同的红色。更是他的马,他从来是不能忍受别人不把它特殊提出来夸奖,而混同在别的牲口中。

“比方……”犁杖已经到了垄头,杨德努力提起犁杖柄,旋回着,人们也跟着开始旋回着……犁头又重新插入了归来的其次的垄端;牲口又开始拽直了自己的拖索,耳朵点点动动。“比方……你们就看我这马,”他又在牛的身上加了一鞭,“它转弯的时候,就不用人招呼一声……它自己就知道该蹚哪一条垄了……比方,刘大哥你的牛……那就不成了……”

“还是那一句话……你的马是一条龙……是不是?”

这个正在撒粪向新翻起的垄沟里的青年人老三，他扬声的笑着，为了在井台上饮水，他是曾和杨德相骂相打过的。

“可惜还缺两条犄角呀……龙是有犄角……也有胡子哪……那牛的犄角砍下来……按在你马的头顶上……把山羊的胡子割下来……就算龙须……就是身上没有鳞……我们一定也管它叫龙了。……听见吗，我们应该通知全村说：‘杨德的马是天龙下降呀！’……龙！……”

如果不是老三现在帮忙自己种地，他也许和在井台时一样，再扭打起来。

“你说吧，反正驴是不能变马的……比方……你说你那驴……它能变马吗？耳朵那样长……还有尾巴……怎样说……它能比我的马吗？”杨德的胡子膨胀着，努力使手里的鞭子在空中急摆了两下，手里的犁杖柄掌握得就有点歪斜。

“你不能这样说……各有各的种……”还不等老三说完，趁着他去到另个粪堆去取粪土，培着土的刘云先说了：

“真的……你不能这样说……各有各的种……你不能因为你马快一点……就说我牛不如你的马……用鞭子直抽……牛是牛啊……它不是马……它有它的种啊！……”

“牛不是马……驴也不是牛……那么……”老三把很满的一提篓粪土，经心而熟练的注流入了新翻起的垄沟。不停止的他又去提一次篓……

“那么……说你的马是龙……谁信呢？除非你的老婆……是不是呀，杨大嫂？……”

“你们说呀，不要连带我……”杨德的老婆，她把每粒种子像同埋种珍珠似的那样小心，撒到垄沟中间。如果有一粒被杨德发见是飘留在外面，他会抽回头来咬着牙齿骂她，骂着各样巧妙的下流的言语。直到引起人们的笑声，或是到了地端，他许是不再骂了。为了用力，每次他总是使他自己的胡须上沾满了唾沫星。

很久他尽在和别人吵嘴,似乎把种子忘了,也把老婆忘了。现在好像才提醒他的意念,他红着眼睛回头向她看了一下,正赶上她把几颗种子误抛在了垄沟的外面,于是他便把从别人身上得来的气闷,开始向她来喷泄:

“你,臭老婆……在想什么呀……把种子全浪费了……一粒种子……十年可以变成一袋金子呀……我的日子好不起来……全是你……你把什么全浪费了……你简直不如我的马……看!我的马怀了驹儿了……只要冬天一来到……小马驹就会蹦出来……但愿它也是一匹能生驹的小牝马吧!你算什么呢?臭老婆……”

好像不是在骂自己,她没有表示也没有声音,只是更谨慎些把每粒种子撒到垄沟里去。

眼不见的所有的山坡全改变了新装,那冬天蒙在每处苍白的灰色的丧衣,不见了。

晚间,人们有机会聚在一起,便要讲着今年的雨水,讲着捐税,讲着胡匪,……有时也讲着谁家的姑娘在年终该出嫁,谁家的儿子该娶个媳妇,……而我们的“圣人”总要把他从城里带来的消息……像点心那样为每人分布着。

“钱,毛得真不得了啊!‘奉票’简直不是钱了!一百二十元换两元现洋钱,照这样下去……过年就得一百二十元换一元了,”“圣人”在讲“金融学”了。他在村中自己开设杂货铺,每次到城市里去买货物回来,他第一个新闻总是提到金融。接着他会说:“买卖也没法作了,用现洋买货,卖奉票,还得赊账……不赊账又不成……这样里外一折反……简直要亏本……一元日本钱要换三元多大洋哪,……买日本货,还得用日本钱。……”

人们对于这些消息并不关心的,全知道他是故意在诉苦,在秋天讨账的时候,人们可以痛快些。

“听说日本钱叫‘金票’,那票子是金的吗?”一个没有进过城市的小伙子呆头呆脑的这样问着。

“哪……里……一样是纸啊！日本鬼哪里来些金子呀，只有‘大鼻子’的‘卢布’才是真金的哪。……那纸还不如‘奉票’的纸好哪，上面画一个高丽人，……他们说，日本国将来倒了，……教别人向高丽人换钱。”

当过兵的年轻人，他抢着尽自己所知道的说了。“圣人”轻蔑的推一推他鼻子上的眼镜说：

“报纸上可不是这样说的呀……你是没看过报纸……所以你什么也不知道……高丽就是日本哪！日本灭了高丽！接着就该灭中国了……我们的‘司令长官’听说尽在北平跳舞呢！一双鞋几千元！”

杨德从村的一端转过来了，身后面照旧是走着他的马，在人群的前边开始停止下，拍一拍马的脊梁：

“你们猜一猜……它能下个什么样的驹？公的，还是母的？我想……小马驹的脑袋上不能有这个‘星’了，呸！和它妈妈一样……鹰鼻总是要有的……我想……你们说呢？”

为了他打断了“千里耳”（圣人另一个绰号）的说话，这使人们正不高兴。忠厚些年纪大的人，便不开口，只是用眼睛冷冷的看着他的鼻子，也没有兴致再去称赞他的马；年轻的为了要听将军们的故事，要听将军们和什么样美人儿跳舞，几千元一双的鞋子是什么样，……他们骂他：

“滚你的，……好吧？你的马一胎会生八个驹……去……向你的老婆说去……听见吗？你的马肚子会被八个驹撑碎了……”

杨德本来要对这侮辱大骂一场，他动着胡子，可是当过兵的青年农民，不再忍耐了，他在马的屁股上给了一脚，马的鬃毛蓦然起了抖动，它在杨德不防备的时候跑开了，缰绳拖起了飞尘，马蹄翻卷着，尾巴拖直。……

人们开始高笑，拍着手，吼叫着，马跑得更快了，远了，蹄声听起来已经不甚真切。

杨德追着，回头扬着手，人只看到他的嘴动，却听不到声音，……跌倒了他又起来，好像有一条看不见的钢索，连贯着马的尾巴和他的心一般的不能分离。他不能停止下。

在人们笑声跌落时，“千里耳”又在人们记念中出现了。发现他却是冷冷的看着青青的远山，被轻松的夜色的绒毛开始黏贴着了。

“……‘千里耳’说你的呀，你到过O洲（O应读殴）……那里的太阳……也和我们这里一样吗？从东边出来……西边落下……一般大小吗？还是比我们这里的大一点……”

“这是‘天文学’啦……这讲明白了……像你这样人……总得三年……太阳不叫太阳，欧洲人叫‘星’啊……月亮也叫‘星’哪……”

“千里耳”推一推他阔边的眼镜，准备讲星了，可是另一个人却阻止了他：

“三年……这太远哪……还是说那将军和什么娘儿们跳武（舞）还是跳狗吧，……什么样鞋子呀，……几千元？”

“什么样鞋子？”“千里耳”拱一拱鼻子，轻蔑的侧一侧头说：“几千元算什么呀，……外国一双跳舞鞋，……动动就是几万金镑啊，……几千元算什么呢？听说这双鞋子只有两颗不甚大的金刚石，……鞋子还不是真金丝编织的，……卖了我们全村人的骨头，把杨德的马，连肚内的马驹也搭上……看看能够一只鞋子的价钱吗？哼！……那样一匹马……他真当了宝了……”

“这鞋一定够结实了……”一个人扭一扭自己的赤脚接着说：“让我穿上爬两趟山试试。”

“为什么呢？”

“不是金子和石头做的吗？”

“人家那石头是什么石头……那叫金刚石……就是金刚钻……金刚钻的……”

“咱们村中县知事的家里不听说有一个吗？有拳头大……晚上放在屋里不用点灯了。”

“吹牛皮……”“千里耳”为要证明他是瞧不起这个退任的县知事，例外的提高了声音：“吹牛皮，……这样大的金刚石连欧洲全无有啊……就是一回一个俄国的兵说，他们的皇上的帽子上有一颗……那还没有鸡蛋大小呢……听说是世界上最大的一颗了……不知是几万万‘金卢布’才买到呢……”

一直到昏黑，每人全把说话的主题丢掉了，无边际的说着，各人发表着自己的见解。“千里耳”是一柄斧子似的批判着他的邻人们的愚蠢和无知。这天，从“千里耳”的口里增长的知识，能够记住的只是：日本的金票不能换金子；高丽是日本国灭的，再就是鞋子可以用金子作，上面镶发光的石头，和“千里耳”所说：卖了全村人的骨头和杨德的马，连肚里的马驹……的价钱。

“呸，卖了你的骨头吧，看看可能买将军们的一只鞋……”人们见着总是拿这话来作第一句的玩笑。

三

雨水不嫌少，也不太多，正是庄稼所需要的，也是人们所需要的。关内和关外的将军们也没打仗的消息。捐税虽较每年又增了些，人们期待收获的喜悦，并不是这点忧愁所能盖没的。他们眼盼着自己春天埋下的一颗种子，不久就会有整穗头的种子还家，这应该比得一穗珍珠还喜悦。

随处田端的野草也特别的丰肥，牲口们的毛梢起着光泽，驴子们吼叫的声音也似乎比起往年壮大，震响着全村。

杨德每天测量着马的肚腹。他如果发见肚腹内有点跳动，无论什么时候，他总是把老婆扯过来，指给她看：

“动啦！看，在这里……小东西会动啦！牛七马八猪五羊六……现在是八月，还得三个月呢！”

他抡着指头，计数着所有家畜们的怀孕期，虽然他只关心到马！“八个月，马八个月就生了。……”

“八个月，一定生的，也许还能早一点！”

“不，一点也不能叫他早呀！早了不是掉驹了吗？你浑虫！整个的浑虫……”他推开她，骂她……她本来是想要说句祝福的话来为丈夫助助兴，所以她说：“还能早一点。”她从来没说过使丈夫完全中过意的话。

白天，他拉着马到地端去吃草，拣那丰茂的地方。如果地主人不在那里，他便要把别人的还没有完全成熟的谷穗，高粱穗……豆子……只要哪一棵庄稼，微微有些倾出群来的样子，他便用迅急的手法，把那穗头扯下来。他不用镰刀……如果被人们发现，他会说那全是马的过错，他没有注意到，马就把那穗头咬落了。主要他还是说，那田里的穗头不应该闪出群来。他说他的田里也常有这样的事，最后他还发誓，他实在没有看见……

为了过急的缘故，向马嘴里填塞穗头，常常要把马的嘴弄出血来，同时他还说：

“大一点口吃呀！你不是小姐……为什么还要嚼呢？到肚里一起嚼不好吗？”

在每次回来，他不再骑马的身上了，把塞满了青草的口袋——当然里面要有别人田里的穗头的——有时也要自己掮在背上。

只要谁说一声：

“你的马更肥了呀！”他总是要牙齿拉在了嘴唇以外，要想收藏自己的欢喜也没有效，同时回答：

“噢？它真肥了吗？还是您的眼力好呀……什么也瞒不过您……我还尽喂它青草哪……不大喂粮食……这是老天爷要它肥的呀……老天爷总是喜欢傻子的，咱弟兄好，……等马生了驹……我请你到我家去吃酒……”

谁会信他呢？他的话从来是风一般的没有凭据。

杨德最恨的是老三和当过兵的青年农民赵旺。还有总是到处爱夸奖自己牛的老刘云……其次该是那个眼睛生在头顶上的“千里耳”了。因为他从来对于他的马就没说过好话；说的时候，他只是辽远的毫无边际的扯到欧洲，好像欧洲是他的家，是他的万宝窟。他敢于卑视别人的权利，也好像是从欧洲获得的。他好像不是从这村中泥土里，裸着身子吃着，爬着长大的……他完全忘了，只是在大战时，他仅是替欧洲人掘了几年战壕。在提到杨德的马时，他也一样是拿欧洲做标样：

“……那还算一匹马吗？比兔子大不多……在欧洲……”只要一提到欧洲，他总是要把原来弓下去的背脊拔一拔；提一提鼻子上的眼镜，“你们是不会看到这样马的……又高又大……差不多有我们的马两个大……可惜他们完全把它们赶着去踏地雷……牛也有……那些肥条条的牛……我眼见着那地雷把它崩上了天……而后分成几段再落下来……这马算什么呢？在欧洲大战……踏地雷，人家全不能用它，怕它没有力气……踏不翻……”

“你死在欧洲好啦！为什么还爬回来？”杨德为了要报复这侮辱圆着眼睛回骂他。

“这是我的家呀！你不是管不着吗？你个井底的虾蟆……除开你那马，还见过什么马？兔子一样的马……”

“我的马是兔子，和你有什么干系呢？你连一只兔子崽不也是没有吗？”他把“崽”字提得特别有力，这样会使“千里耳”沉默了。他只有一匹不像样的驴子，和一个跛脚的老婆，而杨德的老婆却并不跛脚的。

四

旋风似的谣言，从城市里飞卷出来，掠过一个村庄，又过一个村庄。在经过每个村庄,好像什么全变换了位置,遭了翻腾。人们的脸上开始变得空旷,像新从睡梦里起来,不知道这旋风从什么地方发生,也不知道到什么地方终止,冷冷的相望着,麇集的,奥秘的,猜测着,忙乱的寻找着端绪:

"这是怎么回事呀?"

"怎么回事? 谁知道是怎么回事呀?"

"'千里耳'从城里回来……空着驴子回来的……"

"是呀……他见人怎么不说新闻啦!"

"问问他去看……"

于是几个特别关心新闻的人,全去集在"千里耳"的屋子里,院内外也站满着人。今天例外杨德也挤在里面! 他担心这新闻对于他的马和未生下来的马驹也许会有些关系。虽然渺茫的只听说日本开来了十万大兵把省城占了,这似乎距他的马,马驹,一垧二亩地还很远。但是他今天也来了,他看着"千里耳"的鼻上今天没架着眼镜,站在炕上,手挥挥摆摆的说着:

"……完了……你们不是看见吗? 我空着驴子跑回来的,城里的日本兵全满了。城墙上一个垛口一个兵……一杆日本旗……一个城门口一尊大炮,铁甲车,像秋天青腿子的虾蟆一样多啊……一个跟着一个连串的跑呀……商家全关门了,门上只留一条缝,我和我的主顾只在门缝里说两句话就赶着驴子跑回来……连个屁也没驮回来……"现在"千里耳"说话也忘了欧洲,也忘了推他的眼镜了。

"省城不是有中国兵吗? 我知道城东还有兵工厂呀……为什么不打打,就凭小日本子……这样容易占了吗? ……"当过兵的青年农民们,他们是驻过省城,他们也知道省城里有"兵工厂"。他们比别人显得聪明,义愤填膺的叫着。

"还提中国兵哩……将军们全早跑了呀……街上除开日本兵,你连一只中国狗也少见呀! 大街像用扫帚扫了一样的光呀……”“千里耳”吐了一口唾沫，接着说：“我在欧洲……”他又提到了欧洲，“也见过攻城，没有一个是这样容易……将军们常常是至死也不跑……”

“将军们莫非全跑净了吗？那他们的太太呢？大楼，汽车，还有‘马’……一定要落在日本子手里了……”

为了仗着别人的声势，杨德也来发言了，他试验想知道，日本子是否也要马。

“……呸？难为你……将军们有的是钱……存在别的地方银行里……这点东西算什么呀——当然日本子是全要啦……”

当过兵的农民，吐了杨德一口：“你就知道马……不用忙啊……几天就来请你的马来了……”

人们很快的笑了一阵。

“兵为什么不自己打呀？”

“将军们有命令不准，他们准备要投降哪！听说有一营兵急眼了，打死他们的营长，砸开库房取出了枪……把日本子打死了好几百，拉出去了……”

杨德开始忧愁了，他诅骂着：

“他们什么什么全要吗？还要马？要马有什么用呢？我的马……是有驹子的……他们赶它去踏地雷吗？那是两条命呀……”

从这时起，他日间再不牵着自己的马在人前经过了。他现在绝端厌恶谁再来称赞他的马，如果有谁这样问他：

“你的马好呀！驹快生了吧！”他会象触了一条蛇似的身上起着抖动，同时要恶毒的骂着这个人：

“它好……它为什么该不好哇？你坏种，恶鬼……你咒诅它……我的马……它一定平平安安生了驹……”

夜间，他整夜的侧着耳朵倾听着，如果狗叫得过急，他就要用脚踢醒他的老婆：

“死尸……听狗叫得多么急呀……”

老婆从睡梦中被他踢醒，便要颤抖着身子，随他到马房去看马。

马房所有的孔隙他一个也不肯留，用石头压好了门扇。

他摸着马的鼻梁，肚腹，以及平常不大注意的尾巴，现在他把它托在手上，好象在数着每条尾毛的数目。一直到那马又静静的吃着自己的草料，他才肯安心的走出了马房，照样，用石头压好了门扇，也许再加上一块石头或是什么。

一夜他不知道应该几次来看顾他的马，每次那也总是踢醒他的老婆。他常是幻见着一些日本兵已经来到了，拆开他的马房……

“马，马……他们来牵我的马呀……”

一次他从梦中哭着，叫着……一直从屋中跑向了马房……为路中一块他自己预备压房门的石头绊倒了，跌掉了一颗牙齿。当时他并没注意它……直到他在马房里看见了自己的马在墙根睡着，安心回来的时候，才觉得自己的牙齿似乎缺少了一个，同时才觉得疼痛；到老婆点起灯时才发见了嘴周和胸前的血渍。……

一九三五，十二，十五日。

（选自一九三六年八月文化生活出版社初版《江上》）

舒 群

没有祖国的孩子

“果里。”

旅居此地的苏联人，都向他这样叫。不知这异国的名字是谁赠给他的；久了他已默认了。虽然，他完全是个亚洲孩子的面孔：黑的头发，低小的鼻子；但是，他对于异国的人，并不觉得怎样陌生。只是说异国的话，不清楚，不完整；听惯了，谁都明白。

蚂蜒河在朝阳里流来，象一片映光的镜面，闪灿地从长白山的一角下流转去。果里吹着号筒，已经透过稀松的绿林。沿着一群木板夹成的院落响来。于是，一家一家的小木板门开了，露出拖着胖乳的奶牛。

“早安，苏多瓦！”

果里向牛的主人说着每天所要说的一句习惯语。

“果里，一月满了，给你工钱，另外有一件衣服送你穿吧，——”

“斯巴细①，苏多瓦！”

也许有年轻的姑娘，被果里的号筒从被子里唤醒，手向果里打招呼：

“可爱的果里，回来时，不要忘记了啊！”

---

① 俄语，谢谢的意思。——作者原注

"啊。是的,红的小花!"

果里比她记得都结实些。然后,她把夜里没有吃尽的东西装满了果里的小铁锅。

"啊,列巴①,熟白汤②,斯巴细。"

于是,果里再走起路来,他的衣袋里多了一元钱的重量,他的嘴,忙动起来,面包与号筒交替地让他的两腮撑起一对大泡子。走过我们宿舍的时候,牛在他的身后,已经成了群,黄色的,黑色的,杂色的最多,白色的只一个,背上还涂着两团黑。小牛,有很小的嫩角刚突破毛皮,伸长它的颈,吻着母亲的股部,母亲摆起尾巴,极力地打着它。等到果里的小鞭子在地上打了个清脆的响声后,他摆起指挥官下令的姿态,让脸上所有能叠起皱褶的地方全叠起皱褶来;牛望着他,牛群里立刻有了严肃的纪律。

"果里!"

我们刚洗过脸,拥在展开的楼窗前,叫着他,丢纸团打着牛,打着他;他便扬起头对我们大声喊:

"不要!牛害怕。"

我们不听。终于把果里那牛群的纪律破坏了;并且,弄起一阵恐慌,牛与牛撞着角。这使他的小鞭子不得不在地上多响了几下。

"我告诉苏多瓦去。"

他故意向回去的方向转过,抛出两个较大的步子。

天天他要在我们面前说几次苏多瓦。他也知道,我们对于苏多瓦并不怕,虽然苏多瓦是我们的女先生。天天又不快些离开我们——为什么呢?因为我们所要谈的话,还没有开始呢。

"我来念书好吗?也住大楼,也看电影。"

果里又同我说了。

---

① 面包。——作者原注

② 菜汤。——作者原注

果里沙总是用手指比划着自己的脸，果里的脸。意思是让果里看看自己的脸和他的脸，在血统上是多么不同啊。

果里沙点着自己的鼻尖，高傲地对果里说（这还是第一次）：

"我们 CCCP①。"

"啊，果瓦列夫，CCCP？"

果里把我的名字呼出来。果里沙窘了。果里便摆头向我们所有的同学问：

"果瓦列夫是中国人，怎么行呢？我是高丽人，怎么就不行呢？"

果里沙打了两声口哨后，装做着苏多瓦给我们讲书的神气说：

"高丽？在世界上，已经没有了高丽这国家。"

这话打痛了果里的脸。比击两掌都红，没说一句话，便不自然地走开了。牛群散乱着，他的小鞭子在地上也没了声响。

以后，果里和牛群不从我们宿舍的门前经过了。

每天的早晨和晚间，失去那个放牛的朋友，觉得太无味，也太冷落。

我和果里沙倚在窗前，望着蚂蜒河边的一条草径；那里是泥泞的，摆满大的小的死水池，有的镶着一圈，有的蒙着一层全是一色的绿菌。看不清楚蚊虫怎样地飞过着，只听见蛙不平地不停地叫。晚风常常送来一片难嗅的气味；有时宿舍的指导员让我们闭起窗扇；所以在这条草径上很少寻出一个人的影子。有游船渔船经过的时候，是靠近那边迅速地划过。这块地方好象久已被人憎恶着，遗弃了。

然而果里是在那里走熟的。草茎蔓过他的腰，搔着牛的肚皮，也看不见牛的胖大乳头了。果里每次看我们在楼窗上望着他；他的头便转正了方向，用眼角溜视着我们。

---

① 俄文，苏联简称。——作者原注

“不许你再对果里说世界上已经没有了高丽的国家；好让果里再从我们的门前走。”

我好象在教训果里沙，很严厉地。

“你看高丽人多么懦弱，你看高丽人多么懦弱。他们早已忘记了他们的国家，那不是耻辱吗？”

“那么，安重根呢？”

我立刻记起来，哪个人给我讲过许多关于安重根怎样勇敢的故事。可是，果里沙不知道，一点都不知道，他仍是不信任我的话。

一阵牛的哀叫传来，我们看见果里跌倒在死水池里。

“果里！果里！”

我们用两只手在唇边裹起一个号筒样，向果里喊，他会听得很清楚；可是，他不留意我们，他不睬我们。

不过，我总想找着机会，再和果里好起来。

那天落了整夜的雨，草径被浸没在水中，混成一片河流。我想这次果里一定会从我们宿舍门前走向草场的吧？恰好又是星期日，自然可以和果里玩在一起了。但是，果里呢，他仍是在那里走，沿着留在水面的草径，做路的标识。牛的半个身子泡在水中，头一摆一摆地，似乎很难地把蹄子从泥泞中拔出。

我们吃过饭，我和果里沙便赶向草场去。黄色的蒲公英从草丛里伸出来，一堆一堆的，山与河流做了草场三面的边界，另一面是无边际的远天连着地。散开的牛群，看上去象天上的星星一样细小，躺着的，吃草的，追着母亲的……果里坐在土岗上吃着面包皮，眼睛在搜索着牛的动作，牛的去向。我们的视线触着了他，惹起他极大的不安。如果不是有牛群累着他，也许他会跑开，逃避我们。

“果里，我们给你气愤了吗？”

我把他那深沉的头托起来，问他。他竭力把头再低沉下去，说：

“不是，绝不是的。”

不知他从哪里学来这样美的不俗的好句子；而且，说得十分完整，没有脱落一个字音。不过，他的姿态太拘束，太不自然，似乎对陌生人一样的没感情。

果里沙还是原有的脾气，指着宿舍顶上飘起的旗——一半属于中国，一半属于苏联的。这给果里很大的耻辱；果里是容忍不下去，离开我们去给牛蹄擦泥水。

我们全在寂寞中过了许久许久，我才找到了一句适当的话来问果里：

“牛蹄太脏了，你不怕脏吗？你擦它做什么？”

“就是因为太脏才要擦的。牛的主人是不允许牛蹄脏的啊！”

“那么，你为什么带着牛从河边走呢？我们宿舍门前不是很清爽的吗？”

我的话刚说出来，就又懊悔，说的不妥当。这不是对于果里加了责难吗？在果里的内心不是更要加重他的痛苦吗？

“我是不配从你们宿舍门前走的。”

他说的很快，他很气愤。

我说了许多话，是劝他仍从我们的门前走。实际我们不愿意失去这个放牛的朋友。他天天会给我们送来许多新鲜的趣味；并且，我们房里一瓶一瓶的，红色与黄色的野花，全是他给我拾来的。这几天来，那些花都憔悴了，落了，我们看着瓶里仅有的花茎，谁都会想起果里来——果里沙也是同样的。果里却抛开我，再不在我们门前走过一次。

最后，果里允许在我们门前走的时候，我几乎痛快得要叫出来。不过，我还不肯信任，直等到他吹起归去的号筒。

暮色里的牛蹄，是疲倦的，笨重的。长久的日子，已经使它们熟识了从自己的家门走进。余下我们走回宿舍。宿舍的每个角落全死静着。我记起所有的同学已去俱乐部，去看电影。我看时钟还留给我二十分钟的余闲，便叫果里也去，他高兴地说：

“好，看电影去，我还没有看过一次呢。”

但是，在影场的门前，发生了极大的难题，这个守门的大身量的中国人，便坚持不许果里进去。我和他说了许多中国话，仿佛是让他给我些情面。他总是不放开这么一句话：

“他不是东铁学校的学生。”

“你让他进去吧，我们的先生和同学全认识他。”

“谁不认识他，穷高丽棒子！”

果里沙不懂中国话，他很沉静地站着。

我的喉咙却突然热涨，对那个守门的中国人大声地叫着：

“他是我们的朋友！”

他装起象我父亲的尊严说：

“你和他做朋友，有什么出息？”

在灯光下，我和果里仿佛是停在冰窖里的一对尸体。果里突然冒出一句中国话：

“好小子，慢慢地见！”

现在，我晓得果里正是因懂中国话才那样气愤的吧！我问他懂中国话吗，他说只会那一句；一句我也高兴，好象为我复仇了。

不过，我一夜没有安静地睡，似乎有很大的耻辱贴在我的脸上。早晨我躺在床上，就听见果里一声声的号音从窗前响过了，远了；我没有看见果里。

在教室里，果里沙对我说：

“从认识果里起，今天他是第一次笑了。”

“为什么呢？”

“因为他也快做我们一样的学生。”

我想果里为了昨夜受的屈辱，故意给自己开心吧？果里沙却说是真的。我问：

“他和谁说妥的呢？”

“苏多瓦。”

这样我相信了。因为苏多瓦是我们班上的女教员。

“那么,他什么时候上学?”

“他今天去告诉他的哥哥,明天就来。”

我想,果里来了,坐在哪里呢?我们教室里只有一个空座位;而且在小姑娘刘波的身旁。她平常好和每个同学发脾气,小眼睛瞪得圆大的。如果果里坐在她身旁,一定不中她的意。明天教室里,除去我十七、八岁,就算果里大了吧?最大的果里沙也不过十三、四岁。并且,所有的书桌,仅是我和果里沙坐的比别人的高起些;只有叫果里沙走开,让果里坐在我的身旁。

放学之后,我在宿舍里正为果里安排床位,他来了;却是忧伤的。我问他快做学生不是很可喜的消息吗?可喜的消息,怎么换来了他的忧伤呢?我清楚地看了一下,他脸上还有泪滴。

同学的快来缠着他。

我问:

“你哭过了吗?”

他点点头,好象又要哭出来。

“你明天不是上学吗?怎么还哭了?”

“我才跑到田里去。对哥哥说,哥哥不许。”他的鼻尖急忙地抽动两下,又说:“你和哥哥商量商量吧。”

于是,我和果里到家去了。同学的等着这个有趣的消息,要我快些告诉他们。其实,果里的家并不远,转过我们宿舍的一个墙角,十几步便可以走进他的房子。来去只要五分钟,事情全可明白。不过,果里的哥哥在田里,没有回来,却是意外的。

时间空空地流过着。我并不躁急;因为果里的家里处处都是奇迹。房子小得象我们宿舍的垃圾箱。不过,垃圾箱里的垃圾也许比果里房里装的东西洁净些,贵重些,墙角下堆着污旧的棉衣;穿衣时,随着身子的动作将自然叠成的褶皱展开后,还露出衣布原有的白颜色,很新鲜。那边……

果里为我找出他一向保存着的好东西,我一样一样地看着;他两手合拢着又举在我的眼前说:

"你猜这是什么东西?"

然后,他用聪明的话暗示我,我也不明白;因为他讲的俄语太乱,所以终是没有被我猜中。最后他说:

"这里有爸爸,也有妈妈。"

是两个从像片上剪下的人头:男人是他的爸爸,女人是他的妈妈。然而我立刻发现极大的疑点问他:

"妈妈这么老;爸爸怎么那样年轻呢?"

"妈妈现在还活着;爸爸是年轻就死的。"

"死得太早了!"

我望着果里爸爸的像,我说话有些怜惜的意思。不曾想到竟使果里的牙齿咬紧,很久才放出一口轻松的气息:

"爸爸死得太凶呢!"

我从果里脸上的神态也可以看出他爸爸确不是寻常的死。

"爸爸是读书的人,看,这不是还留着很好看的头发吗?(他指着头像给我看。)爸爸的胆子大,那年他领着成千成万的工人,到总督府闹起来,打死了三十多人,当时,爸爸被抓去了。三个多月,妈妈天天去看,一次也没有看见。妈妈不吃饭了,也不睡觉了。在樱花节的那天,别人都去看樱花,妈妈带着哥哥去看爸爸。这次看见了,在监狱的门口,妈妈差不多不认识爸爸了:爸爸只穿了一条短裤子,肩上搭着一块手巾,肋骨一条一条的,很清楚,那上面有血,有烙印。妈妈哭着,爸爸什么话都不说。到爸爸上车的时候,总是喊着……看樱花的人追着车看,妈妈也追着车看……在草场上,拿枪的兵不许妈妈靠近爸爸。爸爸的身子绑得很紧,向妈妈蹦来几步,对妈妈说——你好好地看养孩子,不要忘记了他们的爸爸今天是怎样被——枪响了一声,爸爸立刻倒下去。……那时候,妈妈还没有生下我,这是妈妈以后常常讲给我听,我记住了的。"

他说的话太快,也太多;有些地方,我听不懂;也有他说不懂的地方,所以我没有完全明白。

"那么,妈妈呢?"我问。

"妈妈?妈妈还在高丽。"

"你们怎么来了?"

"妈妈说——我们不要再过猪的生活,你们找些自由的地方去吧!我老了,死了也不怕——五年前,妈妈到姨母家去住。我们来中国的时候,我才十岁。"

天黑了,他哥哥才回来。他说得很好的中国话,所以我们讲话很方便。他直是不许果里做我们学校的学生;并且他说的理由也是很多很多——

"我种地太苦,唉,还不赚钱,也许有时要赔钱,你没有看中国年年有灾祸吗?你也知道吧?

"我们吃饭全靠果里放牛的钱,到冬天又要歇工,好几个月得不到工钱。

"我知道读书对他好。我是他的哥哥,我不愿意我的弟弟好吗?

"如果只是我们两个人,他可以去,我不用他管。家里还有母亲呢。每月要给她寄几块钱吃饭。

"唉!不象你们中国人还有国,我们连家都没有了。"

我把他的话传给我们的同学,同学的失望了,但是很快地也就忘却了。

果里的号筒仍是唤着牛群到草场去。

"不象你们中国人还有国……"

我记住了这句话。兵营的军号响着,望着祖国的旗慢慢地升到旗杆的顶点。无意中,自己觉得好象什么光荣似的。

但是,不过几天,祖国的旗从旗杆的顶点匆忙地落下来;再起来的,是另样的旗子了,那是属于另一个国家的——正是九月十八日后的第八十九天。

于是,散乱的战争骚扰着,威胁着每个地方。不久,那异国的旗子,那异国的兵,便做了每个地方的主人。恰好我们住的地方做了战争上的大本营。戴着钢盔的兵一队一队地开来,原有的兵营不敷用,已挤住在所有的民房里。就是果里那个垃圾箱般的房子,也有兵住下。

我们照常上课。但是,果里的号筒不响了,牛群整天关在每个主人的院内,叫着,似乎在唤着果里。

"果里呢?"

我们谁也没有忘记果里。忙向草场望去,只有一阵一阵的秋风扫着,把草打倒在地上。果里平常坐惯的那个土岗,被风扬起的土粒滚成一团一团的浓烟。我们想果里卷到浓烟里去了吗?等到浓烟散尽的时候,那里没有果里的一只手,一只脚,给我们看见。我们想他在家里;可是,他在家里做什么呢?死静得好象连一个人都没有。有的,我们同学的便会指说:

"看!少儿达特①。"

接着就是:

"少儿达特杀了果里吗?"

"杀了,也象杀了老鼠一样!"

果里沙仍是对自己高傲,对果里轻蔑。我相信果里绝不象老鼠那样懦弱;果里沙却说:

"高丽人都象老鼠一样。如果不是,在世界上,怎么没有了高丽的国家?"这仿佛已经成了他的习惯语,他的小拳头在胸前击了两下又说:"象果里那样人,我不欢喜,不愿意同他做朋友。"

① 俄语:兵。——作者原注

日子过久,谁也不再谈关于果里的什么话。又加天天到俱乐部去听演说,在时间上,已经没有多少空闲。这次苏多瓦怕我们太疲倦了,要带我们上山玩一次。

我们怕山上的蛇虫;有一次蛇虫毒伤了我们好几个同学。所以,这次我们每个人都带一枝体操用的木棒,三十多人排成一列棒子队。

秋天的山,全是一片土与沙粒。已经不是夏天来时那样好看,可爱,什么都没有;只是土与沙粒打着我们的眼睛睁不开;上去后,只感到两腿很酸痛,秋风不住地搜索着我们血流中的温暖。苏多瓦为了我们的趣味,领我们向另一山角蠕动的人群走去。

那里,有许多的人:年老的胡子全白了的,年轻的,半残缺的,年岁太小的。锄头,铁锹,斧子……在他们每个人的手里。在山脊间已经成了一条沟壕;在沟壕里,我立刻看见果里的哥哥。

"果里呢?"

我正想问他,果里的面孔就已经在我们每个人眼前出现了。看来,那不是我们以前所认识的那个放牛的果里;现在的果里是个小工人,我们几乎不认识他了。他光着脚,身上穿着一件我们给他的破制服;他的颧骨高起许多,使眼球深深地陷进去,被埋藏在泥垢与尘土里。他靠着壕边,同壕一样高,很吃力地握着铁锹向外抛沙土。

"果里!果里!"我们喊他。

其实,他早已看见我们,只是故意地躲开。我们与果里的距离只有八、九步远,喊他自然会听见,他不仅不看我们,而且,把头移动向另一方向,更加紧他的工作。我走近两步,我看出果里是要和我说话的。他所要说的话,全埋藏在他的嘴角与眼角间啊。于是,我更大声地叫起:

"果里,我们来了。"

"果里,你在做什么?"

"果里,很久不见你了。"

果里没说话;只是在动作上给我们一个暗示,让我们向右边的大石头上望去,那里有两个兵安闲地吸着纸烟。然而,我们却不去顾他:

"来!果里。"

"来!来……"

惹起一个兵来了,站在壕的边际上:果里像失了灵魂一样死板。那兵用脚踢他的头;他的头仿佛有弹力地摆动两下,鼻孔有血流出。突然,他的铁锹举高,又轻松地落下,照样向壕外抛着沙土。

不知为什么,我们所有的木棒都向那个兵做了冲击式。兵便比量着给我们看他肩上斜背着的枪。

苏多瓦领我们回去的时候,果里的眼睛溜着我们,终没有说一句话。我们只有默祝果里最好不再遭到什么不幸。

第二天早晨。

"呀……呀……"传来了这尖锐的叫声,刺痛我们的心。

拍拍的声音连续地响着。果里在一只手两只脚下规规矩矩地躺在自己的家门前,脸贴着地,尘土从他的嘴角不住地飞开。象是新劈下的小树干,那兵的全力都运到这小树干的顶端,落在果里的股部,腰间。

"呀……呀……"

这声音给我的感觉,比小树干落在自己的身上还痛。

果里沙却切齿地说:

"该打,打死好了。"

我用眼睛钉住他,表示我对他的话极愤恨。他又说:

"果瓦列夫,你看果里,那不是一匹老鼠一样么?"

以后,果里真象一匹老鼠跟着佩刀的兵,常从我们宿舍前来去;他独个人的时候不多。这使果里沙更看不起他,骂他,向他身上抛小石头,伸出小拇指比量他……果里沙想尽了所有的方法欺辱他;他却不在意。

有一天,我们快就寝的时候,果里跑来。果里沙的手脚堵塞着门,不许果里进来。

"你还有脸来吗? 你不要来了。"果里沙说。

"我找果瓦列夫!"

"果瓦列夫都会替你羞耻。"

我看出果里是有什么迫切的事情,不然,他的全身怎么发抖呢? 我给他拿来几片面包,他不吃。我问他这些日子怎样过去的,他也不说。仿佛所有的时光没有一刻余闲属于他,很迫忙地说道:

"借我一把刀。"

"做什么?"

"你不要问。我有用处。"

我在衣袋里把平常修铅笔的小刀拿出来。他说:

"太小了!"

"你要多大的?"

他用两手在床上隔成他所需要的刀的长度,我便把我割面包的大尖刀给他。他还用手指试验着刀锋快不快。然后他高兴地说:

"好! 太好了!"

他临走时,告诉我:

"那些'魔鬼'明天早晨去苇沙河。"

果然是去苇沙河,果里房脊上的旗子没有了。一队一队的兵,骑马的,步行的,沿着山路走去。只有几只小船是逆着蚂蜒河划下;船上的兵仅是几个人。果里就坐在小船上,为佩刀的兵背着水壶,食粮袋。我们守门的那个老头子,在太阳还没有升起时,就起来去看,这些话就是他讲给我们听的。

过后守门的老头子从外面回来的时候,他在一口气里又冒出一串话来,说是果里投河了。

先是一个打猎的外国人看见的——有个孩子顺着蚂蜒河漂来。于是他投到水里把孩子拖上河边，用人工呼吸方法换来孩子的气息；喊了几个人来，守门的老头子也在里面，他认识出了那孩子是果里。

我们去的时候，苏多瓦也在那里，另外是别班里的同学。果里躺着不动，衣服贴紧在身上，一滴一滴的水湿了他身旁很大的一块地方；他已经没有了知觉；虽然，他嘴里还嚼着不清楚的话。大家正在互相询问果里投河后的情形，我们学校的铃声叫我们立刻回去上课。只有苏多瓦还留在果里的身旁。

今天，苏多瓦告诉我们，在我们这班里有一个新来的学生。每次有新来的学生，苏多瓦都是要先告诉我们的。每次也就打听出这新来的学生是升班的，是降班的，是从外埠新来的。不过，这次却是例外，我们谁也不知道这新来学生的底细。

距上课的时间还有二十分钟，我们便随便地猜测起来。男生说，新来的学生是好看的姑娘，最好和自己坐一个书桌。女生说，新来的学生是猴样的，这样弄得每个书桌都叫响着。

门突然地开了，教室里立刻静下来。我们悄悄地跑到自己的书桌前坐下，装做整理着书本，修铅笔。我们想，是因为我们闹得太厉害，苏多瓦来了。然而，不是苏多瓦。站在我们面前的是果里。他穿的同我们一样：黑皮鞋，黑的裤子，黑的卢巴斯卡①；胸前也有两个小衣袋，装得饱饱的，书夹里放着一包新书。他张大着嘴，象是有许多要说的话，想在一句话里吐给我们，可是一个字都没吐出来。

在午间，很快吃过饭，我们聚拢在一起。我问他：

“现在，你高兴了吧？”

---

① 俄语：衣名。——作者原注

"我不是骗你,我真不高兴。"仿佛仍有极大的恐怖,痛苦,留在他的眼里。"苏多瓦待我太好了。给我养好病,又送我到学校来。你们看!"他指尽了他身上所有的一切给我们看。

当我问他为什么投河的时候,似乎他的脑里又复活了一幕死的记忆。于是,象给我们背诵出几页熟读的书:

"忘了是哪一天,'魔鬼'告诉我,他们要走了;要我的哥哥去,还要我去。我知道去了就没好,我想爸爸在'魔鬼'的手里死了;妈妈怕我们再象爸爸一样,才把我们送出几千里以外的地方来。谁想到这'魔鬼'又在几千里以外的地方攫住我们,夜夜都没睡觉,哥哥望着我,我望着哥哥,不敢说话……"

"和老鼠一样!"

果里沙冲断了果里的话。

这时候,果里不象个孩子;孩子没有他那样沉静的姿态。他继续说下去:

"那天,哥哥跟着走了。我还跟着那个带刀的'魔鬼'(他的眼睛,好象在询问着我们看没看见过他所说那个带刀的'魔鬼',我们向他点着头)。船上除去我们两个人,还有一个船夫,'魔鬼'正用铅笔记着什么,我心跳,跳得太厉害了——你们猜我想做什么?"

"想投河呢!"我们许多人同样地说。

然而果里沙突然地跳上书桌,把我们所有人的精神弄散乱了。他轻快地说:

"你们说果里想投河,我看太不对。你们知道吗?河里有老鼠洞。"

"在河里,一共是三只船。两只在前边。我们在后边。前边的船,走得才快呢!没走到三、四里的时候,离开我们有半里多远。等他们拐过老山头,我们还留在老山头这面。我只觉得一阵的麻木,我的刀已经插进'魔鬼'的胸口。然后,我被一脚踢下来,再什么也不知道了。”他把头转向我问:“你知道那把刀?是你借我的啊!是你借我的啊!”

“好样的,好样的,”果里沙抱住果里又说:“这才是我的好朋友!”

果里搬到宿舍来,除去苏多瓦赠给他的毛毯之外,再什么都没有。果里沙把自己所有的东西分给他一半,并且,在贩卖部内给他买了牙刷,牙膏,袜子,手巾,小手帕……费用全写在自己的消费簿上。

此后,果里,果里沙,我们三个人成了不可离散的群,有时缺少一个人,其余的便感到不健全。每天我们都是在一起,到河边去,到俱乐部去,到车站的票房去,到许多人家去看果里以前所放的牛。他还认识哪个叫什么名字,哪个牛有什么习惯,平常他最欢喜的是哪个,最讨厌的是哪个——由牛群给我们讲出许多的笑话。

在冬天,果里学会滑冰,便成了他的嗜好;可是,我们不许他常去冰场。因为那时街头又满了果里所说的“魔鬼”和“魔鬼”的旗子。不过我们学校的旗子,仍是同从前一样——一半中国的,一半苏联的。

只有那半面中国旗,我爱啊;可是,果里为什么也爱呢?我们每天望着,仿佛在旗上开了花。然而,花,毕竟要有谢落的一天——校役给我们看了一面新做的旗,一半是苏联的,黄色的小斧头,镰刀,五角的小星星,在旗面上没有错放一点的位置;但是,另半面却不是属于中国的了。那全新样的,在地图与万国旗中,我们从来也没有见过。校役悄悄地把旧的旗子扯落,升上新的旗子。

我们天天仍是希望把旧的旗子升起,哪怕这是一年,一月,一天……一刻也好。可是,我们总失望。只有扑到储藏室的玻璃上,看看丢在墙角下的旧旗子。

不久,更有惊人的消息传来。我们学校的旗子快完全换新样的了。

我请两点钟假,到叔叔家去;回来晚了。苏多瓦正给我们同学的讲什么,她停下,问我为什么回来这么迟,我说:

“这地方不安宁;叔叔把祖母送走。祖母留我吃了饺子。”

我说完,苏多瓦完全没有谴责我,真是意外的。她又继续她的问话——问每个苏联学生将要到什么地方去。于是学生好象喊了一个口号:

“回祖国去!”

“果瓦列夫,你?”苏多瓦又问。

“回祖国去!”我说。

“怎么回去?”

“叔叔回来接我。”

苏多瓦从讲桌来,走近果里的身旁问:

“果里!”

“什么?”

“你呢?”

“……”

果里咕噜两声,说不出什么。他只是呆着,在呆望墙上悬着的一张世界地图。在那地图上,靠近海洋的一角,有他的祖国,仍涂着另一种颜色区分他祖国的边疆;但是他说:

“跟果里沙去吧!……”

苏多瓦做出孩子一样的讽刺,手指点着果里的头;果里的头渐渐地沉重下来。她立刻又严肃地说:

“果里,你不能跟果里沙去的。将来在高丽的国土上插起你祖国的旗,那是高丽人的责任,那是你的责任!”

为了明天的别离,苏联的同学分赠我与果里许多小物品,做纪念。

“果里呢?”同学的问。

我在院里寻到果里。只是他一个人,在树影下踱着小步子。

月光浮在他的脸上，我看见有泪珠。他不住地问着自己：

“到哪里去呢？”

最后，我告诉他：

“我们两个一同走吧！”

于是，我们送别苏联同学登了驶向祖国的专车后，便筹备起我们的行程。虽然，已经知道南线车轨被破坏（这是叔叔必经的路），但是，我们仍倚在门前，望着邮差来。那许多信，没有一封是叔叔的；都是从苏联来的。同学的告诉我们，当他们到莫斯科的时候，有许多人欢迎他们；以后，又送他们进了学校……

十几天了，叔叔的消息完全没有。而且守门人天天催着我们走，大门立刻要锁起来的。守门人为了我们没有路费，在旅程上给我们个秘密的方法。

于是，坐过一天一夜的火车之后，我们又飘流在海洋上了。

虽然我们是藏在货舱里，被塞在麻袋的缝隙间，不住地有老鼠从我们头顶跑过，但是，不停止的轮机似乎在告诉我们：

“向祖国去的孩子们！不要害怕，不要叫饿，这一刻你们应当忍受的！”

我是十分安心，果里却问：

“在岸上被检查了，下船也要检查吧？”

“检查怕什么！”

“你是不怕的。我呢？”

我们同是说着俄语，仿佛忘记了我们是异国的人。为了果里的安全，不应当再说俄语，要说中国话了。所以我改用中国话说：

“从现在起，我们说中国话吧。”

“如果有人问是哪国人呢？”果里仍是说的俄语。

“说中国话，自然你要说是中国人啦。”

“说不好！”

我开始试验他了：

“你是哪国人？”

“中国人。”

是不象中国人。他说话的重音，放在“人”字上。其实，我和他说中国话，他明白；不过，他说得太不中听。

“你装中国人，装我的弟弟。我说话，你一点不要说！”

然而，下船的时候，警察偏偏地问果里：

“你怎么不说话，你哑巴吗？”

终于果里被看出是高丽人。果里所说的“魔鬼”，这里也有的；于是果里又被“魔鬼”抓住了去。他看我也被一只大手抓住衣领。他说：

“我是高丽人，他不是的。”

（原载一九三六年五月一日《文学》第六卷第五期，选自一九三六年九月上海生活书店初版《没有祖国的孩子》）

萧　苓

我们学校的学生，并不多，总数只有七十几个人，其中女生占了三分之一。但是我们学校却是很有名的体育专修科。而且我们学校有一个更有名的同学，每个人都称她是我们学校的皇后。她姓萧，她的名字只是一个字——苓，这两个字合并在一起，读起来，很方便，声调也很调合，也许正因为这个缘故，容易使人记住，容易使人常常叫起来，叫得那样响亮。听说她家很穷，才来考我们这个免费的学校；所以她从入学起，没有看她穿过一件漂亮的衣服，象她女同学所穿的那样的。她每天都是同样的蓝色衫子，那上面很难找出一滴污点，因为她常洗，常换，她最爱的是清洁。同学的每个人都很愿意和她要好，不管男的，或是女的。她的"五十公尺"，"百公尺"，"跳远"，保持着我们几省女子的最高纪录。并且她的年纪最小，眼睛很大，嘴唇极薄，两颊总是浸藏着一种浅淡的晕红，——所以不知道她的人说她爱涂胭脂。

秋末的时候，总有几日是这样的天色：太阳的边廓淡映在飘起飘落的云层间，是一团清淡的光团，不温暖，也不刺眼睛，在天面上，距离不足一丈高的地方。有时太阳的光线，象针一样的锐利，突破了云层，闪射出来，一条一条地抖跳着；有时，也从云层的隙缝里，滴漏下来，渐渐地延开一片，或是一条，如同一团野火的反光，染了天面。这种景色，就是我们的早晨。

起床的铃声，响过了。

我们男生的寝室，仍是浸没在夜境里。窗子上垂着窗幔，是很厚的绒毡的质料,透不进一丝的阳光来。几条铁床,排了两列;我们正舒快地睡在床上,被边裹着头,脚却赤露在外面。有的鼾声,刚开始响亮。

就在这时候,我们的门被人敲响着,一声连续着一声,好象永远不会终止;渐渐地,我们床上的被卷滚转起来,渐渐地,一个一个披着乱发的面孔,从被卷里伸出。于是有人喊叫了:

"去吧!"

门扇仍是被敲响着,仍是原有的节奏。于是又有人模糊地叫了。

"萧苓!"

门开了;萧苓走近我们的面前,尽量地让洁白的牙齿露出,放开笑声。

我没去看她,背着她的身子说:

"你真是一个坏孩子!"

"谁是坏孩子?你说谁?"

她故意把笑脸收拾去,嘴唇紧皱着,向外伸出,象一枝没有脱开树枝的不知名的红果,那样的新鲜,那样的可爱。两手叉着腰急快地走近我来,在我的床前把脚一顿,她仿佛用这个动作,吓我起来,或是要把我从房间里驱逐出去。可是我笑了:

"小姑娘!我胆小,你不要吓着我!"

她不想笑,又不能不笑了。但是她仍逼问着我:

"谁是坏孩子?你说谁?"

我用被又把头蒙起来,不去睬理她。

有人却被她的话声打扰得不耐烦了;立刻把头从枕边离开些,向她喊叫着:

"萧苓!你是想做什么?你说!你怎么天天跑到我们寝室来,你怎么天天不叫我们睡早觉?"

"活该,活该!"

她的话有些变了声调。她的头转动了一下，从眼角发现了她的几个女同学安静地挤在开展些的门旁，观望着她，一阵笑声冲向她来。她的脸红了，由脸颊红到下颏，走到窗边去。我们寝室共有三个窗子，全被她扯开了窗幔。

我看她已经不是平常的脸色，我便问：

"生气了吗？"

她不做声。我又问：

"生气了吗？"

她所有的气愤都集中在她的眼角里，给我看。我改成老年人的声音说：

"你不要生我们的气！"

"偏生，偏生！"

她狠狠地摇动着，我学着她的声调回答着她：

"不许，不许！"

"偏生，偏生！"

"那我们将来不给你找好婆家啦！"

于是她紧闭着的嘴唇，被一声清脆的笑声冲破了。她离我没有七、八步远，还是跑跳过来；一边用手指指点着我的脸，一边握住我被端的　角：

"你还敢说不？"

我很奇怪，她有什么力量这样威胁着我呢？我想最厉害，她也不过握起拳头来，向我头顶起劲地击两下；所以我不在意地问她：

"那我还怕你吗？"

"怕我！"

"哼！"

我把头摇一下，是让她知道——我怎样也不怕她。她的脸沉落下来，几乎快要贴到我的脸：

"好！"

她在我不防备之下,突然把我的被子扯开,扯落地下去。我从来的习惯,在夜里,是脱尽了所有的衣服的,就是短短的小裤我也不留在身上。当她扯落被子的时候,我惊慌了,我两手一抱,只抱住了一条被角,在胸脯上。我无一丝遮蔽着下身,完全赤露出来——由脚底直到腹部以上。

"看啊!看啊!"

她象鸟一样地叫着飞开了。引起她在门旁的同学的一片混杂的掌声与笑声来。

我刚刚起床来;这个故事已经传遍了我们的学校。早起的同学,有人跑来告诉我:萧苓被张训育员唤去了。

我们知道张训育员是女同学最怕的一个人。她的话,可以使女同学流出泪来。

我还没洗脸,就跑到训育室去。那门前已经围住了几个人,有的扬起脚来,把头伸过那几片玻璃糊了一半的纸膜之上,有的拥在门缝旁,我挤进来,也从门缝窥视着,张训育员与萧苓相向地站着,她们的侧面,恰好对着我。开始的时候,她们交换了两句话,我没有听清楚。不过从声调上,我分辨出来,张训育员的话,是严厉的谴责;萧苓却在反驳。

"你这个学生,我简直管不了了。"

张训育员尽可能地把脸孔紧皱起来,两条眉间,陷入两条很深的短纹,临产的大肚子,仿佛是被气愤充饱起来的。她待了许久萧苓的回答,终没有一句回答她。她的脸色稍稍改变些说:

"男女怎么可以那样随便呢?随便跑到男生寝室去,都是不可以的。"

"男生怎么可以跑到我们的寝室去?"

"怎么能扯男生的被子呢?这话传出去,象什么事情?"

"什么事情也不象;就象扯被子!"

张训育员被萧苓的话塞住喉咙,几乎连气息也呼不动了。于是她转换了讽刺的口吻说：

“你现在越学越野啦！”

“我野什么啦？”

“每天你都有几封信来……”

“谁要他们给我来信？他们偏要给我来么！”

萧苓用力地推开门去了；我们的头在没注意中被门扇撞响了一下。我摸摸自己的前额稍稍凸起一块皮肉，有些痛热。我正想走开，她又跑回来，手里提着一个纸盒；没有看我，只是很用力地把我肩膀推开，她走进去。可是我很感激她，给我留下的门缝更大些。

“你看，你检查！”

她把盒盖揭去；一封一封的信被她抖落出来，落到地上和办公桌上。她又指划着说：

“你看这么多信，只有几封是我认识的！”

然后她说出她所认识的人名来，有几个是她的男同学。于是我身旁有两个同学红着脸，悄悄地走掉了。

“这是你自己的事情，我不管。”张训育员说。

“谁要你管！”

“不过以后你自己应当慎重些，不许再那样随便！”

但是萧苓仍是继续敲打着我们寝室的门。又经过了张训育员几次的斥责，她没有听。

当张训育员临产请假去的那天，萧苓没有来，我们几乎睡过了吃早饭的时间。

我在饭厅里寻视了许久，没有看见萧苓。等到碗筷响动起来，我注视一下她坐惯的那个座位——距离我有两个桌子，也没有看见她。我赶快吃完了饭，绕着那桌边走了一圈；——每桌是八个人，这次只坐了七个人，有一个座位空闲着，恰是她的。

“萧苓呢？”

我们男同学这样互相地询问着,没有一个人来回答。

最后还是由一个女同学的嘴里说出来:萧苓病了。

是萧苓病了。她一个人独自躺在寝室里,没有人看护她;也没有人陪伴着。她的床紧靠着墙边,床前有一个小木凳,放着一个热水瓶和一个玻璃杯子。墙上贴着一张她的剪影,很象她,只要看见剪影上凸出的鼻子,就可以认出她来。我们几个男同学走近她的床旁,坐在她侧面的一只床上。

我们看她还在朦胧中,没人敢悄悄地推动她,唤醒她。

她的脸色,与平常比起来,没有什么两样;只是她那两颊的红晕淡了些。

有裂缝的窗幔,透进一缕阳光,落在她的脸上。我们赶快把窗幔移动一下位置,让那一缕阳光移到墙上去。

"萧苓!"

我用很低的声音唤着她。她翻转一下身子,一只手腕露出被边;可是她的眼睛,仍是两条短短的黑线。

"萧苓!"

她随着我的叫声坐起,两手一起地摇摆着:

"你们来了,怎么不坐在我的床上呢?"

她只顾叫我们坐到她的床上去;她却忘记了她那紧小的衬衣,散开着,白嫩的胸脯,白嫩的乳头,全露在外面。我故意指给她看,她立刻把两手交叉地放在两边肩头上拢抱起来:

"呀——呀!"

她这尖锐的叫声,几乎刺破了我的耳膜。

她又象平常一样地笑了;把被子扯到肩上,用下颏压住被边,给我们看看那永不改变的笑脸。可是,我们仍想惹起她的笑声来,所以我说:

"这次该轮到我扯你的被子了吧?"

她象一只老鼠样的钻进被洞去:

"不要你们再和我闹!"

"不闹,我们是来看你的病的。"我又补了一句:"看你的样子也不象有病啊?"

"那你们就不要看我吧!"

"不,你告诉我们,你是什么病?"

"头痛!"

"从来也没听你说头痛过。"

"不然,是我骗你们吗?"

"也许。"

然后她说了:昨天她接到一封家信,她父亲没有一句话不是在骂她。

"为什么骂你?"我问。

"他接到了我们学校的一封通知书,说我的名誉太坏。"

她说完之后,便骂起张训育员来。我们劝她找校医诊察一下,她顺从我们的话去了。

我们下午四时后是课外运动。我们三、五个人一群一群地到体育场去。

在体育场里,我们也是分成三、五个人一组一组地去练习。我正在跑道上挖好了两个小坑,准备着练习短跑起脚的方法;很远的,我就听见了萧苓拖着一条叫声冲近来。

"你们看呀!"

她摆摇着一页印字的纸张,顶端印着两个大字——"号外"。我们的眼睛刚刚接触了特号标题的字句,每个人都象经过一次竞赛,冲过了最后的终点一样了:两只脚没有一点力量,再支撑着沉重的头,沉重的身子;只是急切地需要休息。

我正想问萧苓——

"你从哪里买来的?"

疯狂了的卖报人,叫卖着"号外"的喊声,已经充塞了每条街头，充塞着我们的耳孔。

我们的土地，我们的人民，就在那种叫卖声中被占领了，被杀害了。

虽然我们没有听见炮声；但是知道炮声一天一天地逼近我们；并且相信终会有一天临到我们的身边。

全埠的学联会开过几次的会议。议决开始一次最大的游行示威。

但是张训育员听到了这个消息，她还没有恢复了产前的健康，就跑到学校里来，她把大门锁了；我们排起的游行队伍，被她锁在校院里。

我们惊奇她；派出代表去质问她。她说：

"自从发生这次从所未有的国难以来，没有一个人不注意，自然，你们是更关心。不过，学校当局屡次接到明令，叫你们大家'镇静'。并且你们也不要忘记'读书救国'！——"

"读书救国"这句老朽的口号，在她话里还是第一次被提出来。可是萧苓不等她的话说完，便向前跳出一步，脖颈向她伸长着：

"什么叫'读书救国'？我们的土地都快被人家占完了，我们上哪里读书？怎么还能救国？"

我们所有的同学为了拥护萧苓的话击起掌来。张训育员脸红了，吓着萧苓：

"你小孩子，哪里有你说话的地位！"

"我也是代表！"

又是我们同学的一阵掌声。

她喊叫了：

"我们为了维持国家的纲纪——"

"放屁，放屁！"

这是女同学先骂了她。然后我们男同学中有人喊了一声：

“打她！她是我们的汉奸！”

萧苓离她最近，所以她也先遭了萧苓的手掌；其次的许多手掌，她已经分辨不出究竟是谁的。

当时有几位教员给我们说了许多好话，才把她从我们的重围里拖救出去。她的夹袍撕裂了，她蒙着脂粉的面孔上，印下我们的指印。她的眼睛昏矇着，在我们的身上寻觅着什么；说着：

“开除萧苓，开除萧苓！”

果然在我们游行回来，揭示牌上有一张开除萧苓的布告贴出来。她自己看着呆住了。许久之后，她奔到自己的寝室去，把散落在外面的东西，一件一件地收拾起来；她想了想，又一件一件放向原来的位置去。

我们劝她静静地休息下；因为她还在头痛。她不肯，匆快地跑到训育室的门前；那门已经被锁了，她猛烈地击了两拳，震落一块玻璃，她才走开。

她一个人躺在寝室里，一只手遮着前额，直望着天棚。她的女同学把一条用冷水的手巾蒙起她的头顶。

“你放心，萧苓，我们总有办法。”

许多男同学在她身边劝慰着她。没有一人再想惹起她的笑声。

我们召集了全体同学大会，讨论萧苓开除的问题。大家一致主张，要求校长声明开除萧苓的布告无效；不然，我们全体罢课。校长不得不接受我们的意见，在我们那种情势之下。但是，听说张训育员坚决地主张辞职；经过校长几次的慰留，几次的慰问，才自动地撤销了辞意。不过她在学校里对于我们的行动很少说话，甚至一句不说。

有一天报纸发出了可怕的消息：敌人的炮弹已经近了我们。全埠发生了极大的恐慌，每天在街道上都充满着搬家的人群，衣物。四处的谣言也随着增多起来。

在各处不抵抗的时候，突然，我们当地的驻军发动了抗敌的战争，在我们是极意外的。我们欢快得常常合抱着，已经忘记男女的性别。并且我们全校的学生分开了许多小组，每组有四、五个男同学，两个女同学，到各机关，商店，街头……去募捐。男的握着几本簿子，女的提着许多纸做的花朵。募来的现款，东西，全部送到前线去，慰劳我们抗敌的将士。

我们寝室的同学，早早自动地起来了；萧苓却躺在床上，她不时地叫着：

"头痛啊，头痛啊！"

"不好些吗？"

这是在募捐之前，我特意来探视她一下。她半开露的眸子，已经不是平常那样活泼。她回答我说：

"不好，更痛了。"

"温度呢？"

她不说话，把我的手扯去，轻轻地放在她的前额上；她的手却起劲地压着我的手背，紧紧地贴着她的皮肉——仿佛怕我感觉不出她的温度来。我说：

"很热的，是的，很热的。"

她又把我的手移向被边去；可是被我抽缩回来。她用一种烦躁的声调说：

"你看看，人家的心跳得厉害呢！"

于是，我顺从着她，我的手停留在她的脸旁，任她去安放在什么地方。

"你的脸，怎么红啦？"

她指着我，我更觉得脸火热了。

她光把头藏进被边里，整理一下衣服，然后又把被边推落些，露出她健美的胸膛来。

我警告她：

"加小心,受风啊!"

"我不怕。"

她把我的手丢落在她胸膛上的时候,她问:

"厉害吧?"

"是的!"

我答应了她,我的手赶快地从她的胸膛上划开了一些距离:

"你这几天去医过吗?"

"没有!"

"怎么?"

"医生讨厌!"

"你应当少闹些孩子脾气,多看重些自己的身体。"

我站起身来,她问:

"走吗?"

"是的。"

"捐款去吗?"

"是的。"

我把手一摇,走开了。可是,我走出门的时候,又听见她的呼声:

"等等我,等等我!"

我再走到她的身边,看她已经披起外衣来。我问:

"做什么?"

"我也去!"

"看病吗?"

"不!我要和你们一同去募捐!"

"你不能!"

"怎么不能?"

她一边说着,一边穿着鞋子。我叫她躺下,她不允许。又跑来几个女同学劝她,她也是同样不听。终于跟一个小组跑了一整天。

在夜里，不停地咳嗽着，失眠了。

有几个同她要好的男同学，女同学，轮班地看护她。她在那惨淡的灯光下，手握着一个玻璃杯子，头下倾着，头发也随伴着垂落下来。一阵咳嗽过后，自己敲打着胸脯，喘息着对看护她的每个人说：

"你待我太好了。你睡觉去吧！"

没有一个人肯丢下她离开去。一直看护到她渐渐好了的那天——她可以从自己的寝室走到另一个寝室去，一次也不咳嗽。

同时战事也紧张起来了。军队整天从街头经过着，辎重车跟随在后面。大商店已经停止了买卖，门扇和窗子都上了铁锁，每处全散布着哨兵，食指贴住枪枝的引铁，检查着行人；我们学生都是例外——因为我们左衣袖上都戴着红色的袖章。

终于在一天的夜里，我们的军队悄悄地退走了。我们疲倦的身子还睡在梦中。

"起来，起来！"

这样的呼声沿着我们寝室响亮着；接着，就是拳头击打着门扇的声音。

门开了，我们都穿好了衣服，张训育员不停地来去跑着，叫着：

"你们把自己的东西整理整理，最要紧的是书籍。除掉教科书以外，都抱到篮球场去。你们要听话！如果不听话，发生了意外，学校不负责任！"

淡淡的月光，铺满着地面。人影交叉地来去着，脚步的响声不断地在起落。篮球场是所有人的集中地方，四周牢牢地围着一层一层的人群，象往日等待着名手的篮球赛一样。

"散开呀！"

萧苓的叫声，由远处响过来。她的身子向两旁摇摆着，两手环抱着一个极大的书捆，问：

"放在哪里呀？"

我们给她闪开一条路，让她走进来，并且指给她看被我们围裹着的一座书山。可是她仍是环抱着她的书捆；虽然她两手已经经不起那样的重量，发着抖索。

张训育员叫来一个校役，沿着书山的周边丢下几支燃起的火柴。不久，便燃着了几处的火苗，渐渐地连成了一个火环向书山的顶端爬行着。

火焰伸缩着，张大着，把我们脸色染红了；我们仿佛等待着烧干了我们的血流，烧焦了我们的身体，给我们自己举行着火葬。

我们没有话说，动作也很简单——摸搓着手掌或是踏着脚。注视着火焰中的书本，书本上作者的名字：马克斯，列宁，甘地，孙中山……渐渐地都变成被夜风飘走的纸灰。

萧苓呆立在我的身旁，仍是抱着她自己的书捆。我拉住她几条发丝，她的头随着我的手，转向了我。我说：

“丢进去吧！”

“不！”

“早晚不都是一样要烧的吗？”

“我等到最后！”

“那么你不好放下吗？”

于是她把书捆放下；她看看火苗不时地伸向她的书捆来，又移动了一下，让火苗接触不到她的书捆。

张训育员对校役说：

“快快，把国旗都找来！”

“你怎么不说‘读书救国’啦。”

萧苓好象把所有的怨气都吐露在这一句话里。张训育员只是长吁了一口气息。萧苓还想说些什么，被同学突起的骚动打断了。

我们的眼睛全集中在一处——七、八丈长的旗杆顶点象有一块模糊的彩霞飘落下来。

突然有几面国旗丢向火中去，萧苓立刻抢了一面，她用手摆动着，叫着：

“中国不亡！中国不亡！”

这叫声仿佛冲裂了我们每个人的每个毛孔，落着一滴一滴的鲜血。

“安静些！现在是多么危险的时候。”

张训育员的话，不但萧苓不听，而且我们的同学都伴着萧苓合叫起来。

这时候，我们的叫声传遍了世界，占有了世界。

没有亮天，我们的城市就发现了新样的军队，并且有一小队开进我们的学校。张训育员称他们是——“友军”；她叫女生搬出行李，把寝室借给“友军”住。女生却是野狗一样找寻着自己的住处。她们去问张训育员；张训育员却说：

“你们随便吧！”

我们男生看着她们有的哭着搬运着自己的行李，便一个一个地推开她们，我们男同学甘心代替她们。

这种工作，从我们同学起，这还是第一次。

我们男同学刚刚给她们搬完所有的东西；中断几天了的起床铃声，又响了。张训育员说：

“照常上课！”

可是我们拒绝了。

每天看着“友军”，在我们的院里一天比一天增多。各处都挤满着“友军”的炮车，马匹……校门前堆起两座防守的沙袋，设了岗兵。从那天起，校门便隔拒了我们的去路。“友军”允许我们走的只有一扇小小的后门，出入都有刺刀对着我们在受着严重的检查。女同学中除掉萧苓和另外一两个人，几乎是整个星期留在校里，不出去一次。她们每天团集在一块儿悄悄地谈着些什么。萧苓却象我们的侦探一样，跑来跑去地给我们传布着消息：开走了多少兵，开来了多少兵；或是又占用了我们几个房间，占用了我们多少器具;或是其他一些什么话……

"张训育员来了!"

这又是萧苓在告诉我们。

"今天一定要照常上课了;不能再拖延一天!"

我们仍是拒绝着。她又说:

"这是'友军'的命令,叫我们学校立刻恢复常态,并且要筹备一次慰劳'友军'大会。"

于是我们第一小时就开始了慰劳"友军"大会中的一项课程。但是我们在教室默默地坐着。谁也不说一句话。那个新来的教员便把张训育员找来。张训育员沿着我们的书桌,一个一个地检阅着,用笔记下缺席学生的名字。然后她扯去一把空闲的椅子在讲桌旁坐下,看守着我们。

那个新来的教员等待她说话。许久,她说了:

"在最近两天,你们一定要把'新国歌'唱熟!"

然后新来的教员用手打着拍子,给唱过了一次简谱,又唱起歌词来——她唱一句,我们便随便哼一句。但是她唱到——……"人民三千万,无苦无忧"("新国歌"中的一句歌词)……——的时候,不知为什么我们的声音,一同喑哑下来。张训育员在讲桌上击了一掌,叫:

"怎么的?你们想怎么的?"

萧苓还给她一掌,在书桌上:

"你亡国奴,你走狗!"

"叫你一个人唱;你不唱不行!"

萧苓唱了:

"……人民三千万,如猪如狗……"

新来的教员,脸色红涨着,离去了我们。张训育员暴躁的气息,冲向着萧苓:

"这个消息传出去,你还想活吗?"

"我不活！我也不愿意做亡国奴！象你。"

但是，那天"友军"的伤兵病院，派来一个"曹长"（同我们军队中的下士一样）与张训育员"接洽"好了——我们学校派去五个女生，去看护伤兵。

那时候，我没有在校内，不知道我们五个女同学是怎样被"友军"抢去，威逼去；不过我知道其中有萧苓。我正想询问询问当时的情形，看见萧苓和另外四个同学已经冲进学校来；同时有大批的"友军"把我们学校包围了。

我们全体同学受了一次严重的检查之后，派去看护伤兵的那五个女同学的左胳臂被系在一条麻绳上了——同屠场中的牲畜一样，已经有两个人哭着，失去了声音。

一个"友军"的大尉愤怒地教训着张训育员。他的话是由他带来的翻译人的口中译出：

"你看看你这是什么样的学生！——"

张训育员规规矩矩地站着，她的身子抖索得那样的厉害，几乎要引起我们的抖索来。她点着头，做出笑脸；但是她的皮肉异常死板，没有微动一下；只是咧开嘴，咧出一条纯白的牙齿来。

"——叫她们去看护伤兵；是叫她们谋害伤兵吗？"

"怎么？"

"有一个伤兵被打了一茶杯，脸都打破啦！"

"谁呢？"

"我正要问你是谁？"

张训育员转过头来问她们：

"谁？"

"我！"

萧苓答应了。于是她被"友军"的大尉抓着衣领扯到我们的储藏室去，门前多添了一个岗兵。

我们同学天天想去探视萧苓，"友军"没有允许过一次。不过每天可以去送一次吃食的东西，除开水果外，要由岗兵慎重地检查一下，再转给她。有一次岗兵从米饭里检查出一枝短短的铅笔，他告发了，便停止了三天给萧苓送东西。后来，有两个聪明的女同学，想出了办法：剪了一条纸条，写了我们所要对萧苓说的话，搓成细细的小卷，同一枝小铅笔头，从香蕉有黑斑的地方插进去，在果皮上辨识不出丝毫的破绽来。不久，岗兵对我们说：萧苓吃不了的香蕉又还给我们。我们在香蕉里查出了同样的纸卷（是从我们包水果用的纸张撕裂下来的）有小小的几个字迹：

> 同学们，我感激你们照顾我。你们也可以来看我，只要在夜深两点钟，岗兵睡的时候。

于是我们有许多的同学看过她了。

一天我也决定去看她一次，便一直等到夜深两点。

天上没有星星和月亮。几个侵透灯火的窗子，也只是染黄了窗沿，窗沿下一块小小的地方。

已经是初冬了，雪花在黑暗中偷偷地飘落着，地上积满了一层雪面。

四处没有一点的音响。"友军"正安安静静睡着好觉；也许校门外的岗兵还在清醒着。

我拖着轻悄的步子，沿着楼房的墙壁摸索着，一步一步地踏破了完整的雪面。

在楼房的转角处，我停下来，听一听，仍是没有一点音响。于是我注视一下面前的窗子，有半面窗扇张开着，堵塞着望不尽的一团浓黑。我起劲地扬起手来，抓住了窗上交组着的一条铁条。我悄悄地拖长着叫着：

"萧——苓！"

"啊！"

"你好？"

“谢谢你！你是谁?”

“你听不出来吗?”

“啊！啊！我要摸摸你的手!”

于是我把手伸进窗去,她用两手握住了,极力向她的怀里拖扯着,几乎拖掉了我的手指——因为窗沿隔开我们有一尺多的距离。

我所要问她的话,全忘记了。我想了想,仿佛是要给她买些食品;所以我说:

“你要什么？我都可以办到!”

但是她说的话是:

“我要出去!”

两个月后,我们院内走出了一个瘦弱的姑娘,两手与脸孔生满着一层一层的疥疮……我们已经记不起她就是我们以前的萧苓。

（原载一九三六年七月十日《文学界》第一卷第二期,选自一九三六年九月上海生活书店初版《没有祖国的孩子》）

战　地

我们的大部队从前线退却下来，一个人一个人地零散了；渐渐地又一个人一个人地集起了我们二十几个人。其中只有两个人相伴着，没有离开过一刻；一个是刘平，另一个是姚中，他们两个人比起我们来还都年轻些，他们是几年的同学，几年的朋友，直到现在，没有过一次的别离，不是他随着他，便是他伴着他，他们互相地照顾着，仿佛是一对最有好感的弟兄。

在前线三、四十里地以外，我们休息下来，要在几分钟内决定一个最大的问题。

"怎么办呢？"

——这就是说：我们是继续抗敌呢？或是各自逃命去呢？

"怎么办呢？"

我们每个人都说着；却没有一个人来回答。可是后边敌人追逐着我们的流弹，不容许我们再多迟延一刻。

"我主张我们一直战到死！"

刘平暴叫的声音，几乎冲破了他的喉咙。姚中为了拥护他的主张，伸出一只拳头来：

"赞成！"

于是我们每个人都赞成了。我们决定退到二、三十里远的黑岭去。那里有一条高起的山脊、森林，做我们的防地；并且有几户农家供给我们一些粮食。

春天了。

山间的小溪、河流，所有的水面都划开了蛛网般的裂纹，一条交组着一条,一条横断着一条;其中没有一条是完整的,挺直的,从一端可以望见另一端的;每条裂纹在太阳下渐渐地隔开了距离,涌出水丝来,浅浅的一层浮在冰面上,没有遮住原有的裂痕。我们提高了缰绳,让马头高扬着,望不见冰面;悄悄地从冰面上走过去。

田垄上,还没有撒下种子,也没有走过牛犁;我们仍没有看哪里是春天的景色;所有的,也只是很少的、野草的绿苗,突破了地面,一小丛一小丛地裹着一些没花的蒲公英的小叶。

然而春天可怕的泥泞却满了,阻塞了每条山路,荒草中的小径,深下一寸、两寸,有的竟有一尺;不管任何的地方,都是一样难走。我们就是在那种难走的泥泞中骑着马,奔驰着,从早晨快近黄昏了,没有舒展一下我们的身体,也没有吃饭;并且我们二十几个人,每人的身上都有几十斤的重量:一条毯子,一支步枪,或是一支马枪,二、三百粒的枪弹……另外还有一架轻机关枪背在刘平的肩上,两箱弹粒系在姚中的马鞍两边。

我鞭打一下马股,追上了刘平与姚中,我问:

"你们累了吧?"

"不!"

我知道他们最好刚强,尤其是刘平;所以又向姚中说:

"弹箱太累了你。"

"不!"

"也累了马啊!"

"不!"

我再向刘平说:

"换我来背机关枪吧!"

"不!"

"累坏了你!"

这好象卑视了他,欺辱了他,他比姚中更严厉地拒绝了我;虽然他终于是喘息了,头上流着汗水。

敌人在追随我们;流云追随着太阳西去了。太阳没了,流云留在天边,由一条延开一片,染了一层新鲜的红色,渐渐地淡没了;可是敌人仍在追随着我们。

地上的光色,由明亮已经转到模糊,我们牢牢地探视着我们的去路。

马蹄疲倦了,艰难地从泥泞中拖出,一下一下地走着。这时候我们的马鞭已经失掉了尊严。

突然姚中的马倒了,他从马鞍上滚落下来,脸孔恰好触着了地面,涂满了泥水;他用手摸擦几下,才露出他的眼睛、鼻孔、滴着泥水的唇边。

我们都停下了,等着他上马。但是,马安静地躺在泥泞中;虽然他一面鞭抽着,一面在吆喝:

“起来,起来!”

我看马渐渐地伸直了四蹄,眼睛已经闭紧了;我说:

“完了,完了!”

他仍是鞭抽着;马一动也不动。

“马快死了!”

刘平说完,我又说:

“已经死了!”

我的话激起了他的忧郁来:

“死了?”

刘平从马上下来,他安慰着姚中:

“不要紧!”

“那我骑什么?”

“你骑我的。”

“你呢?”

刘平想了想:

“我走路。”

他仍是留恋着他的马，伸出一只手来，贴住了马鼻：

“也许还没死吧？”

刘平给他指了一下背后，意思是说敌人近了。可是他继续问着自己：

“也许还没有死吧？”

刘平突然从腰带间抽出了匣枪，向马头放了一弹；然后他问姚中：

“你看看，还没死吗？”

姚中垂着头默然了，从马鞍上解下了弹箱，移到我的马上来。

我们又继续起我们未尽的路程，死马渐渐地离我们远了。刘平拖着自己的马的缰绳，姚中随在马后；他们步行着，也并不比我们骑马的人慢些。

黑岭近了的时候，敌人也追近了我们，好象就在我们的背后。弹粒从我们身边飞过去，一刻比一刻加紧起来。我们的马鞭交响着，马拚命地向前冲去。在我不注意中，看见我们的一个伙伴中了弹粒落下去；我立刻又听见姚中说：

“救救他！”

“快跑吧！”

——这是刘平的回声，我也听见了。

我转过头来，看见他们两人，落在我的背后，有七、八步远，两人正在谦让着一匹马。我的两只手合拢起来，在唇边做了号筒，向他们放高了声音：

“快来，快来！”

敌人的影子在远处张大着，我用手指指着：

“你们看！”

刘平向远处注视了一下，从肩上脱下了轻机关枪，我跑回来解下了弹箱。其他的伙伴都下了马；所有马的缰绳，分开交给两个人手里。我们各自拣了一块地方躺下了。我、刘平、姚中，三个人是在一处,因为我们不十分熟练使用的缘故,他们两人看管轻机关枪,我整理着弹带。并且这里也不是我们适当的战地,完全是一片原野。

我们的轻机关枪响了,敌人的骑队划开了包围我们的队形;同时,也向我们射击着。

"呀……呀!"

我们的一个伙伴中了枪弹叫了一声。

高空中散开了层层的黑雾,还没有完全黑下来;姚中正在瞄视的时候,他同样地叫了一声:

"呀……呀!"

他的头落进泥水中去,前胸与后背,被枪弹穿透了一个细孔,流着血滴。

敌人近了。

我回转了头;我们的伙伴已经骑上马了,奔开了,我的背后散开着两匹马,寻找它们的主人——我与刘平。

刘平扯住了我的肩:

"逃吧!"

于是我拖起了弹箱,他拖拖姚中,又摸了一下轻机关枪;最后仍是背起了轻机关枪。他刚刚抛开了一只脚,另一只脚却留在原地——姚中的两只手握住了他的脚腕:

"刘平!"

"啊!"

"你要逃吗?"

"啊!"

"我呢?"

"……"

"你让我做俘虏吗?"

"……"

"我们有再见的一天吗?"

"我们永别了!"

——刘平从腰带间抽出匣枪来,向姚中的头上连续地开了四枪。

然后我们骑马逃了。我的脑里没有忘记姚中的血迹模糊的面孔;虽然战地的惊恐在威胁着我。

渐渐地我们追上小张与老赵两个落后的伙伴。

天黑了,月亮把我们的影子印在地上,象四个迷途的伙伴,互相地交换着眼色。

敌人追随我们的流弹息下了,我们的马蹄也减低了速度。渐渐地我们看见了黑岭的近景:一条无边际的山岭,中间断开了一条路口,很小的,补塞着一块深灰的远天。

当我们穿过一条桦林的时候,我们仿佛误入了可怕的地穴里;地下的积雪,还没有化开,马蹄踏下去,有一种轻微的回响;四周尽是桦树的树干,脱开了白皮,露着异色的斑痕,很多的一枝靠近一枝,挺直着,直冲到天空,落尽了叶子的树枝,开散着,交叉着,把天面隔成了杂样的碎块,漏下了一缕一缕的月光,照着我们的去路。

"他们哪儿去了?"

我们互相地问着,没有谁知道。

我们走出了桦林,一片林影遮蔽了我们;可是黑岭的山口就在我们的面前了。

突然,我们听见了两处交换的枪声;一处是山脊我们伙伴的,一处是山外一、二里地远敌人的。

"快啊,快啊!"

刘平喊着。

但是山脊也被林影遮蔽着,我没有看见伙伴的影子;所以我问他:

"他们在哪里呢?"

"快啊,快啊!"

这时候山脊上的伙伴误认了我们,传来了高声的叫喊:

"敌人上来了!"

随着向我们开放了几枪,中在两个人身上——小张与刘平。我们喊了:

"不是;是我们!"

那已经迟了,小张死了,刘平受了重伤;不过他还明白;可以说出他所要说的话:

"你们去吧……去帮助他们守住黑岭,哪管守住一夜也好啊,你们找点饭吃,好再逃啊,再打啊……你们两人快把我身上的枪和子弹解下来,去吧!"

"你呢?"我问。

"你……你忘记了我吧!"

然而,我与老赵不允许他。我从背上解下了毯子,我们两人每人扯住两个毯角,拖着他。

在林影下,我看不见他变成了怎样的面孔:是惨白,或是红涨;只听他说着:

"放下我!"

两处的枪声更加激烈起来,并且敌方发出了炮弹,拖着一条火线,向山脊落去。

于是刘平在毯上,更加挣脱起来:

"你们去吧!"

我气愤了,也严厉了:

"你要投降吗?"

"不!"

"你要做敌人的俘虏吗?"

"不!"

"那你想怎么的?"

"我受伤了,完了……这种时候,我为什么要两个人帮我一个已经没有用了的人呢?你们两个人在斗争中不是很有用处的吗?"

"这里,不是容许我们救你的吗?"

"救?……忘记了我吧,总是免不了死。"

"你不是还没有死吗?我们怎能忘记你呢?如果是小张那样,我们就不救啦,也就忘记你啦。"

他手抖索了几下,从胸脯摸到腰间;他嘱咐着我:

"忘记了我吧……可不要忘记了我身上的枪和子弹!"

他说完了,很快地从腰带间抽出了匣枪,向自己的头上放了一弹。

（选自一九三六年九月上海生活书店初版《东北作家近作集》）

罗烽

呼兰河边

一连三天呼兰河桥的日本铁道守备队的防守所加紧着防御的工作:战沟上新近覆盖了枕木和土;在防守所的房顶上也新搭成了一个小小的瞭望台。士兵们轮值着班,昼夜在那里守望。而且有四架重机关枪各据盖沟的一角,探出凶残的脑袋,向着无边的郊野窥视着。

他们把防守所四周的小榆林通通砍去。还有比较高茂的蒿草也被连着根儿拔出来了。这样,从防守所向四郊瞭望,只有天空和原野的分线,只有一个孤零零的小村落,在北方露着模糊的头。

日头从东起来再落到地平线上的时候,一种恐怖就赶来了,从远处飘过来的洋炮声,随着黄昏的加深,密度增厚起来,这时候瞭望台上的守望兵,盖沟外的夜哨兵就全绷紧了面皮,窥探那无影的轰动,从他们贼眉鼠眼的态度上,很可以证明他们英勇的武士道的灵魂,已经被炮声所征服了。

由于他们真实的自扰,在防守所范围内的"联运处"突然森冷得象座墓地。一天里,我们除开办理三、四车船客货联络不得不离开"联运处"而外,我们为了避免麻烦起见,就老是呆在那儿。

有一个好喝酒的名叫中根的二等兵,一从瞭望台下班就跑到我的办公室来:

“剥走狗[1]大大的，……阿木奈[2]得哪！”

随后，他习惯地用他不自然的苦笑，来掩饰他过分露骨的恐惧。而且照例拿去几张纸，说声谢谢就走了。

中根这种表示，就是一个无言的告急。我们不问可知，他们又从谣传里得来不少所谓“剥走狗”企图袭击他们的消息，其实“剥走狗”不会那么愚的：他们决不能以可贵的实力来袭击这南面临河，北衔铁道（距防守所北三公里是呼兰车站，那里驻守着一大队日本铁道守备队），一点油水没有的仅仅二十个洋跳子[3]的防守所。

然而，一天早晨，刚起床不久，我在办公室里看见对面防守所瞭望台上的守望兵向外瞄放两枪，接着他就拚命地喊叫起来。盖沟四角的机关枪也同时象爆豆似的乱响了一阵。留在防守所里的中尉和十个守备队立刻全副武装，弯着腰跑向守望兵所指的那面去。隔一些时候，他们架回一个大约十二、三岁的孩子，中根牵着一条棕黄色的牛犊跟在后面，他仿佛决斗获胜的武士那么兴奋着。

从此而后，戒备就更加森严了：在防守所的门外加了一个岗位；瞭望台上守望兵手里的望远镜，老是堵在他的眼睛上面。

从此而后，一种尖锐的叫声，经常地塞住我的耳朵。当夜里要睡觉的时候，刚一闭眼睛，就有一个孩子的阴影，他呈露着满身都是模模糊糊的血迹，强迫让我看，我非常害怕，非常愤怒，又非常悲哀，最后我用被蒙上了头，好使那悲惨的影子跟我隔绝；但是不行，尖锐的叫声反而越发尖锐地往我耳朵里锥刺着：

“中国人哪，中国人哪，受难的中国人哪！”

这一夜，完全被噩梦纠缠着，有时，那尖锐的叫声，把我从蒙眬中惊醒，我仔细审查，这声音是真的，并不是我的错觉。

---

① 日语，马贼，亦即土匪，义勇军的通称。——作者原注

② 日语，危险的意思。——作者原注

③ 绿林暗语，指日本兵。——作者原注

第二天,我特地从窗子里往外看那条受难的牛犊,它被拴在防守所山墙下一根木桩子上,周围附近的短草已经被它吃光了,它的眼睛过分地凸出着,伸长着脖子向四下张望,它是在望它的母亲呢,盼望母亲来解救它这受难的、饥饿的孩子。

它总是爱喊叫,虽然不怎样尖锐,但它给我的刺激,有着同样的害怕,愤怒,以及悲哀的感觉。当它用前蹄搔着地,仰面长叫的时候,防守所门前的岗兵就对它不耐烦地唾骂着,可是,它并不因为这唾骂而停止了它的要自由、要不饥饿、要找慈爱母亲的要求,它几乎发了狂,它用尽了所有的力量,企图拉断绳子,或那根木桩。它顾不得岗兵的唾骂,它好象了解它是处在绝大的危难中,畏缩,失望,乞怜,哪一样都没有用,只有拚着自己的全力,才能冲出这一个难关。

然而,它终于疲倦了。这时候岗兵走到木桩跟前,紧了紧绳结,回头在它还没有生犄角的头上拍了两下,意思好象是表示"亲善"。

到下午,从防守所里发出的叫声,不象起初那样尖锐了,偶尔一声象是为痛苦辗碎了的嘶哑,偶尔一声象是渺茫不可及的垂死的呻吟,偶尔又沉寂了,屏息着倾听,那是守备队的翻译朝鲜人李得浩压制着嗓门的叫骂:

"实说吧,操你奶奶的!……这钉点儿年纪,你挺不住……说,说,都在什么地方?"

"我死了好,给我一个痛快吧……我什么都不知道。"

这是我第一次听见孩子的声音。我想:这孩子是犯了什么罪了呢?我一点儿都不能猜想啊,不过,孩子的命运已经在意会中决定了!

牛犊又开始嚎叫起来。处在这不宁的周遭里,我的精神简直失去了安静的权利,它让我看,它让我听,而且它让我不停地想……从现在想到未来,从生想到死。

“你想什么?”同事张问我。

“我什么也不想……”

“你的眼睛发直。”

“直吗?我在看那条小牛。”

“是的,小牛饿了。”

“你可以救救这小生命吗?”

“不能够,你的恻隐之心太广了。”

“那么,就请你救救小生命的主人吧。”

“更不可能了,更不可能了。”

张好象受了良心的谴责,抽身走了。待一会儿他又转身回来:“你看,现在我可以救救那条小生命了。”

好久,他没有得到我的回答。以后他非常怅惘地走到门外去。

大约不过五分钟的模样,不知道他从什么地方弄来一大捆青草。他向那岗兵比手划脚地打着哑语,仿佛是向岗兵请求:这草可以送给小牛吃吗?

岗兵没有表示可否。于是,张竟鼓着勇气和决心走到防守所的山墙下,把那捆青草丢在小牛的眼前。小牛一边贪吃着草,一边目送着张走进联运处里。张一进屋就象个孩子似的跳到我的身边:

“你看啊,”他指画着窗外说,“我的心,心在跳。”

“你害怕?”

“不,不,你想,我愉快极啦。”

“你将永远这样愉快吗?”

张似乎是不能立刻了解我的话。他只顾愉快地看着那条小牛,小牛在嚼着最后那一口草了,唇边粘着反刍出来的草屑。它张大了眼睛,朝联运处这边伫望,它好象没有满足似的,希望寻找着方才给它送草的人,再丢过一捆去。

我还在熟睡中,二等兵中根就把我喊醒了。随后,他把一个透了油的纸包丢在我的床上:

“好,顶好,……你切(吃)吧。”

他又喝醉了,这一个酒鬼一清早就灌了那么多的酒。剧烈的酒臭,脑子被刺激得发晕。越讨厌,他越凑到我的跟前。呼吸象肥猪一样:

“切,切吧。”

“谢谢,我慢慢吃。”

我想把他搪塞走了以后,继续睡我的觉,但是,他竟又把纸包打开了,两手哆哆嗦嗦地推到我的枕旁:

“切,切,切吧!”

这算尽完了他每天从我这里拿纸的报酬。于是他走了,两条腿更加弯曲得不成样子。

纸包里的东西,比酒气刺激我还厉害啊,这样,我再也不能安睡了,我披上衣服,跑到窗前,当我还没有向外看的时候,我希望这是一个梦;然而,它偏不是一个梦,我好象不能相信自己的眼睛,我把同事张拖来。

“张,你要吃这肉吗?”

“吃,”他拣了一大块,“牛肉哩。”

“是牛肉?”

“很嫩的牛肉哪。”

他禁不住咬了一口。我没有制止他,也没有向他说什么,就又拖他到窗前去。

“哦,牛!”他嘴里的肉还没有咽下去。

“牛,我想牛是变成肉啦!”

“是吗? 这肉从哪里来的?”

方才中根送肉的情形我告诉了他。他把嘴里的肉喷吐出来,手里的一大块摔到地上,哭了。

这一天的下午，突然来了一个年老的村妇，她狼狈地跪在地上，哭着，叫着，一定要我救她的儿子。我拉起来问道：

“谁是你的儿子呢？”

“放牛的孩子，现在防守所里。”

“不行啊，你知道，我没有那么大的力量。”

于是，老村妇又要下跪，我赶忙拦住她，她哭着说：

“你能，你能，……救救我吧，我没有第二个儿子了！”

我怎会能呢？我可以用欺骗来搪塞这个可怜的老妇人吗？然而，她完全不了解我的地位，我怎能够救他们母子呢？我手里没有炸弹，没有手枪。

那么，让我去给他们叩头哀求吗？可以的，如果真能救出那个受难的孩子，这也没有什么。

我领着老妇人到防守所去见中尉。我们说，朝鲜人李得浩给翻译。

“这是放牛孩子的母亲。”

“到这里来做什么？”

“请中尉释放她的儿子，她只有一个儿子。”

“谁告诉她的：她的儿子在这里？”

“我不知道。”

“她的儿子是斥堠①，你知道吗？”

“我也不知道。”

中尉冷笑了笑。

“你是好人，你爱你们中国人。”

“不，只要是人类，我都爱。”

中尉又冷笑了笑。

“你是好人，但也是斥堠，不过，若有全村子人的保，可以特别

---

① 即间谍、探子。——作者原注

姑息他，因为他是个孩子。”

“谢谢中尉，我想那是办得到的。”

老妇人跟着我茫然地走出防守所。我问：

“你儿子，是给义勇军当探子吗？”

“不，我儿子是放牛的，还有一条小牛在什么地方呢？”

我随便摇一下头。

“那么，他不是我的儿子吧？”

我说，是她的儿子，并且让她赶紧回去，设法办全村的连保，越快越好，最迟明天早晨拿来。老妇人流着感激的愉快的眼泪走了。

第二天早晨老妇人果然来了。我愉快地迎她进来，但老妇人却没有一点儿笑容。

“不行喽，”她失望地说，“都不敢给做，怎么办呢？”

“怎么办呢？”我想了又想，可是想不出办法来。

“我没有炸弹，我没有手枪！”

把这心里的话，说出口之后，觉得自己的言语有点儿癫狂了。

“什么都没有用了。”一个夫役向我说。

“不不，他们可以放出来的。”我为的安慰老妇人，这样说。

“已经放出来了，不信，我领你们去看……”

于是夫役领路，老妇人和我跟在后面。越过一个土岗，夫役就站下了。

在草丛里，有牛的骨头，有一个孩子的尸体。

我的腿突然酸软下去，我随即用手扶住夫役的臂膀。在眼前什么也看不见了，我只能听见那可怜的老妇人不可形容的哭声。

（原载一九三六年六月二十五日《光明》第一卷第二期，
选自一九三七年八月上海北新书局初版《呼兰河边》）

狱

虽然，第九监号的铁门被骗开了；虽然，也把留置场的巡官，狱卒，打成重伤；虽然，都把镣子卸下，而且勇敢地拥到留置场的大铁门，结果，终因为他们防范周严和警报敏捷，立刻赶来那么多的实弹的枪口，生生地又把那些图谋越狱的要犯迫回到原号里去。

接着就来了一番严厉的搜查。在我们的第二监号里小王的衣领中间搜出一根为大家视如至宝的针，却万幸，亏是那个较有人心的狱卒冯搜出来的，他只是不言不语地放进他的衣袋里，就算完事了。假如换了另一个人呢，小王免不了受一番审讯，因此，也许就受一些苦楚，而且，也许，无故牵连到别人的身上，虽然，只不过是一根极渺小的针。

我想，即使为了一根针，发生些什么不可预测的不幸，终不如这次要犯越狱的事件严重。——况且，据一个狱卒说，那位巡官的伤势实在不轻呢，右眼已经被铁杆戳冒了，或则，有几条肋条让镣环抽断，现在是人事不省！——于是，我想，一种特别恰当的报复，暂眼之间就要来临了。想到这，我的周身实在觉得酸软、寒战；可是，我又一想，如果真的那样解决，对于一个受难没有尽期的囚徒，怎能不说那是他的幸福呢？

比如，一个人要是："为活着而活着。"不用说，监狱便成了一座最合理的，最佳妙的，寄托人生的场所，然而，起码人的欲求比一头猪栏里的肥猪，贪恋着一条泞泥沟还要高些吧，那么，你还看见过吗？当一头有点儿灵性的肥猪，知道它不久就要作为屠刀下的怨鬼的时候，是以怎样的力量企图冲出栅栏？同样情形，人的"智慧”也该超过一个畜牲吧！

这是最熟悉的汽车的摩托声音，从极厚的墙壁外挤进来了，它好象不祥的鸟叫，使人起一种忌避与可怕的感觉。其实，每次已经告诉我们，只要是这不祥的声音一响，忌避与怕完全没有用，只有凭着垂灭的吸呼，期待着它，——它会把失去了灵魂的躯壳，载到毁灭生命的机关里面去！

于是，他们至少认为在数的，罪大恶极的，顽强的叛逆，从他们的太平天下削减了。

第九监号里十二名越狱未遂要犯，就是那样死的，当然，他们认为这是世界上极合法的判处。

这一天，是旧历八月，在月亮未圆的前几天，我不能确定究竟是八月几日了；不过，我从那扇高到天花板的小窗子上看到一块永不流动的天空，在夜间已经变为明朗，而且月轮快要圆满了。

不会错的，过几天必定是中秋了。

当夜，意外的事情又发生了，我们第一监一共十八个监号，每个监号里提出去一个人，不幸的很，第二监号单提到我。原来是开了一次个别滑稽的讯问：

“好，你串通预谋越狱，还有什么话可说，……有证据！”

“证据？证据在什么地方？我要看，如果不错，请你们随便发落！”

问官毫不踌躇地说：

“你，你们是跟第九号约定的：同时暴动！”

“这是你的猜想，我完全不知道。”

“一定不会承认的，……那么，你不怕——死吗？”

“为什么？死？是的，如果你认为是时候，我希望——”

“好，带下去！”

我总觉得不该这么简单，然而，我又觉得自己过于幻想了，过去，不知道有千百个，曾经亲眼目睹的囚犯，随随便便从这里拉出去，有过什么样的手续吗！自然，他们不需要“供”，也不需要“押”，他们需要的正是一个“命”！

魔手到处贪婪地伸张着，攫取来全是一些蓬勃的花草；但当他再松开手时，那蓬勃的就必然枯萎了！

从萌生中毁碎了的生机，果实或种子从哪里再来呢？

失去土地的人民哪！

我慨叹着，这并不是人类向前的绝望，我是悔恨我：当自由为我所有的时候，奋斗的力量，太不充分了。

这一夜，我把“不该”的幻想完全拒绝了，我很坦然地、清醒地、仰躺在士敏土的地上，准备接受那“应该”的礼物。

起初，月亮好象睁大着皎洁的眼睛嘲弄我。当我再睁开眼睛的时候，窗子上什么也不见了，我怀疑，这是一个平安的梦啊！

果然，天还没有完全亮，那“不祥的鸟”就叫了，而且，这次不止是一两个，我想……然而，不等我想，“风眼”就啪地一下关上了。——每回都是这样：那不可忌避的事情一来的时候，狱卒先把所有监号的“风眼”关上，——如今，有什么好想呢？死，在我们眼前没有毫厘之差了！

小王喟叹地向我说：

“就是这样？就算完了吗？”

“我相信：另外，没有什么给我们……”

“不，我说的是我们太冤枉了；你想，谁会同谋越狱来？”

“只有我们才不冤枉，你忘了你是个大逆不道者？你也忘了那些真正冤枉的人——无辜而死的同胞，在这里，成百成千！”

“自然嘞，完全是你一个人的理由。不过，我以为不是这件事变发生，我们的生命还有苟延的可能……”

“够了！苦难磨灭着我，而且连生的留恋的幻想都不容有了，因此，唯有死，才是最大的安慰啊！”

“妈的，我还想多过一个中秋呢。”

小王滑稽得一点儿也不勉强。

拉动铁门的铁栓声，提叫人名声，脚镣声，从第一监号开始了。我看小王在整理他的已经发过霉的皮鞋，样子，坦然是坦然的，然而，脸色却已超过了惨白。我不能看见我自己，脸色是不是跟小王一样。也许，我的脸在红吧？因为周身猛然灼热起来。

口号伴着脚镣的珰琅声唱着，这些口号，是极普通，极切实而且也极其悲壮；不过，配合在我们的目前，它，仿佛是安置在真空管里的喇叭，然而，又谁不明白这个？一条在屠户屠刀下的牛，它是以哀鸣代替呼号的。

十八个监号，差不多都是喊着同一的口号，这是一百七十八十人汇合成的狂流，悲壮，伟大，汹涌，……整个的留置场，整个的监房，好象是被撼动，被冲溃了！

我们都加上了一副手铐。我们在久别的大自然里，倏忽一晃，就被庞大的囚车吞食进去，如同搬运的货物，堆积在里面，互相磕碰，踏踩着，当囚车开始蠢动的时候。

我们从它的嘴里吐出来。我随便看了看四围的高而坚实的红墙，天哪！这又是一个平安的梦吗？——我醒着，我的眼睛，我的神经都醒着。——不，绝不，有种种证明这确是把我们拉到哈尔滨特区监狱①里来了。

"为什么呢？和我们开一次玩笑！"小王意外高兴地问。

"看吧，总该让我们享几天福了。"

在归号的时候，我和小王分开了。但在这里，我碰见从前与我同监的好人万特诺夫和里涅，失一得二，多少是填补些我的失望。万特诺夫，里涅，象小鸟似的跳过来，而且热情地抱住我。我们大家笑着，可是没有话可说。

---

① 给白俄侨民专预备的监狱。监狱里的待遇，强于我国人中等家庭的生活。——作者原注

是的，没有什么话可说。他们从死人丘里发现了我，自然，除了惊异，十二分惊异，还有什么样话语可以加重表示这惊异呢？至于我，与世隔绝太久了，阴森的单调，将我养成一个沉默的哑巴。只剩一点儿燃不着的热情，泪早已涸竭了！

方才，我当小王说过："总该让我们享几天福了。"其实，是个美梦。完全把自己看得过于高贵了啊！现在，有什么两样，房子是很大；但，阴湿加重，哪里有我理想的床呢？仍旧是士敏土的地，困的时候，就睡在那上面吧。——死在那上面也行。

虽然，生着极痛苦的病，而且，更有的刑期已经签到明天的生死簿子上，你让他自动地死在这里，他是绝不愿意的。他要忍着灵与肉的痛苦，期待着生之毁灭。

人，都是这样贪生的。

人，有希望……

但，让"希望"走进死路，就是个傻子了！

里涅真是一个天真的孩子，他握着我的手说：

"想不到，你还没有出去！"

"这是一件幸事，我们能在这里见第二次面。"

"是啦，我以为你早就出去啦呢……"

"谢谢你，里涅，……里涅你该快出去啦。"

"为什么？"

"听说东铁让渡的条件快要成功了，你们还不快吗？"

里涅微笑着点一点头，继而耸一下肩膀说：

"不过，不知道这个消息是不是可靠？"

"忖度事实，自然是非常可能的喽，不然，他会抢了去！"

万特诺夫沉重的手掌拍到我的肩上，几乎使我孱弱的肢体摇摇欲晃。他很兴奋地说：

"朋友，我们快要回祖国啦……"

然后，他似乎感觉那话会引起我的伤心，他立刻热辣辣地抱起我来：

“一块儿出去吧，我的上帝！（对于‘上帝’这两个字，是含有奚落的语气的。）我们一块儿出去吧！”

我该多么被感动啊，我们完全是种族不同的人！

当我们谈话的时候，狱卒冯从隔着铁纱的“风眼”外往里探望，恰好我正有好多心思，想问问他，于是，就走到监门近处，跟他打个招呼：

“冯先生。”

他没有回答，只是咧一咧嘴，脑袋也没有动。我走近“风眼”说道：

“你知道吗？为什么把我们搬到这里来？”

他有点儿难为情似的，不肯向我说，我再三追问，他才说实话，可是，声音非常低沉地：

“你不能再讲给别人，一定！你也不能说是我呀，……没有什么，那边是要修理房子，住好一点儿……”

“住好一点儿？”我冷笑着，“不如说是：住牢实一点儿吧！……是不是！”

“嘿，嘿，……你真精明……”

“真精明就不能蹲监狱啦，冯先生！”

“说什么呢？这是收好人的年头儿，……象我这样没有用的东西，不如替你们……”

“谁是好人？你们的巡官说我们全是杀人放火的乱党呢！”

“滚他娘的吧！”他回过头去，立刻又转过来说道：

“他才真是一个满洲国的走狗！前一年，他把他亲侄儿弄进来，也死了！你也许知道，他是个学生，叫张什么柱我记不得了，你说这小子有没有人心？……报应！他快死啦，肋条断三根，冒了一只眼！”他回一回头继续说：

"可是,还有一个好消息,听说八月节那天,给你们列巴①素波②吃呢。"

在他认为是个好消息,在我却认为失望。

我该恨谁呢！犯了这样罪的人,连享受监狱里的同等待遇都没有！

然而,虽说是失望,这点聊胜于无的恩惠,已足使七个月不知盐味的我,垂涎三尺了。

"冯先生,今天是旧历十几?"

"三天,就过节嘞,……过节,过节到底有什么意味呢?——眼看年月是一天比一天糟！……再谈吧,我们。"

他匆匆地走了。我独自站在那里呆想:节,毕竟是有意味的,因为它多少可以满足我一点欲望啊。

一个给我们送水的白俄犯人,第一次看见我们吃早饭,我们每一个人端着一个装着所谓饭的,象个小棺材似的木匣,使他特别惊奇,于是,他提着空水桶,走到我们身旁,弯下腰去仔细看,一看,他马上向后一挺,就把鼻子捏住了:

"哦——"他皱着眉头喊着。

我们大家看着他。之后,他松开鼻子说:

"这个,我们的沙巴卡③不能吃!"

胡似乎气愤地向我说:

"这小子,真混蛋!"

"呶,什么混蛋?慢慢地……我们和你们……一个样。"当他刚要转身的时候,他又说:

"啊哈,一个样沙巴卡不吃的,给,……亚邦斯克④王八蛋!"

---

① 俄语:面包。——作者原注

② 俄语:菜汤的通称。——作者原注

③ 俄语:狗。——作者原注

④ 俄语:日本人。——作者原注

我看见万特诺夫和里涅望着那白俄的背影相对着一笑。

今天,该是八月十四了。

早晨,窗外的天空清朗得象一片海。回想两年来的中秋前后,都是在凄风冷雨中过去的。唯有今年这样好,我却被关在窗子里面,看着怪可爱的天空,仿佛欣赏一幅画一样,而不能从那里吸一点儿清新的空气,我怨愤吗?不,我该满足:我从这面比较宽大的窗子里,能够望着比较宽大的空际,而且,在窗前伸出来一丛摇曳着的丁香树梢,它,告诉我,这块土地上生长出来的东西,并没有死灭!虽然,那叶子已经半黄了。

我渴望生物,我渴望绿色的东西,……总之,我渴望自由,以及比自由更重要的。

我还渴望着中秋呢!

是上午。

脚镣声犹如五月里的春潮,从监墙外拍击进来。

胡突然受惊地说:

"瞧吧,这个数目够可观了!"

"一百个!"

胡不满足这个数目,于是,他对我摇着手说:

"不止啊,一定不止啊。"

他的猜测力很不差:当那些不知来路的罪人们归号的时候,单我们这一号就摊了三十个。我好奇地问他们之间最年轻的一个,他好象是感到兴趣似的告诉我,他们一道来的总共一百零七个人。

"哦!多呀?"

"里边还有九个娘儿们呢。"

"你们从什么地方来的?"

"我们有五十四个人是从富锦,其余佳木斯三十八,三姓十五……娘儿们全是我们那儿来的。"

"你打什么官司?"

“你问我呀？……丢人啦，小偷。”

“那些呢？”

“嚇，全啦，什么都有：红胡子，花案，烟赌案，……反正我们全是富锦县监狱里正当年的小伙子，老吉八头子不算数。”

“你知道吗？移到哈尔滨来干什么？”

“先生，这是运气呀，咱们打官司就赶上娘娘生太子……”

“娘娘……生太子？”

“可不，你们不吗！我们全摊赦啦，到哈尔滨干一个月苦力，就开释，不化一个子儿，搭火轮送回家去。……妈的，照这样，一年养一个多好！”

“这倒是不错。”我打算结束了这平庸的谈话，然而，他的话锋却正在兴头上呢。

“可不，多好，”他说：“我这官司真算打着啦，若不然，乡下人做梦也到不了哈尔滨来呀！”

“……”

“哈尔滨可算中国第一啦，大楼该多高。可惜，一晃就过来啦。”

“……”

“哪天出去干苦力呢？”他冷淡地自语着，之后，他看着自己的脚镣说：

“不知道，是不是把这死东西给下下去？”

真象过节的样子。一个狱卒说，现在让我们洗一次澡。——这是入狱七个月里仅有的一次。——不过，我们遍体生着肮脏的脓疥疮，从什么地方下手洗都是很成问题；可是，我们又不能不洗，失掉这一次机会，恐怕以后就永不再有了！

“这里还管洗澡吗？”那个年轻的问我。

“管。”

“哈尔滨地方好，哈尔滨的监狱也好。富锦县监狱可太缺德啦，饭不管饱，凉水也不给，妈的！”

十个人一伙开始洗澡了。第三次，我和那最年轻的在一伙，当他看见水从自来水管往外流注，他就奇怪地拍手跳跶起来。他似乎什么都忘了，——他忘了这是监狱，有狱卒，有皮鞭。

直到皮鞭抽在他的脊梁上，他才恍然大悟：自己是过于放肆了。

狱卒一眏眼的工夫，他面着墙壁窃笑起来。

用五分钟洗涤七个月的积垢。

用全副的精神，来迎接一年一度的中秋。

这一天，我起来特别的早。狱卒冯也替我们高兴呢，当他来回经过“风眼”的时候，老是用报告的口吻说：

“列巴，素波，快来了。”

“他说的什么话？”那个最年轻的问我。

“你不懂吗？”

他认真地摇着头。

“今天是节，换饭，一会儿给列巴，素波，吃。——面包跟肉汤……”

“阿弥陀佛！这是什么地方啊？”

他迷惑了，眼睛发直，不知道他心里究竟想着什么？

这是什么地方？在我看来也怪神秘的。头脑好的人们不承认人间以外有地狱，你来看哪，这里究竟是地狱？还是人间？

住在天堂上的人，哪里会看见地狱呢？

然而，这个最年轻的人，已经落进地狱里了，他反认为是升入了天堂。

让时间就是这样过去吧！

列巴，素波，快来了！

终于来了！

不是列巴，不是素波，而是那“不祥的鸟”！

胡率直地当着三十个人中的一个说道：

“预备吧，朋友！”

“预备什么？你说——”

“再见啦，朋友！”

“不错吗！”他是个老练的，而且非常聪明的人。最后，他制止着骇惧，镇静地向我们大家喊道：

“再见吧，同胞们！现在……我要说明了：我不是强盗，我是反满抗日的义勇军！”

于是，三十个人，一齐骚动起来，类似那同样表示的总在十个人以上。

这时门开了。日本警官监视着巡长按名单提叫名字。一个，两个，三个，……

最年轻的人，仍旧迷惑地站着，望着，结果提叫他的名字了。

“是……叫我……吗？……这是……怎么一回事？……我……我不是强盗！”

两个狱卒走进监房里来拖着他，他战栗地回过头来喊道：

“先生！你出去的时候，给我妈捎个信，……我家在富锦西街……”

他已经被拖到监门以外了。他的喊声从“风眼”上钻进来：

“先生啊！记住：西街二百零五号，朱寡妇——”

好伤感的孩子里涅流着眼泪开首唱着：

“斯达外①……”

接着这歌象悲壮的送葬曲，在里涅，在万特诺夫，以及在我们八个人的口里唱出来。我们的全身被这歌声拥挤着，压迫着，……

监门外叫道：

---

① 俄语：起来。——作者原注

“停吧！停吧！……列巴，素波，来了！”

（原载一九三六年八月十日《光明》第一卷第五期，选自一九三七年八月上海北新书局初版《呼兰河边》）

端木蕻良

鸶鹭湖的忧郁

一轮红橙橙的月亮,象哭肿了的眼睛似的,升到光辉的铜色的雾里。这雾便热郁的闪着赤光,仿佛是透明的尘土,昏眩的笼在湖面。

一群鸶鹭,伸长了脖颈,刷刷的打着翅膀,绕着田塍边的灌木飞过,大气里又转为沉寂。便是闪着翠蓝色的绿玉样的小脑袋的"过天青",白天不住的摊开不倦的翅,在水面上来来去去的打胡旋,现在也不见了。只有红色的水蝇,还贴在湿霉腐乱的土皮上,发出嗡嗡的声音来……有两个人在湖边上。

一个个儿高高的,露着一副阔肩膀,跪下来在湖边上开始铺席子。那一个小一点儿的瘦瘦的,抱着一棵红缨扎枪,在旁立定了向远看,好象要在远远的混浊里,发现出边界来。

"这天气怎么这样的霉……。"他微微的附加着一口叹息。

那一个并没搭理,铺好席子,把两手抱住膝头,身子微撼了一下,抬着脖颈来望月亮。

"快十五了,咱们今天不在窝棚睡了,咱们在这里打地铺,也好看看月亮。"

"这月亮狠忒忒的红!"

"主灾哞!"

"人家说也主兵呢。"

"唔。"

两个人都暂时静默，湖对边弥漫过一阵白森森的浮气来。在深谷里，被稀疏疏的小紫杨围着的小土丘上，闪动着一道游荡的灯光，鬼火似的一刻儿又不见了。

“小心罢，说不定今天晚上有‘偷青’的呢，警醒点，我的鼻子闻得出来。”大个儿一点的说。

“那有什么，吓跑了就完了罢，哪天没有。”

“不成，今天得给他一顿好揍，快八月十五了呢。”

那一个诮讽的：“‘烧饼’也当不得月饼呵。”

“谁说的，至少也痛快痛快手。”

“……”

小一点的那瘦瘦的，放倒了红缨扎枪，脱下了脚下的湿鞋，凑到席面上来。“雾更大了。”口中喃喃的说，心里象蕴着一种无名的恐怖，在暗中没有排解的霎闪着一双深沉的眼睛。

这时月亮已经升起来了，一切的物象都清晰的渐渐的化作灰尘和把握不迭的虚无。暗影在每个物什的空隙偷藏着，凝视着人。那棵夜神样的大紫杨，披下来的黑影，比树身的体积似乎大了一倍，窒息的铺在水面上。一块出水尖石，在巨荫里苍霉的发白。全湖面浸润着一道无端的绝望的悲感。

“来宝哥，你今年多大了？”小的问着。

“二十三了，不小喽。”那一个一团稚气的答。

“我今年十六，妈说我明年就不拿‘半拉子’钱了……。”

“你呀，你还是少作一点儿罢，别心贪，这年头儿啥年头，你身子骨儿软，累出痨病腔子一辈的事。”

“可是怎办呢，爹老了，去年讨了三副力母丸也不见好……我要讲年造一年赚一百呢，就活便开了。”

“你得讲得出去呢，不用说你，就我，这年头儿没有人要，谁家敢说出一百块钱要人，到上秋粮食打出一百块钱了吗？……何况你又瘦瘦的……。”

“我勤俭点呵，多出点活呵。”

“哎，就别管明儿个，‘到哪河，脱哪儿鞋！’……呃，可是偷了来酒来了，你喝吗？好酒呢！”他从裤腰底下掏摩了半天，掏出一只“酒闭”来，又是一卷儿干豆腐。

小的寂寞的摇了摇头，看着他吃着。

“可是，玛瑙，我忘记告诉了你，就要好了呢，听说小×到×京合作去了，就要出兵了，这回是真的，不是骗傻子了，说是给义勇军下了密令，从鞋底带来的，所以一过关，现在身上都不检察了，就检察鞋底，说是让义勇军们先干……。”

“来宝哥，咱们也当义勇军去好不好?”

“那还用说，到那时谁都得去，不是中国人吗?”

瘦一点儿的玛瑙沉在沉思里。

“那时我们就有地了吗?”

“地还是归地主的，可是粮食值钱了，人有人要了呵！”

“我都知道——”玛瑙又叹息，“咱们没好，咱们不会好的！”

“你妈要给你娶媳妇了吗?”来宝没头没脑的插进来。

玛瑙红了红脸没作声。

“你吃干豆腐吧，我吃不了……娶个媳妇，好象买一条牲口，你爹也好‘交边’了，享享福，刚才我在湖边儿看见了他，哎，驼的两头都扣一头了。”

“可是娶媳妇也得钱哪，我妈给两块布，那边不答应，说这年头女的值钱，要不是从小订的，现在都想不给了。”

“嘍，这年头，他妈糊涂，兵荒马乱，大姑娘放在家……哼，你吃干豆腐呵，我吃不了。”

“我爹每天晚上咳嗽，半夜妈还得起来烧遍水，得用热水往下压呀。……”

“哎……咱们睡吧，半夜还得起来打偷青的呢。”

来宝把两枝扎枪放在两人中间，便掀开一床破棉絮来盖了。

“你不睡吗?”来宝伸出脑袋来问。

瘦瘦的默默的不作声,扯开来棉絮的一角也睡了。

远远的村庄里,有一下狗叫声,旋即静灭。

雾现在已经封合了,另有一道白色的扰混的奶气似的雾露还一卷一卷的卷起来,绕着前边的芦苇,湿冷腻滞的在水面团成了几乎看不见的水玻璃球。然后又兀自摊成一层粘雾,泛着白气,渐渐的,又与上层的黄雾同化在一起。透着月光,闪着一廓茫无涯际的空洞洞的光。

“来宝哥,你说出兵,是在八月十五吗?象杀鞑子似的?”

“……”

“来宝哥,你方才看见我爹了吗?”

“……”

“你睡着了吗?……好大觉……”

“……”那边骨啾啾的翻了个身。

“来宝哥……”

“……”

黑暗里一双绝望的眼睛向空无里张着。

雾更浓了,对面已经看不清人了。

湖边上的两个睡得很熟。沿着他们身后是一垄一垄的豆秸,豆叶儿早已生机殆尽,包在豆荚里边的豆粒儿也都成熟了,只静静立在那儿,等着人去打割。“豆哥哥”碰着这样的月夜,也想不起来叫,因为湿气太重,薄纱样的“镜鞍”都滞住了。

干枯的豆叶,花棱花棱的响了一阵,一会儿又静下来。

玛瑙梦中发着呓语,“不要打我呵……下次再不敢了……呵……不要打我的腰呵……不……。”一只带着花白的骨针的刺猬猬,盲目的在他身边嗅着,听见他的嚷声,便畏缩的逃回豆地里去。

豆叶响动声一刻一刻的大起来了,方才的那只刺猬猬,已经无影无踪。

终于有割豆秸的声音沙沙的传出来。

玛瑙打个鼻嚏,醒转来,把耳朵贴在大地上听着,是镰刀声,豆秸倒地声,放铺声,脚步声……他的眼睛在暗中睁大起来,怀疑的向着月亮看了一眼,大概想看出现在是什么时光来。

他把手向来宝一推,"有人了!"声音几乎低到听不见,他又推了他一把,来宝蒙头涨脸的坐起来,向他摆手,然后把耳朵贴在地上。"在'抹牛地'那边!"他狡猾的笑了一笑。"一阵好揍!"

"捉他?"

"捉! 一定的,月饼!"

于是两个人悄手悄脚的爬起,向抹牛地那边包抄过来。两人都偻佝着腰,怕让那偷青贼看见,事先逃逸了。玛瑙抖抖身子也钻进豆丛里去,心想:"妈的,活该这贼倒霉,大过节的一顿胖揍!"手里使劲的握住了红缨扎枪。

雾很沉的,两个人都不能辨别自己的伙伴儿在哪里,只有在豆叶的微动里,觉察出对方来。来宝以纯熟的经验,按照一个直线,到达抹牛地了。他将拳头抱紧,如同一只伏在草丛里等着他的弋获物走来的猛狮一般,两眼睁大,略微停一停,向着红雾里望去。

玛瑙心里十分沉阴,看着混沌的雾气,象一块郁结的血饼样的向自己掷来,不由的心头一阵冷悸……

忽的"噢~~~"一声惨叫,一件东西沉重的跌倒了,来宝早已和那人扭在一起。

"老东西,这是你家的!"来宝气喘嘘嘘的一边揪打着一边骂着。"这回老杂毛,你再叫!"他死命的揪住那偷青贼的脖子。

"爹爹! 爹爹!"玛瑙一阵狂喊也扑滚在地上的两人身去。

来宝怔了一怔,揩着眼睛,"呵……。"

躺在地上的老人,脸上罩着一层灰白色的惨雾,喉咙被痰壅塞着,很粗鲁的喘气。脸上有一道污血涔涔的淌下来。

两个青年都失措的不知道怎么办是好。

老人用仇视的眼光狠毒的望着他们，挣扎的站起来。虽然他的腰是驼到无可再驼了，但还可以断定年轻时他定是一个顽固而强健的农夫，至少三十年前他也是个“头把刀”的“打头的”。

“马老爷，马老爷……，”来宝呐呐的嘴里不知道说些什么。

老人向前一跳，拾起来地上的镰刀和一条麻绳，回头用眼向他们咒视了一下，便一高一低的走了。

两个默默的走回湖边来。

“你睡吧，我不要睡了。”来宝生气的说，他又抱起了膝头。

“你看不起我爹吗？”

“胡说，你睡吧！”宽宽的肩膀动了一下。

“我……我不成噢，我要挣的多呢……。”

“你挣得多又怎样呢，能使穷人都好了吗……。”来宝轻藐的用鼻子哼他。

“爹……咳，老了！”

“老！老头子成呢！”

“成？”

“那当然！”来宝又咕哝着说了一些什么。

玛瑙忧郁的倒在席上，一种无极的哀怆淹没了他。疲惫的脑筋开始有点麻痹，他觉着一切自主的有机的力量都从身上失去，凡是有生命的都统统失去。眼前只是一片荒凉的所在，没有希望，没有拯救，从胀痛的呜呜的耳鸣里，只传出一声缠绵不断的绝望的惨叫。

辗转一会的工夫，他便被精神的疲倦，带入一道无比的伤痛与睡眠混和的深渊里，浑噩昏沉的失去了知觉。

一觉醒来他又听见有人底语声，似乎离得很远。他想又来偷青的了，来宝不是没有睡吗，难道可怜的爹又回来了……他连忙的清醒过来……，来宝已经不在他身边了。

月亮象一个炙热的火球，微微的动荡，在西边的天幕上。大概距离早晨已经不太远了……远方有鬼魂样鸡声在叫着。

“来罢，小伙子……害羞吗……来。……”

玛瑙听不出声音在哪边来的。

“你打我，好，打我的奶子好了……哎唷，小畜生！一会儿你就知道我的好处了……来罢，那边……。”

玛瑙茫然的不能索解，只是下意识的袭来一股羞辱与不可知的恐怖。而方才不久听到的那同样的镰刀声，豆秸倒地声，放铺声，脚步声……同样的急切，同样的烦躁，又在不远的地头上出现了。玛瑙的惊惧是可以想见的，他想只要是来宝在这里就好。他乍着胆子，手里本能的捏住了红缨扎枪，冲着割刈声传来的方向赶去。

他生手生脚的，心头忐忑的跳着，幻想出前面是一个络腮胡子的大汉子，举起闪电样的镰刀，照准自己的头顶劈来，他几乎叫出来。这时他想退回去找来宝，可是来宝已经不见了，后边也是一片黑魆魆黄腾腾的空虚……。

“谁！”玛瑙向前大喝一声，声音里抑不住有点颤抖。他这叫声与其说是要吓退对面的敌人，还不如说是想提高自己的胆子。

当前一个孱弱的小姑娘吓得倒退了起来，一手举着镰刀。

“你还不快跑，你偷青……呵？”玛瑙看清了他的对手是个发抖的小野兽似的小人物，他突的壮起了胆子，只是奇怪她为什么还不快跑。

“你这点小东西，就敢偷！……”

“我妈——妈不是和——你说好了吗……？”伊很怕，瑟缩在一团，还举着镰刀，话语说出来一个字一个字都在沉闷的热郁里塞住了……。

玛瑙不知是为了自己的好奇，还是为了使可怜的对方破除骇怕，声音不由的缓和下来。

“你妈——是谁呢？”

“我妈,你你没见着吗?”那小女孩全身抖着,又复陷入一种剧烈的痉挛里,伊以为一切都完了,她妈没有和他讲好……。

“呃……我们是两个人,你妈也许跟那个人讲好……喂喂,你不要怕,我不知道,我睡觉了……。”

小女孩惶悚的小鸡样的向他疑惑的看了一眼,把举起来的镰刀迟钝的放下来。

玛瑙心里出奇的难受,他很想哭起来。

小女孩机械的又转过身去割起豆荚来了,戒备的用眼光在眼角上向这男人溜着。

“你有爹吗?”玛瑙昏乱的问着她,不知应该如何来应付他的小贼。

女孩儿摇摇头,依然吃力的割着。她的小手握着那豆秸是那样的费劲,那样的迟慢,一刀一刀不自然的割着。

“有爷爷吗?”

“爷爷咳嗽呢,爷爷说他就要死了。”

“咳嗽!”

“唔,到晚上就厉害。”

“你妈晚上起来给烧水吗?”

“烧水?”

“呵,烧水,压咳嗽。”

“不,我妈没工夫。”

“你妈干啥忙呵?”

“偷豆秸啊。”

“要不偷豆秸呢?”

“也忙。”小女孩轻轻的呼出一口气来。大概她是叹息着自己的无力,她割了那么半天,还不够个大人一刀挥下来的那么多。可是她还是毫不倦怠的割着,好象割着就是她的生命里的一切。

“你妈现在在哪里呀?”玛瑙陷入不解的懊恼里。

小女孩全身微微的一震，在嗓子里呜噜着："我不知道。"

"那你怎敢一个人来偷呢？"

"我妈说，她一咳嗽，我就割，那就是她说好了……"

"唔……你妈……。"他沉吟的落在思索里。"你不害怕吗，这混澄澄的天，对面不见影儿……。"

"……"她回过头来看他一下，眼睛里闪着黑光，全身都更缩小了一点。

"你有哥哥吗？"

女孩儿悲惨的摇了一下头。

"弟弟？"

女孩无声叹息着。

玛瑙向四外无告的望了一眼，月亮已经西沉了，白茫茫的大雾带着刺鼻的涩臭，慢慢的摊成棉毡，为着破晓的冷气的漫延，开始凝结起来。大的分子粘和着小的分子，成为雏形的露珠向下降低了。远远的芦苇，深谷，大树，朦胧里现出粗拙的无定色的庞大的块和紊乱的不安的线条。鸡声又叫了，宛然是一只冤死的孤魂无力的呼喊。……

小女孩手出血了，在衣上擦着，又弯下身来割。

"你有家吗？……"

"唉……"小女孩挺挺腰，喘口气，她的肋骨完全酸痛，一根一根的，要在她的小小的胸脯上裂开弹去。"求求你，你不要问我说话了……"她恐惧的向后偷看一眼，想辨明是否因这话而得罪了他。"我割的太少了，我妈就要来了……该打我了……"最后的理由她吞吐的说出。此刻伊完全为恐怖所占有……。

玛瑙无神的俯下身来，拾起落在地上的红缨扎枪，木然的向后退去……，心头象铅块一样的沉重。

雾的浪潮，一片闷都都的窒人死命的毒气似的，在凄惨的大地上浮着，包育着浊热，恶瘴，动荡不停。上面已经稀薄，显出无比的旷敞,空无所有。

月还是红憧憧的,可是已经透着萎靡的苍白。

他一个人踽踽的向前走着,脚下不知踏着什么东西……。走出约有二十步的光景,他又顿然停住了,然后大步的转回来……。

小女孩看他走过来,触电样的向后一退,神经质的辩诉着:“我割的不多呀,我割的不多呀,我……再让我割一点吧……我妈就要来了呵……。”

玛瑙一声不响的从她手里将镰刀莽撞的夺下来,替她割着。

…………。

远远的鸡声愤怒的叫着,天就要破晓了。

…………。

(原载一九三六年八月一日《文学》第七卷第二期,选自一九三七年六月文化生活出版社初版《憎恨》)

遥远的风砂

在三月梢,已是幸福的春之尾了。而在卓索图盟,春风还藏在从西伯利亚吹来的狂飙的后面。

这里没有樱桃园湿润的香气。也没有"溜鸟"的嘹亮迷人的调子。有的是蒙古包放马声——长鞭连落的脆响,回音由山谷中传来。游龙似的马的突唇声"咴,咴~~~噢唔噢唔"远道来的人,也许不承认这是马声。以为是荒原里一种奇异的野兽。马怎会叫出"噢唔噢唔"的声音来呢?实际上这就是出名的"马啸"。当它突突的肉战着,反抗鞭打的时候,在月夜,清风里,用前蹄扒着槽前的泥土,想起从前的恋人的时候。

说马啸是塞外唯一的声音,也不是不可以的。因为原野里的鹰,是有着鹫一般的高傲的,不会学着雀鹰子,灰鹰,青鹰,……那样小家子气,一捕获了食物,就唧唧喳喳的叫的。它永远是悠闲的在蓝天里浮着,象一个神秘的巫婆,默念着咒语在兜圈子,象一片寂寞的云片。

黄羊子在塞外是精巧的造物。娇的小腿,如同袅袅欲折的竹节。竖起薄薄的小圆耳朵,常向远方去听。伊是神经质的,而且受不到保护,有一点儿风声草动,就只好拿起腿来便跑。伊的速率是可惊的,转瞬之间,依然是砂碛,远山,古道,成群的黄羊子早已不见了。……远远的天,飘来寥落的风响……

这就是我们这一行人长征中的伴侣。

还有羽毛和土色一样的不十分美丽的"百灵",和它同属的头顶上鼓起一座英雄顶的"鹅儿翎",在大地上凄凄的叫着。不要幻想它们能唱出在鸟市上金丝笼的家族那样婉好的歌声。不会的，在这愁苦饥饿的荒原上，它们不会的。它们吱吱啾啾的，看见马队过来，也不怎样想飞，好象长久没有遇见生人似的。

这就是我们在大塞中，唯一向我们招呼的亲人。

我们是昨天一早带着月亮出发的，昨天在郑家窑子吃了一顿“莜麦”面，我特意多吃了一点，现在肚里隐隐的还有点儿绞痛。今天一天没“打尖”，现在天色要晚了，在头顶上盘桓的鹰也忽扇忽扇的回家了。我们还在鞭着马跑，不知今夜宿在何处！

突然有人宣布：

“路走错了！”

全身都有点颓唐，忍冷，挨饥，风，砂，涉水，爬山……所为何来，为的是走错路？

马“肚带”又松了，下了马紧了一紧，实在不能再紧了。否则不但在感情上对不起我的拳毛芦花，而且在养马的经验上讲，要再紧着也就该“残”了。不过狠狠心，又紧进了一寸，我轻轻的拍着它的脖颈，我的马，从我用了不十分名誉的手段把它得到手之后，我们的命运便汇合在一起。它向天悲愤的长啸了一下，用前蹄扒着砂石，砂子在我的鞋子上打滚。

双尾蝎翻身跃下马来，默默的勘察地面，想寻出赶前车的脚印。那里有什么脚印！连牧羊的粪都没有，要发现了牧羊的粪，也是令人快慰的事情，总会断定离开人家不太远，至少也有羊圈子好走进。

他看了看前边的山峡。

首先发现走错路的贾宜就说：

“前边是山涧，我们走的是流水沟！”

这真叫人懊丧，双尾蝎领的路。“我看他‘猪皮胶’的脸色，就献不出‘番王宝’来，果然不差，他也认清鸟路！”煤黑子脸上每个红疱都挣得鲜红，沙声对我说，并不怕双尾蝎听见。

双尾蝎没有听见——一定是没有听见！很安闲的在流水沟上捡起了一块石头，用手拂去上边陈旧的马粪，把那块鸡卵石上上下下翻了一会儿，上边的一半都已剥蚀的有点粗糙，近于风化，底下的部分还非常光润。他扔了石头，又在石缝里，掘了半天。

“他想掘出臭蛤蜊来！”

陈奎告诉我：“要有臭蛤蜊就一定是流水沟无疑了。”

他掘了半天，空无所得，只捡出一片白贝壳，用黑色的瘦手指一捻就碎成石粉末了。他跨上马，把屁股欠起，望望前边的山头。前边没有层峦，非常晴朗，他用鼻子嗅了一嗅，空气很干燥，充满砂土气。

“走！前边就是龙门锁！”他决定的说。

走错路了！龙门锁！哪有这便宜事，这一个南北极的差别，使人不相信了。

“妈的，你就惦着‘跳龙门’①了，龙门锁，龙门锁在山峡里，你走过这段路没有！”煤黑子发音中的山东大蒜味，愈加把他的激恨形容得义愤十足。我们都很同意他。陈奎向我看了一眼，眼光里充满了没有把握和疑问。

“兄弟们，赶路要紧，穿过这道山就是。”双尾蝎平静的说着，用两腿把马轻轻一夹，马便不耐烦的走了。

煤黑子懒懒的长吁了一口气，“呵！”把盒子炮拿在手里，把子弹倒出来，又装进去，故意扳着枪机扎扎的响。眼里露出杀机。我心里一冷，很想警告双尾蝎不要在前面走，小心遭了他的暗算。

双尾蝎的小马喘着白气，在前边打头走。打了一个“前失”。

两面都是窄窄的山峡，有小榆树在盘虬着，因为背风的缘故，有时从土缝里钻出一棵草芽来，透露了春的姿态。没有小花，也没有“草蝈蝈”，有的只是马蹄得得中的不愉快的沉默。

---

① “跳龙门”是性交的隐语。——作者原注

煤黑子打喇了打喇嗓门，哑着声唱：

> 莜面卷啊大把抓哎噢，
> 一把卷子一朵花哎哟，
> 花儿戴在卷子上哎哟哟，
> 卷子嵌在花中央哎哟哟——

他在捏造什么丑恶的歌词呀，他在宣泄他可怕的心术！他大嘴向一边歪着，络腮的胡子扰乱了的“麻刀”似的差一点儿掩没了鼻梁。眼睛细眯着一道缝，眼角那儿散状的皱纹，微微的牵动着，牵动着，使他的鼻孔都剧烈的抽动。他的脸非常的不正，微偏，左太阳穴那儿有个大疤，似乎他就用那个疤在看人，疤上显出紫亮的光。

这家伙突然的向我笑起来。他用黄板牙啮着胡须，向地上吐了一口唾沫。

“嘿嘿，你，……嘻嘻。”

他眼中荡漾着非人类的卑亵，脸上淫邪的扭曲着。

我们默默的走着路。

他不是我们这队的。双尾蝎才是我们这队的，并且是我们的队长。我们的队长脸上是菜绿色，血液大概也是绿的，身上发青，有人说他是“老棒”①。但没有人证明他抽过。又有人说他每天夜里必定吃一条蝎子才睡得踏实，他身上有“五毒”，蛇见了他就打团。有一次我们在柳罐峪守夜，半夜他起来划烟火，我说：“不成喂，敌人看见！”他说：“唔，捉住一条蝎子！”使我不相信这神话的人，简直也弄的啼笑皆非。

然而双尾蝎最善良的意义，是这样。他的枪术打的不算顶“靠”②，但是他的最后一着，是“致命诀”。谁要碰见这一着和碰

① “老棒”是海洛英棒的吸食者。——作者原注

② “靠”，土匪黑话：有根。——作者原注

见“吊客星”是一样灵验的……

他把马一拨，盒子炮从腋底下伸出，往两边一抹，效果是和手提机关枪一样，然后单跨镫，向马肚子底下隐去……他逃走了！——而且能双手同时“上”两连子弹在两个枪膛里。将枪一同贴在胁下跨上的一段腰部，用虎口将子弹一逼，第二膛枪又充实了——这一门最毒，所以叫“双尾蝎”，至于他脸上为什么显出青绿色，是因为他在十二岁就被“红帽子”①灌了四次洋油，大约损坏某部分生理组织的缘故！……

有这样的队长是够押住“点”的了，什么时候也闪不了手。谁不觉着“抖神”。不过我们就是不佩服他那分青绿脸！……简直是一条蜈蚣虫，何况他又领错了路。

煤黑子是刚刚改编了番号的“棵”上的“二当家”的。从前他就在我们的防线里胡干，现在被司令收编了……是同志了。我们现在就是和他一同到八蜡沟，他们的“老窠”去，见“大当家”的作收编的最后的磋商。

“我日他妈的他妈的姥姥，这是你家的龙门锁？”

山峡走出了，果然不是什么龙门锁，前边一道大河，横断了去路。

“这叫他妈的龙门江！”煤黑子咆哮如雷，他似乎就要射击双尾蝎了。

“向西看！”双尾蝎平静的向西一指，大家不去看那眩人的滔滔流水了。大家向西看。

寿桃山，龙门锁！

马上都变得活泼了，陈奎策马向西第一个奔去。

“这就叫，龙门锁！你看这势派！”贾宜追上我，向我解说，“这

---

① “红帽子”就是东洋兵。——作者原注

是寿桃山，山上是吴王夫差的点将台①，下边是舍身崖，从前有一个孝女为了祈母不死，自愿替死，在此‘舍身’，……削壁上有昌平侯杨洪写的大字，‘四方屏障’，‘五路咽喉’，一个字都有一亩大！”我也被他的话眩惑了，打着马向前飞奔。

走到河心，马都要命的喝水，努力的鞭打马臀。在路上飞驰之后，不能让马喝饱了水的，马似乎不懂这些，还执拗的在把脖子插在河里去。

寿桃山通体是裸裎的青石组成的，铁黑色，有成千成万的山燕子在岩上作窠，唧唧的叫着。

行近了，天光马上为翠蓝色的翼子所遮蔽，显着苍黑了。青燕落在岩石上，又飞起来，吱泠泠叫着，又飘遥遥的飞。不知它们干些什么，决不安静一会。

我用尽了眼睛去寻——

“四方屏障”。

果然发现了，字的四边还有着从前石工搭“跳板”时用的凿眼，想见当时凿工规模之大……花，忽，一阵黑砂，有鬼附着似的打瞎了我们的眼睛，连忙用手遮住了脸，尽可能的躲避。

“五路咽喉”，字略小些，写的不算出色，其余的都尉，巡阅史，边将……的题咏很多，看不过来了也看不清了。舍身大上是丈六金身，浮雕在青石削壁上，从前有一个砖龛，已为摇荡的风砂所洗劫了。

“赶过去！”双尾蝎说着。

刚一转进山口，一股劲风，沙沙沙～～～黑砂每个颗粒互相摩擦着，攻打着，沙沙沙～～～人们有十个脸，这时也是徒然的，那刺痛真使你想叫出，可是喉咙又被强虐的风给灌满，Gailo Gailo 的，好比一个喝了硝镪水的金鱼。

---

① 这是错的，吴王不能到此来点将。——作者原注

“沙~~~~”黑砂发出残酷的非人道的呼声。

“沙,”“呜呜~~~~”风同画角一样的尽了助战的威武。

我们没有防护的面孔在这双重侵害之下十足的给牺牲了。

好容易渡过了,睫毛都厚厚的凝结了黄霜,不敢用手去揩,怕混进眼膜里去,只轻轻的把嘴角的两团黑泥弹掉,向地上不住的吐唾沫,两手揉搓着僵痛的两颊。

我的拳毛芦花也打着响鼻,用尾巴拂刷着身子。

“上天易,过龙门锁难!”陈奎向我吐舌头。

煤黑子的络腮胡子——天然的“麻刀”,现在混合了泥砂,水气,正好抹墙。“妈的!”他依然凶恶的嚼着胡子,胡子里所收罗的面砂,一定有着蔻蔻粉的香味。

过了寿桃山,就好办了,我们都带了一身的叹服和轻快。幻想着打尖时的……可是,哎,还是莜面!

我们的队长并没有什么喜悦,还是那脸的青黑,天色随着他的阴沉黑下去了,前边露出了小小的土房。

“贾宜,到前边店里探探去,有住处吗?撒马撒马①!”

贾宜扁扁嘴,夹夹马,向前飞跑了。

“骡马驼店”土墙上歪咧咧的写着黑字。“草料……”底下的泥皮落了,看不出是什么字。

喜欢的下了马,便找马槽拴了。

店东打着“小字眼”的土腔,来招待我们,硬着头皮装出欢迎的样子。

一个四十多岁的中年妇人,大概是东家奶奶,正穿着一个紧身“棉屯子”②,两臂和奶子都露在外面,在奶着小孩。看见我们进来,慌张的挟着孩子向里跑,小孩发出杀猪一样的号叫。

---

① 撒马撒马,看看光景的意思。——作者原注

② “棉屯子”,绥察一带的农家女人穿的一种棉背心。——作者原注

我问贾宜:“方才你先进来,她怎没跑呢?”

他笑着说:“她以为我是乡下老粗呢,不比你们军爷!”

“有‘荤腥’[①]呢……嘻嘻!”

煤黑子整理着马鞍子,拍拍马肚子,向我露出丑恶的笑,脸显得更偏了。

“有豆子吗?”他喊。

“豆子?”

店主东连连打千。“当家的,实在没有,实在没有,要是有,不用老爷说也会献出来的,有好料,特为拌的好料……老爷赏光,二头!”他向里面叫着,一个穿着白面口袋缝的裤子的瘦小的孩子,飞动头上的“帽缨子”[②]跑来。两只乌黑的眼睛向我们偷偷的溜着。

“给爷遛马去!老爷们到里边歇吧,落落脚!”

我们全被当成了胡匪了,我们面面相觑。

小孩子牵到我的马时,不由的惊赞起来:“嘿,好马!”然后向我憨笑。我的拳毛芦花也象一个慷慨悲歌的壮士一般,听了这话唤起了风尘的感伤,又是一阵狂啸,在春天,它的确太觉到孤独了。

我向叫二头的孩子微笑作答,他的白裤子上有着鲜绿的字迹:“概免税厘!”

此时,店主东已经挨了煤黑子一个耳光。

“肉实在没有,花钱也买不到,鸡子有,有,是,老爷,有!我不是说有吗!”

他的灰色的大布衫上,也踹满了“躺土牛”[③]的足迹。

---

① “荤腥”,即女人。——作者原注

② “帽缨子”,头上四五寸的头发,或为养成发辫的准备,或为剪去发辫后的遗留,不能断定他是属于哪一类。——作者原注

③ “躺土牛”,牛皮靴之一种。——作者原注

"喂,同志!"双尾蝎目光放出棱来,"不要太'四至'①了,我们总得改改秉性!"

"嚯!他有说没有!"煤黑子耸耸肩,"吠,拿来,'摊黄菜'②,大点油!"

吃饭时只有他一个人吃炒鸡子,我们谁也不吃。

天就黑下来了,远远传来唤马的声音。

"遥吓,遥吓,遥吓,呜呜呜~~~~"

我们决定睡在这里,所以都放胆的躺下,有的脱下鞋子检查脚底板下的砂子。

煤黑子在外面又打人。

我走出去看,原来他不知从哪儿翻出了半升豆子来。所以又该店主倒霉。

"拿到锅里给你爷香一香③!你妈拉个屄的!非这样治你们不成!"

喂马喂豆子,还得香一香……我心里充满了忧郁,这样的队伍怎能收编呢,根本就应该一颗子弹结束了他。

煤黑子盛气的回到屋里,睡在炕上和贾宜讲着他抢劫时的乐趣。

"娘拉个屄,摘?多费事!有一次我一连砍了十只手,五副金镯子,五副!娘拉个屄!五个大娘们,先斩④后奏!"

"贾宜!喂马去!"

贾宜正和他谈得起劲,不期被队长冲了兴致。满脸上大不高兴,硬着脖颈出去了。

分明杀了风景,络腮胡子歪着嘴,斜睨着眼向队长仇视着,

---

① "四至",舒服。——作者原注

② "摊黄菜",即炒鸡子。——作者原注

③ 香一香,即炒一炒。——作者原注

④ 斩,谐奸。——作者原注

“就凭你……嘿!”不平的气宇完全表露出来,连髭尖都颤颤的抖动。

“就睡觉,贾宜头一班,陈奎二班,××三班,我四班! 一班两个钟头!”双尾蝎下了命令。

“‘躺桥’①? 我偏不呣!”煤黑子自渎的恨恨的。

“天‘察棚了’②!”贾宜回来说。

疲乏透了,没有人留心他是开玩笑,是正经,身也不翻,呼呼睡了。

“你头班‘料水’③。”煤黑子于是又和贾宜嚯嚯喳喳的说笑起来。

我渐渐听不见了,不过隔壁似乎是店主东的声音。

“……唉,二十里路……你多心,……放个大胆汤吧! ……”

“……还是……,”是东家奶奶的小声,“……走好……。”

我睡着了。

有人摇撼我,我想该我的班了。连忙爬起,睡得正甜甜的。

隔壁有孩子的哭喊声。

“×你妈,冲了爷爷的‘喜’!”

过后又什么都听不见了。

陈奎感伤的对我说:

“这样不行的,这恁能收编呢,司令只图他有机关枪了,……这算什么呢,我相信他们的‘大当家’的比他还要坏。……我们根本被他们骗了! ……”

我沉默着,在黑暗里寻找他的脸。

不一会儿,煤黑子跄跄踉踉的回来了,喝醉酒似的。“喂,贾宜,你快去,去!”

---

① “躺桥”,睡觉,土匪隐语。——作者原注

② “察棚了”,土匪黑话:阴天了。——作者原注

③ “料水”,土匪黑话:守卫。——作者原注

可是贾宜只顾打出鼾声，如一条死狗一般。

络腮胡子划着烟火点烟，看见我俩，“哈哈哈哈……”大笑起来，露出满足的情欲。嘴张大着，下颌向下咧着，他咽着口水。“你们这两个小机灵鬼，去，解解馋去！去！”

他一高一低的大头冲下倒下了，就春雷似的打起“呼噜”来。有一口痰，拉风车样的，在他喉咙那儿一呼一吸的抽动着。

天朦胧亮。“起来，备马！”双尾蝎叫着。

连忙起来，洗洗脸，队长和店主东算店帐。

以为是和他开玩笑，店主浑身抖战着，他怕这“算帐”两字的隐喻，就是绑票，勒索，或结果性命。

后来看见队长的认真和实在，才吃吃的说：

“请请，赏！”说完脸色完全苍白，怕对方一下翻脸！

他接过钱时，泪珠成串的落下了，连忙背过脸去。

正午我们到了太平沟，又是一个人困马乏，没处“打尖”的日子。

大家把马放缓了，都没有主意。双尾蝎把手里的皮马鞭在腕上绕了一个花，嘴唇想说什么，我以为他一定说出我们“打尖”的地方。但是他什么也没说，马比别人走得都缓。

“嘿嘿，一群傻瓜……”

煤黑子轻轻的解开宽腰带。拿出了“莜面卷”，独自的大嚼起来。

“他妈的妈，你们作人情，卖朋友，把店家当你的干爷爷，临走还给钱，你们钱是哪儿来的？还不是抢来的！假正经，Kyai！你们走后他能念你一声好人……。”他的口涎和面渣随时的喷落出来，情态非常得意。

“我是干么来的，老俺因为没得饭得①了，才想起和你们‘合

① 得，音 Dai。——作者原注

股'，你们，妈的就'瞎猫逮着死耗子'，什么改编不改编的起来啦，自己说着给自己解痒？……"

陈奎向我望了一眼：这家伙真算……

"上眼，你们给店家的钞票，在这里！"

他一只手摇着手里花花绿绿的钞票，轻藐的念着："傻瓜呣，哎哎，天大的傻瓜！"

我突的记起，我们从小店出发的时候，他说："唔，我还得出小恭！"慌张的跑回去了。那就是抢劫了店家，把我们艰难缔造的纪律变成双倍的无耻！

陈奎的脸全白了，他一面向身后的双尾蝎示意，一面把中指和大指伸出，他的手上的脉络一根一根的凸出。

"插了他①吧！"我想。

忽然煤黑子注意到陈奎的手势了，他用太阳穴那个红疤正面的向他凝视着，另外将眼光斜射过去，手指渐渐的按在枪上。

"咔！"一声脆响，煤黑子的手枪落在地上。

双尾蝎将马鞭结了个花，向武装带上一插。

陈奎下马拾了枪。

"把他'子母带'解下来，给他五粒子弹，还他枪！"我们的队长吩咐着。

煤黑子屈辱的向双尾蝎用半个眼睛看着，手上有一条乌血流下来，他故意向四外乱甩着，血点滴在马臀上，染成桃花斑！

"散开走！"

队长命令着，走在最后，用鼻子四外嗅着，眼光发亮。

忽的，嗖一条"子溜子"②从我的马耳边响着，大家都"亮了家什"！我的拳毛芦花雄武的竖起耳朵。

---

① 插了他，即枪毙他。——作者原注

② "子溜子"，子弹经过之路。——作者原注

“占山头！”队长命令，我们连忙散开。

“四边‘趁住’！”他检查了我们的岗位，向我示意，我会意，连忙向外又斥出一丈远。

双尾蝎看了看布局，便向空中打了一枪，“叫着号”。

叫住了，对面没有回枪，不一会儿小树里钻出几个人来，向我们估量着。

最后一个大汉出来看了一下，将“家什”撂下了，将头一摆。

“朋友，严紧点①。”

我们大队人马缕缕行行的过去了。

下坡路，他们叫了三声“朋友枪”。

我们也回敬了三声。

我们的饿，经过了这段刺激早已忘却，只觉心头发空，实在是早已“饿过桌”了。

“小心点，这条大路，是到龙关去的，非常麻烦，我们抄小道走四道沟吧！”队长说着。

把马划进小道，只想快走。我的拳毛芦花在地上嗅见了一段牝马的尿骚，便又煞有介事似的长啸起来。

远远的有着它的同病者怜惜的和它一替一换的叫着，也许就是一匹怀春的牝马。

我有点不耐烦了，拚命鞭它，它便也拚命叫。

前头冲起一条黄羊子。

我们的队长，叫了一声，“后退！”

着！手起枪落，黄羊子在地上一滚就不动了。

我下马去捡，可不是后腿拐肘淤血上已经粘满了砂土。……

枪又响了，又是一只！我想。可是大队人马都散开了。知道不好，舍了黄羊子，跳上马鞍，向边上斥去。

---

① 严紧点，不要泄漏他们在此的消息。——作者原注

前边一定又出了“叉头”。

一个人影慌手慌脚的探出来又闪过去了。

什么“柳子”上的？煤黑子总该会晓得的吧，他们时常在此地出没。

前边叫了一遍枪。我们心里也纳闷，阵势摆得分明不错，可是前边不问青黄皂白，就只顾瞎来，真得给他们一个“好瞧”看看了。

不过我们始终没“交手”。

又一排枪过去，一切平静无事了。

“两山碰不到一起，两人总得碰在一起，有根基的报报‘字号’，公鸡打架也得有个‘鸣儿’①！”煤黑子大声的吼着。

半天半天对方才掷过来冒冒失失的一句：

“十殿阎君！”

这算什么名头，简直把人引回到《水浒传》里去。“十殿阎君”，大家互换眼光，没有领略过他的威名，我们断定他是一团混头混脑的家伙。

“拚命三郎石秀！”

“施不全！”

“石敢当！”

“……”

这些石块掷在我们的耳膜里，直弄得我们目瞪口呆。

我想起了，在白马关菜场里卖“大力丸”的一帮跑江湖的——把用醋浸过了的黄马石，用手掌切断开，博得观众们的喝彩声，然后向大家兜售大力丸……可是观众只看切石头，没有人买“大力丸”，因为他们心里明白，饭吃不饱时，尽吃“大力丸”也不见得手掌就会变成刀枪……

一定是这班家伙，“大力丸”卖不出去了……。生手生脚的连

---

① “鸣儿”，诨名。——作者原注

开门见山的规矩也不懂。

“朋友们，那让碰在一起了呢，天缘不如人缘，够朋友的‘借’一条‘道’走！[①]”煤黑子又很老练而漂亮的酬答着。

“识交的，借点‘崽子’[②]用用，五顶‘宝盖子’[③]，好好的献上来！”对方也飞出话来。

“‘崽子’有，可得一个一个‘单的溜’往外拿，还得‘听个响’[④]！够朋友的，听说过煤黑子没有，小子们‘混’过几天？”

分明说“礤”[⑤]了，对面“膛”的来了一枪。

陈奎把马“敛”在一起，拉到后方，我们便都卧倒了，准备开火。那边似乎没听说过煤黑子，居然毫不客气……递一排枪过来。

煤黑子打“头较”，对方没为他的大名所吓倒，他立刻冒火了。三只眼睛[⑥]都瞪得象铜铃似的，伸手向队长那边去取子弹，我们知道就要“克上”了，……双尾蝎是“二较”，靠在他不远，他俩正在紧密的商量。共同的敌人来了。……

煤黑子一枪“消”倒了一个，他回头看着二较偏着脸傻笑，接着双尾蝎也“撂”倒了一个。那边可算得“石家班”——顽硬不化，毫没有“打脖回”的意思。枪射得也顶猛，因为上手就“失了手”，吊上火来。

子弹无间断的在我头上飞驰过去，发出惨厉的嗥鸣。带着吟咏的意味，打在石岩片上，迸轧出灼烁的火星来。

贾宜伏了身，不动了，他的手还扳在火机上，又有一响从火铳里射出，过后就永远静止了。

---

① 就是放过去的意思。——作者原注

② “崽子”，土匪黑话，子弹。——作者原注

③ “宝盖子”，马鞍子。——作者原注

④ 就是由枪中放出。——作者原注

⑤ “礤”，谈判决裂。——作者原注

⑥ 太阳穴上的疤痕也得算一只。——作者原注

那边排枪过来，我们渐渐有点不支，陈奎早已悄悄把马拢得近一些，双尾蝎爬到贾宜跟前去摘枪。

在这里，顶忌讳的，就是“僵出火来”，两边“抬”上了。不过因为常有一班才“出马”的家伙们刚刚“挂上柱”，“道眼”还没“踩熟”，就胡来一气，致使两方都受到了无谓牺牲。但是马上我们就发现这个观察的不对了，他们分明戴着“胳臂箍”，就是我们最讨厌的那种胳臂箍——他们是正式的军队！奴才的狗子！

我们就只这几个人……我们决定“滑”①了！

“你们滑吧，我‘撇着’②！”

双尾蝎挥着他青瘦的手。命令我们：“快！”

我有些惨然，不放心他的命运。下意识的又向贾宜默默告别。

陈奎则一“片跨”栽下去了，他的马并不跑开，还立在跟前，等着主人第二次“饮镫”。

煤黑子跳下来，跑到陈奎跟前，抚抚他的心口。把他手缚在马背上，又回过头去望望贾宜的尸首……他脸上剧烈的一阵子痉挛，好象他对一切都忍耐不住了。“我不能走！”他吼着。

“杂种们，还不快跑！”青绿的脸爆炸了，狠毒的骂着。

煤黑子把陈奎的“子母带”莽撞的围在自己腰上。向马狠死命的一鞭，马便带着一条血痕拖着挂彩的主人“放趴”的飞驰去了。

煤黑子转过脸来愉快的向我笑了一笑，不等我看清他的表情，就在我的马臀上猛刺一下，我的拳毛芦花便立刻赶向前边的马去了。我拚命勒住“马嚼子”，它只竖起巴掌来，四个蹄子“搂”着，越跑越远。

后边枪声更密了，分明已经追击过来，而且还夹着机关枪声，

---

① “滑”，土匪黑话：退走。——作者原注

② “撇着”，一个人在后边死守。——作者原注

恐怕他们“撇”不住了。

我竭力拢住了马缰，苍灰色的原野里，劲风夹着砂粒打来！……我拨马向回跑去……。

不一会儿，我看见有两匹马，一匹身上都驮着一个尸身向前惊奔……我的拳毛芦花不由怒啸起来，拨云追迹而去……

我耳边似乎听见龙门锁的黑砂在呜呜的向东刮。

忽然一个尸身直立而起，向我摆摇两手，这真是惨痛的景象……

“跟我来，快！”还是生时的我们的队长刚愎而圆润的声音！然而他已经……我才记起这是“诈死法”……一道光明在我眼边驰过，我的马也到他跟前了。

我想另一匹尸首也会霍然的耸立起来，但是他不站起来了……

（原载一九三六年十一月一日《文学》第七卷第五期，选自一九三七年六月文化生活出版社初版《憎恨》）

初　吻

——鸟何萃兮蘋中，罾何为兮木上。

我父亲的静室是很宽大的，但他不常在里面，他常在的地方是会客室和下书房。

他虽然不在静室里边，但这里的东西，每天都由专人来擦抹揩拭，香炉里的檀香每刻都不息，神橱里的长明灯也永远点着。这静室的南面是一面大炕，炕上铺着三寸厚白羊毛的炕毯，毯上铺着蓝哈拉全镶沿黑大云子卷的炕蒙子，蒙子上面铺着一层香黄色的西藏驼衬绒。绒毡上摆着成对的云龙献寿黄缎靠枕，下边还铺着两块瓦合叶的千针行的厚褥垫，也都是清一色黄丝绒夹线的百蝠宫缎做的。炕的中间横放着一张琴桌，桌子是铁梨木的，两边铺着黄绸的桌衬倒垂下来。桌上放着木函的经卷，《楞严经》、《妙法莲华经》、《大悲宝忏》、《地藏菩萨真经》、《金刚经》、《达道图》、《随坛经》、《太阳经》。还有《堪舆指归》、《秘木龙山虎势全图》、《地学发微》，还有一些手抄本的诗集。桌上放的都是这一类的书。还有一本叫作《悟世恒言》，是我父亲最宝贵的一本书，凡是有母鸡打鸣了，或是街西头老王家芦花灰鸡下了个软皮蛋，或者天上出了个三环套日，或者月亮旁边有了个双晕，我父亲就打开这本《悟世恒言》，在上面用朱笔勾了双圈。越重要的灵异的圈就越多。然后又用墨笔写上："某年某月某日验于壬癸方"，或者某年某月某日某地怎样了，后多少日果验等等的字样。

我父亲的静室靠北边是三个佛龛，正中的高些，两旁的矮一点，都是描金的透珑的佛橱，橱前静悄悄的悬着日月光明百宝法幢旗，飞龙舞狮祥云结彩幡。橱里画着一排紫竹林，衔着一串珠子在飞着的金翅鸟。坐在九节莲花上的观音大士像，全是用赤金叶子铸了的。橱前还有一个白玉的玉观音，腰肢向一边扭转着，差不多是除了些珍珠缨络外，身上是裸着的。佛橱上边有父亲用竹子刻的自制的对联："观入空潭，云影花光都是幻，音出虚谷，玉台明镜本来空。"横在上面的四个字，是"得自在天"。

我常常到静室里去，都是等着我父亲不在里边的时候，我才走进去。我去静室里边的次数一定比我父亲多，但他都不知道这些。这静室里的每一件法器，每一张佛像，或是每一枝香花，都是我所熟悉的，差不多我都闭着眼睛就可以看见它们。每样东西我都用手摩过，凡是可以掀开来看的，我就看到里面去，看看里边还有什么。我知道好些事物，譬如那个古铜的法铃里的小锤也是一个小铃铛。西藏传来的披着紫甲的瓷金刚，背后的火焰是活动的，拿下来也可以的。波斯门香是香面子，用来点着了薰的，焚香的铜炉是宣德年间造的。插杨柳枝的花瓶的鹦哥绿，釉子的光彩是像水浇的似的。那白玉的半裸的观音上面，还题着两句词："登欢喜地，现自在身。"下边刻一个蛛丝篆的小红印章"玄石"两个小字。还有父亲的大铜仿键子，拼起来是个长键子，拆开来是个仿圈。笔洗旁边是两只螃蟹，放水放得正合适的时候，螃蟹的眼睛里就透出两粒小水珠儿来，像是活了的。

但是这些我都不大注意，我的心专注意在一张画像上，这张画像曾使我迷离恍惚了。我常常做颠倒了事，都是为了她，常常如醉如痴的也都是为了她，常常听不见母亲在房里喊我的声音也都是为了她。我那时才整整八岁，已经会在父亲的藏书室里偷偷看过许多奇奇怪怪的书了，而且非常的懂，非常的明白。但是却还不能知道这张画画的是谁的像。那画上边只题着："戊辰年桂月薰沐敬绘"，下面小印，是鸟虫书，我不能认识，我也不能找人去问。在我父亲的静室里，只有这张画是我没有用手摸过的。我仿佛用眼睛看还来不及,已经想不起用手去摸了,我仿佛被什么炫迷了,仿佛有千奇百怪的珍珠宝贝,摆在我的面前,使我不知道先触摸哪一件是好了,我常常怔在那儿用眼睛看她。我觉得这张画我很愿意看。我虽然很小,但是已经很会看女人了。那时我哥哥正在闹婚姻潮,全城好看的姑娘的庚帖都往我母亲手里送,灶君爷板儿上的八字帖子,都压满了,我二哥来信告诉我母亲,说让我去看,我看中了就行。我母亲常常带我偷着去相看人家的姑娘去,那些姑娘们总是预先被她们的妈爹或者姨娘姊妹们装饰得典雅而不露痕迹。差不多每次都是由她们的亲属寻找出一个理由或者一个以上的理由,使姑娘出来给我母亲装烟倒茶,或者劝我们吃点心,假设再熟了一点儿的,或者论起来还沾着一点儿亲眷儿的,那些姑娘们还要赶着向我母亲叫二姑,或者经她娘家来论亲就叫二姨,还得陪在一起谈些好听的话儿。大概总是把那最好听的讲完了之后,她的母亲就给她一个眼色,使她去了,免得再求好,反落了包涵。有的聪明的母亲事先总使自己的女儿稍稍知道一点儿,使她知道这事对于她是过分的重要,这事才是她生命的开端。所以早早就暗示给她,让她答对得好一点儿。有的姑娘虽然知道了,还得装出不能脸红,因为要是脸红了,便是说她已知道这是相看她的来了,知道了而还出来装烟,不是太脸儿人了吗?所以就不能脸红。但是当我母亲有时拉着人家的手要看的时候,她才可以表示脸红。但红得什么程度,这要看拉手时说的什么话了,要是母亲说,“这手生得真巧,一定是镶啦沿啦的都会做!”这时那个被相看的姑娘的脸上可以微微一红,但还得站在一旁侍候着。要是母亲稍稍大意一点儿的说:“这手真是能干儿,一定是个里里外外都打点得到的。”这时这个姑娘脸得相当的红,但还得表示尊重在这里的客人勉强的站在旁边侍候着,但等不了多久,便可以掀开帘子回到自己房里去了,倘使她不脸红,便是她太不机灵了,倘使她不走开,便是她太中意要嫁了。倘使这家的姑娘是和我们家有过过往的,或者是厮熟了的,这些姑娘有时便拉着我的手去到她们自己的房里面去吃果子,或者谈闲嗑儿,问长问短,总是把最温柔的事物询问出来。但是这些都是极含蓄的,极细微,极不容易听出马脚来的。因为她们知道我母亲回到家里要询问我,问她们问我的到底是些什么话儿,她们都知道这一遭,所以都准备了许多话,好使我母亲顺我嘴里听来对她而更有好印象的,或者她们作出很细微的很优美的事物,使我记起来好告诉我的母亲。每次相看了一个姑娘的时候,要是有几分中意了,我母亲便让我给我二哥写信,信写得很详细,尤其是对那姑娘的长样,身段和家世,都是由我母亲叮咛又叮咛了,嘱咐又嘱咐了,写得满满的。

我差不多统统知道了女人们的秘密了,因为我天生日长在女人堆里,她们有什么事我都知道了。她们有什么都不避讳我,我从她们的话里知道多少平常想像不到的,我从她们的动作里,看见许多别的动物所从来没有过的动作。我知道她们在帘子外面说的话和在帘子里面说的话怎么两样,我知道她们嘴里说的话和心里说的话怎么两样,我知道她们眼里看的和手里作的怎样两样,我又知道她们想要作的和故意作的怎么两样,我知道她们虽然作了和还要作的怎么两样,我知道她们嘴里喜欢的和心里喜欢的怎么两样,我知道她们敢喜欢的和不敢喜欢的怎么两样,我知道她们装出来的喜欢和装出来的不喜欢怎么两样……

但是这些女人都没有画上的那个女人使我惊奇。我简直奇怪了,我像走进了一种魅道,我不能战胜那种魅道,而且我也不能说清楚了那魅道是什么,或者我简直也不知道那魅道到底是些什么,对我要发生些什么,甚至已经发生了些什么,我都不能够理解或者知道,总之,我是着了迷了。我那时正随着我姑姑们的国学老师作诗,我虽然是个很小的小孩子,但是已经会作绮情诗,我作的诗是,“谁家玉笛暗飞声,坐弄飞音惹恨潮,调寄同情应沾臆,同情最是海天遥,银灯共照人不共,余音坐涌心花焦。……”五十多岁的老师,会打扬琴会弹筝,对我非常器重,常常在我父亲面前称道我,所以我小时候,差不多有了神童之誉,又能画画,又能吟诗,又能写酬拜的信,我父亲写回信,有时都找我代笔。我的哥哥们的才华都不如我,有许多人求我画画,有许多人见着我的父亲都说:"虎门无犬子"、"雏凤清于老凤声",所以,我父亲最喜欢我,常常对我讲一些超过我年龄所能理解的心里话。但是自从我作了那首诗之后,我姑姑们的老师,有一次(我做好了诗都给他去批改的)便对我姑姑们说:"他还是一个小孩子,最不应该发哀凉之音……这话应该对他说明。"他大概下边还要说:"在这样小小的年纪,便作哀厉之思,长此以往,当非福寿之辈……"但是他不好意思说出口来。我小姑姑不明白,还偏偏问他:"他的诗作得好吗?"老师点头道:"诗作得绝顶的好……"我的最小的姑姑便回来傻着告诉我说:"老先生说你的诗好得透顶,你好好的多多的作罢!"我听了便喜欢,从那以后,我便作两种诗,一种是给先生看的,一种是给我自己看的。我那时到处去翻我父亲的诗来看,我想看更多的诗,我知道人家七岁就能诗,我现在已经太晚了,我想作得更多更好成为一个真正的神童。我到处去找诗,忽然有一次,我在父亲书桌的抽屉里找出一些没头没脑的诗来,也不知道是谁作的,也不知道什么年的板子,也不知道是写些什么的诗,那诗是这样的:

暂到瑶台病客忙,梦中重改旧诗章,
月明露冷群仙散,唯有飞琼爱许郎。
宝髻蓬松翠袖斜,寻芳暂驻紫云车,
九华妃子尘心动,掇尽人间碧奈花。
眉娘新试道家装,不愿金环赐凤凰,
海上紫云齐拥护,月宫同待舞霓裳。
玉虚同宴遇仙姑,赐我灵飞六甲符,
火枣冰桃都不食,殷勤只欲觅羊珠。

我压根儿不懂这诗里是什么意思，但是我看了诗之后，更有几分不快之感，连忙把诗合上，便走开了。走开之后，我又回转来，把诗详详细细的又看了一遍，这才决定再也不来看，便默默的走开了，走得很凄凉，很沉重，很有心事的样子。那一天我觉得有点儿头痛，我的母亲问我怎的了，我说没有什么。晚饭我吃得很少，我母亲摸摸我的头很热，便拉着手一定问我到哪儿去了，她想知道是不是遇见了“撞克”。我有几分生气，便说：“我作诗作累了。”我母亲听了，便骂我父亲：“什么神童玉女的，天天胡扯！听你父亲放任你们，哪里有这样小小的孩子，天天就会吟诗作画的？人家放牛的孩子，在这样大小，还只会打滚儿呢，哪有这样大的孩子，就要知道天下事呢？”于是就让我五姑姥姥的女儿灵姨，领我出去玩去，“你领兰柱到花园里去玩去，他一定是关在屋里闷得慌了……，哪有这个道理的，明儿个我把你的诗本子画册儿叫人都拿去烧了。”

我完全忘了诗的事，我和我的灵姨玩得很好，我们到后花园的水池子去弄水玩，因为水已经给落下来的花瓣儿盖满了，我们用草把水面上的花瓣儿拨开，再向水里照。我们两个约定谁也不看谁，只是在水里看着彼此的脸，我在水里向她笑笑，她也在水里向我笑笑，我向她紧鼻，她也向我紧鼻，我向她作鬼脸，她也向我作鬼脸，总之我们两个都彼此不真的来看谁，只看水里映出来的影子。我们作了许多花样，玩腻了，我们便去采杏花。我爬到最高的枝子上，想剪下一枝开得最爆的杏花下来。但灵姨一定要我剪下那枝苞儿最多的花枝来，她说那个插瓶来不容易谢，可以开几天呢。我说反正花枝多得很，谁还等它慢慢的开？今天插了最繁枝，明天谢了不会再剪一枝最繁枝儿来吗，天天开得火爆爆的该多好？但是她说：“不要糟踏那花儿吧，那花儿一年开一次，也不容易呀，谁能让你抢着空儿来糟踏呀！”我骑在树干上，一声不响，还是去剪我自己选的那一枝。灵姨一看我去剪那最繁枝，便和颜悦色的跟我说：“好孩子，你剪那一枝带骨朵的给我，我抱你下来。”我鼓着腮帮说:“我才不稀罕你抱呢!”我顶能爬树,极细的树,我也能爬到尖顶上去,直到树顶都摇晃了。但是我想了一下,便说:“你真的抱我呀?”灵姨说:“不骗你,我一直把你抱到妈妈的炕头上,放在妈妈的怀里,叫妈妈拍着你睡觉玩。”我便再向前面爬,去剪那骨朵最多的枝蔓去了。我剪了下来,便招她在下面等我。当我爬下来要落地下来的时候,灵姨便跑过来接我,我一只手勾在她的脖子上,她从树上把我抱了下来。我还有点儿生气,便把杏花向她身上一推说:“你的花,给你吧。”我的手正碰在她的胸部,我觉得有什么又软又滑的感觉,我有些奇怪了,向她的胸部注视了一下。灵姨脸微微的红了,小声的对我说:“好孩子,下来自己走吧!”本来她答应的话是把我抱到妈妈那里的,但是现在她变卦了。本来我还可以纠缠她的,一定要她抱我到妈妈那里去,到了妈妈那儿我好告她,说出我的道理怎样怎样,好让妈妈评评理,但是我也好像有了罪似的,我也好象严肃了一会儿似的,迷惘惘的从她怀里落下地来。但她马上就活泼起来了,和我商量着插哪个花瓶好看,瓶里要放池子里的水,不放井水,把那一些茸枝剪下来……。她拉着我的手,我们两个一边谈着一边向正房里走。快到正房了,她问我是不是我的头不痛了?我早已忘记了这回事,便问她:“是我方才头疼了吗?”她用尖尖的手指划在脸上羞我道:“不是你疼,难道说是我疼吗?”我把她拉着我的手使劲的摆了下说:“都是我妈妈说的,我没有说疼。”灵姨说:“二姑以为你画画儿画多了。”我拉住她的手停在那儿问她:“灵姨,明儿个我给你画一个像,好不好?”灵姨用手端起我的下颏,深深的看了我一下,笑着说一声“好”。我很高兴,一直跳到妈妈那儿去要花瓶,去要大剪刀,去要池子里的水,和灵姨一直忙了大半天,把花儿供在妈妈房里,妈妈在那儿弄麝香丸,不大答理我们,我们只弄花,也不答理她。我很疲倦,很早就睡了,夜里我作了一个很奇怪的梦,醒了时一五一十的对妈妈讲,但有一些又记不起来了,于是又睡着了。我似乎觉着身子向下沉落,一会儿比一会儿沉落下去。我似乎觉得我陷落在软绵绵的什么里边。我睁开眼睛看看,眼前白茫茫的一片,全是白的,我用手指轻轻的去触一下,又都是有些儿香有些儿腻。花,是花,桃花,杏花,梨花,是一片花的海。我家住在杏树园子胡同,前边,后边,左边,右边到处都是杏花,还有李子花,梨花,樱桃花,杏花最多,杏花有洋巴旦杏,桃核大杏,白杏……,梨花有香水梨,白梨,凤梨,马蹄黄,红绡梨……最多的是香水梨。这些花儿都约定了在一天开,开得象雪盆似的,杏花的干子象蓝色的烟雾似的。蓝苍苍的,花朵便从这上浮出来,越浮越多,象肥皂的泡沫似的突然的淹没了蓝色的海,眼前什么都看不见了,只是一片白,桃花也是白的了,樱桃花也是白的了,杏花也是白的了,李子花也是白的了,白的烟雾喷上来,就像一团浪花,怦然的碰在礁石上,就这样的擎立在天空上,忘记了落下来。白色的花朵毫不吝惜的绽开来,毫不吝惜的落下来,一阵风丝儿吹过,一只小鸟儿弹腿,花瓣便花花的落下来,象洒粉似的落下来,池塘的青色便不见了,都盖满了花瓣。小道上的足迹都盖满了,人们便践踏着花儿走过,觉得脚上有点烦腻腻的。在我的窗子上,我什么都看不见,只看见白色的什么压下来,一直扑到我的脸上,眼上,手上,心上,团团的围绕着我的都是白。我几乎不能动一动了,我似乎被一些什么软绵绵的东西缠住了,我似乎闻不到什么香气,我只觉得有几分凉爽,又有几分烦躁,象埋在春天的雪地上的小虫子似的,我想翻出土去透一下气,又觉得这柔软的土,是这样的温暖,舍不得出去,我迷惘的没有思想的躺着。云彩向我飞来,天空向我飞来,云彩从我的胸部腹部走过,天空从我的胸部腹部走过,流水从我的耳畔,哗哗的响着,把我带到很远的远方,白色的冰的花朵开向着我,白色的柔软的绒毛擦摩着我,很快的,我向下沉落下去,我大声的喊了一声,醒转回来了。我把头拚命的向被里边缩进去,我蜷缩在被子里,轻轻的发着娇声喊妈妈。在清早起床,不管我是叫谁,但是第一声总是叫妈妈的,而且不管是谁来服侍我,都不好,只有妈妈来服侍我才是最好,但是,妈妈来看我的时候,是很少的,通常都是跟妈来看。这就是我一天不快的根源,倘要在被缝里看见是跟妈来了,我就发脾气想找碴儿,不是这儿不对了,便是那儿不对了,而且我捡着什么就扔什么,一点儿也不听说。倘要我在被缝里看见是妈妈过来了,我便撒娇和妈妈歪缠,在被里打滚儿,很难得起来,冬天便说要烤衣服,夏天便说要洗澡,妈妈很愉快的来亲我,抱我,我在妈妈的怀里揉来揉去,不肯马上起来,像有一团热雾似的妈妈的脸向着我,我把脸贴在妈妈的胸上,竟说一些个怪话,告诉我昨天梦见什么了,今天要吃什么了,妈妈很快的就要停止我的胡闹了。她把眼睛放得正经起来,告诉我昨天什么什么不对了,今天应该怎样怎样才是对了。因为我父亲放任我们,所以妈妈觉得管教我们是她的责任。妈妈的眼睛一放得正经,我就生气。而且不希望她再来了,我就埋怨她,妈妈便再好好的周旋我,之后,去料理正事去了。我总是因为妈妈不好好和我玩而生气,妈妈的忙和妈妈的道理对我都没有用处的,但是妈妈总以为她的对,父亲该多好,一切都随我们的便,父亲要是妈妈该多好。而且妈妈的颜色要是不会变该多好……我醒转来,我就叫妈妈,一声连一声的叫,把头缩在被里不出来,我的决定是一定得妈妈走来我才答应把头从被子里伸出来。我迷糊糊的滚在软松松的被褥里,觉着有些热,又有些急,忽然我觉得妈妈坐在我的旁边了,我真开心极了,我闭着眼睛去亲妈妈的嘴唇,把脸埋在妈妈的乳房里,我说:"妈妈,我作了一个梦,我梦见和灵姨……"忽然有一只手推开我,悄声的对我说:"谁是你的妈妈……"我睁开眼一看,果然不是。我就更歪缠的扑过去,"是我妈,你就是……"我看见灵姨撇撇嘴,啐了一口道:"谁稀罕!"然后脸上现出机伶的笑,眼睛深深的看进我的眼睛里。她看出来我不懂她的话,她便顺着我的视线看过我这边来,用头顶门儿顶着我的头顶门儿,然后匀出手来给我穿衣裳。我和她打了,闹了,揉搓了,腻够了,听见妈妈喊我们了,妈妈埋怨我们为什么衣服穿得这么久,灵姨用眼睛瞪了我一下,我们才算穿好了衣服。

我很久不进爸爸的静室里去了,那一天黄昏的时候,我偷偷的走进去,外边的院子好像昏暗了,但南园子的花光还是明亮的,照过来仿佛这屋子里也是亮的。当然不知道为什么又走进父亲的静室来的时候,我突然看见了那幅画像。那画用淡淡的杏色的绢裱的,画又细又长,下边用檀香木作画轴,画的顶上还垂下来一串珠珞的穗子来。我脸上发烧起来,心也卜卜地跳,手好象不好使了,我好像第一次看到这张画。那像相当的高,我站在下边矮多了,我把她前边的小香炉搬下去,我立在那小紫檀凳上,站上去细细的看。我第一次站得这样高,第一次站得和那画像里边的人的脸一边儿高。那是一张古装的妇女的画像,下边好像是烟雾,好像是水……仿佛她是走在水上,仿佛她是含着轻愁,仿佛她又是在微笑……我不知为了什么轻轻的和她亲嘴……迷迷惘惘的我走出了那间宽大的静室,我回头看了它一下,我觉得更宽大了,我觉得它和我有一点儿陌生了,可是它又和我有一种神秘的联系,一种说不出的迷惑,我痴痴的不能讲出,也不能想出……。就在那一天我生病了,我发了很高的热,而且常常发着呓语……。在我清醒的时候,非得妈妈来侍候我不可,我的大嫂为了要减轻妈妈的疲劳,要替代妈妈来看护我,我便把东西掷过去,不要她进来,亲戚邻舍来看我病的很多,但是我都不见,我那个屋子不许任何人进来。只许我母亲和我在那里,跟妈送东西,都送在外屋。我把豹皮铺在炕上,太师椅子放在炕上,炕上也是床上,也是地下,我要坐起来就坐在太师椅上,我从窗子里向外看着白云似的花儿……。妈妈侍候我吃药……灵姨有时在窗外看我……大夫不知道我到底闹的什么病,他告诉我母亲,说这是叫"苦春"。我母亲慌了,问他怎样治才能好,大夫说:"立了夏就好了,你看鹅毛飞不起来的时候,小少爷的病就好了。"

到了夏天，我病好了之后，我的二哥便一定要我到天津去念书去，我母亲虽然舍不得我走得那么远，但是怕不依着我，我再生一次病，于是就答应下来了。

…………

三年之后，我又生病了。我的哥哥叫我停学回家去散散闷。那时我已经踢得一脚好足球，盘得一手好杠子了。我回到家里正是大秋天，我和我的大表哥——大祥哥天天到大地里去玩。我从来没有接近这大地，现在真是心花怒放……，觉得什么都是好的，什么都是新奇的。十四岁的男孩子愿意骑马就骑马，愿意打枪就打枪，坐在拉粮车上放飞似的跑，躺在黄金的禾秆上晒太阳，拿起青脆的大萝卜来，摔在地上裂开了来吃，在地头上摊开"铺子"烧毛豆吃，捉住小鸡放在火上烤……，站在小山岗上从这头向地那头儿来喊，打着小鞭子"咔咔"的响，骑着不备鞍子的马在斜坡上往下放……

我的家在我眼前都变了，从前我所能看见的所能想到的现在很少能看见很少能想到了，我现在看的想的都是从前我所看不到想不到的……这是一个新世界……

有一天，我一个人打着脆轻轻的鞭梢，在田里跑，看见那楞头青的大蚂蚱在我面前小鸢鹰似的飞旋着，我一定要捉它下来，我捉住了蚂蚱之后，我便把它的翅子拉下来，外边那层硬翅不要，我要里边那层新绿色的透明的薄翅儿，我拉下了很多，我便把秫秸里边的瓤儿用指甲掏空了，便把透明的翅子放在里边留下来。

我在草棵子里踹出一只呱呱青的大蚂蚱来，它飞起来真像只漂亮的绿燕子，可是骄傲得又像一只小飞鹰。我跟踪着它，把方才收集的那些各色各样的珍贵奇异的翅子，费了我半天的机智，敏捷手段和心血而捕获来的放在太阳底下放光放在月亮底下发亮的翅子，现在我把那些都抛到九霄云外了，我就要那一个，最好的那一个，没有那一个那一切的好都是多余的，都是对我没有丝毫价值的。我跟踪那骄傲的蚂蚱儿，它是多么骄纵，多么快活，多么得意，它刚刚落下来就又飞起，飞了一个抹斜的半圆，又飘飘的飞起来，往上折，往上折，又跌下来，下来再兜一个圈子，翻上去，我看得清清楚楚的，这翅子等一会儿便是我的，我要轻轻的折下那透明的闪耀着欢喜的光芒的翅子了……那蚂蚱飞得恁快，转眼已经飞过壕沟去了。秋天的田虽然割了，但垄上还是不好走的，因为每条垄都没有破坏，都长得很高。我拔着红色的靴子在一望无际的大野上追逐着。我把白绒的短上衣放在手上，就是预备用这件衣服来捕它的。那蚂蚱飞翔得更美，圈子兜得更圆，一会儿便飞到我的身边来了。我站起了，我抖起衣服，一下子扑过去，扑着了。我慢慢的掀开铺在地上的短上衣，怕它突然的得着机会飞走了，我把衣服都掀起来的时候，什么都没有，什么都不见了，我抬头一看，白色的一动不动的停着，太阳懒洋洋的晒在我的身上。各色各样的蚂蚱，在田野里飞。紫色的土色的黄色的苍绿色的花的蛇色的穿梭似的飞，但我一眼就看见了我的那一个。我绕过田垄去，它向一个草垛上边飞去，我绕过草垛，它落在地窖旁的一棵特别长的青草上，我又一扑没有扑着，这回它落在个小草堆的尖顶上，我毫不犹疑的向尖顶一身纵去，我把全身都投到小草堆上，草堆立刻陷落下去，我的头已经探过草堆的这边来了，我看见了一个姑娘，有点象画上的像，又有点儿象灵姨的模样，把她吓了一跳，她本来坐着在编织一些什么呢，现在连忙想站起来，但一看出是我来便又坐下了。她又惊又喜的睁大了眼睛看住我，但是眼睛马上变小了，脸上露出一种顽皮的笑："你没捉住蚂蚱，你捉住我了。"我一个鹞子翻身翻过去，偎在她的旁边急急的说："灵姨，怎么会是你呢？"她带着几分怨悒的样子说："为什么不会是我呢？"我问她为什么不去看我去呢，住在哪儿，为什么一点也没有听见你的风声呢，你为什么不知道我回来呢？我问她："你为什么不去看我妈去呢？"提起我妈妈，她脸上显出自嘲的笑容来，然后还是用马莲仔仔细细的编织小东西。我说:"灵姨,你为什么不答理我,难道你不跟我好了吗?"灵姨正把一段狗尾草放在嘴里咬着呢,听了我的话,便捧过我的脸儿来,把眼秀媚的眯缝了一下,用牙把草秆使劲的咬了一下,便说:"你长大了,你长得好高,我几乎不认识你了。就你一个人来的吗?谁跟着你呢?"我说:"就我自己来的,我特意找你来的,我早知道你一人在这儿。"但我心里真难过,假如我真的知道她一个人在这儿而我是特意来看她的该多好。灵姨意味深长的一笑,妩媚的看了我一眼,等了一会儿才说:"你不知道的还多呢!你太小了啊!"然后又对自己嘲讽的笑了一下。我有点惶惑,急急的在她的脸上身上看着,想看出一些什么不同来。灵姨比从前更漂亮了,脸上的红潮更涌了,她的上唇的中部尖得特别分明,她的嘴唇在动的时候,像是活了似的。她的嘴唇在翕合的时候最好看,像一粒滚动着的红樱桃。她的胸部,比从前更突出了,仿佛有一种温柔的风吹进在衣袂里,把衣服胀满起来了。她把她作的一个小马莲朵儿,放在我手心里,然后把我的手指按下去,叫我握住。我觉得有点儿不好,她一定是要走了,我就拉住她的手,问她:"你在哪儿住?"她指着地头上那座白房子给我看。我又犯了我的老毛病,和她纠缠起来,我说:"不行,你一定得告诉我怎么一回事!"灵姨叹了一口气,看着我眼里透出愉快的光辉,然后用两手抱了一下膝头,把头放在两膝中间,将脸向上翻着,把膝头轻轻的摇了两下,眼睛向上看着我,嘴儿仍旧紧紧的闭着。等了一会子,才幽幽的说:"我早就知道你回来了。"我听了就跳起来,叫着:"灵姨,是我妈妈欺负你了吗?我去问她去,你为什么不在我们家了呢?一定是我妈妈的主意!"她摇摇头,然后说:"小孩子,你什么都不懂得,吃了晚饭,你到那白房里来吧。"说完她并不站起身来,她反而把身子平铺在草地上,在地上折下一个草秆儿来,一段一段的用指甲儿折着,然后回眸对我问道:"好孩子告诉我,灵姨好不好?"我爬到她的跟前,还像我从前和她在一起的时候一样说:"灵姨顶好,我就喜欢灵姨！”我因过于痛苦，止不住热泪迸出来，呜呜啕啕的大哭起来。她把我的头偎在她的怀里，她自言自语的说：“灵姨不好了！”用手抚弄着我的头发。她忽的抱着我的头，找着我的脸，来和我贴脸，她亲得很使劲，好像在咬我一样。等我抬起头来看时，我看见她两颗大的眼泪含在眼里，然后她用一个轻淡的笑把眼泪抹去。她的眼像是在说：“你太小了，你什么都不懂呀！”我真着急，我真想说：“我什么都懂呀，为了你，我死了都可以，什么事我都可以作。”但是因为我还太小，我只知道害怕和惶惑，而且贪着看着她的一切，我完全陷在一个大的迷惘里，我自己觉得为什么这样不足轻重呢？为什么许多事大人都不告诉我呢？为什么他们都背着我来进行一些奇奇怪怪的事情呢？……她说：“你回去吧，可是不要告诉妈妈。”我完全受伤害了，小小的心完全裂开了，我在别人眼前是个小孩子，我恨透了我的妈妈，一定是她欺负了灵姨……我小小的心完全开向着灵姨。我像她的保护人似的，我一定给她复仇，不管欺负她的是谁，我都打死他……。我还站在那儿不走，灵姨看见我还站着不走，便转过脸儿来，回到我的跟前，深深的静静的和我的嘴亲了又亲。

我觉得我的嘴唇上停留着一种新剥的莲子的那颗小绿心子似的苦味，可是又带着几分凉丝丝的甜味，那软的带着点儿甜的感觉还停留在我的嘴唇上，可是我的眼睛里流下的泪把它冲咸了……那沉沉的咸味刺醒了我的神经，我才记起应该回家了。灵姨回过头来向我作手势，招呼我，叫我赶快回家。我痴痴的走，她为什么不送我回家？一定是妈妈和她打仗了，我去指问妈妈去。但是后来我想还是到那白房子之后再说，我带着抑郁的惆怅回家去了。

在吃饭的时候，妈妈问我今天都作什么玩了，碰到什么人了，我都支支吾吾的混过去。在我的手心里我还热烈的握着那颗编得小小的马莲垛儿，就是在吃饭的时候我也能闻出来它扩散出来的清香来。

母亲说我一定玩累了，晚饭后在院子里玩一会儿，就可以了，不要出去了。我都答应下来。潦潦草草的吃完了晚饭，我便向老门倌赚开了大门，向北地里跑去，我走得很快，好像后边有千军万马要追上来将我拉回去似的。

远远的我便看见了那白房子，我觉得它是那样的远，离我那样远……我看看路上也没有行人，也没有阻碍，我很高兴……但是不大一会儿，一个拉草车往岔道上转过来，走在我的前头，我想赶过它去，将它落到后边，但是因为我太小，将它落下了一会儿，它就又赶上我来了。他差不多和我并齐了走，草装得很多，两边都扫在地上了。它遮在我前边，使我有时看不见那白房子，心里感到十足的气闷。

快到那白房子前边了，我的心突突的跳起，而且我记起我自己的嘴唇，一直到现在它还有点儿异样，它还有着馥郁郁的热和甜丝丝的凉。我用上牙咬着嘴唇，加快的走着，忽然我看见我的父亲骑着那匹新买的快马从那白房子的院子里冲出来了，他的眼凶纠纠的向着草车这儿瞟了一眼，他的脸上满脸的怒气。那马一扭脖，被我父亲重重的打了一马棒，便向北去了，远远的还听那烈马咴咴的叫……

我的全身都战栗了，我不知道为什么，我的身子要倒向地下去，我竭力镇定，我站稳了，我看住了那白房子。拉草车的车夫说：

“小少爷，你累了吧，上车顶来吧，你爬不上去我抱你上去。”

他的最后的一句话激怒了我！我顶不愿人家说我是小孩子，我气得连理都没理，我拔开脚跑了似的跑到那白房子……

灵姨正当着门坐着嘤嘤的摇纺锤子，看见我，她便跳起来，拉着我的手往外跑。

那时那个草车正走到她的门前，赶车的崔老爷儿是个聋子，灵姨用手和他比划了半天，便把我拉到车顶上去，我们两个坐在车顶上的草堆里一摇三晃的走着。

这时暮色从四面儿上来,远远的村落都变成苍黑色了,灰色的光像雾似的一会儿比一会儿浓了,我心里重压着什么都说不出来。

灵姨轻声的说:“你的爹爹用马棒打了我。”

“他为什么欺负你呢?”但我想到他是我父亲,更愤怒的话就在舌头上结住了。

她淡淡的说:“因为他又喜欢了别人。”

我一头栽到她的怀里,就大哭起来,我伤心极了,灵姨的头发,不知道什么时候散开了,暖酥酥的覆在我的头上。车摇晃着,我哭得不能自已,后来就昏沉沉的睡在她的怀里了,我感到有一种红色的热雾笼罩着我,在暗中我好像看见灵姨的红热的嘴唇招呼着我,我仿佛又听见妈妈爱抚的声音轻轻的唤着我……

三十一年七月十五日穷一日之力写成,桂林。

(原载一九四二年九月十五日《文学创作》第一卷第一期)

萧　红

牛　车　上

金花菜在三月的末梢就开遍了溪边。我们的车子在朝阳里轧着山下的红绿颜色的小草,走出了外祖父的村梢。

车夫是远族上的舅父,他打着鞭子,但那不是打在牛的背上,只是鞭梢在空中绕来绕去。

“想睡了吗?车刚走出村子呢!喝点梅子汤吧!等过了前面的那道溪水再睡。”外祖父家的女佣人,是到城里去看她的儿子的。

“什么溪水,刚才不是过的吗?”从外祖父家带回来的黄猫也好象要在我的膝头上睡觉了。

“后塘溪。”她说。

“什么后塘溪?”我并没有注意她,因为外祖父家留在我们的后面,什么也看不见了,只有村梢上庙堂前的红旗杆还露着两个金顶。

“喝一碗梅子汤吧,提一提精神。”她已经端了一杯深黄色的梅子汤在手里,一边又去盖着瓶口。

“我不提,提什么精神,你自己提吧!”

他们都笑了起来,车夫立刻把鞭子抽响了一下。

“你这姑娘……顽皮,巧舌头……我……我……”他从车辕转过身来,伸手要抓我的头发。

我缩着肩头跑到车尾上去。村里的孩子没有不怕他的,说他当过兵,说他捏人的耳朵也很痛。

五云嫂下车去给我采了这样的花,又采了那样的花,旷野上的风吹得更强些,所以她的头巾好象是在飘着。因为乡村留给我尚没有忘却的记忆,我时时把她的头巾看成乌鸦或是鹊雀。她几乎是跳着,几乎和孩子一样。回到车上,她就唱着各种花朵的名字,我从来没看到过她象这样放肆一般地欢喜。

车夫也在前面哼着低粗的声音,但那分不清是什么词句。那短小的烟管顺着风时时送着烟氛,我们的路途刚一开始,希望和期待都还离得很远。

我终于睡了,不知是过了后塘溪,是什么地方,我醒过一次,模模糊糊的好象那管鸭的孩子仍和我打着招呼,也看到了坐在牛背上的小根和我告诉的情景……也好象外祖父拉住我的手又在说:"回家告诉你爷爷,秋凉的时候让他来乡下走走……你就说你老爷腌的鹌鹑和顶好的高粱酒等着他来一块喝呢……你就说我动不了,若不然,这两年,我总也去……"

唤醒我的不是什么人,而是那空空响的车轮。我醒来,第一下看到的是那黄牛自己走在大道上,车夫并不坐在车辕。在我寻找的时候,他被我发现在车尾上,手上的鞭子被他的烟管代替着,左手不住地在擦着下颏,他的眼睛顺着地平线望着辽阔的远方。

我寻找黄猫的时候,黄猫坐到五云嫂的膝头上去了,并且她还抚摩猫的尾巴。我看看她的蓝布头巾已经盖过了眉头,鼻子上显明的皱纹因为挂了尘土,更显明起来。

他们并没有注意到我的醒转。

"到第三年他就不来信啦!你们这当兵的人……"

我就问她:"你丈夫也是当兵的吗?"

赶车的舅舅,抓了我的辫发,把我向后拉了一下。

"那么以后……就总也没有信来?"他问她。

"你听我说呀!八月节刚过……可记不得哪一年啦,吃完了早饭,我就在门前喂猪,一边啌啌地敲着槽子,一边嗬唠嗬唠地叫着猪……哪里听得着呢?南村王家的二姑娘喊着:‘五云嫂,五云嫂……’一边跑着一边喊:‘我娘说,许是五云哥给你捎来的信!’真是,在我眼前的真是一封信,等我把信拿到手哇!看看……我不知为什么就止不住心酸起来……他还活着吗!他……眼泪就掉在那红签条上,我就用手去擦,一擦这红圈子就印到白的上面去。把猪食就丢在院心……进屋换了件干净衣裳。我就赶紧跑,跑到南村的学房见了学房的先生,我一面笑着就一面流着眼泪……我说:‘是外头人来的信,请先生看看……一年来的没来过一个字。’学房先生接到手里一看,就说不是我的。那信我就丢在学房里跑回来啦……猪也没有喂,鸡也没有上架,我就躺在炕上啦……好几天,我象失了魂似的。”

“从此就没有来信?”

“没有。”她打开了梅子汤的瓶口,喝了一碗,又喝一碗。

“你们这当兵的人,只说三年二载……可是回来……回来个什么呢!回来个魂灵给人看看吧……”

“什么?”车夫说,“莫不是阵亡在外吗……”

“是,就算吧!音信皆无过了一年多。”

“是阵亡?”车夫从车上跳下去,拿了鞭子,在空中抽了两下,似乎是什么爆裂的声音。

“还问什么……这当兵的人真是凶多吉少。”她折皱的嘴唇好象撕裂了的绸片似的,显着轻浮和单薄。

车子一过黄村,太阳就开始斜了下去,青青的麦田上飞着鹊雀。

“五云哥阵亡的时候,你哭吗?”我一面捉弄着黄猫的尾巴,一面看着她。但她没有睬我,自己在整理着头巾。

等车夫颠跳着来在了车尾,扶了车栏,他一跳就坐在了车辕,在他没有抽烟之前,他的厚嘴唇好象关紧了的瓶口似的严密。

五云嫂的说话,好象落着小雨似的,我又顺着车栏睡下了。

等我再醒来,车子停在一个小村头的井口边,牛在饮着水,五云嫂也许是哭过,她陷下的眼睛高起了,并且眼角的皱纹也张开来。车夫从井口绞了一桶水提到车子旁边:

“不喝点吗?清凉清凉……”

“不喝。”她说。

“喝点吧,不喝就是用凉水洗洗脸也是好的。”他从腰带上取下手巾来,浸了浸水,“揩一揩!尘土迷了眼睛……”

当兵的人,怎么也会替人拿手巾?我感到了惊奇。我知道的当兵的人就会打仗,就会打女人,就会捏孩子们的耳朵。

“那年冬天,我去赶年市……我到城里去卖猪鬃,我在年市上喊着:‘好硬的猪鬃来……好长的猪鬃来……’后一年,我好象把他爹忘下啦……心上也不牵挂……想想那没有个好,这些年,人还会活着!到秋天,我也到田上去割高粱,看我这手,也吃过气力……春天就带着孩子去做长工,两个月三个月的就把家拆了。冬天又把家归拢起来。什么牛毛啦……猪毛啦……还有些收拾来的鸟雀的毛。冬天就在家里收拾,收拾干净了呀……就选一个暖和的天气进城去卖。若有顺便进城去的车呢,把秃子也就带着……那一次没有带秃子。偏偏天气又不好,天天下清雪,年市上不怎么热闹;没有几捆猪鬃也总卖不完。一早就蹲在市上,一直蹲到太阳偏西。在十字街口,一家大买卖的墙头上贴着一张大纸,人们来来往往的在那里看,象是从一早那张纸就贴出来了!也许是晌午贴的……有的还一边看,一边念出来几句。我不懂得那一套……人们说是‘告示,告示’,可是告的什么,我也不懂那一套……‘告示’倒知道是官家的事情,与我们做小民的有什么长短!可不知为什么看的人就那么多……听说么,是捉逃兵的‘告示’……又听说么……又听说么……几天就要送到县城来枪毙……”

“哪一年?民国十年枪毙逃兵二十多个的那回事吗?”车夫把

卷起的衣袖在下意识里把它放下来，又用手扫着下颏。

"我不知道那叫什么年……反正枪毙不枪毙与我何干，反正我的猪鬃卖不完就不走运气……"她把手掌互相擦了一会，猛然，象是拍着蚊虫似的，凭空打了一下：

"有人念着逃兵的名字……我看着那穿黑马褂的人……我就说：'你再念一遍！'起先猪毛还拿在我的手上……我听到了姜五云姜五云的，好象那名字响了好几遍……我过了一些时候才想要呕吐……喉管里象有什么腥气的东西喷上来，我想咽下去……又咽不下去……眼睛冒着火苗……那些看'告示'的人往上挤着，我就退在了旁边，我再上前去看看，腿就不做主啦！看'告示'的人越多，我就退下来了！越退越远啦……"

她的前额和鼻头都流下汗来。

"跟了车，回到乡里，就快半夜了。一下车的时候，我才想起了猪毛……哪里还记得起猪毛……耳朵和两张木片似的啦……包头巾也许是掉在路上，也许是掉在城里……"

她把头巾掀起来，两个耳朵的下梢完全丢失了。

"看看，这是当兵的老婆……"

这回她把头巾束得更紧了一些，所以随着她的讲话那头巾的角部也起着小小的跳动。

"五云倒还活着，我就想看看他，也算夫妇一回……

"……二月里，我就背着秃子，今天进城，明天进城……'告示'听说又贴过了几回，我不去看那玩艺儿，我到衙门去问，他们说：'这里不管这事。'让我到兵营里去……我从小就怕见官……乡下孩子，没有见过。那些带刀挂枪的，我一看到就发颤……去吧！反正他们也不是见人就杀……后来常常去问，也就不怕了。反正一家三口，已经有一口拿在他们的手心里……他们告诉我，逃兵还没有送过来。我说什么时候才送过来呢？他们说：'再过一个月吧！'……等我一回到乡下就听说逃兵已从什么县城，那是什么县城？到今天我也记不住那是什么县城……就是听说送过来啦就是啦……都说若不快点去看，人可就没有了。我再背着秃子，再进城……去问问，兵营的人说：‘好心急，你还要问个百八十回。不知道，也许就不送过来的。’……有一天，我看着一个大官，坐着马车，钉东钉东地响着铃子，从营房走出来了……我把秃子放在地上，我就跑过去，正好马车是向着这边来的，我就跪下了，也不怕马蹄就踏在我的头上。

“‘大老爷，我的丈夫……姜五……’我还没有说出来，就觉得肩膀上很沉重……那赶马车的把我往后面推倒了，好象跌了交似的我爬在道边去。只看到那赶马车的也戴着兵帽子。

“我站起来，把秃子又背在背上……营房的前边，就是一条河，一个下半天都在河边上看着河水。有些钓鱼的，也有些洗衣裳的。远一点，在那河湾上，那水就深了，看着那浪头一排排的从眼前过去。不知道几百条浪头都坐着看过去了。我想把秃子放在河边上，我一跳就下去吧！留他一条小命，他一哭就会有人把他收了去。

“我拍着那小胸脯，我好象说：‘秃儿，睡吧。’我还摸摸那圆圆的耳朵，那孩子的耳朵，真是，长得肥满，和他爹的一模一样，一看到那孩子的耳朵，就看到他爹了。”

她为了赞美而笑了笑。

“我又拍着那小胸脯，我又说：‘睡吧！秃儿。’我想起了，我还有几吊钱，也放在孩子的胸脯上吧！正在伸，伸手去放……放的时节……孩子睁开眼睛了……又加上一只风船转过河湾来，船上的孩子喊妈的声音我一听到，我就从沙滩上面……把秃子抱……抱在……怀里了……”

她用包头巾象是按了按她的喉咙，随着她的手，眼泪就流了下来。

“还是……还是背着他回家吧！哪怕讨饭，也是有个亲娘……亲娘的好……”

那蓝色头巾的角部，也随着她的下颏颤抖了起来。

我们车子的前面正过着羊群，放羊的孩子口里响着用柳条做成的叫子，野地在斜过去的太阳里边分不出什么是花，什么是草了！只是混混黄黄的一片。

车夫跟着车子走在旁边，把鞭梢在地上荡起着一条条的烟尘。

“……一直到五月，营房的人才说：‘就要来的，就要来的。’

“……五月的末梢，一只大轮船就停在了营房门前的河沿上。不知怎么这样多的人！比七月十五看河灯的人还多……”

她的两只袖子在招摇着。

“逃兵的家属，站在右边……我也站过去，走过一个戴兵帽子的人，还每人给挂了一张牌子……谁知道，我也不认识那字……

“要搭跳板的时候，就来了一群兵队，把我们这些挂牌子的……就圈了起来……‘离开河沿远点，远点……’他们用枪把手把我们赶到离开那轮船有三、四丈远……站在我旁边的，一个白胡子的老头，他一只手提着一个包裹，我问他：‘老伯，为啥还带来这东西？’……‘哼！不！我有一个儿子和一个侄子……一人一包……回阴曹地府，不穿洁净衣裳是不上高的。……’

“跳板搭起来了……一看跳板搭起来就有哭的……我是不哭，我把脚跟立得稳稳当当的，眼睛往船上看着……可是，总不见出来……过了一会，一个兵官，挎着洋刀，手扶着栏杆说：‘让家属们再往后退退……就要下船……’听着嗃唠一声，那些兵队又用枪把手把我们向后赶了过去，一直赶上了道旁的豆田，我们就站在豆秧上，跳板又呼隆隆地搭起了一块……走下来了，一个兵官领头……那脚镣子，哗啦哗啦的……我还记得，第一个还是个小矮个……走下来五、六个啦……没有一个象秃子他爹宽宽肩膀的，是真的，很难看……两条胳臂直伸伸的……我看了半天工夫才看出手上都是戴了铐子的。旁边的人越哭，我就格外更安静。我只把

眼睛看着那跳板……我要问问他爹'为啥当兵不好好当,要当逃兵……你看看,你的儿子,对得起吗?'

"二十来个,我不知道哪个是他爹,远看都是那么个样儿。一个年轻的媳妇……还穿了件绿衣裳,发疯了似的,穿开了兵队抢过去了……当兵的哪肯叫她过去……就把她抓回来,她就在地上打滚,她喊:'当了兵还不到三个月呀……还不到……'两个兵队的人,就把她抬回来,那头发都披散开啦。又过了一袋烟的工夫,才把我们这些挂牌子的人带过去……越走越近了,越近也就越看不清楚哪个是秃子他爹……眼睛起了白蒙……又加上别人都呜呜嗬嗬的,哭得我多少也有点心慌……

"还有的嘴上抽着烟卷,还有的骂着……就是笑的也有。当兵的这种人……不怪说,当兵的不惜命……

"我看看,真是没有秃子他爹,哼!这可怪事……我一回身就把一个兵官的皮带抓住:'姜五云呢?''他是你的什么人?''是我的丈夫。'我把秃子可就放在地上啦……放在地上那不做美的就哭起来,我啪的一声,给秃子一个嘴巴……接着我就打了那兵官:'你们把人消灭到什么地方去啦?'

"'好的……好家伙……够朋友……'那些逃兵们就连起声来跺着脚喊。兵官看看这情形赶快叫当兵的把我拖开啦……他们说:'不只姜五云一个人,还有两个没有送过来,明后天,下一班船就送来……逃兵里他们三个是头目。'

"我背着孩子就离开了河沿,我就挂着牌子走下去了,我一路走,一路两条腿发颤。奔来看热闹的人满街满道啦……我走过了营房的背后,兵营的墙根下坐着那提着两个包裹的老头,他的包裹只剩了一个。我说:'老伯,你的儿子也没来吗?'我一问他,他就把背脊弓了起来,用手把胡子放在嘴唇上,咬着胡子就哭啦!

"他还说:'因为是头目,就当地正法了咧!'当时我还不知道这'正法'是什么……"

她再说下去,那是完全不相接连的话头。

“又过三年,秃子八岁的那年,把他送进了豆腐房……就是这样:一年我来看他两回。二年回家一趟……回来也就是十天半月的……”

车夫离开车子,在小毛道上走着,两只手放在背后,太阳从横面把他拖成一条长影,他每走一步,那影子就分成了一个叉形。

“我也有家小……”他的话从嘴唇上流了下来似的,好像他对着旷野说的一般。

“哟!”五云嫂把头巾放松了些。

“什么!”她鼻子上的褶皱纠动了一些时候,“可是真的……兵不当啦也不回家……”

“哼! 回家! 就背着两条腿回家?”车夫把肥厚的手揩扭着自己的鼻子笑了。

“这几年,还没多少赚几个?”

“都是想赚几个呀! 才当逃兵去啦!”他把腰带更束紧了一些。

我加了一件棉衣,五云嫂披了一张毯子。

“嗯! 还有三里路……这若是套的马……嗯! 一颠搭就到啦! 牛就不行,这牲口性子没紧没慢,上阵打仗,牛就不行……”车夫从草包取出棉袄来,那棉袄顺着风飞着草末,他就穿上了。

黄昏的风,却是和二月里的一样。车夫在车尾上打开了外祖父给祖父带来的酒坛。

“喝吧! 半路开酒坛,穷人好赌钱……喝上两杯……”他喝了几杯之后,把胸膛就完全露在外面。他一面啮嚼着肉干,一边嘴上起着泡沫。风从他的嘴边走过时,他唇上的泡沫也宏大了一些。

我们将奔到的那座城,在一种灰色的气氛里,只能够辨别那不是旷野,也不是山岗,又不是海边,又不是树林……

车子越往前进,城座看来越退越远。脸孔和手上,都有一种粘粘的感觉……再往前看。连道路也看不到尽头……

车夫收拾了酒坛，拾起了鞭子……这时候，牛角也模糊了去。

“你从出来就没回过家？家也不来信？”五云嫂的问话，车夫一定没有听到，他打着口哨，招呼着牛。后来他跳下车去，跟着牛在前面走着。

对面走过一辆空车，车辕上挂着红色的灯笼。

“大雾！”

“好大的雾！”车夫彼此招呼着。

“三月里大雾……不是兵灾，就是荒年……”

两个车子又过去了。

（原载一九三六年十月一日《文季月刊》第一卷第五期，选自一九三七年五月上海文化生活出版社初版《牛车上》）

后　花　园

后花园五月里就开花的，六月里就结果子，黄瓜、茄子、玉蜀黍、大芸豆、冬瓜、西瓜、西红柿，还有爬着蔓子的倭瓜。这倭瓜秧往往会爬到墙头上去，而后从墙头它出去了，出到院子外边去了。就向着大街，这倭瓜蔓上开了一朵大黄花。

正临着这热闹闹的后花园，有一座冷清清的黑洞洞的磨房，磨房的后窗子就向着花园。刚巧沿着窗外的一排种的是黄瓜。这黄瓜虽然不是倭瓜，但同样会爬蔓子的，于是就在磨房的窗棂上开了花，而且巧妙地结了果子。

在朝露里，那样嫩弱的须蔓的梢头，好象淡绿色的玻璃抽成的，不敢去触，一触非断不可的样子。同时一边结着果子，一边攀着窗棂往高处伸张，好象它们彼此学着样，一个跟一个都爬上窗子来了。到六月，窗子就被封满了，而且就在窗棂上挂着滴滴嘟嘟的大黄瓜、小黄瓜；瘦黄瓜、胖黄瓜，还有最小的小黄瓜纽儿，头顶上还正在顶着一朵黄花还没有落呢。

于是随着磨房里打着铜筛罗的震抖，而这些黄瓜也就在窗子上摇摆起来了。铜罗在磨夫的脚下，东踏一下它就“咚”，西踏一下它就“咚”；这些黄瓜也就在窗子上滴滴嘟嘟地跟着东边“咚”，西边“咚”。

六月里，后花园更热闹起来了，蝴蝶飞，蜻蜓飞，螳螂跳，蚂蚱跳。大红的外国柿子都红了，茄子青的青、紫的紫，溜明湛亮，又肥又胖，每一棵茄秧上结着三、四个，四、五个。玉蜀黍的缨子刚刚才出芽，就各色不同，好比女人绣花的丝线夹子打开了，红的绿的，深的浅的，干净得过分了，简直不知道它为什么那样干净，不知怎样它才那样干净的，不知怎样才做到那样的，或者说它是刚刚用水洗过，或者说它是用膏油涂过。但是又都不象，那简直是干净得连手都没有上过。

然而这样漂亮的缨子并不发出什么香气，所以蜂子、蝴蝶永久不在它上边搔一搔，或是吮一吮。

却是那些蝴蝶乱纷纷地在那些正开着的花上闹着。

后花园沿着主人住房的一方面，种着一大片花草。因为这园主并非怎样精细的人，而是一位厚敦敦的老头。所以他的花园多半变成菜园了。其余种花的部分，也没有什么好花，比如马蛇菜、爬山虎、胭粉豆、小龙豆……这都是些草本植物，没有什么高贵的。到冬天就都埋在大雪里边，它们就都死去了。春天打扫干净了这个地盘，再重种起来。有的甚或不用下种，它就自己出来了，好比大菽茨，那就是每年也不用种，它就自己出来的。

它自己的种子，今年落在地上没有人去拾它，明年它就出来了；明年落了子，又没有人去采它，它就又自己出来了。

这样年年代代，这花园无处不长着大花。墙根上，花架边，人行道的两旁，有的竟长在倭瓜或者黄瓜一块去了。那讨厌的倭瓜的丝蔓竟缠绕在它的身上，缠得多了，把它拉倒了。

可是它就倒在地上仍旧开着花。

铲地的人一遇到它，总是把它拔了，可是越拔它越生得快，那第一班开过的花子落下，落在地上，不久它就生出新的来。所以铲也铲不尽，拔也拔不尽，简直成了一种讨厌的东西了。还有那些被倭瓜缠住了的，若想拔它，把倭瓜也拔掉了，所以只得让它横躺竖卧地在地上，也不能不开花。

长得非常之高，五、六尺高，和玉蜀黍差不多一般高，比人还高了一点，红辣辣地开满了一片。

人们并不把它当做花看待，要折就折，要断就断，要连根拔也都随便。到这园子里来玩的孩子随便折了一堆去，女人折了插满了一头。

这花园从园主一直到来游园的人，没有一个人是爱护这花的。这些花从来不浇水，任着风吹，任着太阳晒，可是却越开越红，越开越旺盛，把园子炫耀得闪眼，把六月夸奖得和水滚着那么热。

胭粉豆、金荷叶、马蛇菜都开得象火一般。

其中尤其是马蛇菜，红得鲜明晃眼，红得它自己随时要破裂流下红色汁液来。

从磨房看这园子，这园子更不知鲜明了多少倍，简直是金属的了，简直象在火里边烧着那么热烈。

可是磨房里的磨倌是寂寞的。

他终天没有朋友来访他，他也不去访别人，他记忆中的那些生活也模糊下去了，新的一样也没有。他三十多岁了，尚未结过婚，可是他的头发白了许多，牙齿脱落了好几个，看起来象是个青年的老头。阴天下雨，他不晓得；春夏秋冬，在他都是一样。和他同院的住些什么人，他不去留心；他的邻居和他住得很久了，他没有记得；住的是什么人，他没有记得。

他什么都忘了，他什么都记不得，因为他觉得没有一件事情是新鲜的。人间在他是全然呆板的了。他只知道他自己是个磨倌，磨倌就是拉磨，拉磨之外的事情都与他毫无关系。

所以邻家的女儿，他好象没有见过；见过是见过的，因为他没有印象，就象没见过差不多。

磨房里，一匹小驴子围着一盘青白的圆石转着。磨道下面，被驴子经年地踢踏，已经陷下去一圈小洼槽。小驴的眼睛是戴了眼罩的，所以它什么也看不见，只是绕着圈瞎走。嘴上也给戴上了笼头，怕它偷吃磨盘上的麦子。

小驴知道，一上了磨道就该开始转了，所以走起来一声不响，两个耳朵尖尖地竖得笔直。

磨倌坐在罗架上，身子有点向前探着。他的面前竖了一个木架，架上横着一个用木做成的乐器，那乐器的名字叫："梆子"。

每一个磨倌都用一个，也就是每一个磨房都有一个。旧的磨倌走了，新的磨倌来了，仍然打着原来的梆子。梆子渐渐变成个元宝的形状，两端高而中间陷下，所发出来的音响也就不好听了，不响亮，不脆快，而且"踏踏"的沉闷的调子。

冯二成的梆子正是已经旧了的。他自己说：

"这梆子有什么用？打在这梆子上就象打在老牛身上一样。"

他尽管如此说，梆子他仍旧是打的。

磨眼上的麦子没有了，他去添一添。从磨漏下来的麦粉满了一磨盘，他过去扫了扫。小驴的眼罩松了，他替它紧一紧。若是麦粉磨得太多了，应该上风车子了，他就把风车添满，摇着风车的大手轮，吹了起来，把麦皮都从风车的后部吹了出去。那风车是很大的，好象大象那么大。尤其是当那手轮摇起来的时候，呼呼的作响，麦皮混着冷风从洞口喷出来。这风车摇起来是很好看的，同时很好听。可是风车并不常吹，一天或两天才吹一次。

除了这一点点工作，冯二成子多半是站在罗架上，身子向前探着，他的左脚踏一下，右脚踏一下，罗底盖着罗床，那力量是很大的，连地皮都抖动了，和盖新房子时打地基的工夫差不多，啌啌的，又沉重，又闷气，使人听了要睡觉的样子。

所有磨房里的设备都说过了，只不过还有一件东西没有说，那就是冯二成子的小炕了。那小炕没有什么好记载的。总之这磨房是简单、寂静、呆板。看那小驴竖着两个尖尖的耳朵，好象也不吃草也不喝水，只晓得拉磨的样子。

冯二成子一看就看到小驴那两个直竖竖的耳朵，再看就看到墙下跑出的耗子，那滴溜溜亮的眼睛好象两盏小油灯似的。再看也看不见别的，仍旧是小驴的耳朵。

所以他不能不打梆子，从午间打起，一打打个通宵。

花儿和鸟儿睡着了，太阳回去了。大地变得清凉了好些。从后花园透进来的热气，凉爽爽的，风也不吹了，树也不摇了。

窗外虫子的鸣叫，远处狗的夜吠，和冯二成子的梆子混在一起，好象三种乐器似的。

磨房的小油灯忽咧咧地燃着（那小灯是刻在墙壁中间的，好象古墓里边站的长明灯似的），和有风吹着它似的。这磨房只有一扇窗子，还被挂满了黄瓜，把窗子遮得风雨不透。可是从哪里来的风？小驴也在响着鼻子抖擞着毛，好象小驴也着了寒了。

每天是如此：东方快启明的时候，朝露就先下来了，伴随着朝露而来的，是一种阴森森的冷气，这冷气冒着白烟似的沉重重地压到地面上来了。

落到屋瓦上，屋瓦从浅灰变到深灰色，落到茅屋上，那本来是浅黄的草，就变成深黄的了。因为露珠把它们打湿了，它们吸收了露珠的缘故。

惟有落到花上、草上、叶子上，那露珠是原形不变，并且由小聚大。大叶子上聚着大露珠，小叶子上聚着小露珠。

玉蜀黍的缨穗挂上了霜似的，毛绒绒的。

倭瓜花的中心抱着一颗大水晶球。

剑形草是又细又长的一种野草，这野草顶不住太大的露珠，所以它的周身都是一点点的小粒。

等到太阳一出来时，那亮晶晶的后花园无异于昨天洒了银水了。

冯二成子看一看墙上的灯碗，在灯芯上结了一个红橙橙的大灯花。他又伸手去摸一摸那生长在窗棂上的黄瓜，黄瓜跟水洗的一样。

他知道天快亮了，露水已经下来了。

这时候，正是人们睡得正熟的时候，而冯二成子就象更焕发了起来。他的梆子就更响了，他拚命地打，他用了全身的力量，使那梆子响得爆豆似的。不但如此，那磨房唱了起来了，他大声急呼的。好象他是照着民间所流传的，他是招了鬼了。他有意要把远近的人家都惊动起来，他竟乱打起来，他不把梆子打断了，他不甘心停止似的。

有一天下雨了。

雨下得很大，青蛙跳进磨房来好几个，有些蛾子就不断地往小油灯上扑，扑了几下之后，被烧坏了翅膀就掉在油碗里溺死了，而且不久蛾子就把油灯碗给掉满了，所以油灯渐渐地不亮下去，几乎连小驴的耳朵都看不清楚。

冯二成子想要添些灯油，但是灯油在上房里，在主人的屋里。

他推开门一看，雨真是大得不得了，瓢泼的一样，而且上房里也怕是睡下了，灯光不很大，只是影影绰绰的。也许是因为下雨上了风窗的关系，才那样黑混混的。

——十步八步跑过去，拿了灯油就跑回来。——冯二成子想。

但雨也是太大了，衣裳非都湿了不可；湿了衣裳不要紧，湿了鞋子可得什么时候干。

他推开房门看了好几次，也都是把房门关上了，没有跑过去。

可是墙上的灯又一会一会地要灭了，小驴的耳朵简直看不见了。他又打开门向上房看看，上房灭了灯了，院子里什么也看不见，只有隔壁赵老太太那屋还亮通通的，窗里还有格格的笑声。

那笑的是赵老太太的女儿。冯二成子不知为什么心里好不平静，他赶快关了门，赶快去拨灯碗，赶快走到磨架上，开始很慌张地打动着筛罗。可是无论如何那窗里的笑声好象还在那儿笑。

冯二成子打起梆子来，打了不几下，很自然地就会停住，又好象很愿意再听到那笑声似的。

——这可奇怪了，怎么象第一天那边住着人。——他自己想。

第二天早晨，雨过天晴了。

冯二成子在院子里晒他的那双湿得透透的鞋子时，偶一抬头看见了赵老太太的女儿，跟他站了个对面。

冯二成子从来没和女人接近过，他赶快低下头去。

那邻家女儿是从井边来，提了满满的一桶水，走得非常慢。等她完全走过去了，冯二成子才抬起头来。

她那向日葵花似的大眼睛，似笑非笑的样子，冯二成子一想起来就无缘无故地心跳。

有一天，冯二成子用一个大盆在院子里洗他自己的衣裳，洗着洗着，一不小心，大盆从木凳滑落而打碎了。

赵老太太也在窗下缝着针线，连忙就喊她的女儿，把自家的大盆搬出来，借给他用。

冯二成子接过那大盆时，他连看都没看赵姑娘一眼，连抬头都没敢抬头，但是赵姑娘的眼睛象向日葵花那么大，在想象之中他比看见来得清晰。于是他的手好象抖着似的把大盆接过来了。他又重新打了点水，没有打很多的水，只打了一大盆底。

恍恍忽忽地衣裳也没有洗干净，他就晒起来了。

从那之后，他也并不常见赵姑娘，但他觉得好象天天见面的一样。尤其是到了深夜，他常常听到隔壁的笑声。

有一天，他打了一夜梆了。天亮了，他的全身都酸了。他把小驴子解下来，拉到下过朝露的潮湿的院子里，看着那小驴打了几个滚，而后把小驴拴到槽子上去吃草。他也该是睡觉的时候了。

他刚躺下，就听到隔壁女孩的笑声，他赶快抓住被边把耳朵掩盖起来。

但那笑声仍旧在笑。

他翻了一个身，把背脊向着墙壁，可是仍旧不能睡。

他和那女孩相邻地住了两年多了，好象他听到她的笑还是最近的事情。他自己也奇怪起来。

那边虽是笑声停止了，但是又有别的声音了：刷锅，劈柴发火的声音，件件样样都听得清清晰晰。而后，吃早饭的声音他都感觉到了。

这一天，他实在睡不着，他躺在那里心中十分悲哀，他把这两年来的生活都回想了一遍……

刚来的那年，母亲来看过他一次。从乡下给他带来一筐子黄米豆包。母亲临走的时候还流了眼泪说："孩儿，你在外边好好给东家做事，东家错待不了你的……你老娘这两年身子不大硬实。一旦有个一口气不来，只让你哥哥把老娘埋起来就算了事。人死如灯灭，你就是跑到家又能怎样！……可千万要听娘的话，人家拉磨，一天拉好多麦子，是一定的，耽误不得，可要记住老娘的话。……"

那时，冯二成子已经三十六岁了，他仍很小似的，听了那话就哭了。他抬起头看看母亲，母亲确是瘦得厉害，而且也咳嗽得厉害。

"不要这样傻气，你老娘说是这样说，哪就真会离开了你们的。你和你哥哥都是三十多岁了，还没成家，你老娘还要看到你们……"

冯二成子想到"成家"两个字，脸红了一阵。

母亲回到乡下去，不久就死了。

他没有照着母亲的话作，他回去了，他和哥哥亲自送的葬。

是八月里辣椒红了的时候，送葬回来，沿路还摘了许多红辣椒，炒着吃了。

以后再想一想，就想不起什么来了。拉磨的小驴子仍旧是原来的小驴子。磨房也一点没有改变，风车也是和他刚来时一样，黑洞洞地站在那里，连个方向也没改换。筛罗子一踏起来它就"咚咚"响。他向筛罗子看了一眼，宛如他不去踏它，它也在响的样子。

一切都习惯了，一切都照着老样子。他想来想去什么也没有变，什么也没有多，什么也没有少。这两年是怎样生活的呢，他自己也不知道，好象他没有活过的一样。他伸出自己的手来，看看也没有什么变化；捏一捏手指的骨节，骨节也是原来的样子，尖锐而突出。

他又回想到他更远的幼小的时候去，在沙滩上煎着小鱼，在河里脱光了衣裳洗澡；冬天堆了雪人，用绿豆给雪人做了眼睛，用红豆做了嘴唇；下雨的天气，妈妈打来了，就往水洼中跑……妈妈因此而打不着他。

再想又想不起什么来，这时候他昏昏沉沉地要睡了去。

刚要睡着，他又被惊醒了，好几次都是这样。也许是炕下的耗子，也许是院子里什么人说话。

但他每次睁开眼睛，都觉得是邻家女儿惊动了他。他在梦中羞怯怯地红了好几次脸。

从这以后，他早晨睡觉时，他先站在地中心听一听，邻家是否有了声音。若是有了声音，他就到院子里拿着一把马刷子刷那小驴。

但是巧得很，那女孩子一清早就到院子来走动，一会出来拿一捆柴，一会出来泼一瓢水。总之，他与她从这以后，好象天天相见。

这一大八月十五，冯二成子穿了崭新的衣裳，刚刚理过头发回来，上房就嚷着：

“喝酒了，喝酒啦……”

因为过节是和东家同桌吃的饭，什么腊肉，什么松花蛋，样样皆有。其中下酒最好的要算凉拌粉皮，粉皮里外加着一束黄瓜丝，还有辣椒油洒在上面。

冯二成子喝足了酒，退出来了，连饭也没有吃，他打算到磨房去睡一觉。常年也不喝酒，喝了酒头有些昏。他从上房走出来，走到院子里碰到了赵老太太，她手里拿着一包月饼，正要到亲戚家去。她一见了冯二成子，她连忙喊着女儿说：

“你快拿月饼给老冯吃。过节了，在外边的跑腿人，不要客气。”

说完了，赵老太太就走了。

冯二成子接过月饼在手里，他看那姑娘满身都穿了新衣裳，脸上涂着胭脂和香粉。因为他怕难为情，他想说一声谢谢也没说出来，回身就进了磨房。

磨房比平日更冷清了，小驴也没有拉磨，磨盘上供着一块黄色的牌位，上面写着“白虎神之位”，燃了两根红蜡烛，烧着三炷香。

冯二成子迷迷昏昏地吃完了月饼，靠着罗架站着，眼睛望着窗外的花园。他一无所思地往外看着，正这时又有了女人的笑声，并且这笑声是熟悉的，但不知这笑声是从哪方面来的，后花园还是隔壁?

他一回身，就看见了邻家的女儿站在大开着的门口。

她的嘴是红的，她的眼睛是黑的，她的周身发着光辉，带着吸力。

他怕了，低了头不敢再看。

那姑娘自言自语地说：

“这儿还供着白虎神呢!”

说着，她的一个小同伴招呼着她就跑了。

冯二成子几乎要昏倒了，他坚持着自己，他睁大了眼睛，看一看自己的周遭，看一看是否在做梦。

这哪里是在做梦，小驴站在院子里吃草，上房还没有喝完酒的划拳的吵闹声仍还没有完结。他站到磨房外边，向着远处都看了一遍。远处的人家，有的在树林中，有的在白云中露着屋角，而附近的人家，就是同院子住着的也都恬静地在节日里边升腾着一种看不见的欢喜，流荡着一种听不见的笑声。

但冯二成子看着什么都是空虚的。寂寞的秋空的游丝，飞了他满脸，挂住了他的鼻子，绕住了他的头发。他用手把游丝揉擦断了，他还是往前看去。

他的眼睛充满了亮晶晶的眼泪，他的心中起了一阵莫名其妙的悲哀。

他羡慕在他左右跳着的活泼的麻雀，他妒恨房脊上咕咕叫的悠闲的鸽子。

他的感情软弱得象要瘫了的蜡烛似的。他心里想：鸽子你为什么叫？叫得人心慌！你不能不叫吗？游丝你为什么绕了我满脸？你多可恨！

恍恍忽忽他又听到那女孩子的笑声。

而且和闪电一般，那女孩子来到他的面前了，从他面前跑过去了，一转眼跑得无影无踪的。

冯二成子仿佛被卷在旋风里似的，迷迷离离地被卷了半天，而后旋风把他丢弃了。旋风自己跑去了，他仍旧是站在磨房外边。

从这以后，可怜的冯二成子害了相思病，脸色灰白，眼圈发紫，茶也不想吃，饭也咽不下，他一心一意地想着那邻家的姑娘。

读者们，你们读到这里，一定以为那磨房里的磨倌必得要和邻家女儿发生一点关系。其实不然的。后来是另外的一位寡妇。

世界上竟有这样谦卑的人，他爱了她，他又怕自己的身份太低，怕毁坏了她。他偷着对她寄托一种心思，好象他在信仰一种宗教一样。邻家女儿根本不晓得有这么一回事。

不久，邻家女儿来了说媒的，不久那女儿就出嫁去了。

婆家来娶新媳妇的那天，抬着花轿子，打着锣鼓，吹着喇叭，就在磨房的窗外，连吹带打地热闹了起来。

冯二成子把头伏在梆子上，他闭了眼睛，他一动也不动。

那边姑娘穿了大红的衣裳，搽了胭脂粉，满手抓着铜钱，被人抱上了轿子。放了一阵炮仗，敲了一阵铜锣，抬起轿子来走了。

走得很远很远了，走出了街去，那打锣声只能丝丝拉拉听到一点。

冯二成子仍旧没有把头抬起，一直到那轿子走出几里路之外，就连被娶亲惊醒了的狗叫也都平静下去时，他才抬起头来。

那小驴蒙着眼罩静静地一圈一圈地在拉着空磨。

他看一看磨眼上一点麦子也没有了，白花花的麦粉流了满地。

那女儿出嫁以后，冯二成子常常和赵老太太攀谈，有的时候还到老太太的房里坐一坐。他不知为什么总把那老太太当做一位近亲来看待，早晚相见时，总是彼此笑笑。

这样也就算了，他觉得那女儿出嫁了反而随便了些。

可是这样过了没多久，赵老太太也要搬家了，搬到女儿家去。

冯二成子帮着去收拾东西。在他收拾着东西时，他看见针线篓里有一个细小的白骨顶针。他想：这可不是她的？那姑娘又活跃跃地来到他的眼前。他看见了好几样东西，都是那姑娘的。刺花的围裙卷放在小柜门里，一团扎过了的红头绳子洗得干干净净的，用一块纸包着。他在许多乱东西里拾到这纸包，他打开一看，他问赵老太太，这头绳要放在哪里？老太太说：

“放在小梳头匣子里吧，我好给她带去。”

冯二成子打开了小梳头匣，他看见几根扣发针和一个假烧蓝翠的戒指仍放在里边。他嗅到一种梳头油的香气。他想这一定是那姑娘的，他把梳头匣关了。

他帮着老太太把东西收拾好，装上了车，还牵着拉车的大黑骡子上前去送了一程。

送到郊外，迎面的菜花都开了，满野飘着香气。老太太催他回来，他说他再送一程。他好象对着旷野要高歌的样子，他的胸怀象飞鸟似的张着，他面向着前面，放着大步，好象他一去就不回来的样子。

可是冯二成子回来的时候，太阳还正晌午。虽然是秋天了，没有夏天那么鲜艳，但是到处飘着香气。高粱成熟了，大豆黄了秧子，野地上仍旧是红的红，绿的绿。冯二成子沿着原路往回走。走了一程，他还转回身去，向着赵老太太走去的远方望一望。但是连一点影子也看不见了。

蓝天凝结得那么严酷，连一些皱褶也没有，简直象是用蓝色纸剪成的。他用了他所有的目力，探究着蓝色的天边处，是否还存在着一点点黑点，若是还有一个黑点，那就是赵老太太的车子了。可是连一个黑点也没有，实在是没有的，只有一条白亮亮的大路，向着蓝天那边爬去，爬到蓝天的尽头，这大路只剩了窄狭的一条。

赵老太太这一去什么时候再能够见到，没有和她约定时间，也没有和她约定地方。他想顺着大路跑去，跑到赵老太太的车子前面，拉住大黑骡子，他要向她说：

"不要忘记了你的邻居，上城里来的时候可来看我一次。"

但是车子一点影也没有了，追也追不上了。

他转回身来，仍走他的归途，他觉得这回来的路，比去的时候不知远了多少倍。

他不知为什么这次送赵老太太，比送他自己的亲娘还更难过。他想：人活着为什么要分别？既然永远分别，当初又何必认识！人与人之间又是谁给造了这个机会？既然造了机会，又是谁把机会给取消了？

他越走他的脚越沉重，他的心越空虚，就在一个有树荫的地方坐下来。他往四方左右望一望，他望到的，都是在劳动着的，都是在活着的，赶车的赶车，拉马的拉马，割高粱的人，满头流着大汗。还有的手被高粱秆扎破了，或是脚被扎破了，还浸浸地泌着血，而仍是不停地在割。他看了一看，他不能明白，这都是在做什么；他不明白，这都是为着什么。他想：你们那些手拿着的，脚踏着的，到了终归，你们是什么也没有的。你们没有了母亲，你们的父亲早早死了，你们该娶的时候，娶不到你们所想的；你们到老的时候，看不到你们的子女成人，你们就先累死了。

冯二成子看一看自己的鞋子掉底了，于是脱下鞋子用手提鞋子，站起来光着脚走。他越走越奇怪，本来是往回走，可是心越走越往远处飞。究竟飞到哪里去了，他自己也把捉不定。总之，他越往回走，他就越觉得空虚。路上他遇上一些推手车的，挑担的，他都用了奇怪的眼光看了他们一下：

你们是什么也不知道，你们只知道为你们的老婆孩子当一辈子牛马，你们都白活了，你们自己还不知道。你们要吃的吃不到嘴，要穿的穿不上身，你们为了什么活着，活得那么起劲！

他看见几个卖豆腐脑的，搭着白布篷，篷下站着好几个人在吃。有的争着要多加点酱油，而那卖豆腐脑的偏偏给他加上几粒盐。卖豆腐脑的说酱油太贵，多加要赔本的。于是为着点酱油争吵了起来。冯二成子老远地就听他们在嚷嚷。他用斜眼看了那卖豆腐脑的：

你这个小气人，你为什么那么苛刻？你都是为了老婆孩子！你要白白活这一辈子，你省吃俭用，到头你还不是个穷鬼！

冯二成子这一路上所看到的几乎完全是这一类人。

他用各种眼光批评了他们。

他走了一会，转回身去看看远方，并且站着等了一会，好象远方会有什么东西自动向他飞来，又好象远方有谁在招呼着他。他几次三番地这样停下来，好象他侧着耳朵细听。但只有雀子的叫声从他头上飞过，其余没有别的了。

他又转身向回走，但走得非常迟缓，象走在荆蓁的草中。仿佛他走一步，被那荆蓁拉住过一次。

终于他全然没有了气力，全身和头脑。他找到一片小树林，他在那里伏在地上哭了一袋烟的工夫。他的眼泪落了一满树根。

他回想着那姑娘束了花围裙的样子，那走路的全身愉快的样子。他再想那姑娘是什么时候搬来的，他连一点印象也没有记住，他后悔他为什么不早点发现她。她的眼睛看过他两三次，他虽不敢直视过去，但他感觉得到，那眼睛是深黑的，含着无限情意的。

他想到了那天早晨他与她站了个对面,那眼睛是多么大!那眼光是直逼他而来的。他一想到这里,他恨不得站起来扑过去。但是现在都完了,都去得无声无息的那么远了,也一点痕迹没有留下,也永久不会重来了。

这样广茫茫的人间,让他走到哪方面去呢?是谁让人如此,把人生下来,并不领给他一条路子,就不管他了。

黄昏的时候,他从地面上抓了两把泥土,他昏昏沉沉地站起来,仍旧得走着他的归路。

他好象失了魂魄的样子,回到了磨房。

看一看罗架好好地在那儿站着,磨盘好好地在那儿放着,一切都没有变动。吹来的风依旧是很凉爽的。从风车吹出来的麦皮仍旧在大篓子里盛着,他抓起一把放在手心上擦了擦,这都是昨天磨的麦子,昨天和今天是一点也没有变。他拿了刷子刷了一下磨盘,残余的麦粉冒了一阵白烟。这一切都和昨天一样,什么也没有变。耗子的眼睛仍旧是很亮很亮地跑来跑去。后花园静静的和往日里一样的没有声音。上房里,东家的太太抱着孙儿和邻居讲话,讲得仍旧和往常一样热闹。担水的往来在井边,有谈有笑的放着大步往来地跑,绞着井绳的转车喀啦喀啦地大大方方地响着。一切都是快乐的,有意思的。就连站在槽子那里的小驴,一看冯二成子回来了,也表示欢迎似的张开大嘴来叫了几声。冯二成子走上前去,摸一摸小驴的耳朵,而后从草包取一点草散在槽子里,而后又领着那小驴到井边去饮水。

他打算再工作起来,把小驴仍旧架到磨上,而他自己还是愿意鼓动着勇气打起梆子来。但是他未能做到,他好象丢了什么似的,好象是被人家抢去了什么似的。

他没有拉磨,他走到街上来荡了半夜,二更之后,街上的人稀疏了,都回家去睡觉去了。

他经过靠着缝衣裳来过活的老王那里,看她的灯还未灭,他想进去歇一歇脚也是好的。

老王是一个三十多岁的寡妇，因为生活的忧心，头发白了一半了。

她听了是冯二成子来叫门，就放下了手里的针线来给他开门了。

还没等他坐下，她就把缝好的冯二成子的蓝单衫取出来了，并且说着：

“我这两天就想要给你送去，为着这两天活计多，多做一件，多赚几个，还让你自家来拿……”

她抬头一看冯二成子的脸色是那么冷落，她忙着问：

“你是从街上来的吗？是从哪儿来的？”

一边说着一边就让冯二成子坐下。

他不肯坐下，打算立刻就要走，可是老王说：

“有什么不痛快的？跑腿子在外的人，要舒心坦意。”

冯二成子还是没有响。

老王跑出去给冯二成子买了些烧饼来，那烧饼还是又脆又热的，还买了酱肉。老王手里有钱时，常常自己喝一点酒，今天也买了酒来。

酒喝到三更，王寡妇说：

“人活着就是这么的，有孩子的为孩子忙，有老婆的为老婆忙，反正做一辈子牛马。年轻的时候，谁还不是象一棵小树似的，盼着自己往大了长，好象有多少黄金在前边等着。可是没有几年，体力也消耗完了，头发黑的黑，白的白……”

她给他再斟一盅酒。

她斟酒时，冯二成子看她满手都是筋络，苍老得好象大麻的叶子一样。

但是她说的话，他觉得那是对的，于是他把那盅酒举起来就喝了。

冯二成子也把近日的心情告诉了她。他说他对什么都是烦躁的，对什么都没有耐性了。他所说的，她都理解得很好，接着他的话，她所发的议论也和他的一样。

喝过了三更以后，冯二成子也该回去了。他站起来，抖擞一下他的前襟，他的感情宁静多了，他也清醒得多了，和落过雨后又复见了太阳似的，他还拿起老王在缝着的衣裳看看。问她一件夹袄的手工多少钱。

老王说："那好说，那好说，有夹袄尽管拿来做吧。"

说着，她就拿起一个烧饼，把剩下的酱肉通通夹在烧饼里，让冯二成子带着：

"过了半夜，酒要往上返的，吃下去压一压酒。"

冯二成子百般地没有要，开了门，出来了，满天都是星光；中秋以后的风，也有些凉了。

"是个月黑头夜，可怎么走！我这儿也没有灯笼……"

冯二成子说："不要，不要！"就走出来了。

在这时，有一条狗往屋里钻，老王骂着那狗：

"还没有到冬天，你就怕冷了，你就往屋里钻！"

因为是夜深了的缘故，这声音很响。

冯二成子看一看附近的人家都睡了。王寡妇也在他的背后闩上了门，适才从门口流出来的那道灯光，在闩门的声音里边，又被收了回去。

冯二成子一边看着天空的北斗星，一边来到了小土坡前。那小土坡上长着不少野草，脚踏在上边，绒绒乎乎的。于是他蹲了双腿，试着用指尖搔一搔，是否这地方可以坐一下。

他坐在那里非常宁静，前前后后的事情，他都忘得干干净净，他心里边没有什么骚扰，什么也没有想，好象什么也想不起来了。晌午他送赵老太太走的那回事，似乎是多少年前的事情。现在他觉得人间并没有许多人，所以彼此没有什么妨害，他的心境自由得多了,也宽舒得多了,任着夜风吹着他的衣襟和裤脚。

他看一看远近的人家,差不多都睡觉了,尤其是老王的那一排房子,通通睡了,只有王寡妇的窗子还透着灯光。他看了一会,他又把眼睛转到另外的方向去,有的透着灯光的窗子,眼睛看着看着,窗子忽然就黑了一个,忽然又黑了一个。屋子一灭掉了灯,竟好象沉到深渊里边去的样子,立刻消灭了。

而老王的窗子仍旧是亮的,她的四周都黑了,都不存在了,那就更显得她单独地停在那里。

"她还没有睡呢!"他想。

她怎么还不睡?他似乎这样想了一下。是否他还要回到她那边去,他心里很犹疑。

等他不自觉地又回到老王的窗下时,他终于敲了她的门。里边应着的声音并没有惊奇,开了门让他进去。

这夜,冯二成子就在王寡妇家里结了婚了。

他并不象世界上所有的人结婚那样:也不跳舞,也不招待宾客;也不到礼拜堂去。而也并不象邻家姑娘那样打着铜锣,敲着大鼓。但是他们庄严得很,因为百感交集,彼此哭了一遍。

第二年夏天,后花园里的花草又是那么热闹,倭瓜淘气地爬上了树了,向日葵开了大花,惹得蜂子成群地闹着,大菽茨、爬山虎、马蛇菜、胭粉豆,样样都开了花。耀眼的耀眼,散着香气的散着香气。年年爬到磨房窗棂上来的黄瓜,今年又照样地爬上来了;年年结果子的,今年又照样地结了果子。

惟有墙上的狗尾草比去年更为茂盛,因为今年雨水多而风少。

园子里虽然是花草鲜艳,而很少有人到园子里来,是依然如故。

偶然园主的小孙女跑进来折一朵大菽茨花,听到屋里有人喊着:

“小春，小春……”

她转身就跑回屋去，而后把门又轻轻地闩上了。

算起来就要一年了，赵老太太的女儿就是从这靠着花园的厢房出嫁的。在街上，冯二成子碰到那出嫁的女儿一次，她的怀里抱着一个小孩。

可是冯二成子也有了小孩了。磨房里拉起了一张白布帘子来，帘子后边就藏着出生不久的婴孩和孩子的妈妈。

又过了两年，孩子的妈妈死了。

冯二成子坐在罗架上打筛罗时，就把孩子骑在梆子上。夏昼十分热了，冯二成子把头垂在孩子的腿上，打着瞌睡。

不久，那孩子也死了。

后花园里经过了几度繁华，经过了几次凋零，但那大菽茨花它好象世世代代要存在下去的样子，经冬复历春，年年照样地在园子里边开着。

园主人把后花园里的房子都翻了新了，只有这磨房连动也没动，说是磨房用不着好房子的，好房子也让筛罗“咚咚”地震坏了。

所以磨房的屋瓦，为着风吹，为着雨淋，一排一排地都脱了节。每刮一次大风，屋瓦就要随着风在半天空里飞走了几块。

夏昼，冯二成子伏在梆子上，每每要打瞌睡。他瞌睡醒来时，昏昏庸庸地他看见眼前跳跃着无数条光线，他揉一揉眼睛，再仔细看一看，原来是房顶露了天了。

以后两年三年，不知多少年，他仍旧在那磨房里平平静静地活着。

后花园的园主也老死了，后花园也拍卖了。这拍卖只不过给冯二成子换了个主人。这个主人并不是个老头，而是个年轻的、爱漂亮、爱说话的，常常穿了很干净的衣裳来在磨房的窗外，看那磨倌怎样打他的筛罗，怎样摇他的风车。

一九四〇年四月

（原载香港一九四〇年四月十日至二十五日《大公报》及《学生界》，选自一九八二年六月黑龙江人民出版社初版《萧红短篇小说集》）

小城三月

一

三月的原野已经绿了，象地衣那样绿，透出在这里，那里。郊原上的草，是必须转折了好几个弯儿才能钻出地面的，草儿头上还顶着那胀破了种粒的壳，发出一寸多高的芽子，欣幸的钻出了土皮。放牛的孩子，在掀起了墙脚片下面的瓦片时，找到了一片草芽了，孩子们到家里告诉妈妈，说："今天草芽出土了！"妈妈惊喜的说："那一定是向阳的地方！"抢根菜的白色的圆石似的籽儿在地上滚着，野孩子一升一斗的在拾。蒲公英发芽了，羊咩咩的叫，乌鸦绕着杨树林子飞，天气一天暖似一天，日子一寸一寸的都有意思。杨花满天照地的飞，象棉花似的。人们出门都是用手捉着，杨花挂着他了。草和牛粪都横在道上，放散着强烈的气味，远远的有用石子打船的声音，空空……的大响传来。

河冰发了，冰块顶着冰块，苦闷的又奔放的向下流。乌鸦站在冰块上寻觅小鱼吃，或者是还在冬眠的青蛙。

天气突然的热起来，说是"二八月，小阳春"，自然冷天气还是要来的，但是这几天可热了。春天带着强烈的呼唤从这头走到那头……

小城里被杨花给装满了，在榆树还没变黄之前，大街小巷到处飞着，象纷纷落下的雪块……

春来了，人人象久久等待着一个大暴动，今天夜里就要举行，人人带着犯罪的心情，想参加到解放的尝试……春吹到每个人的心坎，带着呼唤，带着蛊惑……

我有一个姨，和我的堂哥哥大概是恋爱了。

姨母本来是很近的亲属，就是母亲的姊妹。但是我这个姨，她不是我的亲姨，她是我的继母的继母的女儿。那么她可算与我的继母有点血统的关系了，其实也是没有的。因为我这个外祖母已经做了寡妇之后才来到的外祖父家，翠姨就是这个外祖母的原来在另外的一家所生的女儿。

翠姨还有一个妹妹，她的妹妹小她两岁，大概是十七、八岁，那么翠姨也就是十八、九岁了。

翠姨生得并不是十分漂亮，但是她长得窈窕，走起路来沉静而且漂亮，讲起话来清楚的带着一种平静的感情。她伸手拿樱桃吃的时候，好象她的手指尖对那樱桃十分可怜的样子，她怕把它触坏了似的轻轻的捏着。

假若有人在她的背后招呼她一声，她若是正在走路，她就会停下，若是正在吃饭，就要把饭碗放下，而后把头向着自己的肩膀转过去，而全身并不大转，于是她自觉的闭合着嘴唇，象是有什么要说而一时说不出来似的……

而翠姨的妹妹，忘记了她叫什么名字，反正是一个大说大笑的，不十分修边幅，和她的姐姐完全不同。花的绿的，红的紫的，只要是市上流行的，她就不大加以选择，做起一件衣服来赶快就穿在身上。穿上了而后，到亲戚家去串门，人家恭维她的衣料怎样漂亮的时候，她总是说，和这完全一样的，还有一件，她给了她的姐姐了。

我到外祖父家去，外祖父家里没有象我一般大的女孩子陪着我玩，所以每当我去，外祖母总是把翠姨喊来陪我。

翠姨就住在外祖父的后院，隔着一道板墙，一招呼，听见就来了。

外祖父住的院子和翠姨住的院子，虽然只隔一道板墙，但是却没有门可通,所以还得绕到大街上去从正门进来。

因此有时翠姨先来到板墙这里,从板墙缝中和我打了招呼,而后回到屋去装饰了一番,才从大街上绕了个圈来到她母亲的家里。

翠姨很喜欢我,因为我在学堂里念书,而她没有,她想什么事我都比她明白。所以她总是有许多事务同我商量,看看我的意见如何。

到夜里,我住在外祖父家里了,她就陪着我也住下的。

每每从睡下了就谈,谈过了半夜,不知为什么总是谈不完……

开初谈的是衣服怎样穿,穿什么样的颜色的,穿什么样的料子。比如走路应该快或是应该慢。有时白天里她买了一个别针,到夜里她拿出来看看,问我这别针到底是好看或是不好看,那时候,大概是十五年前的时候,我们不知别处如何装扮一个女子,而在这个城里几乎个个都有一条宽大的绒绳结的披肩,蓝的,紫的,各色的也有,但最多多不过枣红色了。几乎在街上所见的都是枣红色的大披肩了。

哪怕红的绿的那么多,但总没有枣红色的最流行。

翠姨的妹妹有一张,翠姨有一张,我的所有的同学,几乎每人有一张。就连素不考究的外祖母的肩上也披着一张,只不过披的是蓝色的,没有敢用那最流行的枣红色的就是了。因为她总算年纪大了一点,对年轻人让了一步。

还有那时候都流行穿绒绳鞋,翠姨的妹妹就赶快的买了穿上。因为她那个人很粗心大意,好坏她不管,只是人家有她也有,别人是人穿衣裳,而翠姨的妹妹就好象被衣服所穿了似的,芜芜杂杂。但永远合乎着应有尽有的原则。

翠姨的妹妹的那绒绳鞋,买来了,穿上了。在地板上跑着,不大一会工夫,那每只鞋脸上系着的一只毛球,竟有一个毛球已经离开了鞋子,向上跳着,只还有一根绳连着,不然就要掉下来了。很好玩的,好象一颗大红枣被系到脚上去了。因为她的鞋子也是枣红色的。大家都在嘲笑她的鞋子一买回来就坏了。

翠姨，她没有买，她犹疑了好久，无管什么新样的东西到了，她总不是很快的就去买了来，也许她心里边早已经喜欢了，但是看上去她都象反对似的，好象她都不接受。

她必得等到许多人都开始采办了，这时候看样子，她才稍稍有些动心。

好比买绒绳鞋，夜里她和我谈话，问过我的意见，我也说是好看的，我有很多的同学，她们也都买了绒绳鞋。

第二天翠姨就要求我陪着她上街，先不告诉我去买什么，进了铺子选了半天别的，才问到我绒绳鞋。

走了几家铺子，都没有，都说是已经卖完了。我晓得店铺的人是这样瞎说的。表示他家这店铺平常总是最丰富的，只恰巧你要的这件东西，他就没有了。我劝翠姨说咱们慢慢的走，别家一定会有的。

我们是坐马车从街梢上的外祖父家来到街中心的。

见了第一家铺子，我们就下了马车。不用说，马车我们已经是付过了车钱的。等我们买好了东西回来的时候，会另外叫一辆的。因为我们不知道要有多久。大概看见什么好，虽然不需要也要买点，或是东西已经买全了不必要再多留连，也要留连一会，或是买东西的目的，本来只在一双鞋，而结果鞋子没有买到，反而罗里罗索的买回来许多用不着的东西。

这一天，我们辞退了马车，进了第一家店铺。

在别的大城市里没有这种情形，而在我家乡里往往是这样，坐了马车，虽然是付过了钱，让他自由去兜揽生意，但是他常常还仍旧等候在铺子的门外，等一出来，他仍旧请你坐他的车。

我们走进第一个铺子，一问没有。于是就看了些别的东西，从绸缎看到呢绒，从呢绒再看到绸缎，布匹是根本不看的，并不象母亲们进了店铺那样子，这个买去做被单，那个买去做棉袄的，因为我们管不了被单棉袄的事。母亲们一月不进店铺,一进店铺又是这个便宜应该买,那个不贵,也应该买。比方一块在夏天才用的花洋布,母亲们冬天里就买起来了,说是趁着便宜多买点,总是用得着的。而我们就不然了,我们是天天进店铺的,天天搜寻些个好看的,是贵的值钱的,平常时候,绝对的用不到想不到的。

那一天我们就买了许多花边回来,钉着光片的,带着琉璃的。说不上要做什么样的衣服才配得着这种花边。也许根本没有想到做衣服,就贸然的把花边买下了。一边买着,一边说好,翠姨说好,我也说好。到了后来,回到家里,当众打开了让大家评判,这个一言,那个一语,让大家说得也有一点没有主意了,心里已经五、六分空虚了。于是赶快的收拾了起来,或者从别人的手中夺过来,把它包起来,说她们不识货,不让她们看了。

勉强说着:

"我们要做一件红金丝绒的袍子,把这个黑琉璃边镶上。"

或是:

"这红的我们送人去……"

说虽仍旧如此说,心里已经八、九分空虚了,大概是这些所心爱的,从此就不会再出头露面的了。

在这小城里,商店究竟没有多少,到后来又加上看不到绒绳鞋,心里着急,也许跑得更快些,不一会工夫,只剩了三两家了。而那三两家,又偏偏是不常去的,铺子小,货物少。想来它那里也是一定不会有的了。

我们走进一个小铺子里去,果然有三、四双非小即大,而且颜色都不好看。

翠姨有意要买,我就觉得奇怪,原来就不十分喜欢,既然没有好的,又为什么要买呢?让我说着,没有买成回家去了。

过了两天,我把买鞋子这件事情早就忘了。

翠姨忽然又提议要去买。

从此我知道了她的秘密，她早就爱上了那绒绳鞋了，不过她没有说出来就是，她的恋爱的秘密就是这样子的，她似乎要把它带到坟墓里去，一直不要说出口，好象天底下没有一个人值得听她的告诉……

在外边飞着满天的大雪，我和翠姨坐着马车去买绒绳鞋。我们身上围着皮褥子，赶车的车夫高高的坐在车夫台上，摇晃着身子唱着沙哑的山歌："喝咧咧……"耳边的风呜呜的啸着，从天上倾下来的大雪迷乱了我们的眼睛，远远的天隐在云雾里，我默默的祝福翠姨快快买到可爱的绒绳鞋，我从心里愿意她得救……

市中心远远的朦朦胧胧的站着，行人很少，全街静悄无声。我们一家挨一家的问着，我比她更急切，我想赶快买到吧，我小心的盘问着那些店员们，我从来不放弃一个细微的机会，我鼓励翠姨，没有忘记一家。使她都有点儿诧异，我为什么忽然这样热心起来，但是我完全不管她的猜疑，我不顾一切的想在这小城里，找出一双绒绳鞋来。

只有我们的马车，因为载着翠姨的愿望，在街上奔驰得特别的清醒，又特别的快。雪下的更大了，街上什么人都没有了，只有我们两个人，催着车夫，跑来跑去。一直到天都很晚了，鞋子没有买到。翠姨深深的看到我的眼里说："我的命，不会好的。"我很想装出大人的样子，来安慰她，但是没有等到找出什么适当的话来，泪便流出来了。

二

翠姨以后也常来我家住着，是我的继母把她接来的。

因为她的妹妹订婚了，怕是她一旦的结了婚，忽然会剩下她一个人来，使她难过。因为她的家里并没有多少人，只有她的一个六十多岁的老祖父，再就是一个也是寡妇的伯母，带一个女儿。

堂姊妹本该在一起玩耍解闷的，但是因为性格的相差太远，一向是水火不同炉的过着日子。

她的堂妹妹，我见过，永久是穿着深色的衣裳，黑黑的脸，一天到晚陪着母亲坐在屋子里，母亲洗衣裳，她也洗衣裳，母亲哭，她也哭。也许她帮着母亲哭她死去的父亲，也许哭的是她们的家穷。那别人就不晓得了。

本来是一家的女儿，翠姨她们两姊妹却象有钱的人家的小姐，而那个堂妹妹，看上去却象乡下丫头。这一点使她得到常常到我们家里来住的权利。

她的亲妹妹订婚了，再过一年就出嫁了。在这一年中，妹妹大大的阔气了起来，因为婆家那方面一订了婚就来了聘礼。这个城里，从前不用大洋票，而用的是广信公司出的帖子，一百吊一千吊的论。她妹妹的聘礼大概是几万吊。所以她忽然不得了起来，今天买这样，明天买那样，花别针一个又一个的，丝头绳一团一团的，带穗的耳坠子，洋手表，样样都有了。每逢出街的时候，她和她的姐姐一道，现在总是她付车钱了，她的姐姐要付，她却百般的不肯，有时当着人面，姐姐一定要付，妹妹一定不肯，结果闹得很窘，姐姐无形中觉得一种权利被人剥夺了。

但是关于妹妹的订婚，翠姨一点也没有羡慕的心理。妹妹未来的丈夫，她是看过的，没有什么好看，很高，穿着蓝袍子黑马褂，好象商人，又象一个小土绅士。又加上翠姨太年轻了，想不到什么丈夫，什么结婚。

因此，虽然妹妹在她的旁边一天比一天的丰富起来，妹妹是有钱了，但是妹妹为什么有钱的，她没有考查过。

所以当妹妹尚未离开她之前，她绝对的没有重视“订婚”的事。

就是妹妹已经出嫁了，她也还是没有重视这“订婚”的事。

不过她常常的感到寂寞。她和妹妹出来进去的，因为家庭环境孤寂，竟好象一对双生子似的，而今去了一个。不但翠姨自己觉得单调，就是她的祖父也觉得她可怜。

所以自从她的妹妹嫁了，她就不大回家，总是住在她的母亲的家里，有时我的继母也把她接到我们家里。

翠姨非常聪明，她会弹大正琴，就是前些年所流行在中国的一种日本琴，她还会吹箫或是会吹笛子。不过弹那琴的时候却很多。住在我家里的时候，我家的伯父，每在晚饭之后必同我们玩这些乐器的。笛子，箫，日本琴，风琴，月琴，还有什么打琴。真正的西洋的乐器，可一样也没有。

在这种正玩得热闹的时候，翠姨也来参加了，翠姨弹了一个曲子，和我们大家立刻就配合上了。于是大家都觉得在我们那已经天天闹熟了的老调子之中，又多了一个新的花样。于是立刻我们就加倍的努力，正在吹笛子的把笛子吹得特别响，把笛膜振抖得似乎就要爆裂了似的滋滋的叫着。十岁的弟弟在吹口琴，他摇着头，好象要把那口琴吞下去似的，至于他吹的是什么调子，已经是没有人留意了。在大家忽然来了勇气的时候，似乎只需要这种胡闹。

而那按风琴的人，因为越按越快，到后来也许是已经找不到琴键了，只是那踏脚板越踏越快，踏的呜呜的响，好象有意要毁坏了那风琴，而想把风琴撕裂了一般的。

大概所奏的曲子是《梅花三弄》，也不知道接连的弹过了多少圈，看大家的意思都不想要停下来。不过到了后来，实在是气力没有了，找不着拍子的找不着拍子，跟不上调的跟不上调，于是在大笑之中，大家停下来了。

不知为什么，在这么快乐的调子里边，大家都有点伤心，也许是乐极生悲了，把我们都笑得一边流着眼泪，一边还笑。

正在这时候，我们往门窗处一看，我的最小的小弟弟，刚会走路，他也背着一个很大的破手风琴来参加了。

谁都知道，那手风琴从来也不会响的。把大家笑死了。在这回得到了快乐。

我的哥哥（伯父的儿子，钢琴弹得很好），吹箫吹得最好，这时候他放下了箫，对翠姨说：“你来吹吧！”翠姨却没有言语，站起身来，跑到自己的屋子去了，我的哥哥，好久好久的看住那帘子。

三

翠姨在我家，和我住一个屋子。月明之夜，屋子照得通亮，翠姨和我谈话，往往谈到鸡叫，觉得也不过刚刚半夜。

鸡叫了，才说：“快睡吧，天亮了。”

有的时候，一转身，她又问我：

“是不是一个人结婚太早不好，或许是女子结婚太早是不好的！”

我们以前谈了很多话，但没有谈到这些。

总是谈什么，衣服怎样穿，鞋子怎样买，颜色怎样配，买了毛线来，这毛线应该打个什么的花纹，买了帽子来，应该评判这帽子还微微有点缺点，这缺点究竟在什么地方，虽然说是不要紧，或者是一点关系也没有，但批评总是要批评的。

有时再谈得远一点，就是表姊表妹之类订了婆家，或是什么亲戚的女儿出嫁了。或是什么耳闻的，听说的，新娘子和新姑爷闹别扭之类。

那个时候，我们的县里，早就有了洋学堂了，小学好几个，大学没有。只有一个男子中学，往往成为谈论的目标，谈论这个，不单是翠姨，外祖母，姑姑，姐姐之类，都愿意讲究这当地中学的学生。因为他们一切洋化，穿着裤子，把裤腿卷起来一寸，一张口格得毛宁①

① 格得毛宁，英语 Good morning 的音译，意为早安。——编者注

外国话,他们彼此一说话就答答答①,听说这是什么毛子话。而更奇怪的就是他们见了女人不怕羞。这一点,大家都批评说是不如从前了,从前的书生,一见了女人脸就红。

我家算是最开通的了,叔叔和哥哥他们都到北京和哈尔滨那些大地方去读书了,他们开了不少的眼界,回到家里来,大讲他们那里都是男孩子和女孩子同学。

这一题目,非常的新奇,开初都认为这是造了反。后来因为叔叔也常和女同学通信,因为叔叔在家庭里是有点地位的人。并且父亲从前也加入过国民党,革过命,所以这个家庭都"咸与维新"起来。

因此在我家里一切都是很随便的,逛公园,正月十五看花灯,都是不分男女,一齐去。

而且我家里设了网球场,一天到晚的打网球,亲戚家的男孩子来了,我们也一齐的打。

这都不谈,仍旧来谈翠姨。

翠姨听了很多的故事,关于男学生结婚事情,就是我们本县里,已经有几件事情不幸的了。有的结婚了,从此就不回家了,有的娶来了太太,把太太放在另一间屋子里住着,而且自己却永久住在书房里。

每逢讲到这些故事时,多半别人都是站在女的一面,说那男子都是念书念坏了,一看了那不识字的又不是女学生之类就生气。觉得处处都不如他。天天总说是婚姻不自由,可是自古至今,都是爹许娘配的,偏偏到了今天,都要自由,看吧,这还没有自由呢,就先来了花头故事了,娶了太太的不回家,或是把太太放在另一个屋子里。这些都是念书念坏了的。

翠姨听了许多别人家的评论。大概她心里边也有些不平,她

---

① 答答答,俄语 да,да,да 的音译,意为是的,对的。——编者注

就问我不读书是不是很坏的,我自然说是很坏的。而且她看了我们家里男孩子,女孩子通通到学堂去念书的。而且我们亲戚家的孩子也都是读书的。

因此她对我很佩服,因为我是读书的。

但是不久,翠姨就订婚了。就是她妹妹出嫁不久的事情。

她的未来的丈夫,我见过。在外祖父的家里。人长得又低又小,穿一身蓝布棉袍子,黑马褂,头上戴一顶赶大车的人所戴的五耳帽子。

当时翠姨也在的,但她不知道那是她的什么人,她只当是哪里来了这样一位乡下的客人。外祖母偷着把我叫过去,特别告诉了我一番,这就是翠姨将来的丈夫。

不久翠姨就很有钱,她的丈夫的家里,比她妹妹丈夫的家里还更有钱得多。婆婆也是个寡妇,守着个独生的儿子。儿子才十七岁,是在乡下的私学馆里读书。

翠姨的母亲常常替翠姨解说,人矮点不要紧,岁数还小呢,再长上两三年两个人就一般高了。劝翠姨不要难过,婆家有钱就好的。聘礼的钱十多万都交过来了,而且就由外祖母的手亲自交给了翠姨,而且还有别的条件保障着,那就是说,三年之内绝对的不准娶亲,借着男的一方面年纪太小为辞,翠姨更愿意远远的推着。

翠姨自从订婚之后,是很有钱的了,什么新样子的东西一到,虽说不是一定抢先去买了来,总是过不了多久,箱子里就要有的了。那时候夏天最流行银灰色市布大衫,而翠姨的穿起来最好,因为她有好几件,穿过两次不新鲜就不要了,就只在家里穿,而出门就又去做一件新的。

那时候正流行着一种长穗的耳坠子,翠姨就有两对,一对红宝石的,一对绿的,而我的母亲才能有两对,而我才有一对。可见翠姨是顶阔气的了。

还有那时候就已经开始流行高跟鞋了。可是在我们本街上却不大有人穿，只有我的继母早就开始穿，其余就算是翠姨。并不是一定因为我的母亲有钱，也不是因为高跟鞋一定贵，只是女人们没有那么摩登的行为，或者说她们不很容易接受新的思想。

翠姨第一天穿起高跟鞋来，走路还很不安定，但到第二天就比较的习惯了。到了第三天，就是说以后，她就是跑起来也是很平稳的。而且走路的姿态更加可爱了。

我们有时也去打网球玩玩，球撞到她脸上的时候，她才用球拍遮了一下，否则她半天也打不到一个球。因为她一上了场站在白线上就是白线上，站在格子里就是格子里，她根本的不动。有的时候，她竟拿着网球拍子站着一边去看风景去。尤其是大家打完了网球，吃东西的吃东西去了，洗脸的洗脸去了，惟有她一个人站在短篱前面，向着远远的哈尔滨市影痴望着。

有一次我同翠姨一同去做客。我继母的族中娶媳妇。她们是八旗人，也就是满人，满人才讲究场面呢，所有的族中的年轻的媳妇都必得到场，而个个打扮得如花似玉。似乎咱们中国的社会，是没这么繁华的社交的场面的，也许那时候，我是小孩子，把什么都看得特别繁华，就只说女人们的衣服吧，就个个都穿得和现在西洋女人在夜会里边那么庄严。一律都穿着绣花大袄。而她们是八旗人，大袄的襟下一律的没有开口。而且很长。大袄的颜色枣红的居多，绛色的也有，玫瑰紫色的也有。而那上边绣的颜色，有的荷花，有的玫瑰，有的松竹梅，一句话，特别的繁华。

她们的脸上，都擦着白粉，她们的嘴上都染得桃红。

每逢一个客人到了门前，她们是要列着队出来迎接的，她们都是我的舅母，一个一个的上前来问候了我和翠姨。

翠姨早就熟识她们的，有的叫表嫂子，有的叫四嫂子。而在我，她们就都是一样的，好象小孩子的时候，所玩的用花纸剪的纸人，这个和那个都是一样，完全没有分别。都是花缎的袍子，都是白白的脸，都是很红的嘴唇。

就是这一次,翠姨出了风头了,她进到屋里,靠着一张大镜子旁坐下了。

女人们就忽然都上前来看她,也许她从来没有这么漂亮过,今天把别人都惊住了。

以我看翠姨还没有她从前漂亮呢,不过她们说翠姨漂亮得象棵新开的腊梅。翠姨从来不擦胭脂的,而那天又穿了一件为着将来作新娘子而准备的蓝色缎子满是金花的夹袍。

翠姨让她们围起看着,难为情了起来,站起来想要逃掉似的,迈着很勇敢的步子,茫然的往里边的房间里闪开了。

谁知那里边就是新房呢,于是许多的嫂嫂们,就哗然的叫着,说:

"翠姐姐不要急,明年就是个漂亮的新娘子,现在先试试去。"

当天吃饭饮酒的时候,许多客人从别的屋子来呆呆的望着翠姨。翠姨举着筷子,似乎是在思量着,保持着镇静的态度,用温和的眼光看着她们。仿佛她不晓得人们专门在看着她似的。但是别的女人们羡慕了翠姨半天了,脸上又都突然的冷落起来,觉得有什么话要说出,又都没有说,然后彼此对望着,笑了一下,吃菜了。

四

有一年冬天,刚过了年,翠姨就来到了我家。

伯父的儿子——我的哥哥,就正在我家里。

我的哥哥,人很漂亮,很直的鼻子,很黑的眼睛,嘴也好看,头发也梳得好看,人很长,走路很爽快。大概在我们所有的家族中,没有这么漂亮的人物。

冬天,学校放了寒假,所以来我们家里休息。大概不久,学校开学就要上学去了。哥哥是在哈尔滨读书。

我们的音乐会,自然要为这新来的角色而开了。翠姨也参加的。

于是非常的热闹，比方我的母亲，她一点也不懂这行，但是她也列了席，她坐在旁边观看，连家里的厨子，女工，都停下了工作来望着我们，似乎他们不是听什么乐器，而是在看人。我们聚满了一客厅。这些乐器的声音，大概很远的邻居都可以听到。

第二天邻居来串门的，就说：

"昨天晚上，你们家又是给谁祝寿？"

我们就说，是欢迎我们的刚到的哥哥。

因此我们家是很好玩的，很有趣的。不久就来到了正月十五看花灯的时节了。

我们家里自从父亲维新革命，总之在我们家里，兄弟姊妹，一律相待，有好玩的就一齐玩，有好看的就一齐去看。

伯父带着我们，哥哥，弟弟，姨……共八、九个人，在大月亮地里往大街里跑去了。那路之滑，滑得不能站脚，而且高低不平。他们男孩子们跑在前面，而我们因为跑得慢就落了后。

于是那在前边的他们回头来嘲笑我们，说我们是小姐，说我们是娘娘。说我们走不动。

我们和翠姨早就连成一排向前冲去，但是不是我倒，就是她倒。到后来还是哥哥他们一个一个的来扶着我们，说是扶着未免的太示弱了，也不过就是和他们连成一排向前进着。

不一会到了市里，满路花灯。人山人海。又加上狮子，旱船，龙灯，秧歌，闹得眼也花起来，一时也数不清多少玩艺。哪里会来得及看，似乎只是在眼前一晃，就过去了，而一会别的又来了，又过去了。其实也不见得繁华得多么了不得了，不过觉得世界上是不会比这个再繁华的了。

商店的门前，点着那么大的火把，好象热带的大椰子树似的。一个比一个亮。

我们进了一家商店，那是父亲的朋友开的。他们很好的招待我们,茶,点心,橘子,元宵。我们哪里吃得下去,听到门外一打鼓,就心慌了。而外边鼓和喇叭又那么多,一阵来了,一阵还没有去远,一阵又来了。

因为城本来是不大的,有许多熟人,也都是来看灯的都遇到了。其中我们本城里的在哈尔滨念书的几个男学生,他们也来看灯了。哥哥都认识他们。我也认识他们,因为这时候我们到哈尔滨念书去了。所以一遇到了我们,他们就和我们在一起,他们出去看灯,看了一会,又回到我们的地方,和伯父谈话,和哥哥谈话。我晓得他们,因为我们家比较有势力,他们是很愿和我们讲话的。

所以回家的一路上,又多了两个男孩子。

无管人讨厌不讨厌,他们穿的衣服总算都市化了。个个都穿着西装,戴着呢帽,外套都是到膝盖的地方,脚下很利落清爽。比起我们城里的那种怪样子的外套,好象大棉袍子似的好看得多了。而且颈间又都束着一条围巾,那围巾自然也是全丝全线的花纹。似乎一束起那围巾来,人就更显得庄严,漂亮。

翠姨觉得他们个个都很好看。

哥哥也穿的西装,自然哥哥也很好看。因此在路上她直在看哥哥。

翠姨梳头梳得是很慢的,必定梳得一丝不乱,擦粉也要擦了洗掉,洗掉再擦,一直擦到认为满意为止。花灯节的第二天早晨她就梳得更慢,一边梳头一边在思量。本来按规矩每天吃早饭,必得三请两请才能出席,今天必得请到四次,她才来了。

我的伯父当年也是一位英雄,骑马,打枪绝对的好。后来虽然已经五十岁了,但是风采犹存。我们都爱伯父的,伯父从小也就爱我们。诗,词,文章,都是伯父教我们的。翠姨住在我们家里,伯父也很喜欢翠姨。今天早饭已经开好了。催了翠姨几次,翠姨总是不出来。

伯父说了一句:“林黛玉……”

于是我们全家的人都笑了起来。

翠姨出来了,看见我们这样的笑,就问我们笑什么。我们没有人肯告诉她。翠姨知道一定是笑的她,她就说:

“你们赶快的告诉我,若不告诉我,今天我就不吃饭了,你们读书识字,我不懂,你们欺侮我……”

闹嚷了很久,还是我的哥哥讲给她听了。伯父当着自己的儿子面前到底有些难为情,喝了好些酒,总算是躲过去了。

翠姨从此想到了念书的问题,但是她已经二十岁了,上哪里去念书?上小学没有她这样大的学生,上中学,她是一字不识,怎样可以。所以仍旧住在我们家里。

弹琴,吹箫,看纸牌,我们一天到晚的玩着。我们玩的时候,全体参加,我的伯父,我的哥哥,我的母亲。

翠姨对我的哥哥没有什么特别的好,我的哥哥对翠姨就象对我们,也是完全的一样。

不过哥哥讲故事的时候,翠姨总比我们留心听些,那是因为她的年龄稍稍比我们大些,当然在理解力上,比我们更接近一些哥哥的了。哥哥对翠姨比对我们稍稍的客气一点。他和翠姨说话的时候,总是“是的”“是的”的,而和我们说话则“对啦”“对啦”。这显然因为翠姨是客人的关系,而且在名分上比他大。

不过有一天晚饭之后,翠姨和哥哥都没有了。每天饭后大概总要开个音乐会的。这一天也许因为伯父不在家,没有人领导的缘故。大家吃过也就散了。客厅里一个人也没有。我想找弟弟和我下一盘棋,弟弟也不见了。于是我就一个人在客厅里按起风琴来,玩了一下也觉得没有趣。客厅是静得很的,在我关上了风琴盖子之后,我就听见了在后屋里,或者在我的房子里是有人的。

我想一定是翠姨在屋里。快去看看她,叫她出来张罗着看纸牌。

我跑进去一看,不单是翠姨,还有哥哥陪着她。

看见了我,翠姨就赶快的站起来说:

“我们去玩吧。”

哥哥也说:

“我们下棋去,下棋去。”

他们出来陪我来玩棋,这次哥哥总是输,从前是他回回赢我的,我觉得奇怪,但是心里高兴极了。

不久寒假终了,我就回到哈尔滨的学校念书去了。可是哥哥没有同来,因为他上半年生了点病,曾在医院里休养了一些时候,这次伯父主张他再请两个月的假,留在家里。

以后家里的事情,我就不大知道了。都是由哥哥或母亲讲给我听的。我走了以后,翠姨还住在家里。

后来母亲还告诉过,就是在翠姨还没有订婚之前,有过这样一件事情。我的族中有一个小叔叔,和哥哥一般大的年纪,说话口吃,没有风采,也是和哥哥在一个学校里读书。虽然他也到我们家里来过,但怕翠姨没有见过。那时外祖母就主张给翠姨提婚。那族中的祖母,一听就拒绝了,说是寡妇的儿子,命不好,也怕没有家教,何况父亲死了,母亲又出嫁了,好女不嫁二夫郎,这种人家的女儿,祖母不要。但是我母亲说,辈分合,他家还有钱,翠姨过门是一品当朝的口了,不会受气的。

这件事情翠姨是晓得的,而今天又见了我的哥哥,她不能不想哥哥大概是那样看她的。她自觉的觉得自己的命运不会好的,现在翠姨自己已经订了婚,是一个人的未婚妻。二则她是出了嫁的寡妇的女儿,她自己一天把这个背了不知有多少遍,她记得清清楚楚。

五

翠姨订婚,转眼三年了,正这时,翠姨的婆家,通了消息来,张罗要娶。她的母亲来接她回去整理嫁妆。

翠姨一听就得病了。

但没有几天，她的母亲就带着她到哈尔滨采办嫁妆去了。

偏偏那带着她采办嫁妆的向导又是哥哥给介绍来的他的同学。他们住在哈尔滨的秦家岗上，风景绝佳，是洋人最多的地方。那男学生们的宿舍里边，有暖气，洋床。翠姨带着哥哥的介绍信，象一个女同学似的被他们招待着。又加上已经学了俄国人的规矩，处处尊重女子，所以翠姨当然受了他们不少的尊敬，请她吃大菜，请她看电影。坐马车的时候，上车让她先上，下车的时候，人家扶她下来。她每一动别人都为她服务，外套一脱，就接过去了。她刚一表示要穿外套，就给她穿上了。

不用说，买嫁妆她是不痛快的，但那几天，她总算一生中最开心的时候。

她觉得到底是读大学的人好，不野蛮，不会对女人不客气，绝不能象她的妹夫常常打她的妹妹。

经这到哈尔滨去一买嫁妆，翠姨就更不愿意出嫁了。她一想那个又丑又小的男人，她就恐怖。

她回来的时候，母亲又接她来到我们家来住着，说她的家里又黑，又冷，说她太孤单可怜。我们家是一团暖气的。

到了后来，她的母亲发现她对于出嫁太不热心，该剪裁的衣裳，她不去剪裁。有一些零碎还要去买的，她也不去买。做母亲的总是常常要加以督促，后来就要接她回去，接到她的身边，好随时提醒她。她的母亲以为年轻的人必定要随时提醒的，不然总是贪玩。而况出嫁的日子又不远了，或者就是二、三月。

想不到外祖母来接她的时候，她从心的不肯回去，她竟很勇敢的提出来她要读书的要求。她说她要念书，她想不到出嫁。

开初外祖母不肯，到后来，她说若是不让她读书，她是不出嫁的，外祖母知道她的心情，而且想起了很多可怕的事情……

外祖母没有办法，依了她。给她在家里请了一位老先生，就在自己家院子的空房子里边摆上了书桌，还有几个邻居家的姑娘，一齐念书。

翠姨白天念书，晚上回到外祖母家。

念了书，不多日子，人就开始咳嗽，而且整天的闷闷不乐。她的母亲问她，有什么不如意？陪嫁的东西买得不顺心吗？或者是想到我们家去玩吗？什么事都问到了。

翠姨摇着头不说什么。

过了一些日子，我的母亲去看翠姨，带着我的哥哥，他们一看见她，第一个印象，就觉得她苍白了不少。而且母亲断言的说，她活不久了。

大家都说是念书累的，外祖母也说是念书累的，没有什么要紧的，要出嫁的女儿们，总是先前瘦的，嫁过去就要胖了。

而翠姨自己则点点头，笑笑，不承认，也不加以否认。还是念书，也不到我们家来了，母亲接了几次，也不来，回说没有工夫。

翠姨越来越瘦了，哥哥去到外祖母家看了她两次，也不过是吃饭，喝酒，应酬了一番。而且说是去看外祖母的。在这里年轻的男子，去拜访年轻的女子，是不可以的。哥哥回来也并不带回什么欢喜或是什么新的忧郁，还是一样和大家打牌下棋。

翠姨后来支持不了啦，躺下了，她的婆婆听说她病，就要娶她，因为花了钱，死了不是可惜了吗？这一种消息，翠姨听了病就更加严重。婆家一听她病重，立刻要娶她。因为在迷信中有这样一章，病新娘娶过来一冲，就冲好了。翠姨听了就只盼望赶快死，拚命的糟蹋自己的身体，想死得越快一点儿越好。

母亲记起了翠姨，叫哥哥去看翠姨。是我的母亲派哥哥去的，母亲拿了一些钱让哥哥给翠姨去，说是母亲送她在病中随便买点什么吃的。母亲晓得他们年轻人是很拘泥的，或者不好意思去看翠姨，也或者翠姨是很想看他的，他们好久不能看见了。同时翠姨不愿出嫁，母亲很久的就在心里边猜疑着他们了。

男子是不好去专访一位小姐的,这城里没有这样的风俗。母亲给了哥哥一件礼物,哥哥就可去了。

哥哥去的那天,她家里正没有人,只是她家的堂妹妹应接着这从未见过的生疏的年轻的客人。

那堂妹妹还没问清客人的来由,就往外跑,说是去找她们的祖父去,请他等一等。大概她想是凡男客就是来会祖父的。

客人只说了自己的名字,那女孩子连听也没有听就跑出去了。

哥哥正想,翠姨在什么地方?或者在里屋吗?翠姨大概听出什么人来了,她就在里边说:

"请进来。"

哥哥进去了,坐在翠姨的枕边,他要去摸一摸翠姨的前额,是否发热,他说:

"好了点吗?"

他刚一伸出手去,翠姨就突然的拉了他的手,而且大声的哭起来了,好象一颗心也哭出来了似的。哥哥没有准备,就很害怕,不知道说什么作什么。他不知道现在应该是保护翠姨的地位,还是保护自己的地位。同时听得见外边已经有人来了,就要开门进来了。一定是翠姨的祖父。

翠姨平静的向他笑着,说:

"你来得很好,一定是姐姐告诉你来的,我心里永远纪念着她,她爱我一场,可惜我不能去看她了……我不能报答她了……不过我总会记起在她家里的日子的……她待我也许没有什么,但是我觉得已经太好了……我永远不会忘记的……我现在也不知道为什么,心里只想死得快一点就好,多活一天也是多余的……人家也许以为我是任性……其实是不对的,不知为什么,那家对我也是很好的,我要是过去,他们对我也会是很好的,但是我不愿意。我小时候,就不好,我的脾气总是不从心的事,我不愿意……这个脾气把我折磨到今天了……可是我怎能从心呢……真是笑话……谢谢姐姐她还惦着我……请你告诉她，我并不象她想的那么苦呢，我也很快乐……”翠姨痛苦的笑了一笑，“我心里很安静，而且我求的我都得到了……”

哥哥茫然的不知道说什么，这时祖父进来了。看了翠姨的热度，又感谢了我的母亲，对我哥哥的降临，感到荣幸。他说请我母亲放心吧，翠姨的病马上就会好的，好了就嫁过去。

哥哥看了翠姨就退出去了，从此再没有看见她。

哥哥后来提起翠姨常常落泪，他不知翠姨为什么死，大家也都心中纳闷。

尾　声

等我到春假回来，母亲还当我说：

“要是翠姨一定不愿意出嫁，那也是可以的，假如他们当我说。”

…………

翠姨坟头的草籽已经发芽了，一掀一掀的和土粘成了一片，坟头显出淡淡的青色，常常会有白色的山羊跑过。

这时城里的街巷，又装满了春天。

暖和的太阳，又转回来了。

街上有提着筐子卖蒲公英的了，也有卖小根蒜的了。更有些孩子们他们按着时节去折了那刚发芽的柳条，正好可以拧成哨子，就含在嘴里满街的吹。声音有高有低，因为那哨子有粗有细。

大街小巷，到处的呜呜呜，呜呜呜。好象春天是从他们的手里招待回来了似的。

但是这为期甚短，一转眼，吹哨子的不见了。

接着杨花飞起来了，榆钱飘满了一地。

在我的家乡那里，春天是快的，五天不出屋，树发芽了，再过五天不看树，树长叶了，再过五天，这树就象绿得使人不认识它了。使人想，这棵树，就是前天的那棵树吗？自己回答自己，当然是的。春天就象跑的那么快。好象人能够看见似的，春天从老远的地方跑来了，跑到这个地方只向人的耳朵吹一句小小的声音：“我来了呵”，而后很快的就跑过去了。

春，好象它不知多么忙迫，好象无论什么地方都在招呼它，假若它晚到一刻，阳光会变色的，大地会干成石头，尤其是树木，那真是好象再多一刻工夫也不能忍耐，假若春天稍稍在什么地方留连了一下，就会误了不少的生命。

春天为什么它不早一点来，来到我们这城里多住一些日子，而后再慢慢的到另外的一个城里去，在另外一个城里也多住一些日子。

但那是不能的了，春天的命运就是这么短。

年轻的姑娘们，她们三两成双，坐着马车，去选择衣料去了，因为就要换春装了。她们热心的弄着剪刀，打着衣样，想装成自己心中想得出的那么好，她们白天黑夜的忙着，不久春装换起来了，只是不见载着翠姨的马车来。

一九四一夏，重抄。

（原载一九四一年七月一日《时代文学》第一卷第二期，
选自一九四八年一月海洋书屋初版《小城三月》）

白　朗

生　与　死

老伯母坐下去又站起来，两腿软颤着，眼前一片黑云半天才飘过去，她长叹一声，摸摸墙再望望天花板，墙还是那么湿，湿的发凉。让臭虫的尸骸和血迹涂成的壁画却不见了。空气仿佛是澄清了些，可是，那潮湿的气息，混搅着浊重的石灰味，依然使老伯母的呼吸感到阻碍。天棚呢？天棚还是那么低，低得一伸手就摸到了棚顶，低得透不过气来，任是墙壁刷得怎样白，也照不亮这阴森的地狱呵！

"改造，改造，改造了什么呢？天杀的！"老伯母咬紧了干皱的嘴唇，狠狠地骂着，她的两只干姜般的手捏绞在一起，象是在祈祷：

"唉，让魔鬼吃掉这群假仁假义的狼吧！"

为了生气，老伯母又咳嗽起来，她把头顶和手掌紧紧抵住墙，咳嗽不使她深长地透一气。刺痒紧迫着喉管，最后她竟大口地呕起痰来，呕得胸腔刀刮似的难熬，她时时担心会把肠子呕出来。呕过之后呼吸就更加急促了。

"老伯母，开饭啦。"一个生了锈的洋铁罐伸了进来，夫役陈清的脸也出现在风眼口上。

老伯母掉转了头，她那涕泪横流的面孔，使陈清的脸孔马上忧郁起来，他怜惜而柔和地问：

"哭了吗？"

"哭？"老伯母象是吃了一惊，"哭什么？陈清，我为什么要哭呢?”

“唉!这样大的年纪了,倒要坐牢,受刑,想想还不伤心吗?”

“你想错了,陈清,一根老骨头,换了八条命,还不值吗?坐牢,受刑,哼,就死也甘心啦。”老伯母一想到这,她的心便欢快得象开了天窗。

陈清想要说:

“岂止你一根老骨头呢?安巡官,今天早晨也死在东洋人的毒刑之下了,尸首破破烂烂的!”

但,他把这溜到舌尖的话又咽了回去,为的是怕老伯母伤心,实际呢?他这又是想错了。

“吃饭吧,老伯母。”陈清把那洋铁罐又掂了一掂。

老伯母不去接,连看也不看一眼。她说:

“我不吃,陈清,你替我泼了吧,……连狗都不肯吃呵!”

“不是,老伯母,这是我们吃的二米饭,我还给你买了一角钱的酱肉呢。”

老伯母感激得真要流出眼泪了:

“咳,你真是好心肠,但是,我正饱得肚子发胀呢!”

她抚摩着那膨胀的肚皮,宛如吃了多量的面食那样饱闷着,虽然是继续不断地吐泻了一日一夜,而前天过堂时被灌下的半桶冷水,还在肚里冰凉地充塞着,她又怎会感到饿呢?

陈清的嘴劝不空老伯母的肚皮,终于提着洋铁罐失望地走了。

隔一会,看守孙七嫂投进来一包蛋糕,说是第四监号的女犯凑钱央她买来的,这盛情她不忍拒绝,于是,她含着眼泪收下了。

是春满江南的时候了,可是这三月的塞北,却还在冰与雪与严寒的威胁之下辗转着,嗅不到一点儿春的气息。北国里好象是没有春,有,可是多么短暂哟,像天空的流星般只是一瞬便消逝了。这阴暗森寒的地狱呵,更是永远享受不到春光的温柔抚爱了。

老伯母蜷缩在士敏土的地上,虽是铺着三号送来的棉褥,然而那由地上透过来的冷气,还在使她的身子不自禁地起着痉挛。她掩了掩身上的被子,她的心是多么不安哪!被子也是穷得一无所有的女犯送来的呢!她们是这样卫护着自己已经没有希望的老命,她们呢?她们不会冻病吗?

她一向是委屈着自己卫护着别人的,只要别人不受痛苦,她便心安了。现在,要别人来体贴她,她的心反倒不安起来,这不安掀起了回忆的网,老伯母的心,宛似一架摇起的秋千,一刻儿飞到东,一刻儿又飞到西,一条思索的蔓藤蜿蜒着脑子不停地爬着。她想得太疲倦了,才闭起了眼睛。

"我死在东洋人的机关枪下,是光荣也是耻辱,妈妈!你要报仇!"是儿子擎着一个破碎的头颅,站在门边这样喊。

"妈,……我……我没有脸……再活下……下啦……"是凄切而无力的哭声。

老伯母在朦胧中一下被惊醒过来,她张开眼睛四下望了望,除了一片漆黑,什么也看不见,她轻轻叹了一口气,默祷着:

"我可怜的孩子们哪,别再来魔缠妈妈了,妈妈就要来同你们一道的!"

"老伯母"这亲切的呼声,一年多了,安老太太听得比她的儿子呼"妈妈"仿佛更熟稔,更亲热些。从她走进这监房不久,女犯们便不约而同地赠给了她这么一个尊敬的称呼。日子久了,竟成了她的绰号,女犯们这样称呼她,看守夫役也这样称呼她,后来,就连警察也老伯母老伯母地在向她呼唤了。这是多么悦耳感人的呼唤呵!在这地狱般的监牢里,她获得了人间的温情;同时,那人生最痛苦最残酷的场面,也被她看到领略到了。老伯母为那亲切的呼声感动了,老伯母也为东洋人的残暴激愤了。

然而,最初老伯母不是为了犯罪而被关进这地狱来的囚徒;她是为了生活,也是为了寂寞,由她的小叔安巡官介绍到女监来看管囚犯的，虽然她和犯人只隔着一道门，而她却还有着自由与权威。

是的，在犯人之中，她是有着无上权威的，她可以随便地咒骂犯人，她可以随便地鞭打犯人，犯人要向她低头，要向她纳贡，然而，仁慈的老伯母却一次都没有这样做过，她只是看着别人在行使这无上的权威罢了。

一九三一年是一个大动乱的时代，那大动乱卷逃了老伯母的独生子，起初，她真不明白知书达理的儿子怎么会发了疯，竟抛下了老母，爱妻，更抛掉了职业而逃到“胡子队”里去。她为这愤恨，她为这痛苦，她为这不体面的事件愁白了头发。

就在儿子逃走不久，她把怀着两个月身孕的儿媳送到了顾乡屯的母家，自己便到这个拘留所里来服务。

最初两个月，老伯母看管着一个普通监房，那里面有匿藏贼赃的窝主，有抽大烟的老太婆，有不起牌照的私娼……虽然她们之中没有谁受过很重的毒刑，可是，她们的食宿，她们的疾疴和失掉自由的痛苦，老伯母已经觉得够凄惨了！她是以一颗天真的慈爱的心和所有的力量，来帮助她们，爱护她们。

一个凄厉的冬天。

东洋人入主了哈尔滨，这个规模不算太小的拘留所，就隶属在刑事科之下，他们认为老伯母可靠，便又把老伯母调到特别监房作看守。

“你要特别当心，这里全是重要犯呵，倘有一差二错，不要说你的责任重大，就是我，我也脱不了关系哩！”

当老伯母被调的那天，安巡官这样严厉地对她下了一个警告。接着，安巡官又补充着说：

“要紧的是，不要让两个监号的犯人有谈话的机会，串了供，事情就不好办啦！你该严厉地监视着，做得有成绩会有好处给你，不好，哼，你要知道东洋人可不是好惹的！”

老伯母没有说什么，她怀着一种好奇的心情，来和这些所谓

“重要犯”接触;可是她无论如何也想不通！难道这样文质彬彬的女孩子们会去杀人放火做强盗吗？她问送饭的陈清,陈清告诉她:

“她们是政治犯。”

“正事犯?”

这样一解释,老伯母更加糊涂了,等老伯母再问的时候,陈清也摇头了。

松花江的水早已结成了坚固的冰,泼辣的老北风无情地吼着,连地心也冻结了,可是老伯母看管的那三个监号的女犯,竟还在穿着夹衣,她们整天坐在士敏土的光地上,拥在一起不住地发抖,老伯母看着她们冻得青紫的脸,奇怪地问道:

“为什么不让你们家送棉衣给你们呢?”

“他们不许送呵！并且我们家也许还不知道我们的下落哩!”

得来的答复,竟是这样的奇突。老伯母真是不解。

“怎么？连衣服全不许送?”

“你知道,我们要求了多少次都不答应。”

老伯母气得几乎暴跳起来,她立刻去找她的小叔:

“滴水成冰了,我那边的八个女犯还没有穿棉衣,我想告诉她们家人送来吧?”

安巡官瞪起圆眼珠子,把桌子一拍,吼道:

“多事,刚把你调过来两天半,你就要多事,用不着你发什么慈悲,东洋人说啦,不许送!”

“这是怎么说的呢？难道让她们活活冻死不成?”

“冻死是她们自找……去去,赶快回去!”

老伯母知道即使磨破了嘴唇,也不会说软小叔的毒辣的心肠,于是她忍住激愤按着狂跳的胸脯,退了出来。

紧接着女犯们一个一个病倒了。那整日整夜痛苦的呻吟与呓语,使老伯母坐立不安,于是她又去找她的小叔:

“统通冻倒了,棉衣,医生,都是她们需要的呀!”

然而,结果仍是和第一次相同,她被痛斥出来。

老伯母来这监房还不到十天,已经为了女犯的痛苦而憔悴了,她那皱纹纵横的老脸上,再也找不到一丝笑容,她的心淤塞得透不过气来。

安巡官的残忍,反而掀起了老伯母的义愤,她是在不顾一切地牺牲着自己。经常是偷偷摸摸地为女犯传递家信搬运衣被,甚至下饭的菜和治病的药,铅笔纸张……这一切必须的事物,都被她巧妙地带进监房。

女犯中有两个家在外县的,还有一个没有家的,老伯母默默地想:

"被子是可以两个甚至三个人盖一床的,衣服是不行的呀!"

她焦急了四、五天,一直到月底薪水发下来,她才欢快地揣着钱跑到旧货店买了三套棉衣,一套一套地分做三次穿进监房移到女犯的身上。

现在,八个年轻的女犯个个笑逐颜开了,她们获得了温暖,获得了抚爱,更获得了些许的自由,都是她们被难以来所未曾享受到的,也是她们所不敢梦想的呵!

然而现在她们什么都享受到了。当夜深的时候,只要她们说一声:

"老伯母,我要到第×号去玩一玩,可以吗?"

"可以的,不过你要机警一点儿呵!说话也要小点声呵。"她一边嘱咐着,于是她一边打开了铁门。

女犯们都蒙受到了意外的安慰,老伯母也欢快着了。虽然她为她们筹思着,奔跑着,并且提心吊胆;然而,当她把身子放在床上时,那疲倦是带着一种轻松滋味的,她每每是含着神秘的微笑舒服地睡去。

"老伯母!"

"老伯母!"

这呼唤,不断地在她耳边响着,她也就不停地奔跑着。她不厌烦,也没有什么畏惧,虽然安巡官的警告不时地涌上脑际,可是安巡官那副残忍的脸孔,一想起,她就恨得咬牙切齿!

"狼心狗肺的!拿鬼子当亲祖宗,早晚还不给鬼子吃啦!"

同时,老伯母觉得她这违反安巡官警告的举动,也正是对他的报复呢。

你看!老伯母是多么高兴呵!又是多么天真哪!她运用那不大灵活的腿,一滑一滑地踏着雪地吃力地走着,分张开两只胳膊,象要飞起来似的,那样子,完全象一个刚会走路的小孩。她花白的发丝飘舞在太阳光下,一闪一闪地相映着地下的白雪,她流着鼻涕,流着泪,迎着腊月里凛冽的风,带着一颗凯旋似的心,一封信,走向女犯的家,隔一会,她又带着信带着食物或衣服踏着雪地按着原路走回来。一路上,她总是筹划着怎样把这些东西带进监房不被检查出来,有时,为了想得入神而走错了路。

然而老伯母她得到什么酬报呢?没有呵!她是什么酬报都不需要的,当犯人的家属诚意地把钱向她衣袋里塞的时候,她是怎样拚命地拒绝着,到无可奈何时,她甚至都流出眼泪来:

"你想,我是为了钱吗?你是在骂我呀!……你看,我的头发全白喽!……"

老伯母指着心,指着头发,那种坦白,诚挚的表示,使对方感动得也流泪了:

"老太太,你老人家为什么提心吊胆地在冰天雪地里奔跑,我们怎能忍心呢?"

"这样,我的良心才好过呀!"

她一边说着,一边急急地抢出门来,像怕谁捉她回去似的,一直到走在街上,她才如释重负似的喘过一口气。真的,那诚意的酬劳,反会使老伯母难堪的。

当她把东西交给女犯时,她嗔怒着说:

"你把我的心地向你的父母表白一下吧!"

女犯流着泪读着家信,也流着泪感激老伯母赐予的恩惠,有时,竟抚着老伯母的肩头呜咽起来:

"老伯母!我将怎样报答你呢?……"

老伯母抚摩着女犯的乱发,抖颤着嘴唇说了:

"我的孩子,……我的孩子,……只要你们不受委屈,我怎样都行呵。"

然而,她们真的不受委屈吗?老伯母的欢快仅仅维持了两个月,这以后,情形便突然变了,东洋人开始伸张开它凶利的爪在向它的俘虏猛扑了。老伯母的心又跌入山涧里去。

痛苦的,抑压着的呻吟,又复布满了监房,那空气是可怕而凄厉,老伯母感到她仿佛置身在屠场中,屠户的尖刀在无情地割着那些无援的生命,她眼见着这样惨目的景象,她的灵魂也在一刀一刀地被割着了!她能逃避开这恐怖的地界,然而她又怎忍抛掉这些无援的生命呢?

老伯母现在是由看守一变而为看护了。夜里她把耳朵附在门缝上,听听外面没有一点声息了的时候,她便开始在监内活动起来,她手捧着一大匣"爱肤膏",为那遍体刑伤的女犯,敷擦着伤处,口里不住地慰问着,而且咒着:

"狼心的鬼呀,和你们有多大的冤仇,竟下这样的毒手!"

为了老伯母无微不至的看护,女犯们的刑伤很快地便好起来。可是,旧的伤痕刚刚平复下去,新的伤痕紧接着就来了。老伯母宛如一个受过弹伤的麻雀,整天地在恐惧与不安中。她最怕那两个提人的警士,他们一踏进门,老伯母那颗仁慈的心便被拉到喉头,直到过堂的犯人回来,她的心才降落回胸腔里,可是,马上又会给另一种痛苦占据了。

老伯母对东洋人的仇恨,一天天地堆积起来了。

起初,女犯们问到她有没有儿女时,为了怕她们讪笑,她总是吞噙着泪水，摇着脑袋说：

“没有呵，我什么也没有呵！”

如今，她一方面看见了东洋人无耻的凶残，一方面受着女犯们的启示，环境的熏陶，把老伯母的观念转移了；她觉得她有那样一个儿子，不但不是耻辱，反而正是她的光荣呢！她愉快地骄傲地问着女犯：

“我的儿子那样做，是应该的呀，不是吗？”

老伯母接到儿媳病重的消息，便立刻赶回顾乡屯，等二十天之后，她再回到这座监牢的时候，女犯们已经受够了替班看守的辱待了！老伯母呢？她也曾大病过一次呢。她的脸完全没有血色，两只温和的眼，变得那样迟钝而呆直，皱纹更深更多了，两腮深陷，颧骨就更显得凸出，唯有那高大的鼻子，还是那样笔直而圆润，女犯们惊问着：

“老伯母，怎样，你的儿媳病没有好吗？”

“孩子生了吗？”

“完了，完了，什么全完了？”老伯母两手一张，颓然地坐在监号门外的小凳上。脸上没有一点表情，眼珠都不动一动。女犯们再问，她自语似的说：

“我的儿子……是应该的呀！”

“有什么事情发生了吗？”女犯怀疑地问着。

然而，老伯母什么也不再说，只是抖擞着嘴唇，频频地摇着脑袋。苍白的发丝随着脑袋左右飘动着。

夜里，老伯母才抹着老泪告诉她们她的儿媳死了。然而她并不是病死，而是受了东洋兵的奸污而服毒自杀的。当老伯母赶到那里时，手足已经冷了，她握着老伯母的手，只迸出了一句：“妈……你报……报仇！”就断了气。

老伯母的喉咙让悲哀塞住了，她用了很大的气力才说出来：

“她断气之后，那孩子还在肚里翻转一阵呢！”

老伯母瞪大着泪眼，捏紧拳头，接着说：

“我的儿子，……也在珠河阵亡了，就在他媳妇死后第三天，……我得到的信！”老伯母抑压着的呜咽在震颤着每个人的心弦，人人都为老伯母的遭遇流了泪。

凄惨与悲愤弥漫了监房，女犯们的呼吸粗迫，眼睛放着痛恨的光，这座不见太阳的黑暗囚牢，真的变成阴森恐怖人们幻想中的地狱了！

春天去了，春天又来了，老伯母苍白的发丝雪样的白了。

一天，安巡官把她叫了去。看着老伯母憔枯的面孔和深锁着的眉头，安巡官淡淡地问道：

“怎么，你还在想你那叛逆的儿子吗？”

“不，一点也不，那忤逆，那强盗，他该死，他该死呀！”老伯母干脆地说，故意做出发恨的样子，好使安巡官不怀疑她。

接着，安巡官告诉她，为了要改造监房，明天暂把女犯调到南岗署拘留所去，大约六、七天之后再调回来。

老伯母听了安巡官的话，像遇赦的囚犯一样高兴了。她把这消息告诉女犯。最后她说：

“呵！机会终于来了！”

然而，女犯一点也不明白这话的用意。

夜，撒下了黑色的巨网，一切都被罩在里面。监房里已经悄静无声，夜是深了，女犯都已熟睡，只有老伯母还在甬道里来回地慢踱着，她不时地俯着门缝向外探视，一个念头总在她的脑里翻上翻下：“只要逃过今天，那就好了！”

今天，又是第五夜了。半年来，老伯母总是惧怕着这个恐怖屠杀的夜，半年来，这恐怖的夜经过无数次了，每逢到“第五夜”的时候，老伯母便不安起来，她跳着一颗极端恐惧，极端忧愤的心，尖起耳朵倾听着外面,由远处飘来的沉哑的呼呼声,会使她的全身肌肉打起无法控制的痉挛。有时,夜风从门边掠过,老伯母也常常被骗而起虚惊的。

钟,敲过了三下,老伯母自语着:“是时候了!”于是她急急地把耳朵紧贴着门缝,屏息着,那最熟悉的声音,终于由远而近了,终于停止了。老伯母把贴在门缝的耳朵收回来,换上去一只昏花的眼睛。空旷寂寞的院心,立着一个昏黄的柱灯,她拉长了视线望着目力可达的铁门,铁门缓缓地开了,走进了四个鬼祟的黑影,他们的脚步是那样轻,宛如踏在棉花上没有一点儿回声。

四个鬼祟的黑影消逝在尽东边的男监了,一刻又从那里出现。这次,却不是那样静悄了,人也加多了五、六倍,虽然老伯母半聋的耳朵听不见他们的声音,可是看着那拥拥挤挤蠕动的黑影,她知道他们是在反抗,在挣扎,然而,又怎能挣脱魔鬼的巨掌呢?

黑色的影群被关在了铁门之外,呼呼地沉哑的轮声由近而远,而消逝了。

老伯母为这群载赴屠场之蓬勃的生命,几乎哭出声来了。陈清的话,又在她的脑际膨胀起来:

“老伯母,看着吧!她们迟早是要遭毒手的!”

“为什么呢?”

“她们是政治犯哪!东洋人最恨的就是她们这样的人,别说她们这样重犯,你知道,近来死了多少嫌疑犯哪!她们,依我看也是逃不了的,要不,为什么老不过法院?”

想到这,老伯母突然打了一个冷战,她连忙走到风眼口遍视了一周,三个监号的女犯统通平安地睡着,她才放了心。

南岗署拘留所只有两个房间,前边临街的一间是普通犯,里面的这间便作了那八个政治女犯的临时监房,另外隔出了一个狭狭的甬道,老伯母便日夜的守在那里。

晚上，八点钟一过，办公室的人们便走光了，只有一个荷枪的东洋警察守在拘留所的门口，这个东洋警察也是女犯调来之后加派的，他是接替着“满洲”警察的职务。

东洋警察是多么难于摆布的家伙呵！老伯母为了他万分不安着，她怕他毁灭了这千载一时的良机。今夜——一九三二年三月一日之夜——只有今夜，过了今夜，什么全不中用了！再过两天，她们又将被牵回那禁卫森严的地狱里去了！

计策终于被老伯母想出来了，那计策是太冒险了一点。

女犯们苍白的脸上，全涂了一层脂粉，蓬乱的发丝现在是光滑而放着香气，更有的梳起圆圆的发髻，……一切都预备好了，只等着歌舞升平的队伍一到，老伯母便要实行她的计策了。

夜之魔吞蚀了白昼的生命，天然的光明，让虚伪的灯光替代了。老伯母的心像被装在一个五味俱全的布袋里，悲愤，欢欣，恐惧，更有那绵绵不尽的离情，她倚着门站在那里耸着耳朵，腿好像要软瘫下去，她把右手插在衣襟里面，为了过度的抖战，手里那个完好的电灯泡几乎滑落下来。

远处响起了高亢而错杂的歌声，不整齐的脚步声，渐渐逼近，老伯母听去，至多离这拘留所也不过五十步了，于是她把右手从衣襟里抽出来，运足了手力，咬紧嘴唇，把手里的电灯泡猛地向墙上一掼，接着，一个脆快的响声震撼了全室，更荡出屋外，老伯母疯狂般地向门外跑去，摇动着正在发怔的××警察的臂，惊骇得几乎说不出话来：

“枪……枪……快快地……后边……那边的去！”老伯母用手指着拘留所的房后，东洋警察慌张地跑去了，口里吹起警笛。

老伯母踉踉跄跄地跑回监房，她打开了门，喘吁吁地说道：

“孩子们……逃吧……那边有提灯的……人群接你们来了！”

女犯们洒着感激的泪水，争握着老伯母的手：

“老伯母，你也逃吧！”

“我等一等，……你们快逃吧……我可怜的孩子们……快吧……”

当提灯大会的人群经过拘留所的门前时，八个被禁锢了一年多无望的生命，杂在人群中走了。

半夜，东洋人来查监，发现老伯母昏倒在甬道里。她是服了多量的红矾，中了毒，可是被他们救活了。

可是，五天之后的夜里，老伯母伴着二十几名不相识的男犯，由刑事科拘留所的特别监房里，被拖上为她往日所恐惧的黑车，那部车，秘密而神速地驰向郊外去了……

（原载一九三七年二月二十日《中流》第一卷第十一期，选自一九三八年八月文化生活出版社初版《伊瓦鲁河畔》）

骆宾基

乡亲——康天刚

一

乡亲——康天刚第一次离开立马峰,已经是在关东山满了三年的期限。三年来,没有挖到一棵人参,脸上也看出是老了,眼角裂开一道道皱纹,尤其是在笑的时候,全不象只有三十岁的人。离海南家的时候,穿的是土布的农民式短袄;现在穿的还是那件的底子,不过补的一块一块的,看不出原先那种色调了。

现在他从关炮手那里,借来一具雪车和坚厚的羊皮外衣,套上猎户的那匹俄罗斯种的公马,把手指插入嘴里,打声响亮彻野的呼哨,两手抖抖马缰绳——那缰绳从公马的阔嘴的左右分作两股,为的是便于车夫坐在雪车上驾驶而延展很长——呼唤一声骚达子(那时公马已经扬蹄),他把身子用力向雪车的干草上一抛,又抖抖马缰,雪车就开始移动,逐渐迅速地飞驶开去。骚达子也就高声吠叫着,追逐野兔子那样随着雪车奔窜——一会儿,就越过雪车;高吠着一直奔窜前去。康天刚就把两手插入无指的狗皮手套里,安然坐在雪车上。公马不用人指使,一百四十里的冰道,傍晚就可以赶到了,没有大风,雪刚停止,无际的晴空托着一轮暖阳,正是冬季探友的好日子。

这是爱新觉罗氏家族入主中国以后,算是江山一统的太平年月:正象京戏里任何一朝皇帝出场时所说的"风调雨顺,国泰民安”的时代。

皇朝发祥地的解禁圣旨颁布不久，就是说三年以前，乡亲——康天刚就到关东来了，抱着寻求财富的希望，和普通那班跑关东的山东农民一样，充满了冒险的精神。

康天刚本来是乐天任性的人，欢喜唱小曲、拉胡琴、玩鸟、打猎，一直没想他该怎样来建立家业。因为和三里外的邻村的财主闺女发生了爱情——他是雇在财主家作长工的——等到财主知道他和自己闺女的关系，想要拆散他们已经晚了，而且知道闺女抱着誓不改嫁的决心的时候，就答应康天刚：若是三年以内，他能够置买二十亩小麦地，另外再有耕地的牲口和一辆送肥的农车，那么他绝不再苛求，准备把他的闺女嫁给他。财主是中年丧妻不娶的人，平日自然极钟爱她。

他闺女也首肯了这个口约。康天刚回到自己的村庄，就贱价卖掉自己仅有的半亩祖茔墓地，以便及早动程到关东山。当时，关东山在山东农民的脑子里，是块遍地金沙的宝地，除了闯关东，康天刚想：是没有别的方法在三年以内成就这样一份家产的。

给他暮年的母亲，只留下两间祖屋，临走母亲嘱咐他，到关东山无论运气是好是歹，要常常找人给她带口信。那时还没有邮局，许多到海北的山东农民往往一离家门就失去音信。又说："我自己呢，你就不用挂心。反正本族的户数多，冬天帮着人家推磨，秋天帮着人家打场，春夏有的是野菜，总能凑付着过的；不过只有一样不安心，就是昨晚作了个不祥的梦，恐怕咱们不能见面了呢！梦见掉了牙不见血，也不疼，不大吉利！"

"你别想这些，咱们一不杀人，二不偷盗，会有什么不吉利呢！"

"咳！可难说呢！"她流下泪来笑着说，"我自己老的这样，牙口眼色，越来越不济事，说不定有个三长四短，跟前就你一个亲人，又隔着渤海……"

“不会呀!”康天刚笑着安慰她,“老天保佑,说不定我今年年底就回来了。”

这样康天刚就离开乡井,带着几件替换的衣裳,另外还有地主女儿送给他的一件瓷的观音像,祝福他在观音老母的庇护下能够早日发财,及时回家;实际上她秘密默祷着,愿他不要变心,或给关东山的黄金迷住了,忘记了遗留在海南守约的自己。

那时没有汽船,他搭的是依靠风力的帆船,那帆船挂着三张白布篷,在无边无际的海里,飘荡了整整三个月,因为半途曾经失迷了方向,等待到达如今叫作大彼得湾,望见渔船和海鸥的时候,康天刚已经和全船乡亲饿了五天啦!

在海参崴——大概是一八五〇年以后吧!俄罗斯亚历山大二世的东“西伯利亚政府”的主脑穆拉威耶夫,还没有占领这块土地——那俄满两族土人杂居的城市,康天刚只休息了两天就和那些同船来的旅伴们分手了。有一个名叫姜云峰的乡亲,指示给他到吉林省境的路程,说是第一天,他可以在地名卢锅的镇市住宿。那里有许多制盐的乡亲,尤其是孙把头,为人很义气,若是碰到他,说不定还能搭上访山帮的伴,让他们送你到省境去,然后祝福他有好运气——至于他自己,要歇几天,进山找“干这行的朋友”。说话时手指作着捻弄胡子的姿势。康天刚到现在才明白,原来在船上交了个“胡子”朋友,立刻觉得遍地白雪荒山的关东山,确乎和人口稠密的山东不同。两人分手,还约定交秋再碰面,姜云峰说:开春再入吉林边境去玩玩。

路上,康天刚越发觉得这地界着实和海南不同。远远近近,全是重叠的高峰峻岭;而且岭峰还遗留着冬季的白雪,快到三月了,还看不见一点绿色。所有的岭峰全长着森林,峡地和宽谷又一色是草原,这都是他第一次见到的,那么广阔无际,那么丰富、稠密,一片一片,无尽无止地展开去,地面不露一块土。足征它们是一年到头,没有人动过,冬季任性自衰自败,春季任性自长自生,无怪乎说关东山富庶，在山东不要说森林，就是河崖草都偷也偷着挖光了，哪有抛在地上不管的呢！起初，他还想着搭木帮，入山砍木头；后来想起姜云峰的话，为什么不搭访山帮去采参呢？他是抱着有月亮不摘星星的雄心的。

走到卢锅，果然找到孙把头。这是个背胸相当宽厚的汉子。满脸红红的，仿佛刚从热水浴盆里走出来的人。和他相离三年了，康天刚还清楚记得初次见面的印象。那时候，他就留着一撮蓬草式的胡须，辫子是割掉了，只剩着丰厚的辫尾，穿着破羊皮袄，敞着胸，衣扣全破了，用一块粗布扎着腰。一知道他是从海南新出来的乡亲，而且特意找他的，就把康天刚带到自己所盖的洋草房子里去。从墙上摘下酒葫芦来说："乡亲！这是俄国的窝特卡，尝尝吧，这地界没有咱们海南家的高粱酒，都吃这个。我是一滴也不要沾的，原是预备来人什么的。咱们在这碰到就无亲也带八分亲了，你得当作在自己家里才成哪！"他又说："你尽管坐下喝，关东山是不讲礼道的，也不要让。"又问他："海南家的收成怎么样？哪村哪乡受到旱灾？"说着说着越发亲近了。原来康天刚提出的庄名和本乡有声望的人物，孙把头也都知道，并且还能说出每人的特点。譬如："东旺庄衙役，还是那么能喝呀！每次都用棍子挑着个大酒坛赶集！""李家洼的老刀笔还没有死吗？真是祸害一千年，每年赶山，都是衣领后插着把扇子，谁见了不让路三尺呢！"最后孙把头告诉他，在这里可以多住几天。他现在新领了一块山地，预备开春垦荒，若是他愿意留在这里，他情愿一年给康天刚七十卢布的劳金，或者他也想领块荒山的话，那么就合股开垦；他出牲口，康天刚出力。

当时康天刚想："我要七十个卢布有什么用呀！把七十个卢布看得这么重；可是在我，一点也不济事，就是干两年回家也置买不了能养得住两匹牲口的地亩呀！就是合股垦荒地，也不是一年两年就见成效的营生，况且我还预备年底回海南呢！"就辞了，决定去访山，访山就是挖人参，吃山的人是忌讳说明它的。

“为什么访山呢？”孙把头说，“那都是心高望远的人走独门，掷骰子想一把掷出三个六点来，全得凭运气、手红，那当然，说不定几个月能访到棵百把年的老山货，可是背运，三年五年也未见访着一棵参苗子。还是卖力气，作打头的长工吧！这是实在的，一步一步来。”

康天刚笑着说：“卖力气，我就不用卖掉祖茔地过海来了！”

现在回想起来，康天刚只有苦笑。还有什么可说呢？三年真的一棵参苗也没见，不过还有着自信，那就是再看今年这三百六十天了。

他现在就是去卢锅探望他的乡亲孙把头，托他找人向家带个口信，让海南家那个守约的闺女，再延期一年。他想今年底一定会走运的，因为败运也是三年一转的，虽然他确又不相信什么运气。

这时候雪车已经离开山道，在一道河流的坚固冰面上飞驰着。冰面又宽又平，向山谷之间伸展开去。两边全是白雪掩盖的草原，显得极空旷极辽阔，而又云树不分的渺茫，一切全是白的和灰的；只有偶尔那树枝上雪块坠地的声音，才使人注意到雪车越过森林蓬茂的山脚，原来空旷也并不辽阔。康天刚现在对无边无际的富庶山野，完全没有兴趣了。虽然抽了袋烟，想提提神，可是在那永远是单调的白雪灰云的河道上，永远是马蹄子在冰面上起落的单调声音里，终于袖手打起盹来。

路还远着呢！

二

拖着雪车奔驰在坚雪道上的公马，突然扬鼻打起啸声。康天刚醒来一看，太阳已经落西，雪车早已离开所走的冰面，而且旷谷周围，起了大风，雪屑满空飞舞。不过从公马的一连串响鼻的声音里，意识到距离卢锅是不远了。为了避免再沉湎到睡眠中去，就跳下雪车，让公马就着自己的脚步缓缓走。这样，还可以活活周身的血，实在他的两脚冻得有点儿疼呢！不久，公马打起第二次响鼻，它的眼睛也放出光来，竖着两耳，向前侦听。康天刚就想，快到了。可是伸展在眼前辽阔雪野，又一点村庄的痕迹看不到，尤其是风高雪狂，连树木的黑影也望不清楚。慢慢地发现许多野雉的爪迹和狗的吠声，康天刚的雪车才走进半里外还不能十分确定的卢锅村。

一群孩子在村口站着望他。他们追逐那些飞到人家附近找觅食物的野雉，现在他们望见雪车来了，都想能认识他是谁。是本村的呢，还是父亲的故旧？等到彼此互望着，知道谁也不认识他的时候，就有年纪较大的孩子，提议坐雪车，一哄地迎奔前去。

康天刚向他们笑着说："小狗拾的，等进了庄再坐，马累了一天啦！"

一个两腮冻得红红的孩子，穿着大人的短袄当长袍，他说："你是不是来卖狍子肉和狐狸皮的？"

"孩子，我是卖鹿牙和象角的。"康天刚有趣地向他睁大眼睛说。又问："孙把头在村子吗？"

"你找姑姑领你去吧！"他笑着就向一个八岁的梳着两条垂肩长辫的女孩子叫，"姑姑！找你爸爸的呢！"

那是一个俄国孩子。有着黄头发，海蓝色眼睛。

康天刚想：怎么孙把头成家了吗？那么一定是个寡妇了。

他猜的不错，等到刚一见孙把头，他就拥抱起他来说："你是天上落下来的惊人呀！"然后回头高声招呼起玛达嫂来。康天刚问他："还认识我吗？"也没得到他的答话。尽是吩咐姑姑把公马卸下来，自己就拉着康天刚的热手（因为刚脱出皮手套），走进一所有玻璃窗的房子。

"乡亲，你老了呢！"孙把头说，"我在后窗就望见你了。我说这是谁呢？我不敢认，后来越看越象你……唉，我成了家呢！还是先说你吧！你怎么样？”

这时候，玛达嫚走进来。脸面和孙把头一样的红。肌肉粗壮而有力，腰胸一般肥胖。进来时，用裙子擦着手，说了句什么。

“你看，她还问干什么呢？客人来啦！还问干什么？拿窝特卡来——你那是做什么？挤牛奶吗？别挤了。烧苏布汤去吧！”

玛达嫚用眼睛向康天刚笑着，表示歉意，表示不知道怎样说话来迎接为丈夫所喜欢的这位客人。又用围裙擦擦手，可以看出来，这一次是宣告要下厨房了。

“牲口呢？”她用熟练的中国话说。

“牲口，牲口……牲口牵到牲口棚去呀！”孙把头说，“你不用动，她会摆布。其实她满精明，给我喊的喊昏了——你坐坐，还是我出去看看吧！”

康天刚一个人望着这泥壁光平而洁净的屋子，望着有窗帏的玻璃窗，望着平整的油漆地板，有白布的饭橱，觉得一切是这样富美；一边脱掉挂着雪屑的羊皮外衣，心里是急于要知道孙把头是怎样在三年内治富的，并有若干财富。

“姑姑去领这康大叔到河冰眼洗洗。在冰水里泡泡，不会冻伤的。”孙把头回过脸来说。

康天刚很熟悉地通过后门，走到后山脚的小河崖下。姑姑总是用出神的眼光望着他，在她出神望他的时候，他就作着猴子眨眼那样迅捷的眼风，取悦她。心想母亲那样粗笨，怎么会生出这样一个漂亮的女孩子。走到石凿的冰口，姑姑指给他可以坐下洗脚的石头，就独自象山羊羔子般跳着跑开了。

洗脚回来，孙把头又在他脚前掷下一双短腰毡靴，说是：“这还是你前一次穿过的哪！”然后把西窗帏拉开，这样屋子更亮一点。于是聚在宽长的桌子周围用晚饭了。孙把头照例还是不沾滴酒，只给客人亲手斟。

“乡亲——我说你留在这按部就班地干，不是也和我一样了吗?”孙把头开始说,“你知道,我现在有一百垧熟地了呢! 还有三百垧荒地没有开。虽说背着千把块的债,可是我也给你讨了个嫂子。”他向玛达嫚望了一眼,“我就是不向高里望……还是先说你的吧! 我也从‘来往跑山的’口里听说过你不大得意,你说吧! 我这里听呢!”

“有什么说的哪!”康天刚笑着说,“咱们各人有各人的看法。”

“那么你还想回到山里去吗?”

“天然哪!”尽管他是怎样地微笑,孙把头却也觉出一种感叹而且有点气馁的印象,“我是有月亮不摘星星的,况且已经花了三年的日子。”

“乡亲! 为什么你不一步一步来,尽向高处望呢!”孙把头说话时望了一眼姑姑。

因为姑姑看着康天刚使刀叉的手嗤嗤笑。玛达嫚向他说:“这样! 这样!”两手作着刀叉切排骨的姿势。

“乡亲! 你知道咱们不是外人,才这样说。你是太贪了,人不能不知足!”因为玛达嫚说:“拿来,拿来!”孙把头的话给打断了。

康天刚因为排骨滑到盆式盘子的外面,意欲用手推它进去,可是两手全握着餐具,不知是放下刀子妥当呢,还是放下叉子妥当。孙把头就想:“我的话,他一点也听不入耳哪!”

玛达嫚用围裙擦擦手,接过康天刚的刀叉替他切。康天刚这才抬起头来说:“啊! 怎么样,不能不知足,还怎么样,你说呀!”其实他只听见末尾这句话,并不是因为太饿了,想急于吃东西,而是根本他对孙把头这话,不啻一个读书的人听农民讲《三字经》那样不入心。所以等到玛达嫚把刀叉放在盘里,推给他,而且她露出不看他是怎样吃;更用眼睛制止姑姑不要向他望而姑姑偷着望的时候,康天刚又没听见孙把头是说些什么了。孙把头看见康天刚故意用刀片挑着肉块向嘴里送,装作嬉弄姑姑,实在是藉以解嘲。心里想:他是完完全全没有注意我说什么!

康天刚也想:这个女孩儿确乎是可爱,那老家伙可蠢死了。陪送三百垧熟地,我也不要呢;而他却很满足并以此自骄呢!

“乡亲!”

“什么?”

“那么你说说,你这三年里……你看,我说你又不听;我要听,可是,你嘛!又不说。”

“说什么呀!你全知道,我倒霉就是了。三年访不到一棵山货,一年换一个访山帮,这样下去恐怕没有山帮敢搭我这个霉气伙计了。”

“那么你还回去吗?”

“我说过嘛,天然要回去的。”

“你来是作什么呢?”

“我来是看看你呀!乡亲。”

“那么……乡亲!我不留你就是了,愿意在这多住几天,就多住几天;愿意什么日子走呢,就走。乡亲!你知道,我新添了辆车呢!两匹挺壮的公马。等明天咱们哥儿俩去看,放在地户那儿呢!”孙把头叹息着说:“若是你来的那年,听我的话,咱们哥儿俩,不都是大粮户了?唉!你老是要摘月亮呢!”

哥儿两个大声笑起来。晚餐吃得满愉快。餐后,又谈了一会子闲话,康天刚就到厨房去睡觉了。在谈闲话当中,康天刚托付孙把头有便人向海南带口信,就说今年年底要回家。至于那个守约的闺女的事情,他是从来没有向他的朋友提过的。

三年前康天刚就是在这厨房住宿过的,那时还有新鲜木材和油漆的气味,现在则充满了牛乳味以及油气。最大的不同,就是三年前,这是一座新盖的住房,而如今是降做厨房了。

康天刚打开窗,想使屋里的空气调换一下,不料风势很大,推不开;用力推开一半,那窗又借着风力自动的朝两边外墙打去,冷风立刻侵入,且扑灭木棒火烛。他想起三年前,也曾有过同样的情景，不过那是春末第一次雷雨的黄昏，而现在是冬末的夜晚。

他还记得那时候，他打开窗，窗户也这么有力地自动地朝外墙两边打去，他听见一声画眉的婉转娇鸣，仿佛一般起风的日子，或是傍晚百鸟归巢的时候，人们所听见的短促的悦耳的鸟鸣一样。似乎向它们的同伴说："快呀！暴风雨快来了！"或是："快呀！天要黑了，我们得赶快回巢！"如今呢！春天还很遥远，外边只有狂啸的北风声音响。关上窗，风声就隐约不清，因为门窗边缘都钉有一条条狗皮，自然，不透风，再加墙壁又坚，所以听不见外面的风声响了。这也和三年以前一样。

康天刚没有重新点燃木棒火烛。在黑影里，面窗站立很久，又叹息一声，想倒在炕上睡觉；可是好久也睡不着。在他脑子里有两个念头，一个是怀疑自己：果真命运安排妥当，年年走下坡路吗？一个是对于他的乡亲孙把头的幸福的怀疑：不错，他是成家立业了，可是她又丑又蠢呀……是的，他很满足……于是他又想到若是三年前真的和他合股开荒，自己确也不至于象今天这样了。最后另一个念头又讥笑道："莫非你真的相信鬼运气吗？那么在海南娶一个傻丫头就算了，何必穿山过海跑到这百里不见一个村子的关东山呢！不是要摘月亮吗？这才决意把她娶过来，这才跑关东，这才访山。"他又想起她——那个财主闺女——两只撩人的眼睛来。想起在他离海南家那年的清明节日的黄昏，在她后院独自一个人打秋千的情景来。春燕在秋千左近飘着，蝙蝠在暮影里飘着，她的鬓发和轻柔的衣襟也在空间飘着，真是妖魅一样的迷人呀！他觉得世间上唯有她是最美丽的，唯有得到她是最幸福的！为什么不爱这最美的呢？山里同样生着树木和人参，为什么不采人参而去砍木头呢？这正和他要娶她一样，有月亮何必去摘星星呢！就是没有月亮可摘，他也不要摘星星！

他想到这许多的道理，但尽管他是怎样深入地去思索它们，终于抵挡不住一个念头在脑里飘起来，这就是三年前他若安份守命地垦荒,他现在可以回海南成亲了。

半夜他起来给那匹俄罗斯种公马加了草料,回来还是不得入睡。直到头遍鸡叫,才昏昏沉沉似睡非睡地打起盹来。

三

第二天,康天刚就想回到山里去。孙把头堵着牲口棚门口,不让他牵出公马来,无论他的乡亲怎样坚决,他是要留下他去看看他的那百十垧熟地、新置买的牲口和车辆,才肯放他走的。并在当天下午邀他骑马到后山上去打围。

这些事情都满意地履行之后,孙把头在回来的路上和他说:"乡亲!你不信不成,就说咱们哥儿俩打的这只兔子吧!咱们想也想不到的。咱们是出来打野雉的,可是就碰到它。什么事情都是安排定了的,为什么咱们单巧在瞄准那只野雉的时候,就看到它呢!那只本来该死的逃过了,而我们连想也没想到的这只兔子,却送到咱们枪口上来!"说话时,孙把头一直盯住康天刚的眼睛,想从他的眼睛里辨出他的反应来。他们是并着马头走的,只见康天刚的嘴唇苦笑了一下,他的眼睛望着前面,足征他的脑子确是在思索孙把头说的话,可是他没有作声。孙把头虽则也不作声,但那眼睛仿佛一定要获得他一句话才肯离开他的脸,结果是连康天刚的注视都没有得到。

"乡亲!你想什么?"

"没有什么!"

"嗐!"孙把头自嗟自叹地叹了一声,表示对于不能折服他的乡亲的惋惜:"我昨天还想留下你,我可以给你九十卢布一年的劳金!"他低声无力地说,"你知道,我看见了咱们一块土上生长的人,分外亲呢!我还想预先支给你,那么春天可以买几匹马驹子在这一放……愿意领荒呢!也中,秋景天咱们哥儿俩赶车到海参崴去玩他一个月,该多好呀!可是你不会的?”望着康天刚又一次地远望前方的苦笑,他又加重声音说:“怎么样?我知道你不会的嘛!”

“乡亲!”康天刚也低声说,仿佛一般人经过长久的深思,而虚心下气地把衷心话说出来的口气一样,“人哪!只活一辈子;有的百把十岁,有的四、五十岁,都有这么入土的一天,没有第二辈子的。有些人呢,在这辈子里,整天有口粗饭吃就知足了;有些人呢,就不了。不是到头都一死吗?那么我要吃一口仙桃,那怕吃到这口仙桃就死了,我定不想吃那一筐烂杏多活一天的,就是这样!乡亲!人就是命运的主儿:我要今天回山里就今天回山里,我要打兔子就打到兔子。我不开枪,兔子就不会到咱们手里来;我不套马,雪车也不会把我拖到山里去。人就是命运的主儿!”

到底康天刚第三天早晨离开卢锅了。孙把头和玛达嫚送他到村外。只住了两天的工夫,姞姞见了他,不是象山羊羔一样跳开去了;不是用出神的眼睛凝视着他——就是他向她挤眉弄眼也不嬉笑地凝视他了;而是一见,就用两腿盘在康天刚身上打秋千。因为康天刚是那样一个愉快活泼的汉子,只要一见他就象从他身上得到生命力似的,就受到他的感染而顿觉生命的幸福似的。他会把手指插入嘴里打很响的尖哨子,又会给姞姞唱小调,编装蟋蟀的草笼子。所以当康天刚抓着马缰绳,要想抖抖它,使那匹公马拔脚飞跑的当儿,姞姞又一次用两手抱紧他的腿,尽管康天刚怎样地说:“我还来哪!再给姞姞带个黄鹂来!一叫唧流唧流的……”她还是摇头不放手,她低着头,用脚踢康天刚的靰鞡的靴尖。

玛达嫚在一旁站着,两手毫无意义地抓着围裙襟,提到腰前。既不擦脸也不擦手。躬身在姞姞身边说:“听话!”接着是两句俄国话。康天刚虽是听不懂,可明白是骗孩子放手;但她嘴唇所飘浮的笑容,又明明白白是赞美姞姞对客人的阻拦。她的眼睛洋溢着热情的光辉,仿佛说:“姞姞多着人喜欢呀!”并且把这意思,用眼睛传达给康天刚。只有这时,才看见抓住她手里的围裙确实是有用的,她擦了一下嘴巴。

到底姑姑给孙把头拖开了。她还伸出一只胳膊一只腿,向外挣扎。康天刚就抖抖马缰,立刻跳上雪车,打起尖哨,回头向着姑姑摆着手,说句俄国话:"道需但妮!"

"那么!就这样吧!乡亲!年底我们等着吃你的喜酒吧!"孙把头高声说,不是因为康天刚的雪车走远了,而是因为风狂雪啸的声音大。

"好了,你们回去吧!"

"年底一定来的呀!"

"天然要回来啦!"

这时候雪车载着康天刚飞驰开去,还听见孙把头叫道:"把外衣穿上,出村子风更冷了!"

"知道啦!回去吧!外边挺冻的。"康天刚回头喊,"别忘记,托人向海南带个口信呀!"

孙把头两手当作传声筒,说了句什么。康天刚没有听清楚,只见玛达嫚的头巾在风里急速地抖摆,两眼望着他,孙把头和姑姑也都两眼望着他。他就把手在空中扬了扬,转过身来,叹息着,满心不愉快而且怅惘地望着尖尖的两只马耳。瞬间抖抖身子,披起羊皮外衣来。那雪车在坚实的雪道上,又飞速地奔驰开去了。

四

十七年过去了,康天刚没有再到卢锅去探问他的乡亲。

十七年当中,康天刚换了十六个访山帮,每年他都是被新加入的那个采参集团所摒弃。起初,是因为访不到人参,说他的霉气沾染了大家,末后变作人人见到他,就觉得败兴,就觉得不愉快,即使秋底挖到几棵草参,也找个借口驱逐开他。乡亲——康天刚一年比一年苍老,眼光一年比一年犀利,而且冷酷,脸色也一年比一年顽强,甚至于面对着好心肠的伙伴,也没有一点改变。永远是用冷酷的眼光,仿佛瞭望某种遥远的东西,那样望着近前的人。实际上他对伙伴们倒没有什么敌意,正象赌牌九:一连打开的全是“毕十”,这时候就是面对昔日心欢的友人,也变成不服输的赌徒那种冷酷而激怒的神情了。

这年,乡亲——康天刚的两腿受了风湿,精神顿然颓唐。本来他的头发,已经花白,盘在头上的辫子,就细弱得很可怜了,现在又时常脱发,同时脸色也更加憔悴,而且也越加沉默了。走起路来,脚步迟钝,两膝有时竟抖得支撑不住上身的重量。

这时候,他的爱狗骚达子已经半途抛弃他,死在白头山快满五周年了。现在陪伴他的是一匹叫乌耳的白狗,它也和主人一样的倔强,常和野狼厮咬。为了保护乌耳的生命,乡亲——康天刚在它的脖子上套了项圈,那项圈有着大半环密密的尖钉,可见乌耳是怎样被它主人所心爱。也正因为乌耳是康天刚的爱物,伙伴们遇见了,总是憎恶地驱逐它。偶尔也有人借乌耳故意大声威胁它的主人:“再他妈进伙房来,就杀了它!”“到秋非赶它们出去不可,整天汪汪地跑进跑出,咬杀人凶手呵!”也有心肠软的伙计招呼康天刚:“乡亲,把你的狗唤出去,它又到墙角上刨土,搜寻把头养的那两只兔子哪!”而康天刚常常一句话不说,就进伙房把乌耳驱赶出来。有一天,把头双喜对他说:“喂!”——他是连声伙计都不屑叫他的——“你看夏末了,山里还没露红,他们说你把霉气带给我们了……以后不用你进山,在伙房里烧饭吧!省得出入口,冲犯了山沟的喜气。再说你的腿又生毛病……”从那次以后,康天刚就搬到伙房去住,伙房的伙计就代他随着大帮早出晚归地去访山了。

伙房立在峰顶上,地基比伙屋高出五尺,门口就是一个岩石形成的悬崖。康天刚一打发走挑饭的伙计,就坐在门口休息。望着远近的高拔山峰,望着两山之底的深谷,望着白云,以及飘荡在低谷之空的苍鹰，抽两袋旱烟，又好预备午饭或晚饭了。

有天黄昏，康天刚坐在门口休息，突然听见一声马的嘶鸣。那乌耳就跳起来，抖抖耳朵，吠着窜出去。这声马嘶是不足稀奇的。"线上的"磕头哥儿们，每年巡两次山。巡山就是抽税，遇到种烟土的要三、二百两烟土；碰见打围的，收几十张狐狸皮。至于砍伐林子的木帮，访山的参帮，自有把头们下山时要向当家的去献喜礼；但这一回，那三个骑者之中，有一个是他面熟的，直到近前，他才想起：这是姜云峰。他的脸色顿然闪出生命复活的光辉，仿佛一匹久经战争的老马，突然听见冲锋军号声而竖起耳朵。

他的脸上现着十七年来的第一次光辉，嘴唇露着十七年来的第一次的微笑："下马歇歇吧！"他说。

"老头子！离白头峰是不是还有三十里路了？"

"也就是三十里路吧！"

康天刚知道他是不会认出来的。知道自己是和二十年前，迥然不同了。至于姜云峰呢，只比从前壮实一些而已，面目可一丝没改。两眼犀利，满腮半圈短的胡芽。他又问："你们的把头是双喜吗？"那时，两脚摆着马镫，显然要催马奔跑了。

"是双喜！"康天刚说，"乡亲！你还认不出我来吧！你看——我就是和你一起在大彼得湾登岸的康天刚呀！"

"康天刚？"姜云峰迟疑会子，并没有吃惊，只是注视着他。在一个飞黄腾达的将军，遇见初入伍时的同等列兵，而且望见那列兵的穿戴比当年更褴褛的时候，是用这样具有怜悯性的眼光看他的。逐渐有一道波纹，从他脸上泛起来，他说："真是……二十年了。你怎么样？没回海南家去看看吗？"

"没有。想是想回去的，就这么空着手回去吗？"康天刚仰脸苦笑着。而姜云峰却是冷静地俯脸望着他。因为他骑在马上，那两道俯射的眼光，就越发使人觉得骑者的高贵，康天刚萎缩而且可怜。实际上姜云峰不是骄矜的人，而是望着这个二十年前并无深交的乡亲那种衰老的样子，一时不知道怎样来表示他的亲切和关怀。

“你的腿怎样了?”

“受湿……寒气，那还是两年前在……”

“我看你还是回海南家去吧！这个样子，还在外边混什么?”

“是想回去呀！可是隔着一个大海，光是两条腿没有用呀……”

那时候，姜云峰的两个随身伙伴，又攀鞍上马。他们在这两位乡亲谈话的时候，进伙房去喝足了水:“走啦吧!”

“走，走。”姜云峰说，并且用两脚摆着马镫，借以抵击马股:“这里有一百卢布，你收着！我还有事情……回头若是有空，再来看你。”

康天刚的脸色苍白了，趋前一步。那时，姜云峰用力勒着马缰，以便把卢布递到康天刚手里，可是那马躬着长颈，望见它的伙伴都跑开去了，而转着身子，不住地长啸。康天刚又趋前一步，脸色更苍白了，他的眼睛锐利地盯视着那一百卢布，而且随着马身旋转一周，到底把卢布接到手，那马立时扬蹄飞奔开去。乌耳也吠着追逐下去。

康天刚当时望着远去的姜云峰背影，久久站在那里不动；而他握有一百卢布的手却颤抖着——完全是不自觉地颤抖着。最后马蹄声消逝，周围复归于平静，偶尔又能听见草虫的畅鸣。

康天刚回到伙房。颓然坐在炉口的矮脚凳子上。仿佛要休息一下，现在他确是疲倦而且昏眩了。他阖住眼，又仿佛有着重忧的人，考虑某种决定之前，先养养神，或是先冷静冷静头脑一样，用手抚着脑袋。他的脸色依然是苍白的，握着卢布的那只手，也依然抖着。

最后，他叹息一声，仿佛竭力摆脱身上某种不愉快的感情那样，抖抖衣裳，把腰巾解开，重新扎上，同时把一百卢布的票子塞在胸口里，动手烧起茶来。这是每天伺候那些伙计不可缺少的饮料。一切都是井井有序，和往常一样。

天一黑，就听见鹿鸣和狍子群迅速地跳跃奔跑的声音，不久有了老远传来的响亮话声，是伙计们回来过宿了。康天刚独自一人，看守着这间单间伙房，伙房西首是访山帮的宿棚。所以除了来提晚茶的小伙计，大白日没有人进来的。康天刚照例不点灯火，往日早躺在炕上睡了，今晚却静坐在矮板凳上发呆。他又听见乌耳吠声，足征它是一直追逐着姜云峰的公马，或许直等遇见山谷里的伙计才放弃它，末后跟随他们一齐回来的。往日，康天刚会大声叫："乌耳！乌耳！"可是今晚他不喊。

他所想的却又不关于那一百卢布，而是想海南家的那个守约的闺女。因为母亲老了自然活不到现在，若是回海南只有那个守约的闺女一个扑头了。可是"人家"也一定孩子成群，说不定娶过儿媳妇作婆婆了。他回海南，究竟有什么味道呢！况且又没有赚下一点家底。他又想起卢锅的孙把头：说不定"人家"有千把垧放牲口的大草地了！又想起姑姑也该出嫁而且抱孩子了！在这许多念头当中，最使他痛心的是不该当初拒绝了孙把头每年七十卢布的劳金；不该不按部就班象孙把头所说"一步一步来"。总之，他是每一步都走错的：若是当初不爱那财主闺女，随便娶一个，不管是丑是俊，那么他不必卖掉祖茔闯关东山了；若是一见孙把头就留下，即使不合股垦荒，三年也满可以回海南置起二十亩麦地了；若是第二次去探望他，能回心转意，也不至于落到今天这样地步——竟伸手去接这一百卢布的票子。

到现在他明白了，他是不能够回海南家的；而且吃惊过去对生活的追求力，到底他为什么还能这样坚定地作山客呢！自己心上的人儿，已经不知给谁作母亲了。他的生活还有什么意义呢？

这天晚上有月亮，满窗月辉，满门口月辉。康天刚起身轻声唤着："乌耳！乌耳！"蹲下来并向它卧处，伸着手摸索。那乌耳昂头向他注目，突然竖立直耳朵，仿佛望一个陌生人一样，两眼在阴影里发出绿火。忽然鼻吟一声，受伤一般夹尾跃过康天刚的肩膀，跑出屋去。

“乌耳！乌耳！”康天刚轻声叫着，跟到门口，他看见乌耳远远地立在岩崖上，向他注视。

月光又白又亮，苍茫夜空，是那么圣洁，展布着星斗的阵列。远近的山尖、树木，清清楚楚。康天刚在门口伫立许久，轻声招呼乌耳两次；乌耳远远注视它的主人，不近前也不远逃，立在那岩崖上完全不动。

康天刚最后回来，脚踏高脚凳子，从灶王的供板上取下那座白瓷的菩萨像，口里喃喃着：“你老，是她送给我的，也跟我去吧！既不能给人降福，又不能给人生财，留在世上作什么。”就走出门口。那时乌耳又鼻吟一声，向左首逃开去。康天刚没有追它，在岩崖上把瓷像敲碎，又收集了破瓷片，全部抛向山涧去。仿佛现在他又全部恢复了原有的高傲，一手抛去，那些破瓷片就抛得很远很远……故意不去寻望乌耳，他想回到伙房去守候它，他是不愿死后，遗留一件他所心爱的东西在这世界上的。足有两炷香的工夫，除了熟耳的鹿鸣和夜枭凄厉啸声，尽是一片草蚊的哄闹和虫鸣。不久，他听见窗下的草响，辨别出是乌耳回来了，但是又归寂然，仿佛乌耳是伏在窗下了，康天刚又轻声招唤它两声，听见乌耳重新跑去的动静，足征刚才的草响确乎是它，而卧伏在窗下的猜想也没有错。又不久，康天刚望见门口的月辉下，现出乌耳的颈部，仿佛它也在窥探主人的动静。那两道眼光，发着绿的火焰，康天刚就闭着眼睛。再启目观望它的时候，乌耳的头部低俯下，显然嗅着屋里的气息，试探着向门里落腿。康天刚二次闭上眼睛。

终于乌耳给他抓住了。那匹灰毛大狗呜咽着，摆头晃脑，企图脱出他主人的两手。然而康天刚抓得很紧，并把它的带刺钉的颈圈脱下来，这样两手可以扼紧它的脖子，使它吠不出声。拖到门口，乌耳就倒下来，用前爪抓着他的手，两只后爪也向空刨跃。

“月亮有红圈啦！”康天刚听见伙计宿房有人说。可以听出说话人是站在门口小解。

康天刚立刻又把乌耳拖回几步。这次一手握住它的嘴巴，一臂挟住它的身子，又听见外面一声困乏思睡的“喔——呵”声和进门的脚步，这才挟着乌耳，走到悬崖石上。

“我就来！你先走一步吧！”随着话声，乌耳已被抛向深的涧谷去。乡亲——康天刚又回伙房，拾到从乌耳颈上脱下来的有刺钉的颈圈，就是他心爱的这条公狗的东西，他也不让它遗留在这人世间的。

他第三次走到悬崖上，他的脚抖着，这次他向山涧望了望，要找出乌耳的尸迹，以便投落有刺钉的皮圈。在这瞬间，他突然失神地站在悬崖上不动了，手里还握着刺钉皮圈。

原来就在离他立足处二十丈深的悬崖底下，一个岩石围绕的泉水口旁，有只千把年的老山参，枝叶粗壮，周围野草都向它俯着头，永远跪拜着它一样。月光映射着泉水，那老山参的影子是清清楚楚的，可以分辨出是只“二等甲”。

康天刚又环顾四周，看看是不是有人望他，又注视一会子那棵挺然而立的山参，骤然急步向伙计们的宿房走去。一只脚光着，因为和狗搏斗时失落了鞋，但他没有觉到，走的是那么匆忙，手里还握着乌耳的颈圈；而且脸色变成完全是死尸样那种惨白。

五

“乡亲！乡亲！起来！起来。”乡亲——康天刚发出颤抖着的低微的声音，在每个伙计的耳旁呼唤，他们全是并头睡在暖炕上，在月辉下显着魔鬼似的绿暗的脸色，而乡亲——康天刚有如一个神秘的幽灵，一个一个去晃动他们的肩膀。不管睡者醒了没有，他任何人头前也不久停，按着行列一个一个地送着轻呼："乡亲！起来！"

"就在那边，乡亲们！一棵山货——二等甲……就在那边。"他向在月辉下睁大眼睛的伙计们说。

于是似醒未醒地立刻坐起来；已经醒来的眼睛立刻就闪出一夜未曾瞌睡的赌徒的那种眼光。他们你望望我；我望望你。

"就在那边……乡亲们……一棵二等甲。"

突然他们明白了，发出大声的呼唤，有人点起了木棒火烛，烛光的光辉，又使这一群流浪汉的脸色发红了。他们激动、吵嚷，高声骂着忘记携铲子的伙计，用拳头有力敲打着还未爬起来的懒汉的肩膀。一个人嘴里说着："在哪里？在哪里？"提着铲子跑出去了，两个人说着："在哪里？在哪里？"提着铲子跑出去了。无数的乡亲们说着同样的话，提着同样的东西跑出去了，手里也同样擎着木棒火烛。

现在完全是火烛的行列，火烛的世界，到处是红光，到处是红辉。

"在哪里呀？乡亲！"最先跑出去的回来问。

"就在那边……悬崖下，深有二十丈的那口冷泉……"康天刚的声音更低弱，更颤抖了。若是持火烛者稍微留心一下，他可以看出康天刚需要一个乡亲的看护，可是这个红脸的高大汉子，没有注意他现在是一种怎样可怕的脸色，就跑出去了。

康天刚两膝抖着，坐在炕脚下的矮凳上。他的手里还紧紧握着亡狗的项圈。火烛前，他的脸色是惨白的，月辉下他的脸色又是阴绿的，从他那直望前方的渺茫神气上看，可以知道他是在和生命作最后的挣扎。他的嘴唇发紫，口角挂着一滴血液。

终于康天刚倾倒了，象一座巨塔那样倾倒了。

当他醒来，天已经黎明。周围的烛光依然辉煌的。环绕在他周围的乡亲们，脸色是同样的又红又亮。他们有的跪着一只膝，有的蹲着。他发现自己是睡在地上，他从那些围绕着他的乡亲们的眼光中，知道他自己的生命是无望了，他反而很安静，很愉快。仿佛以前他从来未曾有过这样的安静和这样的愉快。烛火辉煌而又恰当黎明，他觉得仿佛大年除夕一样。他听见双喜把头说："乡亲！山神为了你，赐给我们福了。你安安静静的……"他的两个点漆的黑眼睛间，有泪水了，而且立刻把脸埋在双手里，抽泣着说："老二……把山货请过来，给……咱们的乡亲看看。"

从前康天刚觉得双喜是又丑陋又阴险，现在觉得他的眼睛是又聪明，又英俊，他望着所有的乡亲们，都是豪杰一样的雄伟而且高大。当他用那迟钝而安静的眼睛环望着他们的时候，每个遇见他的眼光的人，都低下了头。倒不是惭愧，而是因为悲恻，不忍望这双不久就要离开他们的眼睛。那时候乡亲——康天刚的嘴角透出幸福的微笑，他现在不能发音来表达他内心里无比的快乐和安慰，夜半他想投崖自尽时候所想到的结论，和他现在所想的完全相反。从前他觉着步步走错了，现在觉着步步走对了。从前觉着他不该攀山望日追求那个财主的闺女，更不该舍弃一年七十卢布的劳金，如孙把头所说"走独门"；现在他觉着他是应该有月亮不摘星星的。他到底没有俯首认命。虽然他自己是得不到什么了，然而他把这幸福带给了他周围的乡亲们，他用眼睛，表示他内心的欣喜，满足和骄傲；用眼睛表示他对哭泣的伙伴恼烦，他觉得大家全该快乐的。他望了望那个捧在一人的双手里的老山货。他们是用柔软的羊须草包扎它的。他又微笑了。

"……你有什么话吗？"双喜问，"……我们无论怎样是把你送回海南去的。"

说前一句，康天刚摇摇头；说后一句，康天刚的嘴唇露出黎明前第三次的微笑。后来，他的眼睛陷入沉思，只见他动了动左手，他的乡亲们到现在才看见那个乌耳的颈圈。

双喜叫人找乌耳去，康天刚摇摇头。双喜问："那么它跑掉了吗？死了吗？在什么地方？那我们能找到它的，你放心。我知道……让它也入土就是了。”

没有过三次鸡叫，康天刚就停止了呼吸。双喜一手埋着脸，一手给他掩上眼皮。

秋天，装殓康天刚的珍贵的棺木，运往海南他的故乡。在路过卢锅的时候，孙把头举行了一次路祭。他那时，已经有了个十七岁的男孩子。他正在海参崴读书，两个女儿还留在家里（大的一个已经订了亲）。所以他生活的满幸福；唯一的苦恼，就是因为车轮子没换，以致半年多农车没法用，眼看秋收了，修理车具的铁匠和木匠还没有来。至于姑姑，嫁给外村的地主了，据说丈夫年纪比她大三十岁，她也挺知足而且过的满愉快。只是玛达嫚最近不大健康，常咳嗽。

（原载一九四三年五月十日《文学报》第一卷第一期，
选自一九四六年一月上海星群出版公司初版《北望园的春天》）

红玻璃的故事

一

王大妈是榆树屯子最愉快的老婆子。又爱说话又爱笑,见了人总是谈闲天,往往谈得耽误了作饭,往往谈得忘记了喂猪。不管是在大门口碰见屯子里的人,还是到邻居家里去借使唤家具,一谈就没有落尾,一坐下来就挪不开脚步。所以王大妈在榆树屯子里,有个好人缘儿,也正因为有好人缘儿,手里没有几亩地,过的日子反而顺序。不说别的,青黄不接的时候,人家都到城里去借债,去向外批豆子,而王大妈可不用出屯子,就能东家借两升包米,西家借两升高粱,凑付着过下去了。

自然王大妈家里人口少,除了她自己,跟前只有一个十五岁的男孩子。男孩子名叫王立,他还有个三十岁的姐姐,老早就出阁了,嫁给沙河子刘二虎子家,现在已经是一个七岁女孩子的母亲了。另外他还有一个姐姐,那是王大妈的第二个女儿,没满十六岁得干血痨,死掉了。至于王立的父亲,他是从来没有见过的,因为他在出世的那一年,他父亲就到黑河挖金子去了。

王大妈过了十五年寡居的日子,最初还早起夜晚的想,慢慢就逢年过节的想,盼望丈夫能够有个口信。年道久了,王立也长大成人了,王大妈也就习惯这孤寒的日子啦!不再想那个到黑河挖金子的男人了。王大妈为人又很勤谨,又生就一身结实的筋肉,身量又有男人高,腰粗、臂膀壮,有着一双充满生命力的眼睛,和一双能操作的大手;而且胃口也健旺,一吃就是一斤土豆子两碗黄米干饭,所以过得也满幸福。而且王立也能帮她锄地了,王大妈就不让他雇给外人放牲口了,留在自己身边,帮衬着干活儿。

这天,是九月初三,王大妈的外孙女儿小达儿七岁的生日,王大妈想赶早收拾收拾东西,到女儿家去走趟亲。因为女婿也到黑河挖金子去了,五年没有个信,不知是活着呢,还是故世啦!闺女的日子也很孤单。

这天从早晨起,就很冷。屯子里每家茅屋顶上全都铺着霜。王大妈吃早饭时还说:“天气变了,咱们得把后院子的白菜,全刨出来!”并且催着王立快吃,谁知吃顿饭的工夫,又出了太阳。

王大妈本来想刨出白菜来激酸菜的,酸菜缸都涮得干干净净了,又临时变了主意——晒干菜。留着那些没刨出土来的,等到走亲回来再激。

临走,又预备好猪食,嘱咐王立只烧把火温一温就好了。

“要是天气变了,赶快把晒白菜的席卷起来,听见没有?你看你那么大了,还有鼻涕,真丢脸死了,快过来,我给你擦擦!”王大妈作着不屑望他的眼神又说,“真不害羞,那么大了还得我来照料——噢儿嗤——噢儿嗤——你看这些鸡,简直是活祖宗。立子!你好好的看着呀!勤赶着一点儿,别让鸡把白菜吃光了!”

“知道呀!你快去吧!”

“你看你……说说你,你还不耐烦了!你看看这些鸡,探着头,伸着脖子,一离眼就跑来了,我可告诉你,别看着看着睡着了。”又小声说,“你知道隔壁老胡家的二媳妇,手可不老实。”

“知道呀!知道呀!你别磨菇了!”

“你说谁磨菇,我没有打你吗?这孩子,越学越不象样儿,谁家有儿子说他妈磨菇的……你看这些鸡,全是些饿鬼,一天吃三百六十遍也不饱!”

王大妈又嘱咐王立当心着鸡,这才进屋去换衣裳,倒不是为了走亲,要穿得体面点儿,而是防备变天,关外的天气,尤其是秋季子,说不定什么时候刮风,什么时候突然下雨。

王大妈穿了那件丈夫早年在家时常穿的棉袍,提着一个红布包袱,就跨出满是绿色白菜叶子的院子了。院子的土墙极矮,腿长的人能跨过去。

"妈!"

"什么?"

"你早点回来呀!晚上我一个人怪害怕的!"

"害怕找刘家小牛倌作伴好啦!可不许吵架!要是下雾露雨,记着多抱进几捆柴火。"王大妈说着又想走回来,那神气仿佛说:"还是我来先抱进几捆吧!"

"知道呀!我会抱进去呀!"

"要是晚上我回不来,把酱缸盖上呀!一着露水酱就要坏了。"

王大妈到底离开家了,在屯子口又碰见刘大爷,这是一个常常到哈尔滨去卖豆子的粮贩子,阔背、粗腰,穿着短的皮外套,说话的声音很雄壮。当时,他就笑着叫道:"小寡妇!到哪儿去呀!打扮得这样俏皮!"

"老该死的,驴嘴里就长不出象牙来,都老白了头发啦,还小寡妇啦!去看看我的外孙女呀!你知道,今天是我外孙女的生日哪。当姥姥的没有什么稀罕东西,这个年月能走一走就不错了,谁能顾了谁呀!你又该收豆子了吧?什么行市呀?"

"还没有行市呢!咱们屯子里开的价是十六块哈洋一担。你怎么?还有两担卖吗?"

"还有两个金豆粒呀——我不和你闲扯啦,改天再扯吧!"

二

王大妈走出屯子口觉得外边的风很大,到底屯子里暖和。而且外边风声也很响,比在院心听见的不同,刮起来,带着一种尖锐的叫啸。王大妈的袍子襟儿,都给风吹得一抖一摆的,前襟儿向后卷,后襟儿向前面飘;挪步都不便当,索性就卷到腰里,这样更利落。王大妈想:这若是叫自己闺女看见,又该说当妈的没女人气了。不由的笑着,这种微笑是在一个少女走出她的情人家里时所有的,低了头,什么也看不见,又想:自己有这么个要强的闺女,真是给当妈的争光。不说别的,一个人,又没有公婆,又没有家底,有几个叔伯,也早分居了,单人独马挺着过日子,是不容易的。想到这儿又觉得闺女孤孤单单的有些可怜。若是自己的日子过得好,王大妈就是一月不走三趟亲,也总能接到家里来住几个月,可是自己的日子也是顶着过。走亲不带着一点儿吃食,来回空着手,还不如不走。想想,又很难过。

车道旁,有屯子里的人收拾庄稼。王大妈看见一个包着粉红色头巾的少妇,在一辆四轮农车上装豆秸。她认识:是烧锅家的三媳妇。平常王大妈还看不出她这样能干。两手用二股叉叉着豆秸向车厢里送。车左首就是一个大坟堆似的豆秸垛。两个半老的农妇,站在那垛顶上,向车里抛豆秸,手里也各握着一柄两股草叉。阳光照在车上、豆子垛上,看起来镀金一样,黄澄澄的,难怪妯娌们是忙得那么愉快。

"立子他三婶儿,刮风天也不在家里蹲着呀!"王大妈老远叫道,"怪不得你们是财主哪,勤也不能卖命的干呀!"

那时,被喊着立子他三婶儿的正向手掌上吐唾沫,(这样搓搓手,再握草叉就不燥手了。)就说:"外头的人,都向城里送粮去啦!人手不够呀!你提着红包袱作什么呀,又看闺女去吗?"

"统共今年没去两趟,可巧都给你碰见了,五月节去了趟再没去呢;我也不知道八月节她是怎么过的。我这个作妈的攀不得人家,手头紧,自己也顾不了,还有心顾闺女……今天是小达子的生日哪!就是我们那命根子外孙女儿,可巧,前几天积攒下几个鸡蛋,当姥姥的嘛!还有不亲外孙女儿的;卖舍不得卖,吃舍不得吃,连立子我也不叫他动手，可是闺女还嫌当妈的不象姥姥样，说我‘把家啦！’说我有东西也舍不得给外孙女儿！”又说，“那是谁呀！是立子他二姑姑从沙河子回来了吗？你们看看，我这眼色一年不济于一年。”实在王大妈早就看见是烧锅三媳妇的小姑了，一时不知怎样回答她的招呼，就这样遮着心眼儿说：“帮着他大娘，装豆秸呀！看看你们高高站在垛上的样儿，象是两个仙女呢！”谁也没留她多谈一会儿。她尽自说：“我可不能陪着你们妯娌、你们姑嫂，扯闲白了，还想傍黑儿赶回来呢！”

“大妈过来吧！抽袋烟再走呀！”

“是不是怕我们吃了你的走亲鸡蛋呀！”

“他二姑姑还说呢，女婿从哈尔滨捎回来的俄国牛奶糖，你就不拿出一块给大妈尝尝！”王大妈笑着说，那种神情象一般拿着真话当玩笑说的人一样，“下一趟女婿若带来稀罕东西，你不送，我就要跑到你那儿去硬讨啦！”

只见站在豆秸垛上那个半老的妇人，高声笑着，她这时候无话可说，你不让她笑，又有什么法子遮羞哪！王大妈格格格的笑着：“真得硬讨呀！你说不是吗？他大娘！”她那时间向前走了两步，自然眼睛没有注意道路，所以停脚又追问一句，无非想逗引烧锅大媳妇说两句话，显得彼此间有点温暖气。烧锅的大媳妇也仰脸笑着，因为这时起了一阵风，所以王大妈的话声，她也没听见，至于她的笑因，自然并非由于王大妈的玩笑，而是因为她的小姑说：“王大妈活象一个跑关东的山东汉子！”只见她的头巾飘抖着，身子斜着，险些给风掀下草垛来，就势坐下了；又是一阵笑声，王大妈也笑着，一会儿风势就掀卷着她的头发，红布包袱差点儿也给风吹跑，眼睛这才注意到立在路当中的一匹小马，它又畏缩又好奇的站在她面前，很久一会子了，仿佛试探试探这有男人高的老婆儿，有没有驱赶它的胆量一样，可是王大妈现在才注意到，而它也一闪身子，就象受惊的小鹿一样的跳着跑开去，这把王大妈惊了一下。走了一段路，心还在跳，就疑心着，莫不是小达儿家有什么不吉祥？但只一会儿，也就忘记了。

展眼远望，秋末的旷野，散布着几组收庄稼的农人，另外有两条村狗，在右首的高粱垛旁奔跑，仿佛是追逐垛鼠似的，再就是前面的路标石，和立在标石旁边的狐仙木板庙，因为那庙涂着红颜色，就格外显眼。

在左首一个岔道口上——，有着狐仙庙和路标石的大桦树背后，王大妈望见一座新坟。坟墓周围有一道石栏杆，而且石栏杆的宽大距离间连着一条粗的铁索链，朝南有门，门前又有大的雕石香案，心想是沙河子屯哪家粮户死了，修坟修得这样讲究，仅那七、八十斤重的刻花纹的白石香炉，就值一石豆子的钱！走过这座桦树，就望见岗下的沙河，和对岸的沙河子屯落了。树木森森，可都是光枝子，即有一两棵树还有几片凋零将坠的叶子，也枯黄得给人一种雪季就要到来的感觉。沙河子屯上空的山峦上，霾黑的云块，飘动着，而且垂着灰白的雾丝，山顶和山脚，也仿佛蒸发着雾气，和低空垂下的连作一起，王大妈想，也许今天下午要落一场初雪，再不，就是临尾的一场雨，可是南边天空，还是晴的。

在屯子口，王大妈又碰见几个熟人，有一个提着水桶的健壮女子和她打着招呼："看闺女来了，王大妈！"

"黑柱儿他娘呀，您好！"

"怎么没带立子来呀？"

"留着看家呢！你不知道，天天要来，就是抽不出身子，今天是我们外孙女儿过生日，院子里还晒着白菜，就这么掷下，跑来了。"

王大妈这次不停脚了，说着话，向前走，实在心太急。普通人在临到要会面的亲戚家村口，是这样急的，仿佛要早到一步，要早些看到所要看的人，一秒钟都不能等。

黑柱儿他娘，是一个寡妇，包着蓝头巾，短褂补着补钉。眼睛可又黑又尖，一边提起来水桶，一边注意王大妈的红布包袱。

“立子没有跟着他们到黑河挖金子去！”

“我养了孩子，让他当牛倌，也不让他挖金子！别气我了！挖什么金子，简直是……我真不愿说不吉利话！”

“那可也该娶老婆了？”她又望了一下王大妈的红布包袱，实际也不是存什么贪心，不过想知道究竟她给小达儿带来什么礼物而已。

“等他长大自己讨吧！我可不能害人家姑娘一辈子，说不定翅膀硬了，远走高飞啦！让我天天看着媳妇子难过。”

“可也是……”

“你不进去坐呀！”王大妈到了闺女家的土墙院门口站下来说，不想门口对面的茅屋后窗上，探出一个头来，正是小达儿。黑发梳得挺光，耳旁的两条辫子垂到肩上。只听她尖声欢叫着：“姥姥来了！姥姥来了！”就看不见影子了，但还听见她的喊声和奔跑的脚步声，在茅屋前院响。王大妈的眼睛现出愉快的光来，心里骂着这小蹄子，象她妈作孩子时候一样，乱蹦乱跳的，嘴里却对黑柱儿他娘说：“进来坐坐嘛！”实在是说：“你走吧，别打搅我了！”

“我还等着回去给猪弄食呢！”可是她手扶着土墙，不打算就走。

那时候，小达儿就跑出茅屋东边的夹道，一见王大妈就扑抱起她的两条腿来了，仰脸望着王大妈，笑着，象我们所常见的孩子，见了亲人不知说什么好，还有点羞哪！不敢看王大妈手里提的红包袱。她的一只小手里，握着红玻璃花筒。

王大妈也没有理会小达儿，只用大手捏住她的小手，和黑柱儿的娘说话。黑柱儿他娘说：“你们的白菜都刨出来啦？我们这还没动手。谁知道今年霜下的这样早！”

“今年的天气有点不同呀！”王大妈说，心里老是急于早点摆脱开她。

谈了一会子，黑柱儿的娘，终于提着水桶走了，王大妈就抱起小达儿来，夸奖她打扮得漂亮，又摸着小达儿的新衣裳，问是谁给缝的，一边说着话，一边向屋子里走。这时候，王大妈的脸上洋溢着幸福的光辉，哪一个姥姥不疼外孙女儿呢！哪一个娘不喜欢自己闺女的孩子呢！亲了又亲，望了又望，就没有听见小达儿的娘在屋里的招唤。

小达儿的娘，和她母亲王大妈一样的健壮，只是脾气不同，见了男人总是一句话也没有，见了女人也不欢喜说笑话，问人家借把扫帚，都羞口，借给人家全部押箱子的首饰，倒挺大方。

当王大妈在墙外和黑柱儿的娘谈天的时候，她就看见是母亲来了。可也没有走出来。倒不是为了作娘的过八月节没来看她而生气，而是因为从早晨巴望到晌天，不见影，心也就烦了，兴致也就没有了；说不出哪里来的激恼。所以只走到门口望了望，又退到厨房烧灶去了。

"招唤你也听不见！"小达儿的娘在房门口迎着王大妈说，"我们娘儿俩等着你来煮面，可倒好，面都风干了，才来！"说着话，把红布包袱接过去，仿佛接过客人一根手杖一样，"进屋坐吧，我还得去烧锅！"

"看看我的闺女呀！大老远来，一进门就给我酸脸子看哪！"王大妈象对别人说话那样高声叫，实在挺高兴，"你可别跟着你娘学呀，小达儿！"

小达儿的娘也不由的笑了："怪人家气！光烧锅就烧了三、四遍，就等着你来，面才落水哪！"

王大妈望着小达儿的娘，是这样清瘦，嘴唇也没有血色，两眼极象她的父亲，心里又一阵难过。脸上却依然装着欢笑，怕自己的闺女在这小达儿的喜日上伤心。象五月节那天，哭得连她自己都流着泪没心劝了。

三

王大妈和小达儿她娘吃了孩子的生日面，谈着家常话，是满愉快，满幸福的。

小达儿她娘告诉王大妈，今年的靰鞡草，卖价还好，籴了一石包米，能凑付着吃到年底，冬天想请邻居们给挖个兽窖，说不定能抓个豹子、野鹿什么的，也好过个富裕年。王大妈就说，明年打算叫立子下庄稼地，已经和刘大爷商量过，托他留心给租两垧黑土地，那么明年若是自己闺女缺什么，她作娘的就可赒济了。

母女俩说得都挺高兴。

那时候小达儿坐在王大妈的膝上。尽自玩着自己心爱的红玻璃花筒。从那三角形的筒里，可以望见红绿色珠子的变幻，有时是五角形，有时是八角的花朵，原来花筒是三块红玻璃制成的，那底子里夹的彩珠，给红玻璃反映着，一动就是一种新奇的花纹，一动就是古怪的图案。

王大妈正说："我怕下雨哪！"说话时，望着窗户，不想真的有一滴儿雨点落在窗纸上，小达儿的娘就急忙爬下暖炕，到后院去收拾晒的几件冬季衣裳去了。

王大妈只一个人伏在窗口上，看不见天上的黑云，因为屋子是向南的，南天还是一色秋季有风日子的晴天，和惨淡的夕阳光辉，那光辉越是红，越是觉得惨淡。王大妈想：有雨也不会大，一回脸，就望见蹲在身旁的小达儿。起初，王大妈还笑着说："你那是玩儿什么呀？拿过来给你姥姥看看！"实在她不是不知道红玻璃花筒，正因为她太熟习了，也没有注意。

但当王大妈闭一只眼向里观望时，突然她拿开它，在这一瞬间，她的脸色如对命运有所悟，而且她那两只有生命力的眼睛，是使小达儿那么吃惊，那两道眼光，是直线的注视着小达儿，小达儿的脸色变白，几乎哭起来。

“小达儿！怎么的了，姥姥想什么事情呢！”王大妈立刻自惊的说，“别害怕。”

王大妈失神的那瞬间，想起什么来了呢？想起她自己的童年时代，也曾玩过这红玻璃的花筒，那时她是一个天真的愉快而幸福的孩子；想起小达儿她娘的孩子时代，同样曾玩儿过这红玻璃花筒，同样走上她作母亲的寂寞而无欢乐的道路。现在小达儿是第三代了，又是玩儿着这红玻璃花筒。王大妈觉得她还是逃不出这条可怕的命运安排的道路吗？——出嫁，丈夫到黑河去挖金子，留下她来过这孤独的一生？谁知道什么时候，丈夫挖到金子，谁知道什么时候作老婆的能不守空房？

这些是王大妈从来没有仔细想的，现在想起来，开始觉得她是这样孤独，她过的生活是这样可怕，她奇怪自己是怎么度过这许多年月的呢！而没有为了柴米愁死，没有为了孤独忧郁死！

四

从沙河子屯走亲回来的王大妈，和以前的王大妈不同了，她已经窥破了命运似的，感觉到穷苦、孤独，而且生活可怕。

在屯口路过那座新坟的时候，她又注视了一下。现在她不是赞美那墓石和香案的讲究，而是想，这里是埋葬着一个什么样的人呢？也许他生前是个阔财主，也许遗留在世上一些叔伯、子孙和亲族，而他自己是“解脱”了……

王大妈回到榆树屯子三天了，榆树屯子的人从她墙外经过，听不见她的话声了，再也望不见她那充满生命力的眼睛和笑容了，人们还以为王大妈走亲没有回来。

王大妈每天坐在暖炕上，不落地，两只眼睛望着渺茫的前方，仿佛望那远不可及的什么物体，而实在是连窗户和屋壁都没有望见。猪叫得太凄惨了,就叫王立弄猪食儿,肚子饥了,叫王立煮点包米,她自己仿佛牵扯在某种营生上抽不出空来。

不久,王大妈犯了病,又咳嗽,又喘哮。王大妈自己知道没有希望了,就把王立叫到跟前,握着王立的手说:"立子! 你妈不中了,到沙河子屯叫你姐姐回来一趟吧!"又说,"我若是有那么一天不喘气了,你怎么过呢? 没有人再疼爱你了,没有人再照顾你穿衣吃饭了! 妈活着,还是份人家,妈死了,你怎么过呢?"

王立哭得不能说清楚话:"……别说……妈会好的!"

"立子,记住我的话,我活着是立誓不让你向外跑的,可是妈现在不了……立子,到黑河挖金子去吧!"

王大妈是在这年冬天死的,王大妈死后,王立到底背着小包袱,到黑河挖金子去了。

第二年,春天又来到了榆树屯子。人们照常的耕地播种。布谷鸟照常的站在树荫下低鸣着,榆树屯子的人们已经忘记了村口王大妈这份人家。

王大妈那所茅草屋顶,露天了,象死马袒露着肋骨那样袒露着柱子和椽子。房门还扣着锁,纸窗却破了,能看见露天的土炕;而且院子生长了一片野草的绿茵。

这年春天,依然很暖和,大河开冻以后,冰解以后,到处都是流水的震耳幽韵,而且窝灵儿——那歌唱春回北方的山国的诗人,也依然在高的晴空,愉快的抖着翅膀,广播着悦耳的赞美春天的诗歌。

清明节,王大妈坟前出现了纸灰。有的说是她闺女来过,但没有人看见,也没有人听见过哭声。

王大妈的土墓上,生了初生的艾草和狼尾草;而且一天天蓬茂,繁密起来了。

一九四二年冬。为一九四三年一月二十二日萧红逝世一周年忌日追撰。是稿，乃萧红逝前避居香港思豪大酒店之某夜，为余口述者，适英日隔海炮战极烈，然口述者如独处一境，听者亦如身在炮火之外，惜未毕，而六楼中弹焉，轰然之声如身碎骨裂，触鼻皆硫磺气，起避底楼，口述者因而中断，故余追忆止此而已。

（原载一九四三年一月十五日《人世间》第一卷第三期，选自
一九四六年一月星群出版公司初版《北望园的春天》）

北望园的春天

一

离开桂林的前一礼拜，我是搬到丽君路的北望园去住的。

我们所租的建干路上的楼房，全部退了租，所有的朋友，都到重庆去了。那时候，我还有些琐碎事情要办，譬如等昆明的汇款，等广告社的开幕，那是朋友临走留下的一个事业，临时交付给我协助的。还有，我必需找关系弄车子……就这样我计算计算，至少在桂林还有一个礼拜的居留。若是继续住下去，我得继续缴满一个月的全部洋楼的房租，我一个人得看守着这一座有二十八个房间的空楼。只要在桂林住过两三个礼拜的人，都能知道，一个没有邻居的房子，是多么容易失盗的。你想，一个人白天夜晚老是守着二十八个空房间，那是怎样可怕的寂寞呀！没有人谈天，没有笑声，没有叹息，没有走动的影子，没有光辉的面色，一个无声无色的小世界呀！你想，若是这个大世界有那么一天也没有声音，没有闪动的色彩了，那么你也没有喜悦，没有痛苦，没有可悲哀的，也没有可憎恶的，那你一个人孤孤单单的享受这寂寞，还有生活下去的意义吗？

就这样我搬到北望园那所茅草房子里来了。屋子潮湿又有什么关系呢！阴暗又有什么关系呢！我是借住的，我的床头、床尾、床对面，共有四个门，这里作为进进出出的走道，作为餐厅，然而这又有什么关系呢！住一个礼拜我就离开这里了。

实在说，北望园是丽君路上一所比较讲究的建筑，不过我们这所茅草房子是不足谈的。这简直是下人房、车房，若是在乡下无疑的是马厩、牛棚。因为里进一座西式的洋房是太标致了。北望园实际上是属于这所西式洋房所有的，谁进来，也不会注意这所茅草房子，虽然它靠近竹篱笆门口，而且茅草房的墙壁和红瓦屋顶的墙壁之间，只有三尺宽一条走道的距离，可是只这三尺宽的距离，人们说起北望园来，就不把这所茅草房子包括在内。都是说："北望园的建筑图样可真好。""北望园的院落可真讲究。"也有人提到那所茅草房，就是说："怎么不把它拆掉了！"

北望园的院落确乎讲究的，有砖砌的宽走道，走道两旁有流水沟。

那所红瓦屋顶的洋房的正门朝南，那所茅草房子的正门也朝南。只是房基前后错落开，茅草房子距离那条走道有五尺远，那条走道从竹篱笆院门，直通到红瓦洋房的走廊。廊口还有几级士敏土的台阶。

红瓦洋房的墙壁是涂成云灰色的，四面都有玻璃窗，整洁，闪光。

茅草房子的墙壁是泥土的，四面也有窗，不过是纸糊的。白天仿佛是瞎子的眼睛，晚上有灯，仿佛是醉汉的眼睛。

红瓦洋房的走廊每天扫两次，终日保持着纤尘不染的洁净，而茅草房子的门口，日常有三、五块石头排着，而且窗下拉着绳子晒尿布，地下还有鸡粪。

那些鸡雏是林美娜养的，尿布也是林美娜晒的。

林美娜是梅溪的太太，天天忙着家务，不是下厨房，就是抱孩子，洗尿布，可是还有给那些小鸡雏沿着篱笆掘蚯蚓的闲情逸趣。梅溪是一个有名的画家，最近忙着筹备展览会，只要天晴就到城里去。这所茅草房子，就只有孩子的声音，和小鸡雏来往奔跑的啾鸣声。再就是林美娜用鼻子低吟的歌声，那时多半她在低着头，剪孩子的春衣。茅草房子另外还有两个住客，一个是在电影院画广告的，经常不在家，他的名字叫叶蕻，取秋枫的意思。除了画广告，他还给制烟厂设计牌子的图案什么的。另外一个名叫赵人杰，年龄比叶蕻大，面貌又比梅溪苍老、枯槁。二十七岁的人，看来倒有三十四、五。整月不刮胡子，身着一件冬大衣，又旧又破，五年也没洗过一次似的。脸色永远是阴沉的，我没有见到他有一次微笑，我想他的微笑一定很珍贵的。从前我到北望园来的时候，常在路口碰到他，手里提着一块鸡蛋大的牛肉，仿佛去喂雀的，拴牛肉的草梗又细又长。我常想：为什么那么小的一块肉，用那么长的绳吊着呢！他也是画家，主要的收入，是美术学院的月薪。自然白天是去上课的。

天晴日暖的时候，北望园就确乎属于红瓦屋的住客们的了。他们都在走廊的高台上晒太阳、吃茶、谈天。搬出漆木沙发，有座毡的靠椅，孩子坐的四轮车。我的朋友杨村农夫妇也就在这个时候出现。他是国内有名的政论家，担任着某大报的星期论文的撰述，人却又不象你所想象的政论家，倒象一个俄国风的好心肠的地主，在杜斯退以夫斯基笔下所写的：身体粗胖，常叹息回到国内没有啤酒吃。脸色发红，血力很旺，脸上经常露着由于消化和营养良好的笑容；但说起话来又常常气喘。

太太婚前是个当地极获人望的教育家，严肃而又有礼貌。北望园的邻居们对她总是十分恭敬里带着八分畏惧的。她叫胡玲君。日常穿着一身蓝布的长袖旗袍，和邻居碰面，总是用一个中学校长对待教员的姿态打招呼，就是说眼睛望着你作出并不讨厌你的笑容。但一走过来，你就会想，怎么杨村农会爱上这样一个女人呀！

胡玲君也养着几个小鸡，喂食的时候就站在门口大声唤着："鸡！鸡！鸡鸡！"不是喂食的时候就大声驱赶着："嗤——嗤——"把鸡雏全赶到走廊台下那一小块空地上去。

有时候，两三个女佣人坐在走廊上缝衣服，那多半是红瓦洋屋的住客全都进城了。这所北望园也就顿然寂寞了。那么除去她们低声的交谈,就只有小鸡的啾鸣声了,也只有在这时你才注意到它们在春天是怎样的欢悦,怎样的在日光下展着翅子连飞带跑的追逐它们的姊妹。

林美娜所养的小鸡雏是幸福的,林美娜一走出门口,它们就啾鸣着奔跑过来,围着她的脚跟跑,她停下,它们也就停下来。它们是很想林美娜给它们掘蚯蚓吃的。

胡玲君所养的小鸡雏,也是很幸福的。北望园的住客,都躲避着它们走路,房主人有时在走廊的高台下边踌躇,喂它们食米,可是发现林美娜的鸡雏跑来,总驱赶开去。因为林美娜的鸡雏,额上没有染红点,是极易辨识的。

那房主人是个歇手的商人,很少说话,特别对茅草房子的住客。尤其是林美娜窗下所晒的尿布,他是看不过眼的;至于胡玲君的孩子尿布,都是晒在西壁厨房侧面的,在正院里望不见。

若是落雨天呢,红瓦洋房的走廊的檐底下,水滴就淋漓作响,汇合着流入接雨槽里去,再顺着接雨槽的斜度,流入输雨筒。从那里流到地下,流到水沟里;再在茅草房子门口洋溢开来。那时候,茅草房子的门口前的几块石头,就显出它们的存在价值了。到茅草房子的人,都得踏着那些石头,一步一步的,最后跳进门里去。

二

我有些事情,每天必定进城,早餐是在杨村农家吃的。他们有共用的餐所,临近走廊门口就摆着餐桌。饭后,铺着白台布,作为会客喝茶的地方。贴壁的小茶几摆着白瓷的花瓶,那花瓶上有朵红的牡丹花,花瓶是细长的,插着美人蕉——还没有开花的几片卷成筒形的叶子。两天换一遍,日常保持着绿的新鲜的生命。两壁又有油画,嵌着黑边的玻璃框,悬在上面。

在餐桌上，我是必定和胡玲君碰一次面的。她有礼貌的向我笑笑，我也表示了对她诚心的尊敬。用餐时我们是彼此没有声息的，只是杨村农喝汤的时候，嘴唇作出吸气的响声，而且羹匙常碰着碗，叮当的响。他们夫妻彼此也很少交谈的。

餐后，胡玲君忙着晒衣服。那时候，她向杨村农说了一句话："高一点嘛！没听见怎么的，什么事也不会作。"这是指着晒衣绳说的。那时杨村农站在走廊檐下，老远向我笑着说："你看，我怎么知道是吊的高一点，还是吊的低一点呢！"笑的很天真，你一看，就知道他的脾气是这样的好，而且知道这样笑的中年人，一次至少是能吃五瓶啤酒的。

三

晚上北望园里的气息是沉寂的。我回来，就觉得没处落脚。杨村农夫妇睡的挺早，梅溪又回来的挺晚。只有到赵人杰房间里去坐会子。我的书桌子是摆在他的房间里的，他也欢迎我和他共用一盏植物油灯。

赵人杰是一个过度谦虚的人。当我和他商量的时候，他的嘴唇第一次露出笑。那笑容是出自他的善良的诚意的。可是闪在苍白的脸上，显得可怕，尤其是他那牙齿上的光泽，使人有点恐怖，仿佛笑的是死人，实际上死人的牙齿又是没有光泽的。

当我向里搬桌子的时候，他是那么匆忙的收拾锅子和碗盏，我也不知道他是不是吃完了晚饭。就那么匆匆的收藏起来。仿佛怕我望见他吃的是些什么。收拾碗盏的时候，他用背挡着我的视线，同时嘴里说："你一个人搬不进来吧！"我听见筷子落地的声音，我望见他弯腰去拾，拾起一只，第二只又从桌上掉下来。我想：他一定吃的很坏。

起初的几天，他是常常这样掩护他的餐具的，那天晚上扫地时，他也一样的用背遮着我的眼。床底下是那么多可怕的肮脏的东西，一团儿一团儿撕零碎的报纸，都是吐痰用的，手卷的纸烟头，饭粒，还有菜梗鼠粪，若是六月天，这屋子的苍蝇一定会成群的嗡鸣。他扫地时，还背着我说："秦先生，你抽烟自己卷。"他那局促的声音，说明他是怎样的困惑，仿佛感觉到我在背后观望他的眼光。他那挪移我注意的匠心，是多么可怜呀！

他的身体，不健康，象一个有胃病的人。我们的谈话一沾到他的生活，他就叹息一声，不说什么了。譬如我说："这里太潮湿，不能长住人的，尤其是你的身体……"他就不说什么了。只低着头，叹息一声。譬如我说："艺术学院的月薪怎么这样少，一百二十块钱，怎么生活呀！"他就不说什么了。脸色也阴沉下来，只低着头叹息。再不就抚弄他的手指。

然而一谈到绘画，赵人杰的气色也活跃了，苍白的脸上也新鲜了。

我们谈到罗丹的雕塑，洛基朗盖弥的艺术生活，赵人杰的脸色也就越来越是光辉，他的生命在这些谈话里复活了。眉眼间也闪出青春的闪光。他对绘画有许多意见。他说："我有个画稿，在脑子里酝酿很久了，可是总没有心情来画。"他说："整天忙着烧饭，上课，哪有时间呢！"他说："我是不象中国一般画家那种作风的！"他说："中国画家不是没有天才的，全给在形式上追求的倾向损害了！"又说："一个真正的艺术家哪有不在内容的发掘上追求的呢！"他不满意中国所流行的木刻字的作品，在这上他说："秦先生读过克兰兑斯的《十九世纪文艺主潮》吗！我觉得克兰兑斯有一句话说的很对。他说：'什么是浪漫主义呢？一句话，譬如他们听到别人说话，他们不注重那语言的意义；而注意语言的声音是不是优美。'现在的中国画家呢！不注意作品里的人物，而注意整个画面的背景和情调。现在中国的诗人呢！不注意诗的内容，诗的语言，而注意卖弄小智慧的美句子。现在中国的小说家呢！不注意人物的思想,人物的灵魂,而注意语句的简练,有的注意语句的俏皮,故事的曲折。”

接下去他就说他的画稿,在这之前,他卷了一支烟点着,又问过我:“秦先生说不是吗?”我说:“赵先生的话很对!”

“那是从前在我们这条街口见到的。”他说,“现在可惜你看不见她了,她去年就死掉了。我在这条街上住了三年,搬过五、六次家,可是每回经过这条街口就看见那个摆糖果摊的老婆子,坐在矮脚凳子上,看守着她的糖果摊。这记得再清楚不过了。她的脸上全是一条条深的皱纹,线条挺细致,若是她的两颊丰满,就是个慈祥的面型了,可是削瘦,又发黄,我想她是有什么病的,可是她的表情上,又一点不带病容,我觉得她的心地很善良。从她的面部也看不出她忧郁、痛苦,因为她是那么穷呀!一方木盘上只平排着二十多块糖,即使有时在她那方木盘上发现一两个橘子,那也是过时的,变色的,发霉的了。照理,她的脸部表情该含有生活的忧苦,然而她给人的印象反而是那么出奇的平静,仿佛她的脑子里什么感触都没有,不管是一个漂亮的香港派的少妇从她眼前经过,还是一个褴褛的儿童在她的糖果摊前发呆,这些都仿佛不在她的感觉世界里存在似的。从她的眼睛所含蓄的意义上看,全世界仿佛是死寂的,全世界只有她一个人,只有她那方盘上的二十几块糖果。若是夏天,那么她的世界扩展了,那就是说在她的世界里出现了苍蝇,她用纸扎的驱蝇具时时赶着它们,可是也并不过分注意它们。因为整日蹲在夏天的树荫凉底下,极容易打瞌睡的,她也不例外。只有在她瞌睡时,我才从她的面部看出来,她是幸福的。我每天必定从她那糖果摊前走几趟,没有一次看见她有交易。有时,看见几个穷苦人家的孩子,蹲在她眼前,环成一圈,望着她,也许是观望方盘上的糖果,可是总没有碰见他们买块糖的时候。那老婆子呢,可是天天在她那营业地方出现,这又仿佛是她每天确也有些交易。有时只她独自一个人,把左角上的红色糖移到右首去,把右角落的两块绿色糖，挪到左首去。改变一下排列是煞费她的匠心的。只是二十几块呀！她在排列上消耗着脑力，而且极有兴趣。这就是她的全部的生活意义了。”他结尾说，“秦先生！你说这不是一幅很好的油画吗?”

“是很好的一幅油画呀！”我说。

他叹息了一口气，在这叹息里又表示出他放弃了他所说的全部话的价值：“可是谁知道哪一天，才能实现呀！也许我等不到成功那一天的。”

“为什么说这样的话呢！”我说。

他低头，抚弄着自己的手指，若有深思似的沉默着，也许他没有听见我说的是什么。他的脸色是怕人的苍白，我想说：——首先你该注意，建立起自己的生活来。譬如春末了还穿着冬大衣，实在该换换了；譬如胡须吧，也该刮一刮，就是没有钱吧，也该借把刮脸刀用用。生活得不好，营养又不好，就是有任何伟大的抱负，不能实现不也是空的！还有许许多多的话，可是我没有说出口来。因为我们终究是初交的谈话，虽然他是那么谦虚。

那天晚上，我们谈的很久。我被他带入他自己所有的精神世界里去，久久不能入睡。我的眼前似乎现出那个摆糖果摊的孤寂的老妪。可是在这幅画像的出现当中，又常常闪出赵人杰的冬大衣，我想：春末了……

茅草屋子所有的住客都熄灯睡了，穿堂幽黑，只有从赵人杰门口流入的一块长方形灯光，映着我床头的竹栏发亮。

那天晚上，赵人杰的房门开到天亮，我说过几次，他无论如何不肯关，因为我这个客人睡在他的门外呀！

临睡前，他问过我两遍：“秦先生你觉得那幅画稿的印象还深刻吗?”“秦先生你不觉得她的生活是多么寂寞吗?”这两句问话，相隔有十五分钟。

“寂寞。”最后这一次的说话，我的字音就含糊了。我不知道是不是呓语。仿佛神智还清醒,似乎还听见门外的划火点灯声,以及继之而来的剧烈的咳嗽。

四

在北望园住的时候,早晨我都是醒两三次的。第一次往往在天明不久,纸窗还发白。那时候,梅溪的孩子熊星就咿呀自语地在我床头上追逐小鸡了。及至我望他,他就现出乖相,讨好的静静望着我。小手指含在嘴唇里,两个乌黑的眼睛有点畏怯,怕我申斥他似的;怕我怪他惊扰我睡眠似的。那时候,我的神智还不清楚,可是嘴角露着微笑,仿佛他也向我微笑,仿佛我还望得见他的笑容,就又睡了。

第二次,我一定是给杨村农大声说话吵醒的。那时候,窗子多半是闪着阳光,檐荫发白,阳光发黄。若是落雨天,自然窗户是埋在雾气里的,屋子也格外幽暗。

有一次是例外的,我觉得有人在我身上盖毯子,我的肩都给埋在毯子里了。当时我合着眼睛,就知道是林美娜的举止。听见转背时的衣履声,我就悄悄睁开眼睛,果然林美娜站在地当中,背向我,蹲在那里向熊星小声说:“伯伯睡觉呢!”

杨村农每次进来,总是大声说:“老兄,还不起来呀!海燕叫你秦伯伯起来,说他懒,说他,说他不害羞!”他是那么钟爱他的女孩子。那女孩子刚过周岁,可是见了人两只小脚就跳跃,两只眼睛就瞅着你,要你抱。

有时杨村农也到赵人杰房子里来看我。仿佛这屋子里只有我,仿佛赵人杰并不存在。赵人杰可是不同,完全对待一个贵宾那样对待他,殷勤的象个老仆人。问他:“杨先生起来很早呀!”招呼他坐。杨村农就用鼻音回答他:“吆!”若是没听清楚,让他再说一遍,也是用鼻音的:“嗯!”这声音就比前一种高一点儿。

我们谈话，就是不可笑，赵人杰也望着他微笑，那笑容，确是象一个良善的老仆，笑的是毫无意义呀！那时，该作饭了他也不离开，他是主人呀！主人是不该离开客人的。

每天早餐后，我约杨村农进城的时候，当着胡玲君他的态度就严谨了，同时他说话的声音也喃喃不清了。他不说去，也不说不去。他总是向我申述他进城有某些事情要办，他说着“老孔”或是“老李”，这些人我又都不认识。他每次说完，就向胡玲君暗窥一眼，暗窥她的气色似的，暗窥她的反应似的。

我们一走出北望园的竹篱笆院门，杨村农的神气就活跃了，微笑的也就可爱了。仿佛一个被囚十二小时的赌犯，离开警察局，世界上的一切，都在他眼睛里闪光了，话也多了。说他学生时代在这样天气，怎样偷偷溜出课室去钓鱼，说他在这样天气，怎样在课室里打盹。说也说不完，至于“老孔”什么的，就完全不提了。

我们常常到 HE 厅去吃茶。一坐就坐到天黑。也不知谈了些什么，而且谈的很兴奋。印象最深的，是杨村农注意妇女穿戴、举止的兴趣。这多半是坐了很久，找不到话谈的时候。不管进来一个什么样的妇女，他总品评几句。不是说：“这个少妇的胳臂的肌肉多润呀！”就是说：“那个少女的皮肤很白呀！可惜衣裳不入时。”不是说：“你看，那个香港风度的太太，微笑的多么高贵，只是嘴唇在笑，不露齿。”就是说：“你看那个穿白披肩的太太，衣服是多么讲究，全体的轮廓都表现出来了，可惜不会配颜色，白披肩哪能配花旗袍呢？你看，这个举动把她的美全给损害了，一个贵妇人哪能用手在脸上抓痒呢！”

有时我们也在这上热烈的辩论，有时我只唔唔的应付。

可是我们一走出门，就没有话谈了。我们都沉默着，北望园的距离在这时就显得又长又远。

也只有在这时候，我想起了在重庆的太太，三年没见的孩子。在桂林这几天的日子使我厌倦了。我想：必须赶快离开桂林，这是些什么日子呀!

杨村农一直是沉默着,等离北望园几步路的工夫,他就喃喃地说:“回来的太晚了,回来的太晚了。”

五

夜间我回来不管怎样迟,林美娜总是没睡,总是林美娜给我开门。她睡的是那么迟,等候着她的丈夫?不是在灯下缝衣服,就是给熊星织帽子。她是一天忙到晚。

赵人杰呢,就在他的房间里看书,我一进去,他总不安的让开位子,说是自己要睡觉了。我说我不用灯的,他就笑着说:“秦先生客气。”我说真的要睡觉了,他说:“秦先生太客气了。”我说我从来不会客气的,他说:“哪里!哪里!”赵人杰就是这样过度谦虚的人,这又是怎样的固执呀!

林美娜对我的招待就又不同。我在那时候走进她的房间,她向我微笑,从那微笑里,我知道熊星是睡熟了。而我的举止也就谨慎小心,轻轻的,怕惊醒孩子。她是常常这样微笑的,那微笑轻柔得仿佛早晨原野边陲的一片有阳光的云影,它的出现完全和你的存在是没有关系的,然而你觉得亲切、柔和、美。她的说话声调也充满了温柔,她的眼睛望你时也充满了温柔,然而你会觉得这种温柔,不是属于她自己的,不是属于一个普通的少妇的,而是属于你朋友的太太的。

她很爱她的丈夫,然而若是在她丈夫面前,即使她沉默着编织什么,你也会觉得她是体贴你的,注意你的茶杯是不是空了,注意你是不是在找火点烟。在这时候,你就会感觉到她的微笑,体贴不是对着你,对着一个有身份的客人,而是对待她丈夫的朋友的。

林美娜对她的丈夫,反而没有这种温柔的微笑的,然而你却觉出她对他是怎样的深爱。尽管她的口吻平淡,你从那平淡中会觉得她是怎样的顺从,顺从得完全失去了她自己的特质。你从那顺从中,就觉得对你的微笑就没有一点价值了。你会羡慕梅溪:——他是多么幸福呀!

白天梅溪在家的时候,林美娜的生活是有意义的,她笑的是那么幸福。这笑是在他从熊星身旁经过的那瞬间出现的。梅溪就站在穿堂中央,弯着腰,双手扶膝注视着熊星,两眼放出金色的火焰。熊星就在门口,遥远的望着他。他刚从爸爸的臂膀里逃开,现在想:是不是在向他爸爸的那边跑去呢?是不是有把握能一下子抱住爸爸的两条腿呢?

梅溪的神气也表示着他是怎样注意熊星的意思,在想:是不是他就要朝他扑来呢?他若是躲得快,孩子是不是跌倒呢?在那时梅溪忘记了自身以外的世界,望见我在身旁,就笑笑,又正面去注视熊星。他笑的是那么匆促,不及看清楚我,怕放松了对熊星一刻的注意而使孩子跌倒。熊星扑到他跟前,他就畅快的叫着:"呵哟!呵哟!又给宝宝捉到了,再来一遍,去,再来一遍!"说话时,他还可能望我一笑,那时他的笑就有声了,笑的很天真、幸福。在这时候,林美娜不是在厨房里烧饭,就是在窗底下洗衣服。

梅溪进城去了,林美娜的生活还是有意义的,她陪着熊星谈天。熊星指着那只小鸡欺侮它的姊妹,咿呀作语,林美娜就说:"那只小鸡是坏蛋——呵——"熊星若是用手背擦眼睛,林美娜就说:"我们睡觉去——呵——"熊星真睡了觉,而衣裳又没得洗的了,作饭还不是时候,林美娜的眼睛就寂寞了。她要作点什么呢!总该有点事呀!没有一点事在手边,在眼前,她是一刻也过不了的。就提着铲子,沿着竹篱去给小鸡雏们掘蚯蚓了。她又找到了生活的意义,她的眼睛又充满了光辉。那么些小鸡雏全围集在她脚旁边。

北望园的整个院落都是阳光的世界了,女佣人在走廊底下打盹,房主人睡午觉。娇媚的春天呀!就只有那个对人温柔体贴的少妇，蹲在壁荫凉下边，掘蚯蚓。

有时我就走过去："很多吗？"

"不多。"她向我微笑，这微笑比较在她丈夫面前就减色了，距离远了，而且是属于一个少妇的了。

此外，她穿的衣服，总是三两天掉换一件。掉换了，你也不觉得。她那衣料是上等的，但穿在她身上你也觉不出特别显眼。虽然那衣料的色彩鲜明，样式也合适，但全不像一般少妇的穿着，使你一看就知道是刚从服装店拿回来的那种整洁性。只在她蹲着的时候，你从她背后找不出一道皱纹，你才觉得她的衣服式样，优美、鲜明、标致。

六

在我接到昆明汇款的那两天，赵人杰的气色格外阴沉了。烧饭的时间也早晚不定，碰到我只苦笑一下，就匆匆走过去了。有时候，黄昏才回来，腋下挟着两三块木柴，点着油灯下厨房。林美娜望他的眼光，就具有怜悯性，抱着熊星到厨房里去说："木柴不够，用这边的好了。"赵人杰总是谦虚的笑笑，说是："够了，够了。"林美娜回来就叹息着。我知道，赵人杰这两天是连买盐钱都得借的。在都市里生活，还有三、五块木柴三、五块木柴零买的穷人吗？

我说："你别烧饭了，我们到 GB 吃酒去。"他笑着辞谢。我无论如何让他陪我。我说："我快走了，来吧！一块儿去吃一杯吧！"到底他坚持不下去了，离开厨房还说："我还是不去吧！"他是这样的谦虚，谦虚得使人不愉快。

我就挪开话题："我们找杨村农一块儿去。"

赵人杰还是在原来的话题上犹疑，说是："太晚了，我还是不去吧！"

我就说："杨村农若是换了睡衣，那么就不会出门了。"就敲起窗来。

他还是喃喃着:“真是……秦先生太客气……”

杨村农本来是个谈笑自若的好心肠的绅士,可是一见赵人杰,神气立刻就不同了。又高贵又尊严,仿佛我们身旁带着一个从仆,若是一个体面的绅士在从仆面前不矜持,那象是什么话呢!若是绅士们当着从仆又谈又笑,毫无顾忌,那象是什么世界呢?杨村农的眉目间,时时戒备着,时时怕赵人杰说出可怕的侵犯他的尊严的话来。杨村农越是提防,赵人杰越是萎缩的窥睨他。在路上从旁窥睨他,在GB餐室,从碗边上窥睨他。他的眼光是不安的、困惑的,一个穷人和绅士同餐是多么刻薄的刑罚呀!他就象一个在众目灼视之下的刺猬那样萎缩,那样可怜。

我说:“赵先生,我们吃酒,你不要吃,就尽管吃饭好了。”

“好。”他说;可是一个米粒一个米粒地向嘴里送。五分钟就停停筷子,十分钟就夹一口菜,而且只夹一小片白菜。明明他是饿了,可是他还陪着我们吃酒。他的命运就似乎决定是为了别人而生活的。

我说:“赵先生。有肝尖,有肥肠,有鱼片,你是吃嘛!”

他说:“我是吃呀!”

我说:“你不要客气,这些菜我们是吃不完的,你尽管吃呀!”

他说:“我是吃嘛!秦先生太客气了。”

他依然是夹着白菜叶,或是小块的笋片,他尽力避讳着鱼肉,只一片小块笋,他就满足了。

杨村农在他低着眼睛的时候,就望着他皱眉,嘴唇的一点滴不易见的笑容,对他是怎样蔑视呀!实在赵人杰的那件破旧的冬大衣,在我们之间是太不调合了,太褴褛了。他那十分钟夹一小块竹笋的吃法,太不体面了。他自己也觉到他是怎样褴褛可怜,微笑的也就更困惑,眼光更畏怯。尤其是餐室的灯光那么亮,把他那冬季大衣的破绽全给暴露出来了,他的手臂就越发不向直里伸,可是腋下那块破口的布片依然遮掩不住，依然清楚的动荡着，像屋檐底下晒的尿布，又使人联想到他腋下是挟着一块木柴。他在 GB 餐室里是一直无声无息的。

杨村农却大声打着饱嗝儿。用牙签剔牙齿，还作出嗤嗤的声音。完全是个良善绅士的气派，完全是个胃口消化健旺的人的姿态。满面闪着红光，除了胃口加重三十斤的感觉，他对身外任何什么也没有感受的兴趣了。虽然剔牙齿时，他还左右环顾着。恐怕这瞬间就是他的生活中最幸福的时候了。完全不像在北望园的走廊下的政论家了，完全不像在胡玲君身旁向我喃喃说着进城理由那时候的政论家了。

这天晚上又是林美娜给我们开的门。在门外杨村农又喃喃的自责："回来的太晚了，回来的太晚了。"

红瓦屋顶的洋房的玻璃窗，全是黑的。在那屋子里的住客是幸福的早早睡觉了。

茅草房子的纸窗闪着灯辉。街头上很寂静。若是有一辆人力车走过，我床侧的纸窗就闪过一片红光，篱笆影子的骨骼就清楚地在纸窗上出现。人力车多半是空座的，走出街口，还清楚的听见铃铛声，那声音使人感到寂寞。是夜深了。

那天晚上，我听见北望园夜深时候第一次的声音："玲君，玲君！""开开门，玲君！"声音是低微的，足有三十分钟，北望园的院子才沉寂。

那天晚上，赵人杰屋里充满了纸烟的烟雾，门口正面的墙壁上映着一个硕大的黑影子。赵人杰在那里坐着冥想什么呢？他是坐在床上望着前方吧，望着他眼睛前面的空气吧，望着辽远的什么吧？是走入他自己所独有的绘画世界里去了呢？是在灰白的气息里望见那个摆糖果摊的老妪的寂寞的面影了呢？

"赵先生！"我说，"你还不睡吗？"

"唔！"他受惊的说，"没有！"

“别想了,睡吧!”我说,“这样下去,你的身体要坏了。”

“唔! 我睡不着……”他走出来。站在我的床侧。

“别想了,睡吧!”我说。我握住他的手。

“唔!”他不知所云的依然站在那里。

“你想什么呢?”

“没有想什么。”他说。

他依然站在那里。

“睡去吧!”我放开他的手。

“唔!”

他反而坐在我的床边上了。一句话也不说。背向我,面对着门口的灯光。

“你想什么呀,说说不好吗?”

“唔,没想什么!”他说。沉默了一会儿又说:“若是我那腹稿没有画出来以前就死了,我的生活不是全部没有意义了吗?”他仿佛是自语。

“为什么你老是想这些呢? 你该想怎么把生活布置一下,你看你春天还穿着这件大衣……”

“是的。”他那声音表示他是在苦笑,“是该换换了。”

“广告社给了我四百块钱,让我找人塑个半身模特儿,你拿去好吗? 当作材料费。”

“不用。”他站起来说,“我这两天就发薪水了。”

“发薪水又有什么关系呢! 有笔额外收入不更好吗?”

“这太不好意思了,我可以用黄泥塑的,也不用什么材料!”

“为什么不好意思呢!”我说,“找别人作不是一样要钱吗?”

“我有钱,就要发薪水了……”

“这也没有关系呀! 为什么拘于一些小节呢?”

他笑着说:“我并没有拘于小节呀!”就站起来说,“很晚了,你睡吧!”在这上他又是有着异样的过度的自尊的。

七

从那天以后,杨村农日常穿着居家的便服了。中国式的宽阔的裤筒,给风吹得象船帆一样。西装坎肩也不结扣。抱着海燕在走廊上望小鸡。我约他进城,他那眼光也不拘谨了,就是在胡玲君面前,他也是现着好心肠的绅士的笑容。说是:"你去吧!"有时我走出篱笆门,回头还望见杨村农从胡玲君背后,目送我的眼光,那眼光充满了无限的羡慕,仿佛囚犯望着铁窗外的春燕,呢喃的飞入云霄一样。我当时想:可怜的丈夫!胡玲君尽自在那儿大声唤鸡,她却没有注意小鸡群以外的什么。

赵人杰的早饭延迟到午间才动手烧。这天他在我床前来往经过了七次,这是从前没曾有过的现象。等我走到街口了,赵人杰终于从我身后追赶上来,他的脸色又阴沉,又苍白。急促地说:"秦先生!借给我五块钱……我今天晚上就还。"说话的眼光是那么严重,一个到乡长面前请求缓役的中签壮丁,是会有这种神态的。你知道,如今的五块钱还当什么用呢!五年前可以包一个月的月膳,三年以前还能买二、三十个鸡蛋,可是现在呢?现在只可以吃杯红茶。然而赵人杰是坚持着,只借五块就够了,说他买点盐,最后他又说一遍:"晚上五点钟,我一定还给你。"这一点点钱,可见在他是怎样的严重,在他是认为有关自己的威信的。

我说:"那又何必还呢!我不会等着这五块法币买烟抽的。若是不够,你再来拿……"

晚上是怎样的情形呢?晚上,我回到北望园来了。差不多有六点钟。广告社开幕的晚筵,是有五瓶茅台酒飨客的。同时我接到金城江发来的电报,催我即日动身,那里有辆与我们剧团有关系的车子等我。我决定一两天就起程。我回来时,很愉快。

北望园的两所房子都有灯光,只是杨村农的玻璃窗是乌黑的。

林美娜在灯下削着梅溪的画笔。梅溪还是没回来,她也就照例作出熊星睡熟了的微笑。我就小声说:“梅溪的展览会筹备的怎样了?”

“他整天是那么忙,也没有说过。”

“可惜我看不到了,我一两天就离开桂林了。”

“是吗?”她说。她的嘴唇微笑。仿佛受到我那愉快面容的感染。

“是的。”我说。

“我们在这儿住了一年了。从香港回来,再就没有动。”她又微笑着说。

“将来有机会,到重庆去吧!”

她无声无息的微笑一下。她是那么容易微笑,又那么不容易说句话。我坐了一会儿,就到赵人杰这边来。

赵人杰和我说什么呢?第一句话就和我说:“等会子,我出去一趟。美术学院还没送钱来。”

我说:“我不想问你要那五块钱呀!”

他笑着说:“等会子我一定给你。”

我说:“你知道我一两天就离开桂林了。”

“真的吗?”

“真的。”

“真是……我们刚认识就又分手了,哪年才能见呢?”

“有机会,到重庆去吧!”

“我想回北方去呢!”他笑着说。

“回北方去作什么?”

“在桂林又作什么呢?”

我笑笑。

他也笑笑。

“好吧!”最后他说,“我出去一趟。”

赵人杰深夜才回来,他的脸色阴沉、苍白。他在我床侧站着。我说:“坐一会儿吧!”

他说:“秦先生没睡吗?”他说,“我没有弄到钱,不过明天晚上一定还你。你不觉得……”

我说:“为什么你把五块钱看得这样严重呀!你若要用,我还有呀!”

他不说什么,沉默着坐了许久。我不管说什么,他最多唔唔一声,他是一点也没注意我的话。坐在那儿给我的感觉,仿佛他的身体有两万吨那么重。

我说:“去睡吧!”

“唔!”他那黑影子离开床的时候,一声叹息回荡在寂静的屋子里。

八

北望园也有愉快的日子,那就是杨村农陪着胡玲君进城去看过电影的日子,那就是赵人杰收到薪水的日子。

那时候,就有愉快的光辉闪耀在胡玲君的嘴唇上,那时候,她的头发上就会出现一条蓝色的丝带子。她的年龄也就显得小几岁了,而且她对客人的姿态也就稍微亲切一点。

这天晚上,就是正当她愉快的时候。她在没有听清楚我的话的工夫,她会用眼睛望着我问:“什么?”作出那种少女的天真,作出不懂事的孩子问:“家雀怎么会飞呢?”那种稚气的神气。只有在这时候,才显出她的年龄是过时了。若是一朵花,那么这朵花已经是开过一礼拜了,有一场风,花瓣就会片片坠落,而且那些花瓣是没有水分的了,只是还没有枯萎。她是完全不适合用这种口吻了,也许退回十年,她那种稚气的眼光会诱人微笑。

赵人杰在我们谈天的时候来了。他是使人吃惊的年轻了。他刚走出理发馆来。他微笑的是那么幸福,几乎是一个陌生人了。他有礼貌的向我们点头,他是第一次到杨村农的房间里来的。他说:"找你没有找到。"那瞬间,杨村农是用一种惊讶的眼望着他的,不过只一会儿工夫,杨村农就恢复了原有的兴趣,向空中抛着海燕,嘴里发出憨厚长者的笑声。仿佛他知道赵人杰没有别的意外发展,猜到他是领到一点可怜的薪水。胡玲君同样,在惊疑之后露出那种眼光,似乎说:"又领到一百二十块钱的月薪了。"赵人杰坐在我旁边,依然微笑着,可是我感觉到他带来的是怎样的空气,那种空气使我们一时找不到谈话的资料了。绅士们坐在一起,找不到话可谈,那该是怎样不好受的心情呀!正象在热烈攀谈的绅士们,发现旁边站着个乞求者,不管怎样装作看不见,然而心里还是有一种负担。

赵人杰没有一句话要说,只是望着人微笑。我就说:"我们回去吧!你还有什么事吗?"

"没有。"他说。

我们就走出来。他立刻急切的向我说:"我拿到这个月的薪水了,这里……还给你那五块。真对不住你。"

实在说,我之所以到杨村农那里谈天,是有意躲避赵人杰的,我怕他今晚上拿不到钱,那么我在他面前是会使他精神上感觉得很大的负担。我怕接触他的眼光,若是他拿不到钱回来,他该怎样不安呀!他对我说过两遍:"今晚一定还你。"总之这一切算是过去了。

院子里的空气有点潮湿,四月的夜空乌黑的,一点点星光也没有,老远有一两声蛙鸣。我想:蛙声这样叫,一定要有场风雨。

赵人杰这天买了三块钱的花生米,仿佛招待一顿盛餐那样几次的让我:"吃呀!吃呀!"

他这晚上是过分的愉快。他说:"你就要到重庆去了,我们还能见面吗?你看,我们才认识一礼拜,可是我觉得我们是认识很久了似的。”他说，“我是要把我的作品拿出来，拿到世界上来。可是我的生活牵制我，你不知道，我前两天是怎么过的，我卖了两本珍贵的意大利版的油画集子。”

“为什么不向我借呢？”

“不好意思的。”他说，“现在是没有问题了，月中我可以接到一个朋友的汇款。我打算下半年回北方去，我还有个叔父，在乡下住。他有三十多亩田，过的挺舒服。我想回去，就住在他那儿，前几年他来信催我回去，我没答应。若不，我是没有画出画来的那一年的，我的身体又不好，我想回去过一年再出来。而且对都市生活，我也厌倦了。”

“你叔父还健在吗？”

“我想还健在。他是没有娶过老婆的，晚年，吃酒吃得很凶，一天醉到晚。不过他挺喜欢我。我从小是孤儿，完全是我叔父带大的。”

一个人愉快的时候，话总没有完。从他所向往的家乡，又谈到北方的麦季，谈到夜晚挟着凉席子，躺在打麦场歇凉的风味。

“你们那里几月割麦子？”他问。

“七、八月。”

“那么你们那里晚。”他说，“我们那里是六月，一过端午节麦子就秀齐穗了。你到了晚上听吧，望坡的人在月亮底下常常高声的呼啸，那是他发觉有偷麦子的动静了。我们那儿的习惯，没出嫁的闺女都是在这时候去找私积蓄的，她们每年都能弄一两斗。这不算是丢脸的事情。她们的娘就给她们放出去，两斗麦子，到年底本利就有两斗半了，就这样从八、九岁到出嫁的年龄，一个闺女至少有了一套说得过去的嫁装了。好手，一个麦季，就能偷个三、四斗，不管有钱财主的闺女，还是穷的讨饭户家的，都是一黑天就三、五结队的到村外的麦子地去了。男孩子们可不作兴，捉住了，打得头破血流，还得罚钱。所以不大离儿，看坡的听见老远有脚步声，就高声的呼啸，也不去追赶。只要不是饥荒年月，是没有男孩子偷麦子的事情发生的。看坡的也就不去追逐，不过呼啸声是可怕的。那呼啸声在夜晚从野外传到村子里来，说不出的一种灾害感呀！我小时候，听见这种声音就害怕，就象是感到土匪要攻村子而村子的人大声疾呼着，召集人抵抗一样。现在我又觉着，这声音是富有诗性的，可惜我不懂音乐，若是音乐家或许有更美的感受吧！”

“我们那里不兴这个，不过你说的那种声音，我可以想象到的。我们那里也有看地的，叫作望青的人，他们都带着枪，他们听到什么动静，只是朝空打一下空枪，可是偷庄稼的人听见就要跑了，一跑嘛，望青的人就循声追去了，他们放枪原来就是试探偷庄稼人的方向的。他们都是猎手，那本是打猎的法子，可是他们用到对付人上了，又一样的灵验。人在某时是聪明的，在又一个时候又愚蠢的和野鸡差不多了。”

我们谈的又投机又兴奋。在我们之间，没有一丝的距离。我们彼此感觉到忘情的愉快。话一中止，我们就听见院子里的草叶飘舞的声音，竹篱摇晃着，天气是变了。足征我听见那一两声蛙鸣的断定不虚。我想若是明天落场雨，又得延搁一天。

我们分手的时候，屋子里的气息也骤然阴冷了。远处传来树木的摇撼声，显出风势来的大。不久，我们的房子里也旋起风来，从窗户和墙壁之间，从屋檐墙缝之间，风声呜呜作响。地中央的风，也就回旋起来，越来越大。赵人杰房间的纸窗颤动鸣叫。壁画击打着土壁，劈劈剥剥。

“赵先生，”我说，“关上你的房门吧！”

“不用关……”

“外边起风了。”

“恐怕你明天走不成了。”

“关上门好。整夜开着作什么。”

“早晨你进出方便呀！”

“还是关上好,若是下雨,早晨我不一定比你起来的早。”我说。

“不用关吧！你真客气。”

“赵先生!”我说,“不关门,一定要受凉。关上门,风就不会来往在我们这两间屋子里转了。若是我们的身体一有病,什么也糟了。”

“你真客气。”

“赵先生!”我平心静气的说,“我并不是客气呀！你知道你是招待客人呀！我是客人,你要招待得使我舒服,你就要听我的话呀！就是有成见,你还得牺牲呢！不是吗!”

“太客气了,太客气了。”他笑着。意思是:我不是小孩子呀!你别绕着弯骗我了。

“你关上门吧!”

“客气。”他说。

“怎么这是客气呢！我们还要客气吗？我是说真话呀!”

“嘿嘿。”他笑着。我们现在的距离又是这么远。

就这样我伤风了。又在北望园住了两天。整天躺在床上,头晕,发烧又咳嗽。感谢上帝,林美娜待我很好,就是在她忙着给小鸡雏在竹篱下掘蚯蚓的时候,就是在她忙着洗衣裳的时候,她也没忽视了我,哪次醒来她都及时的赶到我床前,问我要不要喝水。

今天是七月一日了。桂林北望园的夏天该是怎样的呢！林美娜还是在掘蚯蚓吗？若是那些鸡雏壮大了,那么她在熊星睡着的下半天作些什么呢？她是从来不读书的,也不翻杂志,那么她的生活不是会有一段空白吗？她会在这段空白的时间感到空虚吧！正如杨村农,他若不是每天有着进城去一趟的小欲望,他若不是每天回北望园有着自谴太晚的忧虑,那么他的生活就会空虚的,一个人连点小的忧虑都没有,那是怎样可怕的虚无啊！至于赵人杰是有独自的世界的，祝福他现在已脱去冬大衣。

实在说北望园的男女住客在无忧无虑的时候也不会寂寞，还会坐在走廊下打盹呀。红瓦屋子的客厅里，由于花瓶里那株美人蕉的花朵，给他们幸福的点缀也一定不小。也许还有株秋海棠呢！我怀念北望园，怀念北望园的深夜……赵人杰一定还是冥坐在他那阴暗的屋子里遐想……现在北望园的深夜应该有一片蛙鸣了……

一九四三年，松竹屋。

（原载一九四三年九月十五日《文学创作》第二卷第四期，选自一九四六年一月星群出版公司初版《北望园的春天》）

中国文库·文学类

（已出书目）

【第一辑】

鲁迅选集　鲁迅著……人民出版社
郭沫若选集　郭沫若著……人民出版社
茅盾选集　茅盾著……人民出版社
巴金选集　巴金著……人民出版社
老舍选集　老舍著……人民出版社
曹禺选集　曹禺著……人民出版社
冰心选集　冰心著……人民出版社
朱自清选集　朱自清著……人民出版社
徐志摩选集　徐志摩著……人民出版社
萧红选集　萧红著……人民出版社
赵树理选集　赵树理著……人民出版社
郁达夫选集　郁达夫著……人民出版社
沈从文小说选　沈从文著……人民出版社
子夜　茅盾著……人民出版社
家　巴金著……人民出版社
倪焕之　叶圣陶著……人民出版社
围城　钱锺书著……人民出版社
财主底儿女们（上下卷）　路翎著……人民出版社
太阳照在桑干河上　丁玲著……人民出版社
暴风骤雨　周立波著……人民出版社
青春之歌　杨沫著……中国青年出版社
林海雪原　曲波著……人民出版社
红旗谱　梁斌著……中国青年出版社
红日　吴强著……中国青年出版社
冬天里的春天（上下卷）　李国文著……人民出版社
沉重的翅膀　张洁著……人民出版社
活动变人形　王蒙著……人民出版社
白鹿原　陈忠实著……人民出版社
毛泽东诗词选　毛泽东著……人民出版社
艾青诗选　艾青著……人民出版社

贺敬之诗选　贺敬之著……………………………人民出版社
郭小川诗选　郭小川著……………………………人民出版社
余光中诗选　余光中著…………………………中国青年出版社
沈从文散文选　沈从文著…………………………人民出版社
白洋淀纪事　孙犁著………………………………人民出版社
可爱的中国　方志敏著……………………………人民出版社
随想录　巴金著…………………………生活·读书·新知三联书店
文化苦旅　余秋雨著…………………………………东方出版中心
欧洲文论简史　伍蠡甫　翁义钦著………………人民出版社
欧洲文学史(上下册)　杨周翰著…………………人民出版社
中国文学史(共四册)　游国恩等主编……………人民出版社

【第二辑】

丁玲选集　丁玲著…………………………………人民出版社
戴望舒选集　戴望舒著……………………………人民出版社
沙汀选集　沙汀著…………………………………人民出版社
艾芜选集　艾芜著…………………………………人民出版社
林徽因选集　林徽因著……………………………人民出版社
骆驼祥子　老舍著…………………………………人民出版社
懒寻旧梦录(增补本)　夏衍著………生活·读书·新知三联书店
胡风回忆录　胡风著………………………………人民出版社
保卫延安　杜鹏程著………………………………人民出版社
野火春风斗古城　李英儒著………………………人民出版社
上海的早晨(共四部)　周而复著…………………人民出版社
烈火金刚　刘流著………………………………中国青年出版社
一代风流(共四册)　欧阳山著……………………人民出版社
创业史　柳青著…………………………………中国青年出版社
李自成(第一卷:上下册)　姚雪垠著……………中国青年出版社
青春万岁　王蒙著…………………………………人民出版社
将军吟　莫应丰著…………………………………人民出版社
野葫芦引:南渡记　东藏记　宗璞著………………人民出版社
钟鼓楼　刘心武著…………………………………人民出版社
尘埃落定　阿来著…………………………………人民出版社
白门柳(全三册)　刘斯奋著……………………中国青年出版社
梁遇春散文选　梁遇春著…………………………人民出版社
孙犁散文选　孙犁著………………………………人民出版社
季羡林散文选　季羡林著…………………………人民出版社

周涛散文选　周涛著 …………………………… 人民出版社
史铁生散文选　史铁生著 ………………………… 人民出版社
北京乎——现代作家笔下的北京(上下册)
　姜德明编 ………………………… 生活·读书·新知三联书店
臧克家诗选　臧克家著 ………………………… 人民出版社
舒婷的诗　舒婷著 ……………………………… 人民出版社
海子的诗　海子著 ……………………………… 人民出版社
张天翼童话选　张天翼著 ……………………… 人民出版社
高士其童话选　高士其著 ……………………… 人民出版社
中国俗文学史　郑振铎著 ……………………… 商务印书馆
中国鲁迅学通史(共六册)　张梦阳著 ………… 广东教育出版社
论红楼梦思想　冯其庸著 ……………………… 黑龙江教育出版社
中国现代小说史(全三册)　杨义著 ………… 人民出版社

【第三辑】

废名选集　废名著 ……………………………… 人民出版社
陈映真自选集　陈映真著 …………… 生活·读书·新知三联书店
京华烟云(上下册)　林语堂著 ………………… 现代教育出版社
大波(共三部)　李劼人著 ……………………… 人民出版社
六十年的变迁(共三部)　李六如著 ………… 人民出版社
小城春秋　高云览著 …………………………… 人民出版社
苦菜花　冯德英著 ……………………………… 人民出版社
黄河东流去　李凖著 …………………………… 人民出版社
平凡的世界　路遥著 …………………………… 人民出版社
芙蓉镇　古华著 ………………………………… 人民出版社
浮躁　贾平凹著 ………………………………… 人民出版社
绿化树　张贤亮著 ……………………………… 人民出版社
曾国藩　唐浩明著 ……………………………… 人民出版社
古船　张炜著 …………………………………… 人民出版社
第二十幕(上中下册)　周大新著 ……………… 人民出版社
刘以鬯小说自选集　刘以鬯著 ………………… 百花文艺出版社
金牧场　张承志著 ……………………………… 人民出版社
红高粱家族　莫言著 …………………………… 人民出版社
梦家诗集　陈梦家著 …………………………… 中华书局
穆旦诗文集(一、二)　穆旦著 ………………… 人民出版社
周作人散文　周作人著 ………………………… 人民出版社
何其芳散文选集　何其芳著 …………………… 百花文艺出版社

上海屋檐下法西斯细菌　夏衍著 …………………… 人民出版社
风雪夜归人闯江湖　吴祖光著 …………………… 人民出版社
王国维文学论著三种　王国维著 …………………… 商务印书馆
中国小说史略　鲁迅著 …………………… 人民出版社
咀华集咀华二集　李健吾著 …………………… 人民出版社
现代中国文学史　钱基博著 …………………… 中国人民大学出版社
中国文学批评　中国散文概论
方孝岳著 …………………… 生活·读书·新知三联书店
鲁迅和中国文化　林非著 …………………… 南开大学出版社
唐代科举与文学　傅璇琮著 …………………… 陕西人民出版社
中国诗学　叶维廉著 …………………… 人民出版社
迦陵论诗丛稿　叶嘉莹著 …………………… 中华书局
台湾文学史
刘登翰　庄明萱　黄重添　林承璜主编 ……… 现代教育出版社

【第四辑】

马烽小说选　马烽著 …………………… 作家出版社
周立波小说选　周立波著 …………………… 湖南文艺出版社
玛拉沁夫小说选　玛拉沁夫著 …………………… 作家出版社
王愿坚小说选　王愿坚著 …………………… 中国青年出版社
李凖小说选　李凖著 …………………… 人民文学出版社
王蒙小说选　王蒙著 …………………… 人民文学出版社
汪曾祺小说选　汪曾祺著 …………………… 人民文学出版社
林斤澜小说选　林斤澜著 …………………… 人民文学出版社
李国文小说选　李国文著 …………………… 人民文学出版社
邓友梅小说选　邓友梅著 …………………… 人民文学出版社
陆文夫小说选　陆文夫著 …………………… 江苏文艺出版社
高晓声小说选　高晓声著 …………………… 江苏文艺出版社
茹志鹃小说选　茹志鹃著 …………………… 江苏文艺出版社
王安忆小说选　王安忆著 …………………… 人民文学出版社
铁凝小说选　铁凝著 …………………… 人民文学出版社
史铁生小说选　史铁生著 …………………… 人民文学出版社
闻捷诗选　闻捷著 …………………… 人民文学出版社
昌耀诗选　昌耀著 …………………… 人民文学出版社
食指诗选　食指著 …………………… 人民文学出版社
天安门诗抄　童怀周编选 …………………… 人民文学出版社

朦胧诗选　杨克　陈亮编选……………………中国青年出版社
杨朔散文选　杨朔著……………………人民文学出版社
秦牧散文选　秦牧著……………………人民文学出版社
刘白羽散文选　刘白羽著……………………人民文学出版社
萧乾散文选　萧乾著……………………人民文学出版社
柯灵散文选　柯灵著……………………人民文学出版社
杨绛散文选　杨绛著……………………人民文学出版社
贾平凹散文选　贾平凹著……………………人民文学出版社
邵燕祥散文选　邵燕祥著……………………人民文学出版社
1949～2009 剧作选　老舍等著……………………人民文学出版社
1949～2009 报告文学选　刘白羽等著……………………人民文学出版社
1949～2009 儿童文学选　冰心等著……………………中国青年出版社
周扬文论选　周扬著……………………人民文学出版社
陈涌文论选　陈涌著……………………人民文学出版社
张光年文论选　张光年著……………………人民文学出版社
唐弢文论选　唐弢著　刘纳编选……………………人民文学出版社
王瑶文论选　王瑶著　陈平原编选……………………人民文学出版社
钱谷融文论选　钱谷融著……………………上海文艺出版社
王元化文论选　王元化著……………………上海文艺出版社
蔡仪美学文选　蔡仪著　杜书瀛编……………………河南文艺出版社
1949～2009 文论选
钱锺书等著　贺绍俊编选……………………人民文学出版社